# 만 마디를 대신하는
## 말 한 마디

# 만 마디를 대신하는 말 한 마디

一句顶 一万句

옌진으로 돌아오는 이야기

류전원 장편소설 | 김태성 옮김

아시아

# 차례

일러두기

1. 이 책은 장편소설 一句顶 一万句(刘震雲, 长江文艺出版社, 2009.3.1)를 우리말로 옮긴 것이다.
2. 1부는 『말 한 마디 때문에』(아시아, 2015.3.11.), 이 책은 2부에 해당된다.
3. 본문 각주는 원문에는 없던 것으로 모두 옮긴이와 편집자의 주이다.
4. 중국 인명과 지명은 중국어 발음에 최대한 가깝게 표기하였다.

# 만 마디를 대신하는
# 말 한 마디

延津

# 1장

# 뉴아이궈와 세 친구

 

 

 

 

뉴아이궈(牛愛國)는 서른다섯이 되자 어려운 일을 만났을 때 의지할 수 있는 소중한 사람이 딱 세 명뿐이라는 생각이 들었다. 펑원슈(馮文修)와 두칭하이(杜青海), 그리고 천쿠이이(陳奎一)였다. 소중한 사람이란 돈이 떨어졌을 때 돈을 빌려줄 수 있고 일이 생겼을 때 도와서 일을 처리해줄 수 있는 사람이 아니라, 어떻게 해야 좋을지 모르거나 어찌된 일인지 알 수 없는 일을 만났을 때 찾아가 상의할 수 있는 사람 혹은 말할 만한 구체적인 일은 없지만 마음이 우울할 때 찾아가서 잠시 함께 앉아 있을 수 있는 그런 사람이었다. 함께 앉아 걱정과 근심을 털어놓으면 마음의 응어리가 풀리고 한결 속이 편해질 수 있었다. 이런 사람과 함께라면 아무 말도 하지 않고 그냥 가만히 앉아 있기만 해도 마음이 한결 편안해졌다.

뉴아이궈와 펑원슈는 동창이었다. 초등학교부터 중학교, 고등학교까지 줄곧 동창이었다. 뉴아이궈와 펑원슈는 서로 좋은 친구가 되지 말았어야 했다. 뉴아이궈의 아버지와 펑원슈의 아버지 사이에 복잡하게 얽힌 일이 있어

서로 말을 하지 않기 때문이었다. 뉴아이궈의 아버지는 뉴슈다오(牛書道)였고 펑원슈의 아버지는 펑스룬(馮世綸)이었다. 두 사람은 원래 친한 친구였다. 매년 겨울이 되면 함께 창즈(長治)로 석탄을 구하러 갔다. 장사를 하기 위한 게 아니라 집에서 겨울을 나면서 난방용으로 쓰기 위해서였다. 친위안(沁源)에서 창즈까지는 왕복 삼백오십사 리라서 한 번 다녀오려면 나흘이나 걸렸다. 뉴슈다오는 키가 작아 석탄 이천 근을 끌 수 있고 펑스룬은 키가 커서 이천오백 근을 끌 수 있었다.

산시(山西)의 지형은 서고동저(西高東低)라, 갈 때는 내리막길인 데다 수레도 비어있어서 두 사람은 여유롭게 한담을 나누곤 했다. 올 때는 절반 이상이 오르막 비탈길인 데다 짐이 무거워 수레를 끄는 데 몰두하느라 얘기를 나눌 틈이 없었다. 점심때 길가 음식점에서 식사를 할 때나 저녁에 객점에 묵을 때면 두 사람은 뜨거운 양고기국 한 그릇을 주문하여 자신들이 준비해 온 건량을 정신없이 먹어댔다. 머리가 온통 땀에 젖곤 했다. 뉴슈다오는 찐 만터우를 좋아했고 펑스룬은 라오빙(烙餠)[1]을 좋아했다. 두 사람은 친한 벗인 데다 서로 말도 잘 통해 나흘 내내 피곤한 줄 몰랐다. 나이는 뉴슈다오가 펑스룬보다 두 살 위였다. 매년 겨울이 되면 두 사람은 길에서 마주치곤 했다. 이럴 때면 뉴슈다오가 말했다.

"아우, 우리 올해 함께 석탄을 하러 가는 게 어떤가."

펑스룬이 말을 받았다.

"형님, 올해뿐이겠습니까? 내년에도 함께 가야지요."

---

1 구운 떡으로 밀전병과 유사하다.

이해 겨울이 되자 두 사람은 함께 창즈로 석탄을 가지러 갔다. 작년과 마찬가지로 두 사람은 갈 때는 한담을 나누는 등 여유를 부렸다가 돌아올 때는 낑낑대면서 아무 말도 하지 않았다. 점심때가 되면 식사를 했고 저녁이 되면 객점에 묵었다. 셋째 날 아침에 일어나 보니 큰 바람이 불었다. 바람이 거세게 불고 황토가 날려 눈을 제대로 뜰 수가 없었다. 다행히 순풍이라 이불을 펼쳐 수레에 돛처럼 묶자 석탄 수레가 한결 가벼워진 것 같았다. 바람이 없을 때는 밥 한 끼 먹고 오 리를 갔지만 순풍에서는 십 리를 갈 수 있었다. 안 좋은 일이 좋은 일이 되었다. 오후가 되자 집까지 팔십 리밖에 남지 않게 되었다. 뉴슈다오가 먼저 자신만만한 어투로 말했다.

"아우, 오늘 저녁에는 객점에 묵지 말고 어둡더라고 단숨에 집까지 달려가도록 하세."

펑스룬도 온몸에 힘이 솟았다.

"형님 말씀대로 하지요. 서둘러 집에 가서 밥을 먹자고요."

두 사람은 건량을 좀 먹고 나서 다시 길에 올랐다. 날이 어두워서야 간신히 집에서 오십 리 떨어진 지점에 이르렀다. 이때 '철컥'하는 소리와 함께 뉴슈다오의 석탄 수레 차축이 부러지고 말았다. 차축이 부러져 수레를 더 이상 움직일 수 없었다. 앞에는 마을이 없고 뒤로는 객점도 없는 상황이었다. 하는 수 없이 두 사람은 나무장대로 뉴슈다오의 석탄 수레를 받쳐 놓고 날이 밝기를 기다렸다. 날이 밝아오자 한 사람은 수레를 지키고 한 사람은 앞에 있는 진(鎭)에 가서 차축을 사오기로 했다. 뉴슈다오가 말했다.

"우리 둘이 함께 있어서 다행이야. 혼자서 이런 일을 당했더라면 석탄을 남들에게 넘기는 수밖에 없었을 걸세."

펑스룬이 말을 받았다.

"형님, 배가 고프네요. 전 건량이 다 떨어졌는데 형님은 좀 남은 게 있나요?"

뉴슈다오가 자신의 만터우 자루를 헤집어보고 나서 말했다.

"아우, 어쩌지? 나도 다 떨어졌네."

초겨울이었지만 밤은 몹시 추웠다. 때마침 바람도 아주 거세게 불어왔다. 다행히 두 사람의 수레에는 이불이 있었다. 두 사람은 담배를 한 대씩 피운 다음 석탄 수레 뒤쪽 바람을 등진 곳에 누워 이불을 덮고 잤다. 닭이 울 때쯤 추위에 잠에서 깬 펑스룬은 소변을 보려고 일어났다가 뉴슈다오가 자기 수레 뒤에 숨어서 몰래 만터우를 먹고 있는 것을 발견했다. 건량이 남아 있으면서도 나눠주기 싫어서 거짓말을 한 것이었다. 펑스룬은 소변을 보고 와서 다시 자리에 누워 생각에 잠겼다. 생각할수록 화가 치밀었다. '자기 수레 차축이 부러져 내가 추위에 떨면서도 함께 있어주는데, 건량이 남아 있으면서도 어떻게 내게 나눠주지 않을 수 있단 말인가? 친구라면 이래선 안 되는 법이지.' 뉴슈다오가 잠이 들자 펑스룬은 자신의 수레를 끌고 혼자 집으로 와버렸다.

잠에서 깬 뉴슈다오는 펑스룬이 자신을 버리고 가버린 것을 알게 되었다. 건량 때문일 거라고 짐작은 하면서도 은근히 화가 났다. 펑스룬이 건량이 남았느냐고 물었을 때 뉴슈다오의 만터우 자루는 비어 있었다. 그런데 이불을 덮고 자려는 차에 어디선가 만터우 하나가 나왔다. 어떻게 된 영문인지 알 수 없었다. 아직 건량이 남아 있다고 말하기가 쑥스러웠던 그는 그냥 몰래 먹어버렸다. 하지만 그렇다고 만터우 하나 때문에 친구를 산중턱에 내버려두고 간단 말인가? 만터우 하나 때문에 두 사람은 이때부터 원수가 되었고 만나도 말을 하지 않았다.

뉴아이궈의 아버지와 펑원슈의 아버지가 서로 말을 하지 않으니 뉴아이궈과 펑원슈도 서로 말을 할 수 없었다. 두 사람은 같은 반 급우였지만 열 살이 되기 전까지는 서로 말을 하지 않았다. 열한 살이 되던 해에 두 사람은 공통의 취미를 갖게 되었다. 둘 다 토끼 키우는 걸 좋아하게 된 것이다. 두 사람의 아버지들은 서로 원수이면서도 좋고 싫음에 있어서는 일치했다. 둘 다 토끼 키우는 것을 좋아하지 않았다. 토끼 키우는 일 한 가지 때문에 뉴아이궈와 펑원슈는 하나가 되었다.

두 사람은 집에서 토끼를 키울 수 없다 보니 마을 뒤 폐기된 벽돌 가마 안에다 두 마리의 토끼를 키웠다. 하나는 수토끼이고 하나는 암토끼였다. 수토끼는 자주색이고 암토끼는 흰색이었다. 반년이 지나 새끼 토끼 아홉 마리가 태어났다. 매일 학교가 파하면 두 사람은 풀을 뽑아다가 토끼에게 먹였다. 두 집안이 원수지간이다 보니 한 가지 일을 함께 하는 두 사람은 모두를 배반해야 했다. 두 사람은 학교에서는 얘기를 주고받지 않았고 학교가 파하면 각자 필요한 만큼 풀을 뽑았다. 하지만 벽돌 가마에 들어와 토끼를 먹일 때면 더없이 다정했다. 뉴씨네는 만터우를 좋아했지만 가끔씩 빠오즈(包子)를 찔 때도 있었다. 펑씨네는 라오빙을 좋아했다. 때로는 뉴아이궈가 펑원슈에게 빠오즈를 가져다주기도 했다. 펑원슈는 뉴아이궈에게 파가 들어간 꽃빵을 가져다주곤 했다.

이해 팔월 초이레 저녁 무렵, 두 사람이 각자 풀을 한 광주리씩 뽑아 벽돌 가마로 와 보니 열한 마리의 크고 작은 토끼들이 전부 족제비에게 물려 죽어 있었다. 족제비에게 잡아먹힌 토끼도 있고 몸이 찢긴 토끼도 있었다. 토끼털과 피만 바닥에 잔뜩 흩어져 있었다. 족제비가 기어 들어올 수 있었던 건 전적으로 전날 저녁에 펑원슈가 가마 구멍을 닫으면서 벽돌 두 장을 덜 얹어 놓았기 때문이었다. 당시 뉴아이궈는 구멍을 꼭 닫으라고 얘기했지만 펑원슈는 괜찮다면서 토끼들도 숨 쉴 구멍이 있어야 한다고 말했었다. 뉴아이궈는 펑원슈를 원망하지 않았고 둘이 서로의 머리를 꼭 끌어안은 채 울기만 했다.

같은 반 친구들 중에 리커즈(李克智)라는 아이가 있었다. 입이 크고 남을 흉보고 놀리는 걸 좋아하는 아이였다. 리커즈는 열한 살 때 이미 키가 일 미터 칠십팔이었다. 키가 크고 힘이 세다 보니 감히 그와 대항하여 싸우려 하는 아이가 없었다. 리커즈의 아버지는 창즈 탄광의 광부였다. 리커즈는 학교에 갈 때마다 항상 광산등을 가지고 가서 환한 대낮에 다른 아이들의 눈을 비추곤 했다. 남을 놀리고 괴롭히기를 좋아하다 보니 반 전체 오십육 명의 아이들은 그를 봤다 하면 우르르 도망치곤 했다.

이해 시월, 리커즈는 남의 험담을 하다가 얘기가 뉴아이궈에게까지 옮겨 갔다. 그가 언급한 이는 뉴아이궈가 아니라 뉴아이궈의 누나였다. 뉴아이궈 누나는 이름이 뉴아이샹(牛愛香)으로 진의 공급판매합작사에서 간장을 팔았다. 뉴아이샹은 현성의 우편배달부인 샤오장(小張)과 이 년째 연애를 하고 있었다. 샤오장은 희고 네모난 얼굴에 말이 별로 없었다. 사람들과 함께 있으면 주로 다른 사람들이 말을 하고 그는 듣기만 했다. 그는 또 웃는 걸 좋아해 남들이 우스운 얘기를 해도 웃고 평범한 얘기를 해도 웃었다. 샤오장은 뉴씨 집에 올 때면 우체국의 초록색 자전거에 뉴아이샹을 태우고 왔다. 자전거 뒷자리에 탄 뉴아이샹은 샤오장의 허리를 부여안았다. 샤오장은 뉴아이궈에게 라이터를 하나 선물했다. 뉴아이궈는 펑원슈와 토끼를 키울 때 라이터를 꺼내 불을 켜서 펑원슈에게 보여주곤 했다. 하지만 지난달에 뉴아이샹과 샤오장은 헤어졌다. 두 사람이 헤어진 건 말이 안 통해서가 아니라 샤오장이 뉴아이샹과 연애를 하는 동시에 현성 방송센터의 샤오훙(小紅)이라는 아나운서와도 연애를 했기 때문이었다. 양다리를 걸쳐 사람을 화나게 만든 것이다. 뉴아이샹을 더욱 화나게 한 건 샤오장과 이 년 동안 사귀면서 자신은 그 사실을 전혀 눈치채지 못했다는 점이었다. 이제 마침내 진상을 알게 된 그녀는 샤오장을 탓하지 않고 자기 자신을 탓했다. 샤오장이 말을 잘 안 하고 웃기를 잘해 믿음직하다고 생각했는데, 그런 사람이 뱃속 가득 안 좋은 마음을 품고 있을 줄 누가 알았겠는가. 이렇게 두 사람은 헤어지게 되었다.

헤어지면 헤어지는 것이지만 리커즈의 입을 통해 뉴아이궈의 누나가 이미 샤오장과 잔 것으로 되어버렸다. 잔 것은 둘째 치고 임신까지 해서 현 의원에 가 낙태를 한 것으로 부풀려졌다. 나아가 그녀가 샤오장에게 버림을 받자 공급판매합작사에서 팔던 농약을 마시고 자살하려 했지만, 제때 발견되어 현 의원으로 옮긴 덕에 간신히 목숨을 구했다고 지어내서 말했다. 리커즈가 뉴아이궈를 험담해도 뉴아이궈는 화를 내지 않았다. 그가 자기 집안의 다른 사람을 험담해도 뉴아이궈는 화를 내지 않았다. 하지만 누나를 험담하자 몹시 화를 냈다.

뉴아이궈는 위로 형과 누나가 각각 하나씩 있었다. 형의 이름은 뉴아이쟝(牛愛江)이었다. 밑으로는 뉴아이허(牛愛河)라는 동생도 하나 있었다. 그의 기억에 의하면 아버지 뉴슈다오는 뉴아이쌍을 예뻐했고 엄마 차오칭어는 뉴아이허를 더 예뻐했다. 뉴아이궈만 특별히 예뻐해 주는 사람이 없었다. 누군가 특별히 예뻐한다는 것은 먹고 입는 데 있어서 특혜가 있다는 게 아니라 누군가에게 속임을 당했을 때 나서서 일을 처리해주고 괴로운 일이 있을 때면 품에 꼭 안아주는 사람이 있다는 것이었다. 뉴아이궈는 특별히 예뻐해 주는 사람이 없다 보니 무슨 일이 생겨도 누군가 나서서 처리해주는 일이 없었고 고통을 당해도 하소연할 데가 없었다. 다행히 그보다 여덟 살 많은 누나 뉴아이샹이 그를 잘 보살펴주었다. 뉴아이궈는 어려서부터 누나의 치맛자락을 붙잡고 성장한 셈이었다.

이날 리커즈는 또 학교 운동장에서 뉴아이궈 누나에 관한 험담을 퍼뜨렸다. 그녀가 낙태했다는 얘기를 늘어놓은 것이다. 화가 난 뉴아이궈는 리커즈를 머리로 받아 쓰러뜨렸다. 리커즈가 몸을 일으키자 두 사람은 치고받고 싸우기 시작했다. 뉴아이궈는 키가 일 미터 오십육이었고 리커즈는 키가 일 미터 칠십팔이었으니 뉴아이궈가 어떻게 리커즈를 당해내겠는가? 리커즈는 뉴아이궈의 몸을 타고 앉아 '파박' 따귀를 몇 대 후려친 데 이어 바지를 벗어 엉덩이로 뉴아이궈의 얼굴을 문질러댔다. 그렇게 엉덩이로 얼굴을 문지르니 기분이 좋아졌는지 연달아 삼십 번도 넘게 문지르고도 그의 몸에서 내려오지 않았다. 그러곤 머리에 쓴 광산등을 켜서 앞을 비췄다. 뉴아이궈는 리커즈의 몸 아래서 빠져 나오지 못하고 결국 울음을 터뜨리고 말았다. 이때 '따닥'하는 소리와 함께 리커즈가 뭔가에 머리를 얻어맞고는 땅바닥에 고꾸라졌다. 머리에 있던 광산등이 깨지고 피가 흘러내렸다. 바지는 아직도 허벅지에 걸쳐 있었다. 펑원슈가 손에 소 멍에를 하나 들고 옆에 서서 씩씩거리고 있었다. 리커즈가 머리에 피를 흘리면서 눈을 크게 뜬 채 땅바닥에 쓰러져 있는 것을 본 뉴아이궈와 펑원슈는 그가 죽었다고 생각하고는 황급히 손을 잡고 학교로 도망쳤다. 감히 집으로 돌아갈 수 없었던 두 사람은 길을 따라 현성까지 도망쳐 사흘을 숨어 지냈다. 낮에는 음식점에 가서 남은 음식을 주워 먹거나 도랑에서 사탕수수 꽁다리를 주워 먹었고, 밤이 되면 현성의 솜 집하장의 창문을 넘어 창고 안으로 숨어들어가 솜 더미 안에서 잤다.

사흘이 지나 두 사람은 현성의 거리를 따라 걸으면서 상점을 구경하다가 펑원슈의 아버지에게 붙잡혔다. 알고 보니 리커즈는 죽지 않고 머리에 피만 조금 났을 뿐이었고 뉴씨네와 펑씨네가 각각 리커즈에게 이백 위안을 배상하는 것으로 일이 마무리됐다. 뉴아이궈와 펑원슈는 집으로 돌아가 뉴슈다오와 펑스룬에게 실컷 얻어맞았다. 리커즈와 싸웠다거나 리씨 집안에 돈을 배상했기 때문이 아니라 뉴씨네와 펑씨네가 서로 원수지간이었기 때문이었다. 뉴아이궈와 펑원슈는 함께 어울리지 말아야 했다. 펑스룬이 펑원슈를 때린 것이 뉴슈다오가 뉴아이궈를 때린 것보다 좀 더 심했다. 뉴아이궈를 도와 싸움에 나서지 말았어야 했기 때문이다.

펑원슈는 뉴아이궈보다 한 살이 많았다. 뉴아이궈가 열여덟 살이고 펑원슈가 열아홉 살일 때 두 사람은 고등학교를 졸업했지만 둘 다 대학은 가지 못했다. 뉴아이궈의 아버지 뉴슈다오는 참기름을 짜는 사람이었다. 뉴아이궈는 집으로 돌아가 뉴슈다오와 함께 참깨를 갈지 않고 집을 나와 군에 입대했다. 집을 나와 군에 입대하는 일과 관련하여 뉴아이궈는 아버지 뉴슈다오와 상의하지 않았고 엄마 차오칭어와도 상의하지 않았다. 대신 진으로 가서 누나 뉴아이샹과 상의했다. 이때 뉴아이샹은 진에서 간장을 팔지 않고 공급판매합작사에서 잡화를 팔고 있었다.

그녀는 나이가 이미 스물일곱이나 됐지만 아직 결혼을 하지 않고 있었다. 어렸을 때 우편배달부와 연애를 하다가 차이면서 마음에 상처를 입었기 때문이 아니라 나중에 열 번 넘게 더 연애를 했지만 이렇다 할 연애가 되지 못했기 때문이었다. 어렸을 때 우편배달부와 연애하다가 차였을 때는 농약을 먹지 않았지만 나중에 아홉 번째 상대에게 차였을 때는 농약을 마셨다. 병원에 실려가 관장을 하여 간신히 목숨은 구했지만 목이 삐딱해지고 시도 때도 없이 딸꾹질을 하는 병이 생겼다. 뉴아이샹은 이십여 년 동안 말하는 걸 좋아하고 웃는 것도 좋아했다. 머리를 양쪽으로 길게 땋아 늘어뜨려 걸을 때면 허리춤에서 가볍게 좌우로 흔들렸다. 지금은 파마를 해서 그런지 머리가 마치 닭장 같았다. 성격도 급하고 거칠게 변해 걸핏하면 사람들에게 화를 냈다. 하지만 뉴아이궈에게는 화를 내지 않았다. 뉴아이궈는 솥과 밥그릇, 대야 같은 잡화들 사이에 쪼그리고 앉아 군에 입대하려는 결심을 밝히면서 자신의 생각을 자세히 말했다. 뉴아이샹이 딸꾹질을 하면서 물었다.

"올해 입대하면 어디로 가는데?"

뉴아이궈가 말했다.

"간수(甘肅) 지우촨(酒泉)으로 간대."

"집에서 삼천 리나 떨어진 곳이네. 네가 왜 군에 입대하려는 지 알아. 집이 싫어서 군대에 가려는 거겠지. 집이 싫어서가 아니라면 아버지가 싫어서일 테고. 어려서부터 나도 엄마랑 아버지가 싫었어. 두 분은 항상 첫째와 넷째만 예뻐했지. 하지만 너도 크면 알 게 될 거야. 부모는 누가 뭐래도 부모라는 걸 말이야."

뉴아이궈는 아무 말도 하지 않았다. 뉴아이샹이 딸꾹질을 하면서 말했다.

"크면 알게 될 줄 알았어. 누가 뭐래도 부모는 부모잖아?"

그러고는 잠시 말이 없다가 다시 입을 열었다.

"예뻐하지 않은 것은 그렇다고 쳐. 하지만 자식이 어려움에 처했을 때 보호해주지도 않았지. 보호해주지 않은 건 둘째 치고 자식에게 제대로 나아갈 길을 인도해주지도 않았어. 이러지도 못하고 저러지도 못하게 만들었지."

그녀의 눈에서 닭똥 같은 눈물이 떨어졌다. 뉴아이궈가 말했다.

"누나, 내가 입대하는 건 엄마나 아버지가 싫어서가 아니야."

뉴아이샹이 물었다.

"그럼 왜 가려는 건데?"

"이번에 모집하는 건 전부 운전병들이야. 자동차 모는 법을 배우고 싶어서 가는 거야."

"운전을 배우면 어떤 장점이 있는데?"

"운전을 배우면 누나를 차에 태워 베이징까지 갈 수 있지."

뉴아이샹이 목을 삐딱하게 하고서 웃었다. 그리고 다시 눈물을 흘리던 그녀는 자신의 손목에 차고 있던 시계를 풀어 뉴아이궈의 팔에 채워주었다.

뉴아이궈는 군에 입대하게 되었지만 펑원슈는 아직 갈 길을 찾지 못하고 있었다. 뉴아이궈가 펑원슈를 부추겼다.

"나랑 같이 입대하자. 운전을 배우면 차 한 대를 둘이 함께 모는 거야."

하지만 펑원슈는 색맹이라 군대에 갈 수 없었다. 게다가 그는 외아들이라 집을 떠나 멀리 가는 것을 아버지 펑스룬이 허락할 리도 없었다. 펑원슈가 탄식하며 말했다.

"너희 엄마랑 아버지가 너를 예뻐하지 않은 것이 오히려 그런대로 괜찮았어. 엄마랑 아버지가 너를 보호해주었다면 그건 또 그것대로 좋지만은 않았을 거야."

그해에 친위안현에서 입대한 인원은 오백 명이 넘었다. 출발하던 날 오백 명이 넘는 사람들이 대오를 이루어 현성의 거리를 걸어가고 있었다. 마침 이날은 원소절이라 거리에서는 명절놀이패의 북소리와 꽹과리 소리가 요란하게 허공을 메우고 있었다. 신병의 대오와 명절놀이패의 대오가 한데 뒤섞여 행진하게 되었다. 길 양쪽에 가득한 사람들 중에는 명절놀이를 구경하는 사람도 있고 신병들을 구경하는 사람도 있었다. 오백여 명이 똑같은 복장을 하고서 똑같은 보폭으로 "하나, 둘, 셋" 구령을 외치는 모습이 기개가 넘쳐 보였다. 뉴아이궈는 군복으로 갈아입고 오백여 명의 대오를 따라 앞을 향해 행진하는 게 처음인 터라, 단번에 군인다운 걸음을 보일 수 없었지만 걷고 또 걷다 보니 자연스럽게 남들을 따라할 수 있었다. 한창 긴장하고 걷고 있는 차에 누군가 뒤에서 그를 붙잡았다. 그는 얼른 고개를 돌려 쳐다보았다. 펑원슈였다. 자신이 입고 있는 군복을 살펴보고 다시 일반인의 복장을 한 펑원슈를 바라보던 그는 이제 서로 헤어질 때가 되었다는 걸 실감했다. 뉴아이궈가 말했다.

"부대에 도착하면 곧장 편지할게."

펑원슈가 한숨을 내쉬었다. 얼굴이 온통 땀에 젖어 있었다.

"편지가 문제가 아니야."

"그럼 뭐가 문제인데?"

"여기서 널 반나절이나 기다렸어. 우리 사진관에 가서 사진 한 장 찍자."

뉴아이궈가 고개를 들어보니 때마침 대오가 서가에 있는 라오쟝(老蔣)의 '인화(人和)사진관' 앞을 지나고 있었다. 펑원슈가 정말 세심한 친구라는 생각이 들었다. 뉴아이궈가 병력을 인솔하는 소대장에게 시간을 좀 달라고 부탁하자 소대장이 팔을 들어 시계를 보고는 말했다.

"빨리 와야 돼. 오 분 주겠다. 대오가 북가에 도착하면 곧바로 차를 타야 하니까."

뉴아이궈는 황급히 펑원슈의 손을 잡고 라오쟝의 사진관으로 뛰어 들어갔다. 사진을 찍는 동안 펑원슈는 뉴아이궈의 손을 꼭 잡고 있었다. 손바닥에 땀에 날 정도였다.

"네가 아무리 멀리 간다 해도 우리는 평생 함께 있는 거랑 마찬가지야."

뉴아이궈도 고개를 끄덕이며 펑원슈의 손을 꼭 잡았다. 사진관에서 나와 북가로 가니 신병들이 트럭에 오르고 있었다. 펑원슈는 트럭을 따라가며 손을 흔들었다. 차는 갈수록 멀어져 갔다. 트럭은 뉴아이궈를 휘저우(霍州)로 데려갔다. 휘저우에서는 다시 기차로 갈아타야 했다. 기차는 사흘 밤낮을 달려 간수 지우촨에 도착했다. 뉴아이궈는 부대에 도착하자마자 펑원슈에게 편지를 썼다. 보름이 지나 펑원슈의 답장이 도착했다. 편지 안에는 두 사람이 친위안의 '인화사진관'에서 함께 찍은 사진이 한 장 들어 있었다. 사진 속에서 두 사람이 환하게 웃고 있었다. 한 사람은 새 군복을 입고 있고 한 사람은 고향의 옷을 입고 있었다. 눈을 똑바로 뜨고 앞을 바라보고 있었다.

뉴아이궈는 간수 지우촨에서 오 년 동안 군대생활을 했다. 처음 두 해 동안은 두 사람 사이에 편지 왕래가 계속되다가 나중에는 점점 뜸해지더니 결

국 아예 연락이 끊어지고 말았다. 오년 뒤 뉴아이궈가 제대를 했을 때 펑원
슈는 이미 마누라를 얻어 두 아이를 거느리고 현성 동가의 정육점에서 고기
를 팔고 있었다. 뉴아이궈는 제대해 집으로 돌아온 다음 날, 자전거를 타고
현성으로 펑원슈를 찾아갔다. 오 년 만에 만났지만 두 사람은 조금도 서먹
하지 않았다. 뜨거운 포옹을 나눈 두 사람은 헤어진 뒤의 온갖 일들을 얘기
했다. 펑원슈의 아내는 성이 마(馬)씨로 현성 동가 정육점 사장인 라오마의
딸이었다. 펑원슈가 아내를 라오마라고 부르자 뉴아이궈도 따라서 라오마
라고 불렀다. 라오마는 키가 크고 눈과 눈썹이 또렷했다. 무척 아름다운 얼
굴이었다. 허리가 좀 굵은 게 흠이었다. 라오마는 처녀 때는 허리가 한 손에
잡힐 정도였는데 아이를 낳으면서 허리가 굵어졌다고 말했다. 그러고는 펑
원슈를 향해 눈을 흘겼다.

"전부 저 사람이 망가뜨린 거예요."

그러면서 또 뉴아이궈에게 말했다.

"저 개자식을 만난 게 정말 후회돼요."

펑원슈는 얼굴에 깊은 주름을 만들면서 가볍게 웃었지만 말은 하지 않았다.

이렇게 두 사람은 이전의 관계를 회복했다. 뉴아이궈는 고민거리가 생길
때마다 자전거를 타고 현성으로 펑원슈를 찾아갔다. 나중에는 자전거가 오
토바이로 바뀌었다. 둘이 마주앉으면 뉴아이궈는 마음속 일들을 하나하나
자세히 털어놓았고 펑원슈도 하나하나 자세히 해결책을 제시해주었다. 펑
원슈도 골치 아픈 일을 만날 때마다 돼지고기를 운반할 때 쓰는 삼륜 오토
바이를 몰고 뉴쟈좡으로 뉴아이궈를 찾아갔다. 이렇게 얘기를 나누고 나면
두 사람 모두 마음이 한결 편안해졌다. 하지만 오 년 후의 펑원슈는 오 년

전의 펑원슈가 아니었다. 오 년 전에는 펑원슈의 눈이 아주 맑았지만 지금은 몹시 혼탁해졌다. 눈이 혼탁한 것은 별 문제가 되지 않았다. 문제는 펑원슈가 술 마시는 병에 걸렸다는 것이었다. 술을 마셨다 하면 취했고 일단 취하면 술을 마시지 않았을 때와 전혀 딴 사람이 되었다. 정신이 말짱할 때는 인지상정에 통달했지만 취했다 하면 부모형제도 알아보지 못했다. 그리고 취했다 하면 사람들에게 전화를 했다. 뉴아이궈는 그와 얘기를 나누는 것이 오 년 전과 같지 않음을 느꼈다. 말을 해도 감히 깊이 들어가지 못했다. 그가 술에 취해 떠들어댈 것이 두려웠기 때문이다. 펑원슈가 전화를 걸어오면 그는 두려움이 앞섰다. 그가 술에 취하면 얘기가 끝이 없기 때문이었다.

두칭하이는 뉴아이궈의 군대 전우로 허베이(河北) 핑산(平山) 사람이다. 두칭하이는 어른이 되어서부터 두칭하이로 불렸고 아명은 푸다이(布袋)[2]였다. 두칭하이는 자신의 고향이 후퉈허(滹沱河) 강변이라고 말하곤 했다. 뉴아이궈는 지우촨에서 군대생활을 했다고 하지만 부대가 주둔한 곳은 지우촨에서 북쪽으로 천 킬로미터 정도 떨어진 곳이었고 사방이 일망무제의 고비사막이었다. 뉴아이궈와 두칭하이는 같은 중대에 속해 있지 않았고 군대생활을 시작하고 이 년이 지나도록 서로 알지 못했다.

삼 년째 되던 해에 부대에 훈련이 있어 일개 사단 병력 칠팔천 명이 고비사막을 행군하다가 저녁에 간수 진타(金塔)현의 지지(芨芨)라는 집진(集鎮)[3]에서 숙영하게 되었다. 작은 집진이라 칠팔천 명을 수용할 수 없다 보니 연대별로 천막을 쳐서 집진 주변에까지 숙영지를 확대했다. 삼연대 이대대

---

2  자루라는 뜻.
3  성시(城市)보다 작은 규모의 거주지역으로서 비농업 인구가 대부분이다.

오중대에 소속되어 있던 뉴아이궈는 한밤중에 보초를 섰고 팔연대 칠대대 십중대에 속한 두칭하이도 한밤중에 보초를 섰다. 한 사람은 동쪽에서 서쪽으로 순찰을 돌고 한 사람은 남쪽에서 북쪽으로 순찰을 돌다가 지지진 입구에서 마주쳐 암구호를 확인한 다음, 담배를 피우느라 불을 빌리면서 서로 알게 되었다.

어깨에 총을 멘 채 담배를 피우면서 편하게 잡담을 시작했다. 한 사람은 산시(山西) 출신이고 한 사람은 허베이 출신이라 같은 고향 사람은 아니지만 얘기를 나누다 보니 서로 말이 통했고 갈수록 할 말이 많아졌다. 뉴아이궈는 이미 부대에서 이 년이란 세월을 보낸 데다 백 명이 넘는 사람들이 매일 함께 있다 보니 마음이 통하는 사람을 만나기가 어렵지 않았지만 아직 이렇다 할 친구를 사귀진 못하고 있었다. 두칭하이와는 단 한 번 만났을 뿐인데 말이 잘 통했고 단번에 좋은 친구가 될 거라는 걸 알았다. 처음 얘기를 나눴음에도 두 사람은 날이 밝을 때까지 밤새 얘기를 멈추지 않았다. 숙영지에 기상나팔이 울려 천군만마가 깨어나고 동쪽에 핏빛 노을이 퍼질 때가 되어서야 두 사람은 대화를 멈췄다. 그 뒤로 두 사람은 기회가 생길 때마다 자주 얘기를 나누면서 친구 사이로 발전했다. 담배 한 대 피우는 동안에 친구가 된 것이었다.

뉴아이궈는 운전병이 되었지만 부대에 도착해 보니 몰 차가 없어 취사반에서 밥을 했다. 두칭하이는 보병이었지만 중대에 트럭이 한 대 있어 운전을 하게 되었다. 뉴아이궈의 중대는 두칭하이의 중대에서 약 오십 리 정도 떨어져 있고 중간에 강과 산이 하나씩 가로놓여 있었다. 강은 뤄수이허(弱水河)이고 산은 다훙산(大紅山)으로 치롄산(祁連山)의 여맥이었다. 일요일이 돌아올 때마다 뉴아이궈는 뤄수이허를 건너고 다훙산을 넘어 팔연대 칠대대 십중대로 두칭하이를 찾아갔다. 뉴아이궈의 중대에서는 뤄룽(肉籠)[4]을 잘 만들었다. 뉴아이궈는 취사반에서 밥을 하면서 종종 두칭하이에게 뤄룽을 가져다주었다. 뉴아이궈가 찾아가면 두칭하이는 진으로 물건을 가지러 가는 척하면서 트럭을 몰고 나와 둘이 고비사막으로 가서는 뤄룽을 먹으면서 바람을 쐬곤 했다. 고비사막은 사방에 사람의 기척이 전혀 없었다. 뤄룽을 다 먹고 나면 두칭하이는 뉴아이궈에게 운전을 가르쳐주었다. 뉴아이궈는 운전병이 되진 못했지만 여러 해 군대생활을 하는 동안 운전하는 법을 배워 알고 있었다. 때로는 일요일이 아닌데도 두칭하이가 차를 몰고 출근하여 삼연대 이대대 오중대로 뉴아이궈를 찾아가기도 했다. 뉴아이궈가 말했다.

"일요일도 아닌데 중대에서 알면 어쩌려고 그래?"

두칭하이가 대답했다.

"차를 빨리 몰아 시간을 좀 벌어두었어."

두칭하이는 키가 크지 않았다. 피부는 까무잡잡했지만 윤기가 흘러 그다지 흉하지 않았다. 말할 때는 목소리가 크지 않았고 속도가 좀 느린 편이었다. 한참 얘기를 하다가 계면쩍었는지 씽긋 웃으면서 흰 치아를 드러내곤 했다. 뉴아이궈는 어려서부터 말을 두서없이 어지럽게 하는 편이었다. 한 가지 일을 얘기하면서 어디서부터 시작해야 할지 몰랐고 제대로 뜻을 전달하지 못해 한 가지 일이 다른 일이 되거나 두 가지 일이 되기 십상이었다. 두칭하이는 말을 느리게 하긴 했지만 조리가 있었고 한 가지 일을 다 얘기

---

4  넓적하게 편 밀가루 위에 다진 고기를 깔고 둘둘 말아 찐 음식.

한 다음에 그 다음 일을 얘기했다. 무슨 얘기를 하든지 뼈는 뼈대로 살은 살대로 아주 가지런하게 정리해서 말했다. 뉴아이궈는 부대에서 고민거리를 만나 문제의 핵심을 알 수 없고 묘책이 생각나지 않을 때면 그대로 미뤄두었다. 일주일 동안 이런 일 몇 가지가 쌓이면 일요일에 두칭하이를 찾아가 같이 고비사막으로 가거나 차를 운전하면서, 혹은 뤄수이허 강가에 앉아서 하나하나 털어놓았다. 두칭하이는 이런 일들을 조리 있게 정리하여 뉴아이궈에게 설명하면서 해결책을 제시해주었다. 두칭하이도 고민거리가 생기면 뉴아이궈에게 말했지만 뉴아이궈는 일을 가지런히 정리하지 못하고 오히려 두칭하이에게 되묻곤 했다.

"네 생각은 어떤데?"

두칭하이는 스스로 일을 정리하는 수밖에 없었다. 일의 한 부분을 정리하고 나서 또 뉴아이궈에게 물으면 뉴아이궈는 똑같이 되물었다.

"네 생각은 어떤데?"

두칭하이은 또다시 스스로 일을 정리해야 했다. "네 생각은 어떤데?"가 몇 번 반복되는 사이에 두칭하이는 자기 일을 다 정리했고 두 사람은 마음이 아주 편해졌다.

부대에서 삼 년을 함께 잘 지내고 나서 뉴아이궈와 두칭하이는 둘 다 제대를 했다. 뉴아이궈는 산시 친위안으로 돌아가고 두칭하이는 허베이 핑산으로 돌아갔다. 친위안은 핑산에서 천 리나 떨어져 있었다. 천 리의 거리는 부대에서 서로 오십 리 떨어져 있는 것과는 사뭇 달랐다. 뉴아이궈는 고민거리가 생겨도 더 이상 산을 넘고 강을 건너 두칭하이를 찾아갈 수 없었다. 두칭하이도 고민거리를 만나면 더 이상 뉴아이궈를 찾아가 "네 생각은 어떤데?"라는 반문을 들을 수 없었다. 두 사람은 편지를 주고받았고 가끔씩 전화도 했지만 편지건 전화건 간에 직접 만나는 것과는 달랐다. 어쩌다 급한 일이 생겨 당장 결정을 내려야 할 때면 더욱더 물이 멀어 가까운 갈증을 풀 수 없는 상황이 되어버렸다.

다시 오 년이 지나 뉴아이궈는 아내를 맞고 아이도 생겼다. 편지를 통해 두칭하이도 아내를 맞고 아이도 생겼다는 것을 알게 되었다. 뉴아이궈의 아내 팡리나(龐麗娜)도 고등학교를 졸업하고 대학은 가지 못했다. 뉴아이궈는 원래 팡리나를 알지 못했다. 팡리나의 언니 팡리친(龐麗琴)은 뉴아이궈의 누나 뉴아이샹과 함께 진에서 잡화를 팔았다. 뉴아이궈가 제대했을 때 뉴아이샹은 서른두 살로 아직 결혼하지 않은 상태였지만 동생인 뉴아이궈를 위해 팡리나를 소개했다.

팡리친의 남편은 라오샹(老尙)이었다. 라오샹은 현성 북가의 방직공장 사장이었고 팡리나는 형부의 공장에서 선반공으로 일했다. 팡리나는 키가 크지 않고 통통한 편이었다. 하지만 몸만 통통하고 얼굴은 통통하지 않아 이목구비가 또렷하고 예뻤다. 팡리나는 말하는 걸 좋아하지 않았다. 그녀는 과거에 연애를 한 번 한 적이 있었다. 상대는 고등학교 동창생이었다. 그 친구는 나중에 대학에 입학하면서 그녀를 차버렸다. 그녀가 과거에 연애한 경험이 있다는 얘기를 듣고 뉴아이궈가 주저하자 뉴아이샹이 야단치며 말했다.

"네 주제파악을 좀 해. 자기 꼴이 어떤 줄이나 알아? 일개 제대한 사병에 불과하잖아. 너도 대학에 들어갈 수 있으면 들어간 다음에 누굴 차든지 하란 말이야."

뉴아이궈는 한 번씩 웃고는 더 이상 팡리나에게 연애경험이 있다는 것을 탓하지 않았다. 뉴아이궈는 말하는 걸 좋아하지 않았고 팡리나도 말하는 걸 좋아하지 않았다. 남들은 두 사람이 서로 마음이 안 맞을 거라고 생각했다. 두 사람이 함께 지낸지 두 달이 지났지만 마음이 맞지 않는 것 같았다. 하지만 반년이 지나 두 사람은 결혼을 했다. 첫 두 해 동안 두 사람은 그런대로 순조롭게 결혼생활을 유지했다. 딸도 하나 낳아 바이후이(百慧)라는 이름을 지어주었다. 이 년 뒤부터 두 사람 사이에 틈이 벌어지기 시작했다. 틈이 벌어진 것은 분명하지만 그 내용은 구체적이지 않았다. 그저 서로 만나도 말을 하지 않는 것뿐이었다. 처음에는 두 사람 다 말하는 걸 좋아하지 않기 때문이라고 생각했지만, 나중에 알고 보니 말하는 걸 좋아하지 않는 것과 말이 없는 것은 별개의 일이었다. 말하는 걸 좋아하지 않는다는 것은 마음속에 아직 할 말이 남아 있다는 뜻이고 말이 없다는 것은 아예 할 말이 아무 것도 없다는 뜻이었다. 하지만 양자의 차이를 외부 사람들은 구별해내지 못했다. 두 사람이 바람과 파도가 잔잔한 나날을 보내고 있는 것을 보면서 모두들 서로 마음이 잘 맞는다고 생각했다. 두 사람만 서로의 마음이 갈수록 멀어지고 있다는 것을 잘 알고 있었다.

뉴쟈좡은 현성에서 십오 리 정도 떨어져 있었고 팡리나는 현성의 방직공장에 다녔다. 첫 두 해 동안 팡리나는 한 주에 두 번, 나중에는 한 주에 한 번, 더 나중에는 이 주에 한 번, 그보다 더 나중에는 한 달에 한 번씩 집에 왔다. 바이후이는 그녀를 보자마자 사람들 뒤로 숨었다. 뉴아이궈는 부대에서 운전을 배운 터라 제대하고 나서는 형 뉴아이쟝과 동생 뉴아이허와 공동으로 중고 '해방' 트럭을 한 대 사서 외지로 돌아다니며 화물을 운송했다. 창즈 고속도로 공사 때는 바닥에 깔 흙을 날라다주기도 했다. 바쁘게 일하다 보니 몇 주 만에 한 번씩 집에 들르기 일쑤였다. 두 사람은 두 달에 한 번 단란한 시간을 갖기도 힘들었다. 함께 하는 시간을 갖는다 해도 밤이 아무런 맛도 없이 지나갔고 머리에서 발끝까지 아무 소리도 나지 않았다. 이보다 더 무서운 것은 두 달 동안 만나지 못해도 팡리나가 보고 싶지 않게 된 것이었다.

어느 날 뉴아이궈는 이상한 소문을 듣게 되었다. 팡리나가 현성 서가의 사진관 주인 샤오쟝(小蔣)과 잘 지낸다는 소문이었다. 샤오쟝의 아버지 라오쟝은 과거 서가의 사진관에서 사진을 찍던 사람이었다. 십 년 전 뉴아이궈가 군에 입대할 때 펑원슈와 함께 찍은 사진도 바로 그가 찍어주었었다. 당시 라오쟝의 '인화사진관'은 이제 샤오쟝이 주인이 되면서 '동아(東亞)웨딩촬영성'으로 바뀌었다.

뉴아이궈는 화물을 운송하고 돌아와 현성 북가의 방직공장으로 팡리나를 찾아갔다. 팡리나는 이미 퇴근했지만 공장에서도 기숙사에서도 그녀를 찾을 수 없었다. 뉴아이궈는 곧장 서가의 '동아웨딩촬영성'으로 달려갔다. 유리창 너머로 팡리나가 샤오쟝과 웃으면서 얘기를 나누고 있는 모습이 보였다. 샤오쟝이 뭐라고 했는지 팡리나는 활짝 웃고 있었다. 그저 웃으면서 얘기를 나누고 있을 뿐이라 두 사람의 관계를 단정하기 어려웠다. 하지만 팡리나가 뉴아이궈와 있을 때는 말이 없다가 샤오쟝과 함께 있게 되자 말을 많이 한다는 것은 분명했다. 팡리나는 뉴아이궈와는 말이 통하지 않았지만 샤오쟝과는 말이 통했다. 말하는 걸 좋아하는지 좋아하지 않는지는 누구와 함께 있느냐에 따라 결정되는 법이었다. 들어가 어색한 분위기를 만들고 싶지 않던 뉴아이궈는 조용히 '동아웨딩촬영성'을 떠나 성 밖 폐허가 된 유

적지로 가서 해가 질 때까지 앉아 있었다. 저녁에 다시 북가의 방직공장으로 팡리나를 찾아갔지만 팡리나는 역시 자리에 없었다. 다시 서가의 '동아 웨딩촬영성'으로 가보았지만 그녀의 모습은 보이지 않고 샤오쟝이 손님들에게 사진을 찍어주고 있을 뿐이었다. 뉴아이궈는 팡리나의 언니 팡리친을 찾아갔다. 팡리친의 집 안에 들어서자 팡리친과 팡리나가 대화하는 소리가 들려왔다. 팡리친이 말했다.

"더 이상 샤오쟝하고 가깝게 지내지마. 집집마다 입이 있단 말이야. 게다가 현성 전체가 다 알고 있으니 뉴아이궈 귀에 들어가지 않게 조심하란 말이야."

뉴아이궈는 팡리나가 샤오쟝과의 일을 부인할 거라고 생각했다. 하지만 뜻밖에도 팡리나는 대담한 반응을 보였다.

"귀에 들어가면 들어가라지 뭐."

팡리친이 말을 받았다.

"조심해. 그 사람이 알면 널 때릴 지도 모르잖아."

"놀라서 죽게 만들지 뭐."

"놀라서 죽게 만든다고? 무엇으로 놀라게 한단 말이야?"

펑리나가 허리를 숙이고 '키득키득' 웃었다.

"다른 건 필요 없어. 밤에 그를 모른 척하기만 하면 얼마든지 제압할 수 있거든."

이리하여 뉴아이궈는 팡리나와 샤오쟝의 관계가 사실이라고 단정하게 되었다. 그게 사실이라는 점에 대해서는 화가 나지 않았다. 그를 화나게 한 것은 팡리나의 이 한 마디였다. 뉴아이궈는 팡리친의 집을 나와 뉴쟈쫭으로 돌아왔다. 집으로 돌아왔지만 밤새 잠이 오지 않았다. 다음날 아침 잠자리에서 일어난 그는 팡리나와 샤오샹을 죽여 버리고 싶은 생각마저 들었다. 죽이지 않는다면 이혼을 해야 했다. 뉴아이궈는 앞으로 어떻게 해야 할지 몰라 잠시 망설였다. 문득 펑원슈를 찾아가 상의해봐야겠다는 생각이 들었다. 하지만 다시 생각해 보니 이 일은 다른 일과 달랐다. 펑원슈는 술을 마셨다 하면 똥오줌 가리지 못하고 다른 사람들에게 말을 옮기곤 했다. 이번에는 두칭하이가 생각났다. 원래는 다음 날 차를 몰고 창즈 고속도로 공사 현장으로 갈 생각이었으나 잠시 보류하고 우선 시외버스를 타고 허저우로 간 다음, 허저우에서 기차를 타고 스쟈좡(石家莊)으로 갔다가 스쟈좡에서 다시 시외버스를 타고 핑산현으로 가서 또 시외버스로 갈아타고 두칭하이가 사는 두쟈뎬(杜家店)으로 갔다. 사흘 째 되던 날 아침, 마침내 그는 두칭하이를 만나게 되었다. 오 년 동안 만나지 못했던 두 사람은 서로를 한참이나 쳐다보았다. 둘 다 확연히 늙었다는 느낌이 들었다. 간단히 인사를 주고 받고 나자 두칭하이가 약간 흥분하기 시작했다. 두칭하이가 감격에 겨워하는 것을 보고는 뉴아이궈도 감격했다. 두 사람은 너무 흥분한 나머지 악수하는 것도 잊고 있었다. 두칭하이가 손을 문지르면서 말했다.

"웬일이야? 어떻게 왔나?"

두칭하이는 제대하여 집으로 돌아온 뒤로는 차를 몰지 않고 돼지 사육장을 운영하고 있었다. 두칭하이의 아내 라오황(老黃)은 키가 아주 작고 눈이 컸다. 마침 몸을 쪼그리고 앉아 돼지 여물통에 먹이를 주고 있던 그녀는 남편의 친구가 찾아온 것을 보고는 다가와 뉴아이궈에게 인사를 했다. 두칭하이는 부대에 있을 때 깨끗한 것을 좋아하여 운전할 때 끼는 장갑도 하얗게 빨아서 끼곤 했다. 하지만 지금은 지저분한 옷차림에 집 마당 안팎이 온통 난장판이었다. 두 살 난 아들은 더럽기 그지없는 얼굴과 머리를 하고서 마당에서 닭을 쫓고 있었다. 뉴아이궈는 두칭하이가 부대에 있을 때는 말하는 걸 좋아했지만 지금은 별로 말이 없고 오히려 두칭하이의 아내인 라오황이 말하는 걸 좋아한다는 사실을 알게 되었다. 점심때가 되어 다 같이 식사를 하면서 말을 하는 사람은 라오황뿐이었고 두칭하이는 머리를 파묻고 '음, 음' 소리를 내면서 식사에만 열중했다. 라오황이 한 얘기는 전부 집안일에 관한 것이라 뉴아이궈는 잘 알아듣지도 못했다. 저녁 식사를 할 때도 라오황만 말을 하고 두칭하이는 '음, 음' 하면서 식사에만 열중했다. 라오황이 하는 말이 맞건 틀리건 간에 일체 반박하는 일도 없었다.

밤이 되자 두칭하이는 깨끗한 옷으로 갈아입고 뉴아이궈를 후퉈허 강가로 데려갔다. 이날은 음력 십오일이라 하늘에는 아주 큰 달이 떠 있었다. 후퉈허 물이 달빛 아래 고요히 흐르고 있었다. 두 사람은 오 년 전 부대 근처 고비사막 뤄수이허 강가에서 마음을 주고받던 시절로 돌아가 있었다. 두칭하이가 담배를 꺼내 둘이 한 대씩 피워 물었다. 하지만 지기라 해도 오 년이 지난 뒤의 대화는 오 년 전과 같지 않았다. 뉴아이궈는 자신과 팡리나의 일을 상세히 얘기했다. 그녀를 죽이는 것이 좋은지 이혼을 하는 것이 좋은지 의견을 물었다. 오 년 뒤라 상황이 달라지긴 했지만 말하는 사람과 해결책을 내주는 사람은 같았다. 두칭하이는 다 듣고 나서 오 년 전과 마찬가지로 그를 위한 해결책을 생각해냈다. 두칭하이가 말했다.

"말은 이렇게 하지만 정작 네가 하고 싶은 얘기는 이게 아닌 것 같군."

뉴아이궈가 말을 받았다.

"그게 무슨 뜻이야?"

"너는 사람을 죽이지도 못하고 이혼도 하지 못할 거야."

"왜 그렇게 생각하지?"

"죽일 생각이었다면 벌써 죽였을 것이고 나를 찾아오지도 않았겠지. 죽이는 일은 우선 미뤄두고 이혼 문제만 생각해보자고. 이혼은 어렵지 않아. 당장이라도 해치울 수 있지. 문제는 이혼한 다음에 네가 다른 사람을 찾을 수 있느냐 하는 거야."

뉴아이궈는 잠시 생각해보고 나서 사실대로 말했다.

"내가 군대에 있을 때 아버지가 돌아가시고 형제 셋이 아직 분가를 하지 않은 상태야. 큰형은 아이가 셋인 데다 큰형수가 병을 앓고 있지. 매달 진료비에 약값으로 이백 위안이 들어. 셋째 동생은 애인은 있지만 아직 집을 짓지 못해 가정을 꾸리지 못하고 있지. 집을 지으려면 내가 차를 몰아 돈을 벌어야 해."

말을 멈춘 그는 잠시 쉬었다가 다시 입을 열었다.

"결혼을 하지 않았다면 여자 구하는 일이 어렵지 않았을 거야. 하지만 결혼을 한 데다 아이까지 하나 있고 집안 형편도 이 모양이니 장담하기 어려울 것 같군."

두칭하이가 말했다.

"그리고 말이야, 이혼을 하고 싶은가 하는 것이 문제가 아니라 정말 이혼을 할 수 있느냐 하는 것이 문제인 것 같아. 이것이 네가 주저하는 이유일 거야."

한참 동안 말이 없던 뉴아이궈가 긴 한숨을 내쉬며 말했다.

"그럼 어떡하지?"

두칭하이가 뉴아이궈를 위로하며 말했다.

"이런 일에 관해선 말이야, 속담이 하나도 틀린 게 없지. 도둑을 잡으려면 장물을 잡아야 하고 간부를 잡으려면 둘이 함께 있는 현장을 잡아야 하지. 이런 일은 증거를 잡지 못하면 믿어도 없는 일이 되고 믿지 않아도 있는 일이 될 수 있거든."

뉴아이궈는 담배를 한 모금 빨고는 후뭐허의 물을 바라보다가 한참만에야 말을 받았다.

"이것보다 더 중요한 일이 한 가지 더 있어. 둘이 함께 있으면 서로 말이 없거든."

두칭하이가 말했다.

"할 말이 있는데도 하지 않는다는 거겠지."

그러고는 사방을 둘러보고 나서 목소리를 낮추며 말했다.

"너한테만 솔직히 말해주지. 나도 마누라 기분을 맞추며 살고 있어. 집 안이 형편없이 어지러운 거 못 봤어? 군대에서 보초 서는 것과는 다르단 말이야."

뉴아이궈가 말했다.

"그렇게 기분을 맞추며 산다면 앞으로는 어떻게 한단 말이야?"

"앞으로도 계속 함께 살아야 한다면 잘 살아야겠지. 둘 다 말이 없다면 네가 먼저 적극적으로 할 말을 찾아보는 게 어때? 말을 하더라도 나쁜 말은 가급적 피하라고. 집에 돌아가거든 듣기 좋은 말을 많이 해서 아내가 마음을 돌리게 해봐."

뉴아이궈가 물었다.

"서가 사진관의 일은 어떻게 해야 하지?"

"우선은 참는 수밖에 없어. 아내가 마음을 돌리기만 하면 이런 문제는 자연스럽게 사라지게 되겠지."

두칭하이는 그러면서 다시 한 번 뉴아이궈의 손을 잡았다.

"속담에 틀린 게 없어. 속이 좁아 가지고는 절대 군자가 될 수 없다고."

뉴아이궈의 눈에서 눈물이 솟아 나왔다. 두칭하이의 어깨 위에 머리를 기댄 그는 후퉈허 건너편을 바라보다가 잠이 들었다.

허베이에서 산시로 돌아온 뉴아이궈는 두칭하이가 말한 대로 사람을 죽이지도 않았고 팡리나와 이혼을 하지도 않았다. 팡리나와 함께 있을 때면 팡리나에게 듣기 좋은 말만 했다. 삼 년이 지나 뉴아이궈는 군대에 있을 때 두칭하이가 자신의 일에 대해 내려준 해결책은 하나 같이 훌륭했지만, 후퉈허 강가에서 자신과 팡리나의 일에 대해 내려준 해결책은 근본부터 잘못 되었다는 것을 알게 되었다.

뉴아이궈의 세 번째 친구는 천쿠이로 창즈 고속도로 건설현장에서 알게 되었다. 천쿠이는 공사장의 취사원으로 키가 크고 비쩍 마른 데다 왼쪽 얼굴에 커다란 사마귀가 하나 있었다. 사마귀 위에는 검은 털이 세 가닥 나 있었다. 다른 취사원들은 전부 뚱뚱했고 천쿠이만 말라깽이였다. 천쿠이는 허난 화(滑)현 출신으로 작은 외삼촌이 공사장의 십장이라 취사원으로 일하게 된 것이었다. 뉴아이궈는 말하는 걸 좋아하지 않고 천쿠이도 말하는 걸 좋아하지 않았다. 둘 다 말하는 걸 좋아하지 않았지만 함께 있으면 말이 통했다.

공사장의 취사장에서는 삼백 명이 넘는 사람들이 식사를 했기 때문에 천쿠이이는 아침부터 저녁까지 너무 바빠 온몸이 땀에 절곤 했다. 반면에 뉴아이궈는 트럭을 몰고 짐을 다 나르고 나서 자기 토방으로 돌아오면 비교적 한가해 종종 취사장으로 천쿠이이를 찾아가 한담을 나누곤 했다. 천쿠이이는 만터우를 찌고 음식을 만드느라 쉬지 않고 일을 했다. 뉴아이궈는 의자에 앉아 천쿠이이를 상대로 이런저런 한담을 주고받았다. 마침내 천쿠이이가 쉴 수 있게 되었을 때는 마침 취사장에 삶은 돼지 귀와 돼지 심장이 있어 대충 칼질 몇 번으로 두툼하게 썰어 참기름을 뿌린 다음 둘이 함께 먹곤 했다. 다 먹고 나서 눈길이 마주친 두 사람은 입을 닦으면서 웃었다. 돼지 귀와 돼지 심장은 매일 있는 것이 아니었다. 이런 주전부리가 없을 때면 일을 마치기를 기다려 마주 앉아 담배를 피웠다. 돼지 귀와 돼지 심장이 있는데 뉴아이궈가 공사장에서 바쁘게 일을 하느라 취사장을 찾지 못할 때면 천쿠이이가 일을 마치고 공사장으로 뉴아이궈를 찾아갔다. 사람들 틈에서 천쿠이이가 뉴아이궈를 향해 눈짓을 보내며 말했다.

"일이 있어."

그런 다음 두 사람은 앞치마에 대충 손을 문지르고는 엉덩이를 털고 자리를 떴다. 뉴아이궈는 재빨리 일을 마쳤다. 일을 마치고 트럭에서 내려 취사장으로 갔다. 천쿠이이는 돼지 귀와 돼지 심장을 잘 썰어서 접시 위에 담은 다음 가늘게 썬 파와 참기름을 얹어 놓고 있었다. 이런 비밀은 이내 사람들에게 발각되고 말았다. 동북 지방에서 온 사람 중에 샤오셰(小謝)라는 친구가 있었다. 공사장에서 작은 깃발을 들고 있다가 천쿠이이와 뉴아이궈가 앞서거니 뒤서거니 미묘한 모습으로 어디론가 가는 것을 보고서 여러 번 물었다.

"너희들 뭐 하는 거야?"

뉴아이궈가 말했다.

"아무 것도 아니야."

한번은 천쿠이이가 또 공사장을 찾아와 뉴아이궈를 향해 눈짓을 보내면서 "일이 생겼어."라고 말하자 뉴아이궈가 재빨리 일을 마무리하고 트럭에서 내려와 취사장으로 달려갔다. 그 모습을 보고는 샤오셰가 얼른 뒤따라가보았다. 취사장으로 들어서 보니 두 사람이 마주 앉아 머리를 맞대고 돼지 귀와 돼지 심장을 먹고 있는 게 아닌가. 샤오셰는 우연히 이 광경을 보게 된 척하면서 말했다.

"음식만 먹고 술은 안 마시네."

그러면서 마치 친한 친구인 듯이 자리에 끼어 앉으려 했다. 하지만 뉴아이궈와 천쿠이이는 그를 거들떠보지도 않았다. 샤오셰는 뻘쭘한 표정으로 옆에 서 있었다. 돼지 귀와 돼지 심장을 다 먹고 나서 뉴아이궈는 자리를 털고 일어나 다시 공사장으로 갔다. 천쿠이이가 샤오셰를 째려보다가 커다란 증롱에 가득 든 만터우를 솥에 쏟아 넣으며 말했다.

"배식하려면 좀 기다려야 돼."

돼지 귀와 돼지 심장이 아까운 게 아니라 샤오셰로 하여금 사람과 사람이 친구가 되는 것이 그리 간단한 일이 아니라는 걸 알게 하려는 생각에서였다. 하지만 뉴아이궈와 천쿠이이도 단지 서로 성격이 잘 맞아 이런저런 한담을 주고받을 뿐이었다. 뉴아이궈에게 고민거리가 생겨도 천쿠이이를 찾아갈 필요가 없었다. 천쿠이이는 머리가 뉴아이궈보다 더 혼란스러웠다. 뉴아이궈는 한 가지 일을 두 가지로 말했지만 천쿠이이는 한 가지 일을 네 가지로 말했다. 천쿠이이는 고민거리가 생기면 뉴아이궈를 찾아가 해결책을 구했다. 뉴아이궈가 그에게 애써 해결책을 마련해주면 그는 감격하여 이마가 땅에 닿도록 절을 했다. 뉴아이궈에게 고민거리가 생겨 천쿠이이를 찾아가면 천쿠이이는 앞치마에 손만 문지를 뿐, 속수무책이었다. 뉴아이궈가 군대에 있을 때 두칭하이에게 반문했던 것처럼 천쿠이이는 뉴아이궈에게 되묻기만 했다.

"네 생각은 어떤데?"

뉴아이궈는 스스로 해결책을 찾는 수밖에 없었다. 일의 일부를 정해 다시 천쿠이이에게 해결방안을 묻자 천쿠이이는 또다시 반문했다.

"네 생각은 어떤데?"

뉴아이궈는 또다시 스스로 해결방안을 모색하는 수밖에 없었다. "네 생각은 어떤데?"가 몇 번 반복되는 사이에 뉴아이궈는 스스로 문제를 해결하는 방법을 터득하게 되었다.

이해 단오절에 공사장에서는 생활을 개선하기 위해 취사장에 소 반 마리를 구입하게 했다. 집무시장에서는 소고기 가격이 제각각이었다. 가장 싼 것은 한 근에 구 위안 삼 마오 일 펀이었고 가장 비싼 것은 한 근에 십 위안 오 마오였다. 천쿠이이가 소고기를 사서 돌아와 보고한 가격은 한 근에 십 위안 오 마오였다. 공사장에는 천쿠이이의 작은 외삼촌이 있었다. 외삼촌은 소고기를 보고서 한 근에 구 위안 삼 마오 일 펀 짜리를 산 것이 아닌가 의심했다. 한 근에 가격 차이가 일 위안 이 마오나 되다 보니 반 마리면 약 이백 근이라 차액이 이백 위안이 넘었다. 소고기 가격의 진위를 놓고 두 사람은 말다툼을 벌이게 되었다. 천쿠이이가 말했다.

"구 위안 삼 마오는 물론이고, 육 위안 팔 마오 짜리도 있어요. 잔뜩 물을 머금은 고기지요."

그러면서 한 마디 덧붙였다.

"이백 위안이 뭐 그리 큰돈이라고 그러세요. 옛날에 아주 운이 안 좋을 때는 이천 위안이 넘는 돈을 날렸으면서."

한 가지 일이 두 가지로 변하고 있었다. 작은 외삼촌이 말했다.

"소고기가 문제가 아니라 거짓말이 문제야. 내가 알고 있는 것은 소 반 마리지만 모르는 게 얼마나 되는지 어떻게 알아."

이 한 마디에 천쿠이이는 손을 들어 '파박' 자기 얼굴을 후려치고는 악을 써가며 말했다.

"이런 씹팔, 내가 어떤 사람인 줄 다 알면서 왜 이러는 거야!"

그는 그 자리에서 앞치마를 풀어 던져버리고는 곧장 짐을 싸서 시외버스를 타고 허난으로 돌아왔다. 평소에 말을 잘 안 하는 사람들은 대부분 성질이 사나운 법이다.

천쿠이이가 떠날 때 뉴아이궈는 공사장에서 흙을 나르고 있었다. 점심때가 되었는데도 취사장에서는 배식을 하지 않고 십장이 인부들에게 사발면만 두 개씩 나눠주고 있었다. 그제야 그는 천쿠이이가 떠난 것을 알게 되었다. 뉴아이궈가 취사장으로 달려가 보니 차갑게 식은 솥과 부뚜막만 남아 있었다. 반 마리의 소고기는 바닥에 나뒹굴고 그 위로 파리 떼가 날아다니고 있었다. 자신도 모르게 탄식이 터져 나왔다. 천쿠이이가 떠난다는 말과 함께 곧장 가버린 것을 탄식하는 게 아니라 공사장에 더 이상 마음 터놓고 얘기할 수 있는 사람이 없게 된 걸 탄식하는 것이었다. 공사장이 갑자기 썰렁하게만 느껴졌다. 천쿠이이가 허난으로 돌아간 뒤로 뉴아이궈는 그와 편지를 주고받았다. 때로는 전화를 하기도 했다. 여러 사람들과 함께 얘기를 나누다가 누군가 허난을 언급하기만 하면 뉴아이궈는 곧장 천쿠이이가 생각났다. 하지만 뉴아이궈는 고민거리가 생겨도 허난 화현으로 천쿠이이를 찾아갈 수 없었다.

# 2장

# 이름의 변천사

뉴아이궈 엄마의 이름은 차오칭어(曹靑娥)다. 그녀의 성은 차오가 아닌 쟝(姜)이어야 했다. 사실은 쟝이 아니라 우(吳)여야 했다. 원래는 우도 아니라 양(楊)이어야 했다. 차오칭어는 다섯 살 되던 해에 허난에서 산시(山西)로 팔려갔다. 육십 년이 지난 후에도 차오칭어는 아버지 이름이 우모세라는 것과 엄마 이름이 우샹샹이라는 것을 기억했다. 엄마는 다른 사람과 눈이 맞아 도망가고 아버지는 그녀를 데리고 엄마를 찾으러 돌아다녔었다. 그녀는 신샹의 한 누추한 여인숙에 묵고 있을 때 인신매매범에 의해 유괴당하고 말았다. 그녀는 자신의 어릴 적 이름이 차오링이었다는 것도 확실하게 기억하고 있다.

차오링은 자신이 허난에서 산시로 팔려가는 동안 세 사람의 손을 거쳤다는 것을 기억하고 있었다. 첫 번째 사람은 라오요우(老尤)였다. 쥐약을 파는 그는 카이펑 사람으로 쉰 목소리에 입만 열었다 하면 쉴 새 없이 이야기를 쏟아냈다. 쥐약을 팔 때는 종종 노래를 함께 불렀고 평범한 일상의 이야기도 노래로 만들어 부르곤 했다. 차오링은 그와 곧잘 어울려 다녔다. 식사 중에 라오요우가 당나귀고기 샤오빙을 뜯어 그녀에게 건네주기도 했었다. 어느 날 희미하게 동이 틀 무렵, 라오요우는 자고 있는 차오링을 툭툭 쳐서 깨운 다음, 아버지가 급한 일이 생겨 카이펑으로 가면서 자신에게 차오링을 카이펑으로 데려다 달라고 부탁했다고 말했다. 다섯 살 난 어린 소녀는 아버지가 떠나고 혼자 남게 되자 두려운 마음에 이내 울음을 터뜨렸다. 그러다가 문득 아버지가 엄마의 편지를 받고 급히 엄마를 찾으러 간 것인지도 모른다는 생각이 들어 얼른 옷을 걸쳐 입고 라오요우를 따라 길을 나섰다. 카이펑은 원래 신샹 동쪽에 있었지만 라오요우는 동쪽으로 가지 않고 서쪽으로 향해 닷새 후 지위안(濟源)에 도착했다. 차오링은 동서남북도 제대로 알지 못할 뿐만 아니라 지위안과 카이펑의 관계도 알지 못했다. 그저 하루라도 빨리 아버지를 만날 수 있기를 바랄 뿐이었다.

아버지 곁을 떠난 뒤로 아이는 부쩍 철이 든 것 같았다. 아버지를 찾기 위해 차오링은 라오요우를 얌전히 따랐다. 길을 가다가 다리가 아파 라오요우가 쪼그려 앉아 담배를 피우면 차오링이 다가가 고사리 같은 손을 뻗어 땀을 닦아주었다. 식사를 할 때면 차오링은 라오요우에게 음식을 집어줄 줄도 알았고 밥을 다 먹기도 전에 라오요우에게 물을 한 사발 떠다줄 줄도 알았다. 하루아침에 열 살은 더 먹은 것 같았다. 지위안은 허난과 산시의 경계지였다. 지위안에 도착한 라오요우는 라오사(老薩)라는 행상을 만났다. 라오요우는 더 이상 길을 가고 싶지 않아 십 대양(大洋)을 받고 그에게 차오링을 팔아 넘겼다. 라오요우가 차오링을 라오사에게 넘기자 그제야 어떻게 된 일인지 알아차린 차오링은 당장 울음을 터뜨렸다. 차오링이 울음을 터뜨리자 라오요우는 마음이 약해져 십 대양을 다시 라오사에게 돌려주며 말했다.

"아이를 팔지 않겠소. 다시 카이펑으로 데리고 가서 딸로 삼아 직접 키우는 게 좋을 것 같소."

그러고는 한 마디 덧붙였다.

"이리로 오는 동안 아이가 얼마나 철이 들었는지 당신은 모를 거요. 아무래도 안 되겠소. 내가 잠시 생각을 잘못했던 같소."

라오사는 돈을 받지 않고 라오요우의 말을 받았다.

"이미 늦었소."

라오요우가 말했다.

"십 대양이 여기 그대로 있는데 늦긴 뭐가 늦었다는 거요?"

"거래를 되돌리는 것이 늦었다는 말이 아니라 당신이 늦었다는 거요."

"그건 또 무슨 말이오?"

"팔기 전까지만 해도 당신은 아이를 딸로 삼을 수 있었소. 하지만 이미 아이를 팔았고, 아이도 당신이 자신을 잘 키울 수 없다는 걸 알게 됐단 말이오. 원래 양이었던 녀석이 자라고 나면 호랑이로 변할 수 있는 법이지. 호랑이를 키워 화를 부른다는 말이 어떤 걸 두고 하는 말인지 알겠소? 바로 이런 걸 두고 하는 말이오."

그러면서 한 마디 덧붙였다.

"이건 하나의 관문이라 할 수 있소. 일단 이 관문을 넘으면 그 애와 아무리 가까워진다 해도 가족처럼 가까워지긴 어려울 거요."

라오요우는 고민 끝에 라오사의 말이 일리가 있다고 여기고는 이내 돈을 받아 몸을 돌려 떠나려 했다. 차오링은 라오요우가 가는 것을 보고는 또다시 '으앙'하고 울음을 터뜨렸다. 라오요우는 차오링이 우는 것을 보고는 자신도 덩달아 길바닥에 쪼그려 앉아 울었다. 라오사가 땅바닥에 침을 뱉으며 말했다.

"이런 걸 어디 사람 장사라 할 수 있겠나."

그러고는 라오요우의 다리를 걸어차면서 말했다.

"기왕 고양이가 되기로 했으면 쥐를 위해 울진 말란 말이오."

라오사의 손에 넘어간 뒤로 차오링은 라오사가 라오요우와는 전혀 다른 사람임을 알게 되었다. 라오사는 뤄양(洛陽) 사람으로 인신매매에 익숙해 아이를 가엽게 여길 줄 몰랐고, 차오링이 울었다 하면 곧바로 매질을 했다. 송곳을 가지고 다니면서 차오링이 시끄럽게 굴 때마다 송곳으로 차오링의 엉덩이를 찔러대며 겁을 주곤 했다. 밤에 잠을 잘 때도 차오링이 달아나지 못하도록 침대에 묶어두었고, 낮에 밖으로 나가기 전에는 손에 든 송곳을 흔들어 보이면서 겁을 주었다.

"사람들이 물으면 내가 네 아빠라고 해야 해."

차오링은 그의 송곳이 무서워 사람들이 있는 곳에서는 하는 수 없이 그를 아빠라고 불렀다. 라오사는 차오링을 데리고 계속 서쪽으로 갔다. 허난을 벗어나 산시 위안취(垣曲)현에 이른 그는 이십 대양을 받고 또 다른 인신매매범 라오비엔(老卞)에게 차오링을 넘겼다. 라오비엔은 산시 사람으로 쌈닭 눈을 하고 있었다. 과거에는 천을 팔았지만 사람을 파는 게 천 돈을 더 많이 벌 수 있다는 것을 알고 곧바로 사람 장사를 시작했다. 이런 일을 막 시작한 터라 사람됨이 라오사보다 독하진 않았다. 차오링을 때리지도 않았고 잠잘 때 묶어두지도 않았다.

하지만 차오링을 다른 사람에게 팔려고 할 때마다 이구동성으로 이십 대양은 너무 비싸다고 말했다. 아이를 비싸게 샀다면 이는 라오비엔 자신의 안목에 문제가 있는 것이 분명하지만, 그는 모든 잘못을 차오링에게 덮어씌우면서 더 이상 아이에게 호의를 보이지 않았다. 차오링이 뭔가 물어도 대꾸를 하지 않고 쌈닭 눈으로 노려보기만 했다. 차오링은 라오비엔이 때리지도 않고 송곳도 가지고 다니지 않고 그저 노려보기만 할 뿐이라 그를 조금도 무서워하지 않았다. 밤에 잘 때 묶어두진 않았지만 차오링은 라오비엔을 따라 잠을 자야 했다. 차오링은 어려서부터 어둠이 무서워 날이 어두워지면 감히 문 밖에 나서지도 못하는 데다 이미 천 리나 떨어진 산시로 온 터라 문을 나서도 아는 사람이 하나도 없었고 산시 사람들이 하는 말은 절반 밖에 알아듣지 못했기 때문에 감히 도망치지 못했다. 또다시 라오사 같은 사람에게 넘어간다면 차라리 지금 눈앞에 있는 라오비엔과 함께 있는 게 나았다.

라오비엔은 차오링을 데리고 북쪽으로 가기 시작했다. 창즈현 집무시장에 이르러 그는 차오링을 팔려고 했다. 그러나 집무시장을 몇 개 지나면서 그는 라오사에게 속았다는 사실을 깨달았다. 차오링은 몸집이 작고 머리칼이 누리끼리하여 어린 티가 확연했기 때문에 별로 값이 나가지 않았던 것이다. 십오 대양을 내겠다는 사람이 있는가 하면 십삼 대양을 내겠다는 사람도 있고 십 대양을 내겠다는 사람도 있었다. 하나같이 본전에도 미치지 못하는 가격이었다. 하루 종일 팔러 돌아다녔지만 끝내 팔지 못하고 날이 어두워지자 라오비엔은 다시 치아오링을 끌고 걷기 시작했다. 걸으면서 한 마디씩 중얼거리곤 했다.

"내가 애당초 널 너무 비싸게 본 거야."

보름이 지나도 차오링은 여전히 팔리지 않았다. 숙박비에 식비에 이런저런 여비가 더해졌다. 라오비엔은 조급해지기 시작했다. 마음이 조급할수록 차오링은 더 팔기 어려웠다. 가을이 깊어지면서 난위안산(南源山)과 들판이 온통 노란 잎으로 물들었다. 가을바람이 불면서 노랗게 물든 잎이 일제히 나무에서 떨어졌다. 길과 산에 나뭇잎이 가득했다. 숲속의 과일들도 무르익어 배와 복숭아, 밤, 호두가 나뭇가지에서 떨어졌다.

라오비엔은 여관에서 식사를 하면서 문득 돈이 아깝다는 생각이 들었다. 입은 두 개인데 한 사람이 먹을 밥만 샀으니 자신도 배불리 먹지 못했고 차오링도 배가 부르지 못했다. 하지만 이제는 땅바닥에 과일이 가득해져 차오링은 마음껏 주워 먹을 수 있었다. 먹고 또 먹다가 배가 부르면 다람쥐들과 놀았다. 팔려온 지 한 달쯤 되자 차오링도 익숙해졌다. 다람쥐가 나무 위를 뛰어다니다 몸을 구부려 인사를 하면 차오링은 깔깔대고 웃었다. 라오비엔은 차오링이 과일을 주워 먹는 것은 상관하지 않았지만 웃는 것을 보면 화를 냈다.

"내가 너를 팔려고 데리고 다니는 거지 놀라고 데리고 다니는 게 아니야!"

그러면서 손을 번쩍 치켜들었다.

"더 웃어봐. 한 번만 더 웃었다가는 맞을 줄 알아!"

차오링은 겁내지 않고 다른 쪽으로 뛰어가며 깔깔대고 웃어댔다.

이렇게 또 며칠 쉬는 사이에 차오링의 머리에 독창(禿瘡)이 생겼다. 라오비엔이 차오링을 데리고 묵던 곳은 전부 누추한 여인숙이었다. 밤에는 건초 더미 사이에서 자면서 얼마나 많은 사람들이 덮었을지 모를 이불솜을 덮어야 했다. 머리의 독창이 어디서 옮은 것인지도 알 길이 없었다. 독창이 생겨 아프다 보니 차오링은 웃지 않고 고개를 숙인 채 울면서 고통을 호소했다. 라오비엔이 가까이 다가가 보니 열 개가 넘는 독창이 이미 새빨개져 금세라도 고름이 터져 나올 것 같았다. 차오링은 원래부터 제 값에 팔기 어려운 아이였는데 머리에 독창까지 났으니 더 값이 나가지 않았다. 라오비엔은 독창을 보자 화가 나서 펄쩍 뛰며 말했다.

"조상님, 지금 저를 일부러 괴롭히시는 겁니까?"

그러고는 화가 나 땅에 주저앉으며 말했다.

"차라리 네가 날 갖다 팔아라."

차오링은 라오비엔이 화를 내는 모습을 보고는 머리 위의 독창이 심해져 아픈 줄도 모르고 머리를 치켜들며 까르르 웃었다.

샹위안(襄垣)현에는 원쟈좡(溫家莊)이라는 마을이 있었다. 이 마을에는 라오원(老溫)이라는 지주가 살았다. 라오원은 십 경 정도 되는 땅을 소유하여 열 명 정도의 하인을 부리고 있었다. 라오원의 집에서 큰 마차를 모는 사람은 라오차오(老曹)였다. 라오차오는 마흔이 갓 넘었고 염소수염을 기르고 있었다. 이날 라오차오는 원쟈좡을 출발해 창즈현의 지주에게 깨를 팔러 갔다. 노새 세 마리가 수레에 가득 실은 깨를 끌었다. 사오천 근은 족히 되는 것 같았다. 집을 나설 때는 해가 높이 떠 있고 바람도 더위도 없더니 툰류(屯留)현 경내에 들어서자 먹구름이 몰려오기 시작했다. 라오차오가 하늘을 살펴보니 서북쪽에서 구름이 몰려오고 있었다. 구름이 갈수록 많아지는 것을 보니 곧 비가 쏟아질 것 같았다. 깨가 물에 젖으면 어쩌나 하는 생각에 라오차오는 얼른 채찍으로 노새 등을 내리쳤다. 노새들이 빨리 달리기 시작하더니 단숨에 칠팔 리 길을 달려 시위안허(西源河) 강변에 이르렀다. 마침내 거마점이 하나 보였다. 하늘에서는 비가 억수같이 쏟아지고 있었다. 라오차오는 황급히 수레를 거마점 안으로 밀고 들어갔다. 수레에 실린 깨는 거적으로 덮여 있어 젖지 않았지만 라오차오의 옷은 홀딱 젖었다. 라오차오는 노새를 묶어놓고 거마점 주인에게 먹이를 주게 한 다음 하늘을 한 번 살펴보고는 거마점 부엌으로 들어갔다. 부엌에서 불을 한 대야 피운 다음 겉옷을 벗어 널었다. 대야 위로 축축한 연기가 피어올랐다. 몸이 따뜻해져 정신이 든 그는 그제야 부엌 구들에 사내 하나가 웅크리고 앉아있는 것을 발견했다. 사내 옆에는 아이가 하나 누워 있었다. 말린 옷을 주워 입고 구들 앞으로 다가간 라오원은 아이가 여자아이인 것을 알게 되었다. 조그만 얼굴이 빨갛게 달아올라 코로 숨을 내쉬면서 정신없이 자고 있었다. 아이의 이마에 손을 얹어 보았더니 불에 데인 것처럼 뜨거웠다. 아이의 이마가 벌겋게 달궈져 있는 숯 같았다. 사내를 쳐다보니 담뱃대를 하나 쥐고 답답한 듯 한숨을 내쉬고 있었다. 라오차오가 물었다.

"여기 묵고 계시오?"

라오차오를 힐끗 쳐다본 사내가 고개를 끄덕였다. 라오차오가 말했다.

"조심하셔야지요. 길 위에서는 절대 아프지 말아야 해요."

그러고는 한 마디 덧붙였다.

"형씨, 아이를 잘 돌봐야 해요. 그냥 이대로 버려서는 안 될 것 같군요."

사내는 다시 한 번 라오차오를 쳐다보았다.

"돌보라고요? 형씨가 돈을 주기라도 할 거요?"

말문이 막힌 라오차오가 약간 언짢은 어투로 말을 받았다.

"이 아이 아버지는 내가 아니라 형씨요. 좋은 마음으로 얘기하는데 그렇게 받아들이면 안 되는 것 아니오!"

그러자 뜻밖에도 사내가 자신의 머리를 감싸 쥐고 '흑흑' 흐느끼기 시작했다. 라오차오는 당혹스러웠다. 그가 마음이 너무 괴롭거나 여비가 떨어졌을 거라는 생각이 들었다. 거마점 부엌에서 묵는 것도 돈을 절약하기 위해서일 거라고 생각하고는 설득해 보려 했다. 하지만 그는 타이를수록 더 울기만 했다. 라오차오로서도 더 이상 방법이 없었다. 사내가 한참을 울고 나서 마침내 고개를 들었다. 라오차오는 그제야 그가 쌈닭눈이라는 사실을 알게 되었다.

마음이 진정되자 남자는 이 아이가 자신의 아이가 아니라고, 자신은 사람을 사고파는 장사꾼이라고 말했다. 처음 이 일을 시작한 터라 아무 것도 모르고 이십 대양을 주고 이 아이를 사서 촌과 진으로 돌아다녔지만 이 주가 지나도록 팔리지 않는다는 것이었다. 팔리지 않으니 본전은 말할 것도 없고 먹고 자는 비용이 들어 한참 손해를 보았는데 설상가상으로 아이 머리에 독창까지 생겨 제값을 받고 파는 것이 더 어려워졌다고 하소연했다. 독창 때문에 아이는 몸에서 고열이 났지만 아무리 머리를 굴려도 방법이 없으니 고민만 쌓여가고 있었다. 얘기를 다 듣고 난 라오차오는 그가 사람을 사고파는 장사꾼이라는 사실도 잊은 채 그를 걱정해 주었다. 하지만 머리를 짜내도 해답이 없기는 그 역시 마찬가지였다. 그의 곁에서 같이 한숨을 내쉬는 수밖에 없었다. 이때 사내가 갑자기 라오차오의 손을 잡으며 말했다.

"형씨, 차라리 형씨가 이 아이를 데려가면 어떻겠소?"

라오차오는 깜짝 놀라 황급히 뒤로 물러섰다.

"나는 창즈현으로 깨를 팔러 가는 길이오. 아이를 사라니요. 말도 안 돼요."

사내가 말했다.

"되는 대로 얼마만 쥐어주세요. 흥정은 하지 않을게요."

사내는 한 말을 되풀이했다.

"많이 주지 않으셔도 아이가 죽는 것보단 나을 것 같습니다. 죽으면 정말로 팔 방법이 없어지니까요."

그의 말에 라오차오는 쓴웃음을 지으면서도 그가 솔직한 사람이라는 걸 느낄 수 있었다. 라오차오는 마흔이 넘도록 아내에게 아이가 생기지 않아 아직 아이가 없는 처지였다. 라오차오가 말했다.

"아이를 사는 것이 강아지를 사는 것과는 다르지 않겠소? 이렇게 큰일을 어떻게 말 한 마디로 결정할 수 있단 말이오?"

사내가 말했다.

"형씨는 지금 이 아이가 불쌍하지도 않습니까?"

"이건 불쌍하고 안 불쌍하고의 문제가 아니에요. 난 지금 창즈현에 가서 깨를 팔아야 한단 말이오. 게다가 이건 나 혼자 책임지고 결정할 수 있는 간단한 일이 아니란 말이오. 집사람과 상의를 해 봐야 한단 말이오."

사내는 라오차오의 이 한 마디를 붙잡고 늘어졌다. 사내가 물었다.

"형씨는 어디 분이신가요?"

"샹위안현 원쟈좡에 살고 있소."

비가 그치고 하늘이 맑아졌다. 라오차오는 노새가 먹은 건초 값을 지불하고 서둘러 길을 떠났다. 라오차오는 아이를 사는 일은 말 몇 마디 나눈 것으로 얘기가 끝났으니 그걸로 마무리되었다고 생각했다. 그러나 이틀 뒤에 라오차오가 깨를 팔아 원쟈좡으로 돌아와 보니 사내와 그 병든 아이가 그의 집에 와 있는 것이 아닌가. 아이는 구들 위에 누워있고 사내는 문턱에 쪼그리고 앉아 담배를 피우고 있었다. 라오차오는 웃지도 울지도 못할 처지였다.

"나를 쫓아다닐 거요?"

시내가 문틀에 '탁탁' 담뱃대를 털었다.

"형님, 술 한 병 데웁시다. 형수님이 이 아이를 원하신답니다."

'형수'는 다름 아닌 라오차오의 아내였다. 라오차오로서는 생각지도 못한 일이었다. 도대체 어떻게 말했기에 아내를 설득할 수 있었는지 도통 모를 일이었다. 라오차오의 아내가 문발을 걷고 나와 라오차오에게 말했다.

"전 이 아이를 원해요. 생긴 것도 단정하니 십삼 대양이면 비싼 편도 아니잖아요."

라오차오는 아내가 옷을 전부 새 것으로 갈아입은 걸 보고는 그녀가 장난으로 얘기하는 게 아니라는 것을 알아차렸다. 라오차오가 말했다.

"아이 몸에 저렇게 열이 나는 걸 보면 살지 죽을지 알 수 없단 말이오."

라오차오의 아내가 말했다.

"열은 내리고 있어요."

라오차오가 구들로 다가가 아이의 이마에 손을 대보니 과연 열이 많이 내려 있었다. 아이는 라오차오가 자신의 이마를 만지는 것을 보고는 눈을 크게 뜨고 라오차오를 훑어보았다. 라오차오도 아이를 이리저리 살펴보았다. 살구씨 같은 눈에 오똑 솟은 코, 조그만 입이 어우러진 것이 절대로 못생겼다고 할 수 없는 얼굴이었다. 이틀 전 거마점에서는 불덩이 같더니 어떻게 이곳에 오자마자 열이 내린 것인지 신기하기만 했다. 라오차오는 자기도 모르게 고개를 가로저었다. 그의 아내가 말했다.

"아이 머리 봤어요? 온통 독창이 나 있어요."

라오차오 아내의 말이 다 끝나기도 전에 사내가 끼어들었다.

"독창이라고 다 같은 게 아닙니다. 이건 새로 생긴 거예요. 오래된 게 아니라고요. 나아지고 있는 걸 알 수 있어요."

그러면서 한 마디 덧붙였다.

"어린 뼈랑 여린 살은 빨리 아물지요. 이런 사소한 병도 없었다면 가격이 그렇게 싸지 않았을 겁니다. 형님, 돈을 주세요. 지금부터 저는 다시는 사람 장사 안하고 천 장사를 할 겁니다."

라오차오는 또 웃지도 못하고 울지도 못하는 처지가 되고 말았다. 하지만 라오차오의 집에서는 모든 일을 그의 아내가 결정했다. 아내가 아이를 원한다고 하니 라오차오로서는 주머니를 뒤져 열쇠를 꺼내 궤를 열고 돈을 내주는 수밖에 없었다. 집에 있는 돈은 팔 대양이 전부라 지주인 라오원에게 가서 돈을 빌려야 했다.

라오원네는 농사를 짓는 것 외에 '원지(溫記) 식초공방'이라는 작은 공장을 운영하고 있었다. 하루에 식초를 백열 단지 빚어낼 수 있었다. 항아리마다 붉은색 네모 종이가 붙어 있고, 그 위에는 '원지'라는 두 글자가 찍혀 있었다. 반경 백십 리 안에 사는 집들은 전부 라오원네 식초를 먹었다.

라오차오는 지주네 수레를 몰기도 하고 식초공방 일이 바쁠 때면 밤에 지주를 도와 초지게미를 저어주기도 했다. 라오차오가 지주네 후원에 도착해 보니 라오원이 마침 큰 홰나무 아래서 저우쟈쟝(周家莊)의 지주 라오저우(老周)와 장기를 두고 있었다. 저우쟈쟝은 원쟈쟝에서 오십 리 정도 떨어져 있었다. 저우쟈쟝의 라오저우네는 농사를 짓는 것 외에 술공방도 운영하고 있었다. 술공방 이름은 행화촌(杏花村)과 의미가 같은 '도화촌(桃花村)'이 었다. 이 술공방에서는 매운 술도 빚고 달콤한 술도 빚었다. 주변에 있는 몇 개 현에 혼례나 장례가 있을 때면 모두들 라오저우네 술을 찾았다.

식초를 파는 라오원과 술을 파는 라오저우는 사이가 아주 좋았다. 새해를 맞거나 명절을 보낼 때면 라오원이 라오저우를 찾아가거나 라오저우가 라오원을 만나러 오곤 했다. 평소에도 두 사람은 자주 왕래했다. 두 사람이 만나면 이런저런 얘기를 나누거나 장기를 두었다. 지금 장기판을 사이에 두고 라오저우는 잔을 받쳐 들고 차를 마시고 있고 라오원은 장기 패 두 개를 손에 들고 만지작거리고 있었다. 서로 이기겠다며 뚫어져라 장기판을 내려다보고 있었다. 손님이 와 있는 것을 본 라오차오는 돈을 빌리러 왔다는 말을 꺼내기가 어려워 그냥 돌아가려 했다. 라오원이 무심코 고개를 들었다가 라오차오를 보고는 큰소리로 그를 불러세웠다.

"무슨 일인가?"

라오차오는 머뭇거리며 말했다.

"별일 아닙니다, 지주 어른."

라오원이 말했다.

"라오저우는 모르는 사람도 아닐 테니 어서 말해보게."

라오차오는 그제야 입을 열었다.

"돈 좀 빌려주실 수 있을까요."

"설도 아니고 명절도 아닌데 돈은 빌려 뭐 하려고?"

라오차오는 하는 수 없이 아이를 사게 된 이야기를 하나부터 열까지 상세하게 얘기하고 나서 한 마디 덧붙였다.

"지주 어른, 저는 정말이지 이 아이를 원하지 않습니다. 아무래도 집사람이 제정신이 아닌 것 같습니다. 여하튼 돈을 빌려주시면 연말 결산 때 제 임금에서 제하고 주시면 됩니다. 아이가 여자 아인데 머리에 온통 독창이 난 게 여간 불쌍하지 않더라고요."

라오원은 아무 말도 없고 라오저우가 입을 열었다. 라오저우는 자주 원쟈좡의 라오원 집을 오갔다. 그 날로 돌아갈 때도 있고 날이 저물어 하루 묵었다가 마차를 타고 돌아갈 때도 있었다. 하루 묵었다가 돌아갈 때면 라오차오가 라오원 집의 마차를 몰아 라오저우를 데려다주곤 했다. 라오저우네 마차에서는 술 냄새가 나고 라오원네 마차에서는 식초 냄새가 났다. 라오저우가 마차 안으로 들어서며 말했다.

"냄새만 맡아도 마차가 바뀐 걸 알겠군."

오십 리를 가는 동안 두 사람은 이야기를 나누곤 했다. 화제는 주로 라오저우가 먼저 던졌다. 라오저우는 라오원네 일에 관해 묻기도 하고 라오차오네 일에 관해 묻기도 했다. 대화는 라오저우가 한 마디 물으면 라오차오가 한 마디 대답하는 식이었다. 이렇다 보니 라오저우도 라오차오네 사정을 잘 알고 있었다. 라오저우가 말했다.

"우선 아이가 불쌍한 것은 덮어두고 자네 부부에게 아이가 없으니 하나 사들이는 것도 나쁘지 않겠군."

라오원도 고개를 끄덕이며 말을 받았다.

"아이를 위해서도 나쁠 건 없지. 목숨을 하나 구하는 것이 칠 층짜리 불탑을 쌓는 것보다 낫다지 않나."

하지만 아이를 사고 나서야 라오차오는 알게 되었다. 아내가 아이를 원했던 건 아이를 위한 것도 아니고 부부 두 사람을 위한 것도 아니었다. 칠 층짜리 불탑을 쌓기 위한 것도 아니었다. 오로지 둘째 삼촌의 재촉을 잠재우기 위해서였던 것이다. 둘째 삼촌이란 다름 아닌 라오차오의 동생이었다. 라오차오의 정식 이름은 차오만창(曹滿倉)이었고 동생의 정식 이름은 차오만툰(曹滿囤)이었다. 차오만창은 어렸을 때부터 성품이 온순했고 차오만툰은 어려서부터 몹시 조급한 성격이었다. 차오만창은 어려서부터 키가 커서 성인이 되었을 때는 일 미터 칠십팔이나 되었지만 차오만툰은 난쟁이라 성인이 되어서도 키가 일 미터 오십육밖에 되지 않았다. 키가 작은 데다 성격까지 급하다 보니 늘 업신여김을 당하곤 했다. 밖에서 괴롭힘을 당하다가도 집에만 돌아오면 포악한 모습을 보였다. 부모님에게도 패악을 떨었고 차오만창에게도 패악을 떨었다. 패악을 떤다는 건 남의 밥그릇에 있는 먹을 것을 빼앗거나 손에 들고 있는 장난감을 빼앗는 걸 의미하는 게 아니라, 말을 하거나 일을 처리할 때 자기 기분대로 하는 것을 의미했다. 이렇게 말해야 할 것을 저렇게 말했고 저렇게 처리해야 할 일을 이렇게 처리했다. 일시적으로 자기 마음에 거슬리면 곧바로 데굴데굴 구르고 울고불고 악을 써대며 억지를 부렸다. 동생이 이럴 때면 부모님은 차오만창의 따귀를 때렸다.

"이만큼 컸으면서 아직도 철이 덜 들어 동생한테 양보할 줄 모르는 게냐!"

일이 꼬이지 말아야 하는데 모든 것이 꼬인 채로 흘러갔다. 이런 습관은 두 형제가 다 클 때까지 계속되었다. 두 사람은 어른이 되어 각자 아내를 얻었다. 형제가 함께 일할 때는 모든 면에서 차오만툰이 결정권을 행사했다.

차오만창과 그의 아내는 둘 다 키가 컸고 차오만툰과 그의 아내는 둘 다 키가 작았다. 차오만창의 아내는 체격이 크고 키가 훤칠했지만 아이를 갖지 못했고, 차오만툰의 아내는 몸집이 새알처럼 작았지만 단번에 삼남 이녀 다섯 아이를 낳았다.

그 지역의 풍습에 따르면 큰집이 아이를 갖지 못할 경우, 둘째네 큰아이가 큰집의 양자로 들어가야 했다. 양자로 들어가면 큰집 어른들을 살아 있을 때부터 죽은 뒤까지 잘 모셔야 할 뿐만 아니라 큰집의 가업까지 이어야 했다. 하지만 차오만창의 아내는 차오만툰의 첫째 아이를 양자로 들이고 싶어 하지 않았다. 차오만툰 부부가 키가 작다 보니 아이들도 키가 작아 열여섯 살이 되었는데도 겨우 책상 높이만 했다. 키는 작고 다리는 굵은 데다 머리는 크다 보니 영락없는 난쟁이였다. 아이가 난쟁이 같다는 게 주요 문제는 아니었다. 차오만창의 아내가 가장 싫어하는 것은 차오만툰이 말을 할 때마다 사사건건 차오만창 집안을 언급하는 거였다. 차오만툰은 차오만창의 아내가 마흔이 넘어서도 아직 아이를 갖지 못하는 걸 보면서 걸핏하면 아내에게 말했다.

"더 기다릴 거 없어. 얼른 큰애를 양자로 들여보내라고."

차오만창은 감히 아이를 안 받겠다는 말을 못하고 있었지만 차오만창의 아내는 차오만툰을 두려워하지 않았다. 여자가 아이를 낳지 못하는 것은 약점이라고 말들 하지만, 차오만창의 아내가 이를 약점으로 여기지 않으니 다른 사람들도 별 수 없었다. 차오만창은 차오만툰을 두려워하면서도 걸핏하면 그와 말다툼을 했다. 차오만창의 아내는 차오만툰이 계속해서 아이를 양자로 들일 것을 권하는 걸 보고는 그들 부부가 자신들의 재산을 가로채려

한다는 걸 알아챘다. 처음에는 대꾸도 하지 않던 그녀는 나중에 단호하게 잘라 말했다.

"둘째 삼촌, 이 일은 다시 거론하지 않았으면 좋겠어요. 길고 짧은 건 대봐야 알지요. 저는 아이를 받을 생각이 전혀 없습니다."

차오만툰이 물었다.

"왜 안 받겠다는 건가요?"

차오만창의 아내가 말했다.

"쉰이 다 되어 아이를 낳는 사람도 있는 걸요."

차오만툰이 그 자리에서 화를 내며 되물었다.

"그때 가서도 낳지 못하면 어쩔 건가요?"

차오만창의 아내가 말했다.

"그때까지 낳지 못하면 삼촌 형님에게 키 작은 여자 하나를 들여 드려야 되겠지요."

이 한 마디에 차오만툰은 말문이 막혀버렸다. 그 다음 행보도 완전히 막혀버리고 말았다. 말은 이렇게 했지만 그 뒤로 몇 년이 지나도 차오만창의 아내는 여전히 아이를 갖지 못했다. 그렇다고 키 작은 아내를 새로 들이는 문제를 거론하지도 않았다. 그러다가 이제 사람을 파는 장사꾼을 만나 집에 어린 딸을 들일 수 있게 된 것이다. 어린 여자아이는 원래 차오링이라 불렸지만 새로 '가이씬(改心)'이라는 이름을 지어주었다. 그녀의 마음을 돌렸다는 뜻이었다.

가이씬은 머리에 독창이 가득했지만 차오만창의 아내는 아이를 의사에게 데리고 가지 않고 샹허(襄河) 강변으로 데리고 가 강물로 상처를 씻어주었다. 머리의 독창은 이미 고름이 잡혀 있었다. 차오만창의 아내는 먼저 고름을 짠 다음에 상처를 씻어주었다. 그녀는 키도 크고 힘이 좋아, 고름을 짜기 시작하자 가이씬은 머리를 감싸 쥐고 고양이처럼 울어댔다. 고름을 다 짜고 상처를 씻은 다음 차오만창의 아내가 가이씬에게 물었다.

"가이씬, 내가 좋아 아니면 친엄마가 좋아?"

가이씬이 말했다.

"아줌마가 더 좋아요."

그녀는 손을 들어 올리더니 가이씬의 따귀를 때렸다.

"다섯 살밖에 안 된 게 입을 열었다 하면 거짓말이로구나."

가이씬은 '으앙' 하고 울음을 터뜨렸다.

"거짓말 아니에요. 친엄마는 다른 남자랑 눈이 맞아 도망쳤단 말이에요. 아줌마는 도망치지 않았잖아요."

차오만창의 아내는 강가에 털썩 주저앉아 깔깔대며 웃었다. 그녀가 다시 물었다.

"고향이 어딘지 아니?"

가이씬이 고개를 끄덕였다.

"알아요. 옌진이에요."

"엄마는 다른 사람이랑 도망갔지만 아빠는 보고 싶겠구나?"

가이씬은 고개를 가로저었다.

"아빠는 돌아가셨어요."

"그럼 누가 보고 싶니?"

"새아빠요."

"새아빠 이름이 뭔데?"

"새아빠 이름은 우모세예요."

차오만창의 아내는 또다시 '찰싹'하고 가이씬의 따귀를 때리면서 말했다.

"앞으로 옌진을 생각해서도 안 되고 네 새아빠를 보고 싶어 해서도 안 돼. 언제든지 이 두 가지를 생각하면 네 머리의 독창에서 고름을 짜줄 거야."

그러고는 손을 내밀어 가이씬의 독창을 짜려고 했다. 가이씬은 재빨리 손으로 머리를 가리면서 '으앙'하고 울어버렸다.

"아줌마, 전 아무도 보고 싶지 않아요."

고름을 짠지 한 달이 지나 상처에서 머리카락이 나기 시작하는 걸 보니, 차오만창의 아내가 잘 짜준 것 같았다. 처음에 차오만창은 아이를 사는 데 동의하지 않았다. 아이를 사는 데 동의하지 않은 것은 둘째 마누라를 들이려는 의도 때문이 아니었다. 마차를 모는 일로는 두 아내를 먹여 살리는 것이 쉽지 않았다. 설사 먹여 살릴 수 있다 해도 아내의 성격을 잘 아는 터라 차오만창으로서는 절대 작은 마누라를 들일 수 없었다. 이제 아이를 샀으니 좋은 방법을 찾아야했다. 그는 사들인 아이가 자신과 친해지지 않을지도 모른다고 생각했다. 그러나 뜻밖에도 한 달쯤 지나자 가이씬과 친해지면서 서로 말이 통하게 되었다.

아이가 하나 생기자 집안에 활기가 넘쳤고 많은 것들이 변하기 시작했다. 하지만 마차를 몰러 집을 나설 때면 걱정거리도 더 많아졌다. 차오만창이 아이를 사들인 일이 차오만툰의 심기를 건드린 것 같았다. 차오만툰이 불쾌해 하는 것은 차오만창에게 아이를 사들이지 말라고 얘기했기 때문도 아니고 더 이상 자기 큰아이를 그 집에 들여보내 가업을 계승하게 할 수 없게 되었기 때문도 아니었다. 문제는 이렇게 큰일을 결정하면서 자신과 아무런 상의도 하지 않았다는 것이었다. 상의를 하고 안 하고도 그다지 중요하지 않았다. 차오만창 부부가 이 아이를 사들인 것이 자신을 상대로 기싸움을 하려는 의도였다는 게 문제였다. 차오만창 부부는 기가 세졌고 차오만툰은 속이 뒤틀렸다. 두 집안은 앞뒤로 붙어살면서 문을 드나들며 시도 때도 없이 마주쳤다. 과거에는 형제가 마주칠 때마다 얘기를 주고받곤 했지만 이제는 서로 말을 한 마디도 안 하게 되었다.

연말이 되었다. 차오만툰에게는 진즈(金枝)라는 여섯 살 난 딸이 하나 있었다. 이해 정월 아이의 목에 연주창이 생겼다. 섣달에는 그런 대로 괜찮더니 정월이 되자 연주창에 걸리고 만 것이다. 연주창은 고치기 어려운 병이 아니었다. 시장 한약방에 가서 연주창 고약을 사다 며칠 붙이면 금세 낫는 병이었다. 하지만 차오만툰은 딸의 연주창이 커지도록 그냥 내버려 두었다. 약을 사러 가지도 않았다. 처음에는 콩알만 하던 연주창이 며칠이 지나자 대추 만하게 커졌다. 진즈가 마당에서 울면서 말했다.

"아빠, 목에 난 연주창 때문에 아파 죽겠어요. 어서 시장에 가서 약 좀 사다 주세요."

차오만툰이 마당에서 발을 동동 구르며 말했다.

"사긴 뭘 사! 딸 하나 키우는 게 무슨 소용인지 모르겠네. 머지않아 시집 가버리면 그만인데 말이야!"

차오만창 가족들은 앞마당에서 차오만툰이 말하는 걸 듣고서 자신들을 겨냥한 것임을 알았다. 차오만창의 아내가 뛰어나와 몽둥이를 하나 집어 들고는 가서 따지려 하자 차오만창이 아내를 붙잡으며 말했다.

"자기 아이를 두고 한 말이지 가이씬을 두고 한 얘기가 아니야. 가서 무슨 말을 하려고 그래?"

차오만창의 아내는 잠시 생각해보고 나서 땅바닥에 침을 '퉤'하고 뱉었다.

다시 사흘이 지나자 진즈의 목에 난 연주창이 사발만큼이나 커졌다. 진즈는 너무 아파서 몇 번이나 까무러쳤다. 아이는 기절했다 깨어나 아빠를 쳐다보며 말했다.

"아빠, 연주창이 너무 아파요. 시장에 가서 약 좀 사다 주세요. 초가집 산장(山墻)⁵ 구멍에 제 세뱃돈 감춰둔 게 있어요."

차오만툰은 여전히 발을 구르며 말했다.

"안 사. 차라리 죽는 게 낫다고."

저녁이 되어 '덜컥'하고 진즈가 정말로 죽고 말았다. 마지막 숨을 내쉬자 목이 거꾸로 굽어 등 뒤로 축 처졌다. 하룻저녁 사이에 차오만툰의 집에서는 아무 소리도 들리지 않게 되었다. 오경이 되어 닭이 울자 차오만툰의 통곡 소리가 들려왔다. 그는 자신의 죽은 딸 때문에 우는 것이 아니었다. 그가 울면서 말했다.

"차오만창, 너와 내가 한 하늘을 이고 살 수가 없구나."

울음은 그칠 줄 모르고 이튿날 새벽까지 계속되었다. 차오칭어는 다 자란 뒤에야 그해 진즈가 연주창을 앓았을 때 둘째 삼촌은 결코 딸을 죽게 내버려둘 생각이 없었다는 걸 알게 되었다. 그는 연극을 했던 것이다. 원래 그는 초닷새부터 초열흘까지 연극을 하면서 사람들을 괴롭힐 작정이었다. 진

---

5  'ㅅ'자형 지붕 가옥 양측면의 높은 벽.

즈의 병을 진찰할 의사까지 이미 알아둔 터였다. 하지만 초여드렛날 진즈가 정말로 죽어버릴 줄 누가 알았겠는가. 차오만툰이 손을 쓰려 했지만 이미 때가 늦은 뒤였다. 그가 통곡한 것은 죽은 아이 때문이 아니라 연극이 현실이 되었기 때문이었다. 차오씨네 형제는 이때부터 평생 서로 말을 하지 않았다.

이것이 뉴아이궈의 엄마 차오칭어가 지난 육십 년 동안 그에게 자주 들려주던 이야기다.

# 3장

# 자루 속의 은화

친위안현에는 뉴쟈좡(牛家莊)이라는 마을이 있었다. 뉴쟈좡에는 소금을 파는 라오딩(老丁)과 농사를 짓는 라오한(老韓)이 살았다. 라오딩은 소금을 파는 것 외에 소다도 팔았다. 파는 김에 찻잎도 팔고 실담배와 바늘, 실 등도 같이 팔았다. 라오딩이 소금과 소다를 팔긴 했지만, 집에 제염장이 있는 것이 아니라 전부 현성의 소금가게와 소다가게에서 사다가 마을을 돌아다니며 되파는 것이었다. 마을과 시장을 돌아다니며 장사하는 사람들은 원래 말하기를 좋아하기 마련이지만, 라오딩은 하루에 말을 열 마디도 하지 않았다. 마을에 들어가 장사를 할 때 사람들이 소금 가격을 묻고 소다 가격을 묻고 찻잎과 실담배, 바느질 도구의 가격을 물어대기 시작하면 라오딩은 항상 손짓으로 대답을 대신 했다. 사람들이 물었다.

"라오딩, 흥정이 불가능하다는 거요?"

라오딩은 말을 하는 대신 고개를 가로저을 뿐이었다. 사람들이 또 물었다.

"장사를 하면서 어떻게 가격을 흥정할 수 없다는 거요?"

라오딩은 무표정한 얼굴로 더 이상 사람들을 상대하지 않았다. 반경 십리 안에 있는 여덟 개 마을에 사는 사람들 모두 라오딩의 융통성 없는 성격을 잘 알고 있었다.

라오한은 농사를 지었다. 종일 밭에 나가 일하고 가축과 농작물을 다루다 보면 말하기를 좋아하지 않는 것이 정상이었지만, 라오한은 하루에 말을 수천 마디나 했다. 밭에서 일을 할 때에는 참고 있다가 일을 하지 않을 때 길거리에서 사람을 만났다 하면 무조건 말을 걸었다. 몇 마디 말을 건넸는데도 사람들이 반응이 없으면, 다른 재미있는 얘기를 꺼내면서 사람들을 못가게 가로막았다. 마을 사람들은 라오한이 오는 것을 보면 재빨리 몸을 숨겼다. 그러면 라오한은 화를 냈다.

"니미럴, 말 몇 마디 나누는 게 그렇게도 힘드냐? 숨긴 왜 숨는 거야?"

라오딩과 라오한은 친한 친구 사이였다. 말하기를 싫어하는 사람과 말하기를 좋아하는 사람은 원래 사이가 좋을 수 없지만 이 두 사람에게는 공통의 취미가 있었다. 늦가을이 되어 경작지의 농작물을 다 거두고 이듬해 수확할 밀을 뿌리는 일도 다 끝나면 두 사람은 산에 올라가 토끼를 잡았다. 라오한은 토끼가 뛰어나오는 것을 보았다 하면 재빨리 어깨에서 화승총을 내려 수평으로 조준했다. 라오딩은 토끼를 잡을 때 어깨에서 총을 내리지 않은 채 '탕' 하고 한방에 방아쇠를 당겼다. 라오한이 총을 조준하는 사이에 토끼는 멀찌감치 숲 사이로 사라졌지만, 총을 내리지 않고 쏘는 라오딩은 항상 단 한 발에 토끼를 명중시켰다. 집을 나선지 사흘 만에 토끼사냥을 마치고 돌아오면 라오한의 총부리를 피하지 못한 토끼는 수십 마리에 달했지만 라오딩이 짊어진 대바구니는 토끼로 가득 채워져 아주 묵직했다. 토끼 외에 라오딩은 종종 꿩이나 노루, 여우를 잡기도 했다. 토끼를 잡는 습관도 달랐다. 두 사람은 원래 함께 토끼를 잡으러 다니지 말았어야 했다. 하지만 두 사람에게는 토끼사냥 외에 또 다른 공통의 취미가 있었다. 다름 아니라 전통극인 샹당방즈(上黨梆子)의 창을 하는 것이었다.

두 사람은 전통극의 창을 하기 위해 함께 다녔다. 평소에 말하는 걸 좋아하지 않는 라오딩이었지만 창을 했다 하면 완전히 다른 사람으로 변해 입과 혀가 바삐 움직였다. 발음도 옹골지고 또렷하여 생기가 넘쳤다. 본래 친구 사이인 두 사람은 창을 하기 시작하면 부부나 부자지간이 되기도 했다. 두 사람은 《무가파(武家坡)와 《유주로 쳐들어가다(闖幽州)》, 《백문루(白門樓)》, 《살묘(殺廟)》 등의 전통극 창을 했다. 《아내를 죽이다(殺妻)》를 창하기도 했다. 때로는 전통극의 한 절목을 창하기도 했고 연이어 극 전체를 다 창하기도 했다. 모든 것이 그때그때 두 사람의 흥에 달려 있었다. 긴 극 전체를 창하기 시작하면 종종 토끼 잡는 것도 잊어버리기 일쑤였다. 신명나는 부분을 창할 때면 라오한은 총을 어깨에 멘 채로 빙글빙글 원을 그리며 돌았다.

"마누라, 반년 동안 경사에 갔다가 돌아온 뒤로 무수한 소문을 들었소. 집 안에서 차분하게 일이나 하고 있지 않고 문 밖에 나가 무슨 짓을 한 거요?"

라오딩이 재빨리 치마를 걷어 올리는 시늉을 하면서 라오한의 창에 읍을 하여 예를 갖추며 창을 받았다.

"여보, 저는 정말 억울해요. 하나하나 자세하게 말씀드릴게요."

라오한은 입으로 징과 북소리를 내기도 했고 삼현금 타는 소리를 내기도 했다. 라오딩은 긴 덧소매를 떠는 시늉을 하면서 창을 계속했다. 때때로 길게 외치기도 했다.

"아들아, 말이 맞지 않는 것 같구나. 어서 이리 나와 보거라!"

라오한이 곧바로 총을 메고 다가왔다.

"아버지, 이 일에 대해 모르고 계신 것이 있습니다."

라오딩이 재빨리 입으로 북소리와 삼현금 소리를 내자 라오한이 창을 하기 시작했다.

두 사람이 친구 사이다 보니 두 집안의 가족들 역시 가깝게 지냈다. 라오딩은 슬하에 삼남 이녀를 두었고 라오한은 딸만 넷이었다. 라오딩의 작은 딸은 일곱 살로 이름이 옌즈(胭脂)였고 라오한의 막내 딸은 여덟 살로 옌홍(嫣紅)이라고 불렸다. 옌홍과 옌즈는 항상 함께 강가에 가서 풀을 베곤 했다.

이해 가을 팔월 십오일에 두 아이는 강가로 풀을 베러 갔다. 오후 내내 풀을 베고 나니 날이 곧 어두워질 것 같아 두 아이는 얼른 풀을 짊어지고 집으로 돌아왔다. 농지를 지나면 앞에 큰 길이 펼쳐졌다. 두 아이는 길가에 물건이 하나 떨어져 있는 것을 보았다. 솜저고리 같기도 하고 전대 같기도 했다. 두 아이 모두 물건을 주우려고 농지에서 도로를 향해 달리기 시작했다. 한 살 많은 옌홍이 옌즈보다 더 빨리 뛰어 한 걸음 먼저 물건 앞에 도착해서는 재빨리 손에 집어 들었다. 자세히 살펴보니 자루였다. 옌홍은 자루가 꽤나 무거운 것을 확인하고는 풀을 담은 자신의 광주리 안에 넣어 등에 짊어지고 집으로 돌아왔다. 집으로 돌아와 엄마에게 알리자 옌홍의 엄마, 즉 라오한의 아내는 '찰싹'하고 옌홍의 뺨을 후려쳤다.

"뭘 주워 와도 안 되는 판에 자루를 주워 오다니. 자루를 줍는 건 화근이 된다는 걸 몰라서 그래!"

옌홍은 '으앙'하고 울음을 터뜨렸다. 자루를 열어본 라오한의 아내는 깜짝 놀라고 말았다. 자루 안에는 은화 대양이 한 무더기나 들어 있었다. 은화를 꺼내 일일이 세어보니 육십칠 대양이었다. 저녁 먹을 때가 되어 라오한이 일을 마치고 돌아오자 라오한의 아내는 그를 방안으로 불러 자루와 은화를 보여주었다. 새하얀 은화가 한 무더기나 있는 것을 본 라오한 역시 멍한 눈만 멀뚱거렸다. 입을 벌려봤지만 말이 나오지 않았다. 입을 더 벌려도 말이 나오지 않았다. 평소에 말하기 좋아하는 라오한이었지만 뜻밖의 재물을 대하자 어디서부터 얘기를 시작해야 좋을지 몰랐다. 두 내외는 밤새 잠을 이루지 못하고 은화를 어디에 쓸 지 궁리해보았다. 땅을 두 무 살 수도 있고 세 칸짜리 집을 지을 수도 있었다. 아니면 가축을 몇 마리 더 사들일 수도 있었다. 한 가지 일을 하는 데는 이렇게 많은 돈이 들 것 같지 않았다. 이야기를 하면 할수록 라오한은 흥분했다. 드디어 이야기 상자가 열리면서 밤새 얘기를 해댔다. 얘기의 내용은 전부 땅을 사고 집을 짓고 가축을 더 사들인 뒤의 상황에 관한 것이었다. 이튿날 아침 일찍 라오한의 아내가 옌홍을 불렀다.

"어제 자루를 주운 일은 다 잊어버려야 한다."

그러고는 한 마디 덧붙였다.

"한 마디라도 발설했다가는 밧줄로 네 목을 졸라 죽여 버릴 테니까 알아서 해."

너무 놀란 옌홍은 또다시 '으앙'하고 울음을 터뜨렸다.

아침 식사를 할 때쯤 라오딩이 찾아왔다. 라오한은 라오딩이 토끼 사냥을 떠나는 일에 대해 상의하러 온 줄 알았으나 그의 입에서는 전혀 뜻밖의 이야기가 나왔다.

"듣자하니 어제 옌훙이 자루를 하나 주었다면서요?"

라오한은 어제 옌훙이 옌즈와 함께 있었다는 사실을 알고는 얼른 둘러댔다.

"집에 돌아오자마자 애 엄마한테 호되게 두들겨 맞았다네. 자루 안에 말린 똥거름이 반 정도 들어있더라고."

그러고는 긴 탄식을 내뱉으면서 한 마디 덧붙였다.

"옛말에 자루를 줍는 것은 화의 근원이라고 했는데, 대체 언제 어디서 무슨 안 좋은 일이 생길지 몰라 불안해 죽겠다네."

라오한보다 두 살 어린 라오딩이 웃으면서 말했다.

"형님, 우리 옌즈가 그 자루를 만져 보니 그 안에 돈이 들어 있는 것 같았다고 하던데요."

라오한은 그를 속일 수 없겠다는 생각에 말을 받았다.

"어느 가게 주인인지 조심성 없이 길을 가다가 흘린 것 같더군. 찾으러 오길 기다리면서 함부로 건드리지 않고 있다네."

"찾으러 오는 사람이 없으면 어떡하죠?"

라오한이 다소 불쾌한 어투로 말을 받았다.

"찾아오는 사람이 없다면 그저 아무도 모르는 일이 되는 거지 뭘 그러나."

"아무도 모른다 해도 우리 사이에는 할 얘기가 남아 있겠지요."

"무슨 말을 한단 말인가?"

"그 자루는 옌즈와 옌훙이 함께 주은 거니까요."

라오한이 화를 내며 말했다.

"자루가 우리 집에 있는데 어째서 자네 딸이 주었다는 건가?"

"옌즈 말로는 둘이 함께 자루 앞까지 뛰어 갔는데 옌훙이 한 살 위라 옌즈를 무시하고 집어 들었다고 하더라고요."

라오한이 자기 허벅지를 내리치며 말했다.

"라오딩, 그래서 자넨 어떻게 하고 싶은 건가?"

"절반씩 나눠야지요. 두 사람이 함께 주은 것은 말할 것도 없고, 옌훙이 줍는 것을 옌즈가 옆에서 보고 있었으니까요. 속담에도 아는 사람끼린 모든 걸 절반씩 나눈다는 말이 있잖아요."

"라오딩, 자네 지금 나랑 말장난하자는 건가?"

"저는 이 돈을 두고 하는 말이 아니라 이치가 그렇다는 겁니다."

"자네가 그렇게 말한다면 우리 둘 사이엔 더 이상 상의할 일이 없네."

"상의할 일이 없다고 해도 말은 제대로 하고 넘어가야 하지요."

"또 무슨 말을 한단 말이야?"

"관청에 가서 얘기하자고요."

이 일이 관청에 알려지면 주은 물건은 몰수당할 것이 분명했다. 라오한은 라오딩의 속뜻을 알고도 남았다. 못 먹을 감이라면 찔러나 보자는 심보였다. 두 사람이 함께 토끼를 잡고 전통극 창을 하면서 이십여 년을 의좋게 지내왔건만, 라오한은 큰일이 닥쳤을 때 라오딩이 이렇게 험악하게 나오리라고는 생각지도 못했다. 평소에는 말하는 걸 좋아하지 않던 사람이 중요한 순간에는 어찌 이렇게 말을 잘하는 건지 정말 알다가도 모를 일이었다. 입이 창을 할 때보다 더 날카롭고 매서웠다. 그가 말하는 걸 보니 오기 전에 이미 다 생각해 둔 것임을 알 수 있었다. 평소에 두 사람이 사이가 좋았던 건 전부 사소한 일들이라 그랬던 것이고 이제 중요한 일에 직면하자 본색을 드러내는 것이었다. 라오한은 재물에 욕심이 나서 그에게 돈을 나눠주기가 아까운 것이 아니라 이러한 이치를 납득할 수가 없었다. 돈을 나눠준다 해도 두 사람 관계는 끝난 것이나 마찬가지였다. 라오한은 속이 뒤틀렸다.

"이 자루는 주은 것이지 훔친 게 아닐세. 관청에 가서 고발하고 싶으면 얼마든지 해보게."

라오딩도 약한 모습을 보이지 않고 몸을 돌리며 말했다.

"마침 오늘 현성에 소금을 사러 가려는 참이었는데 잘 됐네요."

하지만 이 일은 먼저 관청에 가서 알리거나 라오딩이 현에 갔다 돌아오는 길에 관청에 가서 고발하고 돌아올 때까지 기다릴 필요가 없었다. 오후가 되자 자루 주인이 집으로 찾아왔다. 자루 주인은 샹위안현 원쟈좡의 지주 라오윈의 집에서 수레를 모는 라오차오였다.

팔월 보름 전에 라오차오는 황두를 수레에 가득 싣고 휘저우로 팔러 갔다. 휘저우의 황두 가격이 샹위안현보다 한 근에 이 리(釐)나 더 비쌌다. 샹위안현은 휘저우에서 삼백 리나 떨어져 있어 한 번 오가는 데 닷새가 걸렸다. 갈 때는 수레가 무거워 사흘이 걸렸지만 돌아올 때는 빈 수레라 이틀 정도면 충분했다. 라오차오는 휘저우에서 황두를 다 팔았다. 이번에는 황두 값만 받은 것이 아니라 휘저우 양곡도매상이 여름철에 라오윈에게서 빌려간 밀 값도 함께 받아 다 합쳐 육십칠 대양이나 되었다. 라오차오는 빈 수레로 돌아오는 길에 너무 피곤한 나머지 졸다가 깨기를 반복하며 가축이 끄는 대로 앞으로 나아가고 있었다. 친위안현의 뉴쟈좡 어귀를 지나 강가를 지나고 도랑을 지날 때, 수레가 덜컹거려 돈을 담아 둔 자루가 미끄러져 바닥에 떨어졌다. 수레가 샹위안 경계로 들어선 뒤에야 자루를 잃어버린 것을 알아차린 라오차오는 너무 놀라 온몸에 식은땀이 났다. 서둘러 지나온 길을 되짚어가며 찾아봤지만 자루의 종적은 찾을 길이 없었다.

라오차오는 마을마다 찾아다니며 어느 집에서 자루를 주웠는지 일일이 물어보며 다녀야 했다. 어젯밤부터 오늘 오후까지 백 개가 넘는 마을을 돌아다녔다. 입이 마르고 혀가 아프도록 물었지만 자루의 종적은 알아내지 못했다. 가망이 없을 것 같다는 생각으로 뉴쟈좡에 도착한 그는 계속 자루의 행방을 묻고 다녔다. 그저 마음이나 편하자고 물은 것이었는데 뜻밖에도 뉴쟈좡 사람들은 애어른 할 것 없이 모두 라오한의 딸이 자루를 주운 일에 대해 알고 있었다. 원래는 아무도 몰랐던 것을 라오딩이 소금을 팔러 가면서 한바탕 떠들어대는 바람에 모두들 알게 된 것이었다. 곧장 라오한의 집을 찾아갔다. 더는 속일 수 없다는 걸 깨달은 라오한은, 라오딩이 공연히 트집을 잡아 말썽을 일으켜 자신의 경사를 망쳐버린 것을 원망하면서 자루를 내주는 수밖에 없었다. 라오차오는 자루를 보자마자 엉덩이를 땅바닥에 깔고 주저앉았다. 자루 안에 든 은화를 쏟아놓고 세어보니 하나도 모자라지 않았다. 라오차오가 일어서서 라오한을 향해 허리를 깊이 숙이며 말했다.

"형님, 자루를 찾게 되리라고는 정말 생각지도 못했습니다."

그러고는 자기 속마음을 털어놓기 시작했다.

"형님, 형님이 아니라 제가 자루를 주웠다면 절대 내놓지 않았을 겁니다. 이곳에 오면서 밧줄을 구해 자루를 못 찾으면 곧바로 목을 맬 작정이었지요. 주인어른께 예순 개가 넘는 은화를 제가 어떻게 배상할 수 있겠습니까! 배상 하나 못하나 마찬가지였을 겁니다. 집에 돌아가 마누라에게 설명할 수도 없었을 테니까요. 제가 목을 매지 않으면 아내라도 목을 맸을 겁니다."

라오차오는 라오한을 자세히 쳐다보고 나서 말을 이었다.

"형님, 보아하니 형님은 농사를 지으면서도 절대 재물에 욕심을 부리지 않으시는 것 같군요. 얼마 안 되는 돈에 욕심을 부리지 않는 일은 흔하지만 예순 개가 넘는 은화를 보고도 전혀 마음이 흔들리지 않다니, 형님은 정말 보통 분이 아니십니다."

라오차오가 이렇게 말하니 라오한은 오히려 부끄럽고 황송하기 그지없었다. 라오한은 평소에 말을 아주 잘했지만 지금은 한 마디도 하지 못했다. 라오차오가 다시 입을 열었다.

"오늘 이 일은 결코 작은 일이 아닙니다. 형님께서 괜찮으시다면 의형제를 맺고 정말로 형님으로 모시고 싶습니다."

라오한은 너무 갑작스러운 일이라 어떻게 대응해야 할지 알 수 없었다. 전혀 모르는 사이였던 두 사람이 어떻게 갑자기 형제가 될 수 있단 말인가? 라오차오의 눈에 마당 한가운데 멍하니 서서 입에 손가락을 물고 있는 작은 딸의 모습이 들어왔다.

"형님 아이로군요? 우리 딸보다 한두 살 많을 것 같네요."

라오한이 딸을 가리키며 말했다.

"그 자루를 바로 저 애가 주워왔다오."

라오차오가 갑자기 라오한의 손을 잡아끌며 말했다.

"가시지요."

라오한이 어리둥절한 표정으로 물었다.

"어딜 간단 말이오?"

"우리 시장에 가서 먼저 닭을 한 마리 사서 도원결의를 하고 이 아이에게

새 옷도 한 벌 사 입히는 겁니다."

이렇게 자루 하나 때문에 샹위안현 원쟈좡의 라오차오와 친위안현 뉴쟈좡의 라오한은 평생 좋은 벗이 되었다. 이 일이 있고 나서 한참이 지나 라오한이 말했다.

"정말 사람의 마음은 알 수가 없다니까. 자루 하나 때문에 친구를 하나 잃고 다시 친구를 하나 얻었으니 말이야."

한 친구는 라오딩을 가리키는 것이었고 또 한 친구는 라오차오를 가리키는 것이었다. 샹위안현과 친위안현은 백 리가 넘게 떨어져 있었지만, 이때부터 설이나 명절을 쇨 때마다 라오차오는 멀고 험한 길을 달려 라오한의 집을 찾아갔다. 단오절에 한 번, 팔월 보름에 한 번, 설에 한 번, 이렇게 일 년에 세 번을 찾아갔다. 라오한은 라오차오가 한 해만 이렇게 하고 말 줄 알았는데 뜻밖에도 라오차오는 매년 세 번씩 그를 찾아갔다. 라오한도 라오차오의 진심을 받아들여 샹위안현으로 라오차오를 찾아가곤 했다. 이렇게 시작된 두 사람의 왕래는 그 뒤로도 십여 년이나 계속 되었다. 라오한을 알게 되었을 때 라오차오의 나이가 마흔을 넘었던 터라 십여 년이 흘러 어느덧 예순을 바라보고 있었다.

이해 여름 뉴쟈좡에 관제묘(關帝廟)가 세워졌다. 관제묘에 처음으로 공양을 하는 날, 뉴쟈좡에서 전통극 희반(戱班)[6]을 초청하여 공연을 가졌다. 초청된 희반은 우샹(武鄕)현의 탕쟈반(湯家班)으로 샹당방즈를 공연했다. 탕쟈반은 유월 초이레부터 시작하여 유월 초아흐레까지 사흘 연속 공연을 할

---

6  극단.

계획이었다. 뉴쟈좡에서 이 일을 관장하는 사람은 일흔 살이 넘는 뉴라오다오(牛老道)로 평생 마을 일을 관장해 왔다. 마을의 대소사를 전부 그가 직접 나서서 처리했다. 관제묘 역시 그의 의견에 따른 것이었다.

주변 다른 마을에 비해 뉴쟈좡은 상대적으로 새로운 마을로 형성된 지 얼마 되지 않았다. 백 년도 채 되지 않았다. 뉴라오다오의 할아버지 세대가 기근으로 인해 살던 곳을 떠나 이곳으로 와 강가 모래톱에 터전을 다지고 이후 여러 다양한 성을 가진 사람들이 들어와 살았다. 주위의 다른 마을은 전부 오래된 마을이라 몇 백 년 전의 일까지 얘기할 수 있었지만, 이 점에 있어서 뉴쟈좡은 난쟁이똥자루 밖에 되지 않았다. 다른 마을들은 전부 묘당을 갖추고 있었지만 뉴쟈좡에는 묘당이 없었다.

뉴라오다오는 나이가 일흔이 넘자 죽기 전에 한 가지 큰일을 이루고 싶었다. 다름이 아니라 관제묘를 세우는 것이었다. 그는 진파룽(晉發榮)이라는 사람을 끌어들였다. 그 역시 나이가 일흔이 넘은 노인으로 여태까지 마을 일을 처리할 때마다 뉴라오다오를 도와 왔다. 두 노인이 집집마다 찾아다니며 묘당을 지을 돈을 기부하라며 유세를 했다. 묘당을 짓는 일은 닭장을 짓는 일과는 다르기 때문에 다른 사람들은 쉽게 해내지 못했다. 하지만 뉴라오다오는 평생 마을의 일을 도맡아 처리했고 집집마다 일이 생기면 모두 그에게 처리를 부탁했던 터라, 그가 나서자 모든 사람들이 일제히 호응하면서 돈을 낼 사람은 돈을 내고 몸으로 때울 사람은 몸으로 때우기로 했다. 관제묘가 건립되고 관제의 입위(入位)를 기다리고 있었다. 관제묘가 그럴 듯하게 모양새를 갖춘 것을 보고서 뉴라오다오는 몹시 흡족해했다. 그러면서 마음속으로 또 다른 야심을 갖게 되었다.

"관제묘에 첫 공양을 하는 날부터 사흘 동안 전통극 공연을 하는 거야. 관제를 위해서가 아니라 뉴쟈좡의 이름을 빛내기 위해서 말이야."

그는 또다시 진파룽과 함께 바구니를 들고 집집마다 전통극 공연을 위한 모금에 나섰다. 하지만 사람들 모두 이미 관제묘 건립을 위해 돈을 낸 터라, 전통극 공연을 위해 또다시 돈을 내려니 지난번처럼 그렇게 큰 열정이 생기지 않았다. 그러자 뉴라오다오도 방법에 융통성을 발휘하기로 했다. 전통극 공연 때, 돈을 낼 사람은 돈을 내고 나무판이나 탁자, 의자, 양곡을 낼 사람은 그걸로 대신할 수 있게 한 것이다. 나무판이나 탁자, 의자는 무대를 만드는 데 사용할 수 있고 양곡은 국수를 만들어 희반 사람들에게 식사로 제공할 수 있었다.

물건들이 모이고 돈도 걷히고 보니 이백육십오 위안의 목돈이 되었다. 뉴라오다오와 진파룽은 함께 전대를 메고 또다시 우샹(武鄕)현으로 희반을 초청하러 갔다. 희반의 반주는 라오탕(老湯)이라는 인물이었다. 라오탕은 원래 샹당(上黨) 사람이 아니라 위샹(楡鄕)현 사람이었다. 그는 위샹현에서 태어났지만 스스로 샹당 사람이라고 떠들고 다녔다. 단지 우샹현에서 희반을 일으켰을 뿐이고, 자신의 샹당방즈가 정통을 계승하고 있다는 것이었다. 사람들이 그에게 물었다.

"라오탕, 당신 어디 사람이오?"

라오탕이 대답했다.

"샹당 사람입니다."

뉴라오다오는 항상 일에 관해 얘기했다. 마을 안의 일을 얘기했고 마을 밖의 일도 얘기했다. 과거에는 희반의 반주 라오탕과도 잘 알고 지냈었다.

라오탕을 만나자 뉴라오다오는 친위안현 뉴쟈좡의 관제묘에 관한 일을 하나부터 열까지 자세히 설명하면서 전통극 공연 날짜를 유월 초이레부터 유월 초아흐레까지로 정했다. 그리고 나서 라오탕에게 공연비용으로 이백육십오 위안을 건넸다. 라오탕의 희반은 하루 공연비용이 백 위안이었다. 사흘을 연달아 공연하면 삼백 위안을 받아야 마땅했다. 뉴라오다오가 말했다.

"라오탕, 미안하네. 삼십 위안이 부족하네."

라오탕이 돈을 내려다보면서 약간 불쾌한 어투로 말했다.

"일 위안이 부족하다면 그건 이해할 수 있겠지만 무려 삼십 위안이나 부족하다니, 그냥 넘어갈 수 없을 것 같네요."

뉴라오다오가 말했다.

"마을이 작은 데다 큰일을 치른 적도 없어서 그렇다네. 한눈에 뵈도 가난한 마을이잖나. 일흔이 넘은 우리 두 늙은이들을 봐서라도, 그리고 백 리 길을 달려온 성의를 봐서라도 자네가 우리 체면 좀 살려주게나."

라오탕이 여전히 눈살을 찌푸리고 있는 것을 본 뉴라오다오가 몸을 일으키며 말했다.

"아니면 자네에게 내 마고자라도 벗어 줘야 하겠나?"

라오탕이 고개를 가로저으며 말했다.

"영감님, 말씀을 그렇게 하시면 안 되지요."

그러면서 돈을 받아 챙겨 넣었다. 뉴라오다오는 그가 승낙한 것을 확인하고는 한 마디 덧붙였다.

"라오탕, 분명하게 말해두지만 돈이 적다고 흉내만 내선 안 되네. 창을 제대로 해야 한단 말일세."

라오탕이 말했다.

"창에 대해서는 마음 놓으세요. 뉴쟈좡을 위해서가 아니라 우리 자신을 위해서라도 탕가의 희반은 절대로 스스로 간판을 망가뜨리지 않으니까요."

그러고 나서 또 말했다.

"돈이 모자라니 먹을 거라도 잘 챙겨주세요. 창하는 사람들이 더 이상 억울해하지 않게 말이에요. 창을 하는 사람들 모두 입이 아주 까다롭거든요."

"걱정 말게. 끼니마다 고기를 먹을 수 있게 해줄 테니까."

유월 초사흘이 되자 뉴쟈좡은 떠들썩해지기 시작했다. 관제묘 앞에 전통극 무대가 세워지고 화려한 가림막이 설치되었다. 마등(馬燈)도 내걸렸다. 과일이나 잡화, 주전부리를 파는 수많은 행상들이 사흘 전부터 뉴쟈좡에 와서 좌판을 벌렸다. 라오한은 마을에서 전통극 공연을 한다는 것을 알고는, 샹위안현 원쟈좡에 사는 친구 라오차오에게 유월 초닷새에 출발하여 유월 초엿새에는 반드시 친위안현 뉴쟈좡에 도착하여 그 다음날 함께 샹당방즈 공연을 보자는 전갈을 보냈다.

라오차오는 전갈을 받고 나서 약간 망설였다. 라오차오는 조용한 것을 좋아하고 떠들썩한 분위기를 즐기지 않을 뿐만 아니라 전통극 공연도 그다지 좋아하지 않았다. 게다가 이제 나이가 들어 별로 가고 싶지 않았다. 간다면 아내와 딸을 함께 데리고 가서 가는 길 내내 말동무를 삼고 싶기도 했다. 하지만 아내와 딸은 모두 길이 멀다고 가기를 싫어했다. 딸 가이씬은 지난번에 라오한의 쉰 살 생일에 아빠를 따라 친위안현에 다녀온 뒤로 사흘이나 다리가 아팠다고 말했다. 하지만 라오차오는 친위안현 뉴쟈좡에 사는 친구 라오한이 전통극을 즐겨 들을 뿐만 아니라 창을 따라 하는 것도 무척 좋아

한다는 사실을 잘 알고 있었기 때문에, 우정을 저버릴 수 없어 유월 초닷새 이른 아침에 혼자서 친위안현으로 출발했다.

집을 나선 그는 길에서 '원지 식초공방' 주인인 샤오원을 만났다. 샤오원은 나이가 서른이 넘었다. 샤오원의 아버지가 바로 예전의 주인장 라오원이었다. 라오원은 팔 년 전에 죽었다. 라오원 생전에는 모두들 라오원을 주인장이라고 불렀다. 주인이 샤오원으로 바뀌고 나서 샤오원이 '주인장'이라는 호칭을 싫어하자, 모두들 그를 '사장'이라고 불렀다.

사장이 된 샤오원은 말하는 것이나 일 처리하는 것이 주인장 라오원과 사뭇 달랐다. 주인장 라오원은 일을 처리하는 방식이 구태의연했던 데 반해 샤오원은 새로운 방식을 모색했다. 친위안현 최초의 고무 바퀴가 달린 수레가 바로 샤오원이 사들인 것이었다. 고무바퀴 달린 수레가 거리를 번갯불처럼 빠르게 달릴 때마다 사람들은 넋을 놓고 바라보았다. 이 수레는 또 공기 제동장치가 있어서 한 번 밟으면 차가 '끼익'하고 요란한 소리를 내면서 멈춰 조금도 움직이지 않았다. 라오차오는 이 수레를 몰면서 자신이 먼저 겁을 먹었다. 라오차오가 나이가 많다 보니 샤오원은 그를 '아저씨'라고 불렀다. 샤오원은 수레에 탈 때마다 항상 라오차오를 다그쳤다.

"아저씨, 좀 더 빨리요!"

일 년이 지나면서 라오차오 역시 빠른 속도에 익숙해졌다. 샤오원은 저우자좡 '타오화촌(桃花村)' 양조장의 사장 샤오저우(小周)에게도 고무바퀴 달린 수레를 사라고 부추겼다. 샤오저우의 아버지는 예전에 저우자좡의 지주였던 라오저우로 역시 육 년 전에 세상을 떠났다. 샤오원은 라오차오가 한껏 단장을 하고 건량까지 등에 지고서 문을 나서는 걸 보고는 물었다.

"아저씨, 어디 가세요?"

라오차오가 말했다.

"아 네, 사장님, 친위안현에 전통극을 구경하러 가는 길이에요."

이어서 그는 샤오원에게 전통극을 구경하는 일에 관해 상세하게 설명해 주고 나서 말했다.

"실은 전통극 때문이 아니라 친구의 한 마디 때문에 가는 거라오. 백 리가 넘는 길을 사람을 보내 전갈하는 게 쉬운 일은 아니지요."

샤오원이 물었다.

"어떤 극인데요?"

"샹당방즈라 하더군요."

뜻밖에도 샤오원이 같이 가겠다고 나섰다.

"아저씨, 잠시만 기다려주세요. 제가 아저씨랑 같이 갈게요. 그러지 않아도 요 며칠 몹시 따분했거든요."

그러고 나서 또 한 마디 던졌다.

"전통극을 보기 위해서가 아니라 그냥 가는 길에 기분 전환이나 하려고요."

샤오원이 간다고 하자 이제 가는 것이 달라졌다. 라오차오 혼자 간다면 친위안현까지 걸어서 갔겠지만 샤오원이 간다고 하자 라오차오는 노새 서너 마리가 끄는 고무바퀴 달린 큰 수레를 몰고 가려 했다. 걸어서 친위안현에 가자면 이른 아침에 출발하여 밤늦게까지 걸어서 하루 반나절을 가야 했지만 고무바퀴가 달린 큰 수레를 타고 달리니 '딸랑 딸랑' 가축의 목에 달린 방울 소리를 들으면서 당일 오후에 친위안현 경계에 들어설 수 있었다. 장터를 지날 때 샤오원은 라오차오에게 수레를 세우게 하고는 양 반 마리와 소귀나무 한 광주리, 술 두 단지를 샀다. 술은 '타오화촌'의 것을 사지 않고 '싱화촌'의 것을 샀다. '싱화촌'의 술은 저우쟈쟝 샤오저우네 '타오화촌'의 술보다 순했다.

두 사람은 해가 떨어지기도 전에 뉴쟈쟝에 도착했다. '원지 식초공방'의 사장이 라오차오와 함께 전통극을 보러 왔다는 사실은 라오차오의 체면을 세워줬을 뿐만 아니라 친위안현 뉴쟈쟝에 사는 라오한의 체면도 세워주었다. 새까만 노새 세 마리가 끄는 고무바퀴 달린 커다란 수레가 '끼익'하는 소리와 함께 라오한 집 대문 앞에 멈춰 서서 술과 고기, 과일을 내려놓자 라오한은 너무 기뻐서 어쩔 줄을 몰라 했다. 라오차오와 샤오원이 하루 앞당겨 도착한 터라 라오한은 미처 그를 맞이할 준비를 갖추지 못해 몹시 당황하는 기색이었다. 서둘러 마당에 물을 뿌리고 빗자루로 쓴 다음, 방 하나를 통째로 비워 나무 침상을 가져다놓고 이부자리를 깔아 샤오원이 묵을 수 있게 해주었다. 저녁이 되자 마을 일을 전부 관장하는 뉴라오다오가 샹위안현 '원지 식초공방'의 사장이 왔다는 소식을 듣고 그를 만나러 찾아왔다. 평소에 '원지'의 식초를 먹고 있던 그는 인사를 건네고 먼저 '원지'의 식초를 칭찬했다. 샤오원이 황급히 몸을 일으키며 말했다.

"어르신을 놀라게 해드릴 생각은 없었습니다. 일개 식초 파는 사람이 감히 어르신께서 일부러 걸음을 하시게 했군요."

뉴라오다오가 말했다.

"사장님은 참 겸손하시구려. 식초 장사에도 대소의 구분이 있는 법이지요."

뉴라오다오는 사흘간 전통극을 공연하게 된 사연을 상세히 얘기했다. 얘기를 마친 뉴라오다오가 몸을 일으키며 말했다.

"여기는 작은 마을이라 이런 일을 치른 적이 없어요. 사장님 눈에 어색하게 보이는 것이 있더라도 비웃지 말아주시게."

샤오원이 황급히 일어나 읍을 하면서 말을 받았다.

"어르신, 시간 나실 때 샹위안현에도 한 번 놀러 오세요. 샹위안현의 구성진 창도 들을 만하거든요."

라오차오와 샤오원은 라오한의 집에 머물면서 편안하게 전통극 공연을 기다리고 있었다. 라오한은 닭 몇 마리와 개 한 마리를 잡아 샤오원과 라오차오를 정성껏 대접했다. 라오한은 평생 말이 많았지만 샤오원이 경솔하게 떠들거나 웃지 않는 것을 보고는 얼굴에 다소 엄숙한 표정을 지으면서 무척이나 조심했다. 말을 할 때도 샤오원의 안색을 살피면서 할 말만 하고 하지 말아야 할 말은 하지 않았다. 하지만 보통 사람들에 비해서는 여전히 말이 많았다. 그러다가도 샤오원이 웃으면 더 이상 긴 말을 하지 않았다.

유월 초이레 뉴쟈좡에서는 예정대로 전통극 공연이 시작되었다. 사방 십리 안에 있는 여덟 마을 사람들이 모두 구경하러 몰려오는 바람에 관제묘 앞은 인산인해를 이루었다. 뉴쟈좡이 생긴 이래로 마을이 이렇게 떠들썩했던 적이 없었다. 뉴라오다오는 갑자기 과로로 병이 나 온몸에 열이 나고 기침을 해댔다. 그런데도 무리하게 머리에 파란 천을 동이고 진파룽의 부축을 받고 나와서는 고집스럽게 일을 관장했다.

라오탕의 희반은 하루에 두 번 공연을 했다. 아침에 한 번, 저녁에 한 번 공연을 하고 오후에는 쉬었다. 첫째 날 공연한 극목은《삼관의 잔치(三關排宴)》과《친샹렌(秦香蓮)》이었고 둘째 날에 공연하려고 준비한 극목은《법문사(法門寺)》와《피수영이 호랑이를 때려잡다(皮秀英打虎)》였다. 셋째 날에 공연할 극목은 《천파루(天波樓)》와 《원앙한(鴛鴦恨)》이었다.

라오차오는 원래 전통극 공연을 별로 좋아하지 않았지만 라오한이 좋아하는 데다 샤오원도 있고 해서, 공연하는 내내 두 사람 뒤에 앉아 라오한이 샤오원에게 전통극에 대해 설명해주는 것을 듣고만 있었다. 괴로운 부분이 연출될 때면 라오한은 아무렇지도 않았지만 샤오원은 손수건을 꺼내 눈가를 닦았다. 전통극 두 편을 보고나니 라오차오도 갑자기 전통극 공연에 눈이 트이면서 흥미를 느끼기 시작했다. 전통극에서 연출하는 일들이 모두 세상사이기는 하지만, 극에 나오는 일들이 어찌 실제 세상사보다 더 재미있을 수 있겠는가?

오전과 저녁에는 전통극 공연을 보고 오후에는 할 일이 없었다. 샤오원은 우선 방안에 들어가 잠깐 눈을 붙이고 일어나 세면을 하고 라오한 집을 나섰다. 발길 가는 데로 여기저기 돌아다니다가 마당 뒤로 가 천천히 거닐면서 기분을 풀었다. 라오한의 집 마당 뒤에는 샹허가 흐르고 있었다. 여름철에는 강물이 불어나 유수량이 많아진 강물이 호호탕탕 동쪽으로 흘러갔다. 강가에는 이삼백 그루나 되는 커다란 버드나무가 자라고 있었다. 나무들은 하나같이 허리가 굵었다. 샤오원이 산책을 하고 있을 때 마침 라오차오와 라오한도 함께 따라 나왔다. 라오한이 낮은 목소리로 라오차오에게 말했다.

"자네가 데려온 샤오원이란 친구는 정말 허세가 없더군."

라오차오가 말했다.

"그는 일이 생기면 주로 생각을 하지 말은 잘 안 한다네."

라오한이 말했다.

"일에 대해 생각을 한다는 것은 저 사람 마음속에 꿍꿍이가 있다는 걸 증명하는 걸세. 우리랑 달리 입과 혀가 바람 같나 보군."

라오차오가 고개를 끄덕였다.

셋째 날 점심으로 모두들 삶은 개고기를 먹게 되었다. 개고기는 성질이 뜨거운 음식인 데다 술까지 마시다 보니 방안이 몹시 건조하고 더웠다. 부채질을 하는데도 몸에서 땀이 났다. 샤오윈이 갑자기 뭔가를 생각해냈다.

"아저씨, 마당 뒤에 있는 강가로 자리를 옮겨 먹는 게 어떻겠습니까?"

라오한이 말했다.

"바깥에서 손님을 대접하는 것은 예의가 아닐 것 같구려."

"모두 가족 같은 사람들인데 격식을 차릴 필요가 있겠어요?"

이리하여 모두들 술상을 그대로 들고 곧장 마당 뒤에 있는 강가의 버드나무 그늘로 자리를 옮겼다. 발밑으로 강물이 흐르고 그늘 아래로 바람이 불자 더 없이 시원했다. 단번에 주흥이 무르익기 시작했다. 모두들 먹고 떠들면서 전통극에 대해 이야기하고 샹위안현 원쟈좡에 관해 이야기하고 친위안현 뉴쟈좡에 관해 이야기했다. 이렇게 시작된 이야기는 해가 서쪽으로 기울 때까지 계속되었다. 강물 위로 피처럼 붉은 노을이 비쳤다. 취기에 젖은 샤오윈이 뉴쟈좡을 훑어보면서 말했다.

"정말 좋은 곳이네요."

라오한이 말했다.

"사장님이 좋은 곳이라고 말하니 갑자기 한 가지 일이 생각나는군."

라오차오가 말했다.

"무슨 일인데?"

"가이씬에게 중매를 서고 싶어. 이곳으로 시집오라고 말이야."

"누구한테 시집을 보낸단 말인가?"

"나도 딸이 넷이나 되지 않은가. 아들이 있었더라면 우리가 사돈을 맺지 않고 누구한테 보내겠나? 하는 수 없이 다른 사람에게 보내야지. 중매를 서는 게 중요한 게 아니라, 가이씬이 시집을 오면 앞으로 자네도 더 자주 오게 될 것 아닌가."

라오차오가 웃으면서 말을 받았다.

"좋긴 한데 좀 멀어서 말이야."

뜻밖에도 샤오원은 라오차오의 말에 동의하지 않았다.

"사람이 좋기만 하다면 백 리가 문제겠습니까?"

그러고는 한 마디 덧붙였다.

"편벽한 곳에도 사람들은 있기 마련이지만 정말로 마음에 맞는 사람은 천리를 가도 찾기 어려운 법이거든요."

라오한이 재빨리 샤오원에게 술을 따라 주며 말했다.

"그렇게 말씀하시니 아예 사장님이 중매를 서시는 게 어떻겠소?"

샤오원이 웃으면서 말을 받았다.

"아저씨께서 먼저 어떤 집안인지 말씀을 해주셔야지요."

라오한이 말했다.

"마을에 나랑 가장 친한 친구가 한 명 있다오. 라오뉴라는 친군데 집에서 참기름을 짜지요. 가이씬이 그 집으로 시집을 온다면 절대 억울한 일이 없을 거요. 그 집 재산이 탐나서가 아니라 라오뉴의 아들이 보기 드물게 믿음직스럽거든. 있다가 내가 라오뉴와 그 집 아이를 데리고 올 테니 한 번 보시구려."

샤오원이 웃으면서 말했다.

"그렇게 급할 것 없습니다."

라오차오와 샤오원은 이 일이 그냥 말로만 그칠 것이라 생각했는데 뜻밖에도 라오한은 진심이었다. 그날 저녁 전통극 공연이 끝나자마자 라오한은 술상을 준비하여 라오뉴와 그 아들 뉴슈다오를 불러내 라오차오와 샤오원에게 소개했다. 뉴슈다오는 나이가 열일곱 여덟 전후로 키는 그리 크지 않지만 눈이 무척 컸다. 뭔가를 두려워하는 듯한 눈빛이었다. 샤오원이 그에게 공부는 얼마나 했는지, 가본 곳들은 어디 어디인지 등 몇 가지를 물었다. 샤오원이 물을 때마다 그는 빠짐없이 대답했다. 문답을 마치자 뉴슈다오는 '어르신, 아저씨 식사 맛있게들 하세요'라고 한 마디 던지고는 이내 가버렸다. 아들은 가고 라오뉴만 남아 여러 사람들과 어울려 술을 마셨다.

라오뉴는 참기름을 짜는 사람임에도 불구하고 술을 아주 잘 마셨다. 샤오원도 원래 술을 잘 마셨지만 정오부터 해가 서산에 질 때까지 마시다가 저녁에 전통극 공연을 보고 나서도 계속 마셔댄 터라 몇 잔 들지 못하고 이내 취해버렸다. 샤오원은 평소에는 경솔하게 떠들거나 웃지 않았지만 술에 취하자 자주 눈물을 흘렸다. 머리도 자주 흔들어대면서 '쉽지 않아, 정말 쉽지 않아'라고 말했다. 평소와 완전히 다른 사람이었다. 라오차오는 샤오원에게 이런 결점이 있다는 것을 알았지만 별로 마음에 두지 않았다. 라오한과 라오뉴는 속사정을 모르는 터라 샤오원이 갑자기 속이 상해 눈물을 흘리며 목에 힘을 주어 '쉽지 않아, 정말 쉽지 않아'라고 말하는 것을 보고는 도대체 뭐가 쉽지 않다는 것인지 알지 못했다.

사흘간의 전통극 공연이 끝나자 라오차오는 서둘러 고무바퀴가 달린 커다란 수레를 몰고 샤오원과 함께 샹위안현으로 돌아갔다. 가는 길에 라오차오가 물었다.

"사장님, 그 일은 어떻게 할 거요?"

샤오원이 어리둥절한 표정으로 되물었다.

"무슨 일 말인가요?"

라오차오가 말했다.

"가이씬에게 중매서는 일 말이에요. 친구가 너무 진지하게 나오는 바람에 우리도 장난으로 여길 수 없었잖아요. 성사될지 안 될지도 모르면서 하마터면 입 밖에 낼 뻔했지요."

샤오원은 그제야 그제 저녁에 사람들을 만났던 일을 떠올리고는 머리를 긁적이며 웃었다.

"그제 저녁엔 제가 취했었나 봐요."

그러고는 긴 한숨을 내쉬며 말했다.

"요 며칠 동안의 전통극 공연을 제대로 보지 못했어요."

라오차오가 놀라서 물었다.

"왜요? 라오한의 접대가 부족했나요? 아니면 라오한이 말이 많아서 성가셨던 가요?"

샤오원이 고개를 가로저으며 말했다.

"성가시고 말고는 말이 많고 적은 것과 상관이 없어요."

"아니면 전통극이 별로였나요?"

"라오탕의 희반은 한 사람 한 사람 모두 최선을 다하더군요."

"그럼 무엇 때문에?"

"공연을 보러 오기 전에 저우쟈좡에서 술을 파는 샤오저우랑 절교를 했거든요."

라오차오는 그제야 모든 것을 알 것 같았다. 며칠 동안 전통극 공연을 보다가 쉬는 시간이면 샤오원이 좀 우울해한다는 걸 그 역시 알아채고 있었다. 닷새 전에 자신이 친위안현 뉴쟈좡으로 올 때도 샤오원은 함께 따라와 공연을 보면서 기분 전환을 하고 싶다고 말했었는데, 알고 보니 그는 말만 그렇게 한 것이 아니었다. 그 한 마디에 이런 사연이 담겨 있을 줄은 생각지도 못했다. 오는 길에 술을 살 때도 샤오원은 샤오저우의 '타오화촌' 술을 사지 않고 '싱화촌'의 술을 샀다. 라오차오의 체면을 세워주기 위한 것인 줄 알았지, 샤오저우와 절교를 했으리라고는 생각지도 못했다. 라오차오가 말했다.

"원씨 집안과 저우씨 집안은 선조 때부터 수십 년 동안 사이가 아주 좋았는데 어떻게 그렇게 간단히 결별할 수 있는 거요? 혹시 돈 때문에 그런 거요?"

샤오원은 한숨을 내쉬며 말했다.

"돈 때문이라면 차라리 낫겠네요. 다른 것도 아니고 그저 말 한 마디 때문이라니까요."

라오차오가 물었다.

"무슨 말인데 그래요?"

샤오원은 아무 말도 하지 않다가 간단히 한 마디 던졌다.

"저는 원래 그가 사리분별을 잘 하는 사람인 줄 알았어요. 그렇게 멍청한 친구인 줄 누가 알았겠습니까. 작은 일에는 아주 똑똑하면서 큰일에는 정말 멍청하다니까요."

"사장님이 안타깝다는 생각이 드신다면 우리가 가서 화해를 모색해보지요."

"말에 관한 문제도 아니고 일에 관한 문제도 아니에요. 단지 그 친구가 그렇게 독할 줄 생각지 못했던 것뿐입니다. 우리 둘은 같은 부류의 사람이 아니에요. 절대 친구가 되지 말았어야 했지요. 아저씨와 라오한 아저씨야 말로 진정한 친구라고 할 수 있지요."

그러면서 또 한숨을 내쉬었다.

"삼십 년이 넘는 세월을 헛산 것 같아요."

라오차오는 샤오원이 정말로 상심한 것을 알고는 더 이상 두 사람이 결별하게 된 이유를 물을 수 없었다. 그저 다시 한 번 좋은 말로 달랠 뿐이었다.

"결별하면 하는 거지 뭐. 세상에 이렇게 사람이 많은데 술 빚는 사람 하나 없는 것이 뭐 그리 대수로운 일이겠소."

이 순간 샤오원은 자신의 허벅지를 내리치며 말했다.

"아저씨, 제가 보기에 라오뉴 집안은 꽤 괜찮은 것 같더군요. 세상에서 가장 어려운 일이 남들에게 후덕한 것인데, 처음 만나 함께 술에 취할 수 있다는 것만으로도 마음이 통한다는 것일 테죠."

한 달 후 라오차오 집안에서 라오뉴 집안에 정혼을 했다. 일 년이 지나 가이씬, 즉 차오칭어는 뉴슈다오에게 시집을 갔다.

이는 뉴아이궈의 엄마인 차오칭어가 지난 육십 년 동안 자주 하던 또 다른 이야기다.

육십 년이라는 세월이 흘러 뉴슈다오가 차오칭어보다 먼저 세상을 떠났다. 뉴슈다오를 땅에 묻던 날은 바람도 없고 덥지도 않았다. 뉴씨 집안 묘지에 뉴슈다오가 파놓은 구덩이에 입관을 하고 그 위를 흙으로 덮을 때쯤엔 아무도 울지 않았는데, 차오칭어만 혼자서 땅바닥에 앉아 울고 있었다. 사람들이 가까이 다가가 그녀를 달랬다.

"너무 많은 걸 생각하지 말아요. 운다고 떠난 사람이 돌아오진 않아요."

차오칭어는 울음을 그치지 않았다.

"그 개새끼 때문에 우는 게 아니라 나 때문에 우는 거예요. 내 한평생이 그 놈 손아귀에서 망가졌단 말이야."

## 4장

# 시집가는 날

차오칭어는 뉴슈다오에게 시집간 이듬해에 허난 옌진을 한 번 다녀왔다. 당시 그녀는 뉴아이궈의 형 뉴아이쟝을 임신하고 있었다. 차오칭어는 어렸을 때 허난 옌진에서 오 년 동안 살다가 나중에 산시 샹위안현 원쟈좡에서 십삼 년을 살았다. 그리고 열여덟 살이 되던 해에 친위안현 뉴쟈좡으로 시집을 갔다. 차오칭어가 아는 사람들 가운데 옌진에 가본 사람은 하나도 없었다.

샹위안현 원쟈좡에서 살 때 차오칭어, 즉 가이씬은 옌진에 한 번 다녀오는 일 때문에 엄마와 항상 말다툼을 했다. 열세 살 전까지 가이씬은 감히 엄마와 말다툼을 하지 못했다. 말대꾸를 했다 하면 얻어맞았기 때문이다. 가이씬의 엄마, 즉 라오차오의 마누라는 키가 크고 힘이 셌기 때문에 가이씬에게 욕을 해도 가이씬은 함부로 말대꾸를 할 수 없었다. 옌진을 욕해도 말대꾸를 하지 못했을 뿐만 아니라 가이씬이 죽을 너무 묽거나 되게 끓였을 때, 혹은 신발 견본을 잘라 먹었을 때, 엄마가 죽과 신발 견본을 가지고 욕을 해도 가이씬은 감히 말대꾸를 하지 못했다. 말대꾸를 하면 당장 얻어맞았기 때문이다. 그러다가 열세 살이 되어 가이씬의 키도 엄마 만하게 되었다. 가이씬도 이제 어른이 된 것이다.

엄마가 가이씬에게 욕을 하자 이제는 가이씬도 말대꾸를 하기 시작했다. 말대꾸를 할 수 있게 된 것은 엄마가 그녀를 때리지 못하거나 제압하지 못해서가 아니라, 한 대 맞았다 하면 곧장 우물에 뛰어들었기 때문이다. 그녀가 더는 살지 않겠다고 우물에 뛰어드는 것을 보면 엄마는 깜짝 놀랄 수밖에 없었다. 두 사람에게 남은 것이라고는 말다툼뿐이었다. 처음에는 가이씬도 엄마를 말싸움으로 이길 수 없었다. 하지만 가이씬은 학교를 다니며 글을 배운 반면 그녀의 엄마는 글을 몰랐기 때문에, 말다툼이 많아지면서 가이씬이 우위를 점하게 되었다. 모녀 두 사람이 말다툼을 벌일 때면 아버지 라오차오는 땅바닥에 쪼그리고 앉아 담배를 피우면서 아무 말도 하지 않았다. 가이씬의 엄마는 그녀를 이기지 못하면 어김없이 라오차오에게 화를 냈다.

"이런 죽일 놈, 옆에서 배은망덕한 년이 사람을 물어뜯는데 너는 가만히 구경만 하고 있어?"

라오차오는 담배를 피우면서 여전히 아무 말도 하지 않았다. 가이씬의 엄마가 다시 말했다.

"애당초 저 애를 사올 때, 내가 다섯 살이면 뭐든지 다 기억하기 때문에 잘 모르는 개를 키우는 것이나 마찬가지라고 했는데도 한사코 사서 데려와서는 이런 화근을 키운 거잖아?"

라오차오로서는 이 말이 억울하기만 했다. 맨 처음 가이씬을 사 올 때 라오차오는 반대했었다. 아이를 데려오기로 한 것은 전부 마누라의 주장때문이었다. 사람을 사온 것만 아내의 주장이었던 게 아니라, 집안의 대소사와 등잔을 사는 일까지 전부 아내가 결정했다. 라오차오는 담배를 피우면서 여전히 말대꾸를 하지 않았다. 가이씬의 엄마가 말했다.

"내가 전생에 너희 두 사람한테 무슨 빚을 졌기에 둘이서 작당을 하고 나를 괴롭히는 거야? 너는 우물에 뛰어들 필요 없어. 내가 뛰어들면 될 테니까."

집안은 죽사발처럼 시끄러웠다. 라오차오가 아무도 없는 자리에서 가이씬에게 말했다.

"하루 종일 뭣 때문에 싸우는 거야? 좋건 싫건 네 엄마인데 양보 좀 해주면 안 되겠니? 이치를 아는 사람이라야 더불어 시비를 가리지. 아무리 싸워대도 자축인묘조차 모르는 여자랑 싸워봤자 입만 아프단 말이다."

가이씬은 엄마와는 말다툼을 했지만 아버지와는 말다툼을 하지 않았다. 가이씬이 어렸을 때 아버지가 그녀를 안아주거나 업어준 적은 없었지만, 목에 그녀를 태우고 지주인 라오원의 집 가축우리로 가서 먹이를 주곤 했다. 때로는 잠이 든 가이씬이 아버지의 목에 오줌을 싸기도 했다. 아버지는 주인어른의 마차를 몰고 종종 외출을 했다. 길을 가다가 집무시장을 지나게 되면 과자나 고기를 사들고 집으로 돌아와 광주리에 넣어 대들보 위에 올려놓곤 했다. 가이씬이 두고두고 먹을 수 있게 하기 위해서였다. 가이씬은 다 커서도 늦잠 자는 것을 좋아했다. 매일 소리를 질러 깨워야 했다.

"가이씬, 어서 일어나."

아버지가 말하면 가이씬은 말대꾸를 하지 않았다. 그저 한 마디 자기 생각을 밝힐 뿐이었다.

"싸울 일이 아니잖아요. 저는 엄마처럼 평생 아빠 머리 꼭대기에 올라타지 않을 거예요."

라오차오는 어리둥절한 표정으로 딸이 한 말을 곰곰이 되씹어 보았다. 한참을 생각에 잠기던 그가 한숨을 내쉬며 말했다.

"네 말도 맞다. 네가 앞에서 엄마랑 싸운 덕에 네 엄마가 날 잊었던 거로구나."

그러고는 가이씬의 머리를 쓰다듬어 주었다.

"애당초 딸을 원했을 때 이런 건 미처 생각을 못했어."

모녀 두 사람은 서로 한 치도 양보하지 않고 질리도록 말다툼을 했다. 무슨 일이든지 말다툼의 대상이 되었다. 집안 일을 가지고도 말다툼을 했고 길거리의 자질구레한 일들에 대해서도 서로 생각이 달라 얘기만 했다하면 말다툼을 벌였다. 그 중에 가장 자주 말다툼의 주제가 되는 것은 '옌진'이었다. 가이씬, 즉 차오링은 옌진을 떠날 때의 나이가 다섯 살이었기 때문에 옌진의 모습을 전혀 기억하지 못했다. 그나마 기억하는 것마저도 전부 흐릿하기만 했다. 하지만 당시의 우모세에 대한 기억만큼은 아주 뚜렷했다. 가이씬이 막 차오씨 집안으로 팔려왔을 때 라오차오의 아내는 그녀가 옌진과 우모세를 그리워하지 못하도록 막았다. 보고 싶다는 말만 하면 곧바로 매질을 했다. 하지만 보고 싶은 걸 못 보게 하면 더 보고 싶은 법이었다.

옌진에 대한 기억은 온통 흐릿하기만 해 생각해봤자 헛수고였다. 남은 것이라고는 우모세에 관한 기억뿐이었다. 가이씬은 언젠가 우모세와 함께 있는 꿈을 꾼 적이 있다. 가이씬이 차오링이라고 불렸던 다섯 살 때 우모세가 그녀를 잃어버렸지만, 꿈속에서는 항상 그녀가 아버지를 잃어버렸다. 다섯 살 때 누군가 그녀를 팔았지만 꿈속에서는 그녀가 아버지를 팔았다. 상인의 수중에 팔려간 아버지는 그대로 바닥에 쪼그리고 앉아 울고 있었다.

"차오링, 나를 팔지 마. 돌아가면 네 말을 잘 들을게. 그래도 안 되겠니?"

가이씬은 어려서부터 어두운 것을 무서워했다. 밤에는 감히 문밖에 나가지도 못했다. 하지만 꿈속에서는 아버지가 어둠을 두려워하면서 울고 있었다.

"차오링, 나를 팔지 마. 나는 밤만 되면 어둠이 무섭단 말이야."

혹은 울면서 이렇게 말했다.

"차오링, 나를 팔 거면 나를 자루에다 넣어줘. 입구를 꼭 묶는 것도 잊지 말고."

꿈에서 깨어나 보니 창밖의 초승달이 대추나무 가지 사이를 비추고 있었다. 또렷했던 아버지의 얼굴이 점점 흐릿해지기 시작했다. 낮에 곰곰이 생각해도 대략적인 모습만 떠오를 뿐, 아버지의 눈썹과 눈, 코와 입은 꽈배기 덩어리가 되어버렸다. 원래 사람 얼굴은 너무 자주 보고 싶지 않은 법이었다. 가이씬은 옌진에 대한 기억도 흐릿했고 우모세에 대한 기억도 흐릿했지만, 옌진에 가 본 적도 없는 엄마, 즉 라오차오의 마누라는 옌진과 우모세에 대한 기억이 아주 뚜렷한 것처럼 욕을 해댔다. 라오차오의 마누라는 가이씬이 자신에게 두 마음을 품는 이유가, 가이씬이 자신이 나은 딸이 아니고 옌진에서 왔기 때문이라고 생각했다.

두 사람이 말다툼을 했다 하면 발단이 무엇이었든 간에 마지막에는 항상 옌진으로 귀결되거나 옌진으로 돌아갔다. 옌진은 두 사람 사이의 말다툼의 원인이자 싸움의 종착지가 되어버렸다. 무수한 산천을 두루 다 돌아다녀봤다 해도 옌진만큼 익숙한 곳은 없었다. 옌진에 대해 욕을 많이 한 덕이었다.

손님이 익숙한 객점에 머물면서 각종 가재도구를 사용하다 보면 그곳이 편해지는 것과 같은 이치였다. 욕을 많이 했기 때문에 그곳에 더 익숙해진 것이었다. 그녀는 옌진이 엉망진창으로 변해 마을과 마을이 서로 싸우고 진과 진이 앙숙이라고 했다. 옌진 출신 백 명 가운데 좋은 사람은 하나도 없고, 남자는 하나같이 멍청하고 여자는 하나같이 제멋대로라고 했다. 우모세가 멍청하지 않았다면 자식을 잃어버리지 않았을 것이며, 여자가 제멋대로만 아니었어도 가이씬 역시 이런 꼴로 자라지 않았을 거라는 게 그녀가 지껄이는 욕설의 내용이었다. 욕을 하고 또 하다가 갑자기 격해지기도 했다.

"너 잃어버린 거 맞아? 집에 스스로 붙어 있지 못했던 것 아냐?"

또 이렇게 물었다.

"네 그 멍청한 아빠는 정말 멍청한 거니? 널 잃어버린 게 부주의해서 그런 거야 아니면 일부로 그런 거야?"

또 이렇게 물었다.

"다섯 살짜리 아이를 일부러 버린 거라면 그 애가 사람들에게 얼마나 귀여움을 받지 못했던 건지 알만 하지 않겠어?"

가이씬은 원래 옌진에 대해 잘 알지 못했던 터라 엄마가 옌진을 욕할수록 오히려 더 익숙해졌다. 하지만 이때 가이씬이 인지하게 된 옌진은 엄마가 욕하는 옌진과 달랐다. 엄마가 옌진을 엉뚱하게 바꿔 욕할수록 그녀는 옌진이 산수가 푸르고 아름다운 곳이라 생각했고, 엄마가 우모세를 멍청하다고 욕할수록 그녀는 우모세가 대단히 똑똑한 사람이라고 여겼다. 반대로 엄마가 우모세가 멍청하지 않다고 욕하면 그녀는 우모세가 멍청하다고 여겼다. 이렇게 엄마의 욕에 따라 옌진이 그녀의 마음속에 엉뚱하게 뿌리내리게 되었다. 엄마가 미칠 듯이 욕을 해대면서 멈추지 않을 때면 곁에 있던 아버지가 한숨을 내쉬며 말했다.

"어린 애가 옌진 때문에 너무 많은 죄를 짊어지는군."

그러면서 마누라를 나무랐다.

"내가 보기에 가이씬은 마음을 고치지 못해. 속담에도 있잖아. 나고 자란 곳은 기억하지 못해도 키워준 은혜는 기억한다고 말이야. 그 애 집이 어디겠어. 그 애 집은 옌진이 아니라 샹탄이라고."

하지만 가이씬의 생각은 아버지와 달랐다. 가이씬이 옌진에서 지낸 건 오 년이고 샹탄에서 산 건 십삼 년이지만, 샹탄에서의 십삼 년이 옌진에서의 오 년만 못했다. 그녀에게는 샹탄이 아니라 옌진이 집이었다. 엄마와 매일 다투다 보니 말다툼 끝에 옌진이 만들어진 것인지도 몰랐다. 이때의 옌진은 가이씬이 과거에 살았던 그 옌진이 아니었다. 새로 만들어진 옌진이 가이씬의 마음속 집이 된 것이다. 처음에 가이씬의 엄마는 가이씬에게 옌진과 우모세를 생각하지 못하게 하다가, 나중에는 옌진과 우모세를 속되게 망가뜨리는 바람에 옌진과 우모세가 가이씬 마음속의 상처이자 약점이 되어 버렸다. 두 사람이 말다툼을 하다가 더 이상 할 말이 없을 때면 엄마는 이렇게 말했다.

"가버려. 옌진으로 돌아가서 너의 그 멍청한 아빠나 찾으라고."

가이씬이 말을 받았다.

"가라면 가지요, 뭐. 진즉 여길 떠나고 싶었는데."

열네 살 되던 해에 가이씬은 정말로 화가 나서 집을 나와 버렸다. 하지만 그녀의 머릿속에는 말다툼 속의 옌진만 있었지, 진짜 옌진은 어디에 있는지도 알지 못했다. 게다가 가이씬은 어둠을 두려워했기 때문에 오전에 집을 나섰다가 해가 지기 전에 다시 원쟈좡으로 돌아오고 말았다. 라오차오가 마을 어귀에서 그녀를 기다리고 있었다.

"우리 딸이 도중에 돌아올 줄 알았지. 수중에 돈도 한 푼 없으면서 어딜 갈 수 있겠어?"

또 이렇게 말했다.

"네 엄마는 보고 싶지 않아도 나는 보고 싶겠지. 네가 정말로 가버린다면 난 네가 보고 싶어 못 견딜 거야."

가이씬은 땅바닥에 쪼그리고 앉아 '와앙' 하고 울음을 터뜨렸다. 라오차오가 말했다.

"정말로 옌진으로 돌아가고 싶다면 겨울에 한가해질 때까지 기다리렴. 내가 널 옌진으로 데리고 가서 네 친아버지를 만날 수 있게 해주마."

그가 말한 친아버지란 다름 아닌 양아버지 우모세였다. 라오차오가 말했다.

"구 년 전에 네 엄마가 외간 남자와 눈이 맞아 도망쳤지만 다시 돌아왔는지도 모르지. 만일 다시 돌아왔다면 너도 만나볼 수 있을 게다."

가이씬은 눈물을 닦으며 고개를 가로저었다.

"아버지, 저 옌진에 가지 않을래요."

라오차오가 놀라움을 금치 못하며 되물었다.

"어째서? 네 엄마가 널 때릴까봐 그러니?"

그가 말한 엄마는 라오차오의 아내였다. 가이씬이 말했다.

"아버지, 사실은 전 옌진이 너무 싫어요."

라오차오는 오랜 생각 끝에 긴 한숨을 내쉬고는 황혼 속에서 가이씬의 손을 꼭 잡고 함께 집으로 돌아왔다.

가이씬은 열여덟 살이 되던 해에 친위안현 뉴쟈좡으로 시집을 갔다. 이 혼사로 엄마와 가이씬은 또다시 말다툼을 했다. 엄마, 즉 라오차오의 마누라는 가이씬과 말다툼을 하기 전에 먼저 라오차오와 말다툼을 벌였다. 라오차오는 샤오원과 친위안현 뉴쟈좡에서 전통극 공연을 보고 돌아온 날, 라오한과 주고받았던 혼사 얘기를 아내에게 말해주었다. 그녀는 얘기를 듣자마자 화부터 냈다. 그녀는 친위안현에도 가보지 못했고 뉴쟈좡에도 가보지 못했다. 하지만 그녀는 옌진을 욕하던 것과 마찬가지로 친위안현과 뉴쟈좡을 신랄하게 욕했다. 친위안현과 뉴쟈좡에 못마땅한 바가 있어서가 아니라, 혼담이 오가기 전에 라오차오가 그녀와 먼저 상의를 하지 않았기 때문이었다.

이때 그녀가 따지고자 한 건 혼사가 아니라 집안에서 누가 주도권을 쥐느냐 하는 것이었다. 등잔 하나 사는 것조차도 그녀와 상의를 해야 하는 판에 딸을 시집보내는 일을 사전에 상의하지 않는다는 것은 절대로 있을 수 없는 일이었다. 마누라가 몹시 화를 내는 것을 보고서 라오차오가 담뱃대를 툭툭 두드리며 말했다.

"지금 당신과 상의하고 있잖아?"

라오차오의 마누라는 상의하는 일은 접어둔 채 길이 멀다는 사실을 문제 삼기 시작했다. 샹위안현 원쟈좡에서 친위안현 뉴쟈좡까지는 백 리가 넘었다. 그녀가 말했다.

"샹위안현에는 남자가 씨가 말랐거나 전부 미쳤나 보지. 그렇지 않고서야 왜 굳이 친위안현으로 시집을 보낸다는 거야?"

그러고는 또 말했다.

"내가 간신히 키워 쓸모가 있게 만들어 놓았더니 다시 보낸다고? 그럼 애당초 그 애를 왜 사서 데려온 거야?"

길이 멀다는 것에 대해 원래 애매한 입장이었던 라오차오가 생각을 바꿨다.

"그것도 마음에 걸리기는 해. 딸아이가 시집간 뒤에 친정집에 한 번 다녀가려면 이틀이 걸리기 때문에 오가는 길에 하루는 객점에 묵어야 한단 말이지."

그러고는 한 마디 설명을 덧붙였다.

"이 혼사는 내가 생각한 게 아니라 라오한이 중간에서 주선한 거라고."

라오차오의 마누라는 곧바로 라오한에게로 창끝을 겨눴다.

"이게 무슨 얼어 죽을 친구야? 함정인 줄 뻔히 알면서 일부러 사람을 빠뜨리려 하는 거잖아."

그리고 나서 다시 라오차오를 탓했다.

"나이 예순이 다 되어 가지고 친구 하나 제대로 못 사귀는군. 앞으로 다시는 친위안현에 갈 생각 하지마."

라오차오가 말을 받았다.

"샤오원도 이 혼사가 좋다고 했단 말이야."

라오차오의 마누라가 말했다.

"당신은 샤오원이랑 사는 거야 나랑 사는 거야? 보아하니 남들과 짜고 일부러 날 화나게 만들고 있군. 내가 화병으로 죽으면 둘째 마누라를 들이려고 말이야."

한 가지 일이 또 다른 일로 변하고 있었다. 마누라가 말을 하면 할수록 라오차오는 더 말을 하지 않았다. 보아하니 이번 혼사는 성사되기 어려울 것 같았다. 라오차오는 기회를 봐서 라오한과 샤오원에게 이번 일은 없었던 일로 하자고 해명할 작정이었다.

라오차오는 이번 일을 접어두고 더 이상 언급하지 않으려 했지만, 사흘 뒤에 라오한이 뉴슈다오를 데리고 집으로 찾아오리라고는 꿈에도 생각지 못했다. 라오차오 쪽에서는 일이 어그러졌다고 생각하고 있었는데, 라오한은 대세가 이미 결정되었다고 생각하고 있었다.

라오한이 뉴슈다오를 데리고 온 것을 보고 라오차오는 놀라움을 금치 못했다. 마누라가 결과를 생각하지 않고 마구 일을 벌려 또다시 친구들에게 욕을 해대 서로 의가 상하게 만들지나 않을까 걱정이었다. 그러나 뜻밖에도 라오한이 문에 들어서 몇 마디를 하자 라오차오의 마누라가 화를 누그러뜨렸다. 라오한이 말했다.

"형수님, 형님이 전통극 공연을 보러 왔을 때 제가 한 가지 제안을 했습니다. 형님이 집안에서 결정을 내리지 못한다는 것도 잘 알고 해서 이렇게 형수님하고 상의하려고 찾아왔습니다."

라오차오의 마누라가 뭐라고 말을 하려는 순간, 라오한이 그녀의 말을 가로챘다.

"형수님이 말씀하시기 전에 제가 한 마디만 더 할게요. 이 일이 성사되는 안 되든 저희는 형수님 말씀에 따르겠습니다."

라오차오의 마누라가 또다시 뭔가 말을 하려고 하자 이번에도 라오한이 말을 가로챘다.

"말만 들어서는 믿을 수 없고 눈으로 직접 봐야 하기 때문에 제가 아이를 데리고 왔습니다."

라오차오의 마누라가 또 무슨 말을 하려고 하자 이번에도 라오한이 먼저 말을 했다.

"형님과 샤오원은 이 아이를 봤습니다. 하지만 그 두 사람이 본 것이 무슨 소용이 있겠습니까? 쓸 만한 재목인지의 여부는 역시 형수님이 보셔야 대략 적으로나마 알 수 있지요. 우선 혼사의 성사 여부는 생각지 마시고 식견이 넓어질 수 있도록 저 아이에게 한두 마디만 해주세요."

라오한의 말은 단지 수다에 불과했다. 말을 많이 하긴 했지만 한 마디 한 마디 머릿속으로 생각을 하고 말한 것이 아니라 전부 실없이 떠들어댄 것이었다. 하지만 라오차오의 마누라는 이런 말을 듣고는 영약을 먹기라도 한 듯이 마음의 병이 낫는 것만 같았다. 라오한이 산 넘고 물 건너 아이를 데려 왔을 뿐만 아니라, 뉴슈다오가 엉덩이를 치켜세우고 나귀가 끌고 온 수레에서 참기름과 천, 깨 몇 자루, 살아서 '꽥꽥'거리는 암탉 몇 마리를 내리고 있었다. 잔뜩 흐렸던 라오차오 마누라의 얼굴이 한 순간에 맑게 개었다.

"오면 오는 거지, 이렇게 먼 길을 오시면서 물건까지 싣고 오시다니요."

라오한과 뉴슈다오는 원쟈좡에서 사흘을 묵었다. 사흘 뒤에 마침내 라오 차오의 마누라는 이번 혼사에 동의했다. 혼사에 동의한 것은 라오한이 말을 잘 해서도 아니고 뉴슈다오가 가지고 온 물건이 탐나서도 아니었다. 뉴슈다오 본인이 마음에 들었기 때문이었다. 라오한과 반대로 뉴슈다오는 말하는 걸 좋아하지 않았다. 말하는 걸 좋아하지 않기 때문에 말을 할 때면 한 마디 한 마디를 심사숙고 끝에 했다. 라오차오의 마누라가 무슨 말을 하면 그는 먼저 한참을 생각하고 나서 자리에서 일어서며 말했다.

"아주머님 말씀이 맞습니다."

말투도 문어체였다. 라오차오의 마누라가 또 무슨 말을 하자 그는 또 한참을 생각했고, 생각을 마치면 또 일어서서 말했다.

"아주머님 말씀이 맞습니다."

'맞습니다'가 몇 번 반복되는 동안 라오차오의 마누라는 몹시 기뻐했다. 라오차오와는 달리 뉴슈다오가 모든 것을 자신의 마음에 맞게 따라주었기 때문이 아니라, 뉴슈다오의 말하는 모습과 일어서고 앉는 태도가 라오차오 마누라가 한 번도 본적이 없는 것이기 때문이었다. 라오차오의 집에 머물면서 라오한은 서쪽 방에서 묵고 뉴슈다오는 동쪽 방에 묵었다. 매일 아침 일찍 동쪽 방에서는 낭랑하게 책 읽는 소리가 들렸다. 뉴슈다오가 온 뒤로 라오차오의 집은 순식간에 분위기와 향기가 바뀌어 농사를 지으며 공부하는 집안이 되었다.

라오차오의 마누라는 이번 혼사에 대한 생각만 바뀐 것이 아니라 라오한과 친위안현, 뉴쟈좡에 대한 생각도 함께 바뀌었다. 마누라가 생각이 바뀐 것을 보고 라오차오 역시 생각이 바뀌었다. 다시금 뉴슈다오와 라오한이 좋아지기 시작했고 친위안현과 뉴쟈좡도 좋아지기 시작했다. 라오한이 왔다는 소식을 듣고 샤오원도 찾아왔다. 라오한과 뉴슈다오는 원쟈좡에 사흘을 머물다가 나귀가 모는 수레를 타고 친위안현으로 돌아갔다.

라오차오의 마누라는 가이씬, 즉 차오칭어를 뉴슈다오에게 시집보내기로 결정했다. 이 혼사에 대해 라오차오의 마누라도 동의하고 라오차오도 동의했지만, 정작 차오칭어 본인은 반대했다. 차오칭어는 예전에 아버지를 따라 친위안현 뉴쟈좡에 갔다가 뉴슈다오를 본 적이 있었다. 하지만 두 사람이 제대로 이야기를 나눈 적은 없었다. 이번에 뉴슈다오가 자기 집에서 사흘을 머무는 동안에도 두 사람은 역시 제대로 이야기를 나누지 못했다.

뉴슈다오는 오로지 책만 읽었다. 이치대로 하자면 책을 읽는 것은 나쁜 일이 아니지만 차오칭어는 그가 마음에 들지 않았다. 처음에 만났을 때도 마음에 들지 않았고 두 번째 만났을 때도 여전히 마음에 들지 않았다. 라오차오의 마누라는 차오칭어가 뉴슈다오를 싫어하는 게 아니라 일부러 엄마와 기 싸움을 하려는 거라고 생각했다. 엄마가 뉴슈다오를 좋아하는 걸 알고 일부러 싫어하는 거라고 생각했다. 하지만 차오칭어가 싫어할수록 라오차오의 마누라는 이 혼사를 꼭 성사시키려 했다. 이 일로 두 사람이 또 크게 다투기 시작했다. 차오칭어가 말했다.

"그렇게 좋으면 엄마가 시집가세요. 난 절대 안 갈 거니까요."

그러고는 한 마디 덧붙였다.

"그 남자만 아니면 누구한테라도 갈 수 있어요."

원래는 기 싸움을 하려는 의도가 아니었는데 결국 기 싸움이 되고 말았다. 라오차오의 마누라는 자신의 생각을 증명하기 위해 이번에는 차오칭어를 욕하지 않고 대신 라오차오를 욕하기 시작했다.

"이 혼사는 당신이 먼저 얘기를 꺼낸 거니까 당신이 처리해. 당신이 싸놓은 똥은 당신이 먹으란 말이야. 어쨌든 이 혼사는 내가 약속을 했으니 만일 성사되지 않으면 난 목을 매고 말 거야."

오히려 라오차오가 중간에 끼인 처지가 되고 말았다. 이날 라오차오는 샤오원의 식초공방에 가서 식초 지게미를 뒤집으려고 한밤중에 일어났다. 마당에 나오자 딸아이의 방에 아직도 불이 켜져 있는 게 보였다. 그는 손에 든 넉가래를 내려놓고 딸아이의 방문을 두드렸다. 차오칭어가 문을 열자 라오차오는 안으로 들어가 방바닥에 쪼그리고 앉아 담배를 피우면서 손짓으로 자기 옆에 와 앉으라고 했다. 라오차오가 담배를 피우면서 말했다.

"썩 괜찮은 아이인데 어째서 시집을 가지 않겠다는 게냐?"

차오칭어가 아무 말도 하지 않자 라오차오가 다시 입을 열었다.

"일부러 네 엄마랑 기 싸움 하려 들지 마. 엄마랑 기 싸움을 하느라 자기 일을 그르치는 일은 없어야지."

차오칭어가 말했다.

"지금까지는 엄마랑 기 싸움을 했지만 이번에는 기 싸움이 아니에요. 제가 보기엔 그 사람이 좀 괴팍한 거 같아요."

라오차오가 말했다.

"어디가 괴팍하다는 게냐?"

"좀 멍청한 것 같아요. 그날 동쪽 방 담장 밑에서 몰래 그가 책 읽는 걸 엿들었어요. 매일 똑같은 부분을 읽고 있더라고요. 그것도 대부분이 잘못 읽거나 자기가 임의로 글자를 보태서 읽더라고요."

라오차오가 고개를 끄덕이며 한숨을 내뱉고는 말을 받았다.

"나도 알고 있었단다. 똑똑한 아이는 아니지만 그래도 성실한 아이야. 바로 그 성실한 모습 때문에 이 아비가 널 그에게 시집보내려는 게다. 사람들은 모두 똑똑한 사람이 좋다고 하지만 아무래도 성실한 사람에게 시집가는 게 바람직해. 결혼은 밖에 나가 장사를 하는 게 아니라 집안에서 함께 지내는 것이거든. 이 아비는 오십 년 넘게 살면서 영리한 사람들에게서만 손해를 봤단다. 네 엄마도 그렇게 똑똑한 척하는 사람이 아니더냐? 내 한 평생은 네 엄마 손에 완전히 망가져버렸어."

차오칭어가 말했다.

"그 사람만 싫은 게 아니라 친위안현 뉴쟈좡도 싫어요."

"너도 전에 한 번 가본 적이 있잖니? 세상에 안 가본 곳이 없는 샤오윈도 뉴쟈좡이 참 좋은 곳이라 하더구나."

"게다가 거긴 너무 멀어요."

라오차오는 어리둥절한 표정을 지었다. 거리가 멀다는 말은 원래 라오차오의 마누라가 맨 처음 이 혼사를 반대할 때 쥐고 있던 꼬투리였다. 차오칭어가 말했다.

"갑자기 또 낯선 곳으로 팔려간다는 생각이 들었어요. 아버지, 새로운 곳에 가면 또 밤에 어둠이 무서워진단 말이에요."

라오차오는 한숨을 내쉬며 말했다.

"넌 이제 다 컸어. 다섯 살 때와는 다르단 말이야. 거리가 멀다 하더라도 이 아비 말 좀 들으렴. 거리가 멀면 먼대로 장점이 있는 법이야. 멀리 시집을 가면 더 이상 네 엄마도 너에게 화를 내지 못할 게다. 게다가 라오한이 맘에 들어 하는 사람이라면 절대로 잘못될 일이 없어. 그 아저씨는 네 아비 친구잖니. 절대 나를 속이지 않아. 그 아저씨가 나를 속여서 뭐 하겠니?"

차오칭어가 울면서 머리를 아버지 어깨에 기댔다.

차오칭어가 뉴슈다오에게 시집간 뒤에야 라오차오는 라오한에게 속았다는 사실을 깨달았다. 라오차오와 샤오윈이 친위안현 뉴쟈좡으로 전통극 공연을 구경하러 갔을 때 보았던 뉴슈다오와, 나중에 라오한이 뉴슈다오를 데리고 샹탄현 원자쨩에 왔을 때 라오차오와 라오차오의 마누라 그리고 차오칭어가 보았던 뉴슈다오는 전부 가짜였다. 사람이 가짜라는 말은 아니었다. 사람은 여전히 그 사람이었다. 단지 그 사람이 말하는 것과 사람들에게 대응하는 것이 전과 달랐다. 그때 보여주었던 그의 말과 행동은 전부 라오한이 가르쳐준 것이었다. 라오차오의 마누라가 뭐라고 하면 그가 일어서서 "아주머니 말씀이 맞습니다"라고 말했던 것도 마찬가지였다. "아주머니 말씀이 맞습니다"라는 말은 전통극을 좋아하는 라오한이 전통극의 대사에서 모방한 것이었다. 매일 아침 일찍 일어나 책을 읽은 것 또한 라오한이 연출한 것이었다.

차오칭어가 뉴슈다오에게 시집을 오자마자 뉴슈다오는 본색을 드러냈다. 또 다른 뉴슈다오는 멍청하다고 생각했던 모습이 아니었다. 그는 멍청하지도 않았고 조용하지도 않았다. 책 읽는 것을 좋아하지도 않았고 "네 맞습니다"라는 말을 한 번도 해본 적이 없었다. 그에게 남아 있는 건 잔꾀를 부리면서 막무가내로 행동하는 모습뿐이었다. 밖에서도 막무가내로 행동하고 집안에서도 막무가내로 행동했다.

차오칭어가 라오차오를 따라 처음 라오한의 쉰 살 생일잔치에 왔을 때, 뉴슈다오는 차오칭어의 예쁜 모습을 보고 한눈에 반했다. 그 뒤로 그는 아버지에게 라오한을 찾아가 차오칭어를 얻고 싶어 하는 자신의 마음을 전하게 해달라고 끈덕지게 매달렸다. 라오뉴는 아들의 끈질긴 부탁을 견디지 못하고 결국 라오한을 찾아갔다. 처음에 라오한은 두 사람이 서로 어울리지 않고 샹위안현에서 친위안현까지는 거리가 너무 멀다며 약간 망설이는 반응을 보였다. 하지만 라오한은 라오뉴와 친한 친구 사이였다.

두 사람은 원래 친한 사이가 아니었다. 라오한이 예전에 친하게 지내던 사람은 라오딩이었다. 두 사람은 항상 함께 토끼를 잡고 전통극 창을 했지만 나중에 자루 사건 때문에 사이가 틀어진 뒤로 라오한은 라오뉴와 친해지게 되었다. 라오뉴는 토끼 잡는 것을 좋아하지도 않았고 전통극 창을 좋아하지도 않았다. 하지만 라오한과 같은 취미를 하나 갖고 있었다. 다름 아닌 '거팡(攔方)'이었다. '거팡'이란 땅바닥에 가로로 일곱 개, 세로로 여덟 개의 줄을 그어 쉰여섯 개의 '눈'을 만든 다음, 한 사람은 기와 조각을 사용하고 다른 사람은 풀 매듭을 사용하여 바닥에 쪼그리고 앉아 누가 먼저 상대방을 포위하는지를 겨루는 놀이였다. 바둑과 비슷하긴 하지만 바둑은 아니었다. 바둑과 같은 점이라면 왼쪽으로 밀고 오른쪽으로 막는 것이라 할 수 있었다. 격자의 '눈' 안에는 세상 전체가 담겨 있는 것 같았다. 보다 중요한 것은 두 사람이 오랜 세월 거팡을 하다 보니 승패가 거의 대등하다는 점이었다. 힘겨루기가 되지 않을 수 없었다. 거팡으로 힘겨루기를 하는 것은 이들의 일상생활에서 빼놓을 수 없는 부분이 되었다.

게다가 두 사람은 매일 한 마을에 함께 있지만 라오한과 라오차오는 일 년에 겨우 두세 번 정도 만나는 사이였으니 라오한에게는 라오뉴가 라오차오보다 더 중요하게 느껴질 수밖에 없었다. 말하는 걸 좋아하는 데다 또 쓸데없이 참견하는 것도 좋아하는 라오한은 라오뉴가 들볶이는 것을 보다 못해 이번 혼사를 주선하게 되었다. 그는 이번 혼사에서 친구 라오뉴 쪽으로 편향되어 있었다. 편향된 부분이 있으면 중간에 자연히 거짓이 생기기 마련이었다.

차오칭어와 뉴수다오는 함께 마흔다섯 해를 살았다. 차오칭어는 십 년이라는 시간을 들여 간신히 잔꾀가 많고 제멋대로인 뉴슈다오의 성격을 바꿔놓을 수 있었다. 그의 성격을 바꾸어놓자 차오칭어가 원쟈좡의 라오차오 마누라가 되고 뉴슈다오는 원쟈좡의 라오차오가 되었다.

차오칭어와 뉴슈다오가 처음으로 크게 다툰 것은 뉴아이쟝을 임신한 뒤였다. 다툰 것으로 모자라 차오칭어는 한밤중에 집을 나와 버렸다. 이튿날 아침 그 사실을 알게 된 뉴슈다오는 그녀가 샹위안현 원쟈좡의 친정에 갔을 거라 여기고는 전혀 마음에 두지 않았다. 그가 말했다.

"나가려면 나가라고 해. 그 여자의 못된 버릇은 신경 안 쓸 테니까."

열흘이 지나도 차오칭어가 돌아오지 않았지만 뉴슈다오는 여전히 개의치 않았다. 오히려 라오뉴와 라오한이 이를 묵과하지 않고 뉴슈다오에게 얼른 샹위안현 원쟈좡에 가서 차오칭어를 데려오라고 채근했다. 뉴슈다오가 샹위안현 원쟈좡에 가보았지만 차오칭어는 그곳에 없었다. 뉴슈다오는 어리둥절했다. 라오차오도 어리둥절하고 라오차오의 마누라도 어리둥절했다.

"그 애가 집을 나갈 때 어째서 막지 않은 거야?"

뉴슈다오가 말했다.

"한밤중에 나갔단 말이에요. 저는 자고 있었고요."

순간 라오차오가 화가 난 것은 차오칭어가 집을 나갔다는 사실이 아니라 한밤중에 나갔다는 사실 때문이었다. 라오차오가 발을 동동 구르며 말했다.

"어떻게 그 애가 한밤중에 집을 나가게 만든 거야? 그 애는 밤이 되면 어둠을 무서워한단 말이야."

차오칭어가 시집을 가기 전에 라오차오의 마누라는 매일 딸아이와 말다툼을 했다. 이제 차오칭어가 집을 나가자 라오차오의 마누라는 뉴슈다오에게 달려들어 그를 붙잡고 말했다.

"너더러 잃어버리라고 내가 그 애를 십삼 년이나 키운 줄 알아? 뉴슈다오, 당장 배상해!"

차오칭어의 마음을 알고 있는 라오차오가 담뱃대를 두드리면서 말했다.

"그 애가 어디로 갔는지 내가 알지."

뉴슈다오와 라오차오의 아내는 멍한 표정으로 몸이 굳어버렸다.

"어디로 갔는데요?"

"틀림없이 옌진으로 갔을 거야."

옌진에 한 번도 가본 적이 없는 뉴슈다오가 여전히 어리둥절한 표정으로 물었다.

"그럼 차오칭어가 돌아오긴 할까요?"

라오차오는 과연 뉴슈다오가 약간 멍청하다는 것을 알게 되었다. 그가 마음속에 꿍꿍이가 없다는 뜻이 아니라, 일이 닥쳤을 때 하나만 알고 둘은 모른다는 뜻이었다. 라오차오가 한숨을 내쉬면서 말했다.

"그 애가 아이를 갖지 않았다면 돌아올지 안 돌아올지 모르겠지만, 지금은 아이를 가진 몸인데 어디로 도망갈 수 있겠나?"

그러고는 말을 이었다.

"예전에 도망갈 수 있을 때는 도망가지 않더니 이제 도망갈 수 없을 때가 되니 도망을 가는군. 그 애가 불쌍하다면 바로 이 점이 불쌍한 거지."

이는 뉴아이궈의 엄마 차오칭어가 자주 들려주던 얘기였다.

# 5장

# 세 아버지

뉴아이궈가 서른다섯이 되던 해에 그의 엄마 차오칭어는 그에게 과거에
있었던 또 다른 이야기를 들려주었다. 차오칭어는 뉴쟈좡으로 시집온 이듬
해 음력 사월, 한밤중에 집에서 도망쳐 나와 옌진으로 가지 않고 샹위안현
에 사는 자오훙메이(趙紅梅)라는 동창에게로 가서 보름동안 함께 지냈다.
자오훙메이를 찾아간 건 뉴슈다오에게 화가 났지만 갈 곳이 없어서도 아니
었고 옌진까지는 길이 너무 멀어 대신 그곳을 택한 것도 아니었다. 차오칭
어는 애당초 옌진으로 갈 생각이 없었고 옌진으로 가야 한다는 생각도 들지
않았다. 자오훙메이 집으로 간 것도 자오훙메이를 만나려는 게 아니라 그녀
의 사촌오빠에 관해 알아보기 위해서였다. 자오훙메이의 사촌오빠 이름은
허우바오산(侯寶山)이었다.

뉴아이궈가 어렸을 때 차오칭어는 그를 조금도 예뻐하지 않고 동생 뉴아
이허만 예뻐했다. 뉴슈다오는 형 뉴아이쟝만 예뻐했다. 엄마와 아버지가 둘
다 그를 예뻐하지 않다 보니, 그는 어려서부터 집을 떠나고 싶어 했고 나중

에는 결국 군에 입대해버렸다. 입대하면서 엄마, 아버지와는 상의하지 않고 진으로 가서 누나하고만 상의를 했다. 뉴아이궈가 서른다섯 살이 되어 뉴슈다오가 세상을 떠나자 차오칭어는 비로소 뉴아이궈와 얘기가 통하기 시작했다. 그녀는 걱정거리가 있을 때면 뉴아이장을 찾지 않았다. 뉴아이샹이나 뉴어이허를 찾지도 않았다. 오로지 뉴아이궈만 찾아 얘기를 했다.

그녀가 입을 열었다 하면 전부 육십 년 혹은 오십 년 전 일들에 관한 것이었다. 육십 년 전, 오십 년 전의 일들을 이제 와서 얘기하니 하나같이 별로 중요하지 않은 옛날 얘기가 되고 말았다. 이런 옛날 얘기를 그녀는 봄에는 많이 하지 않았다. 여름에도 많이 하지 않고 가을에도 많이 하지 않았다. 겨울에만 많이 했다. 그것도 주로 밤에 화롯가에 앉아 얘기했다. 엄마는 동쪽을 향해 앉고 뉴아이궈는 서쪽을 향해 앉았다. 그녀는 한 대목을 다 얘기하고 나면 웃었다. 웃은 다음 또 다른 대목을 얘기했다. 얘기가 끝나면 또 웃었다. 뉴아이궈는 다 듣고 나서도 웃지 않았다.

옛날에 차오칭어가 자오훙메이를 찾아갔을 때는 절대로 한밤중에 길에 나서지 않았다. 한밤중에 길에 나서지 않은 것은 어둠이 두려워서가 아니었다. 차오칭어가 뉴슈다오와 결혼한 뒤로 두 사람은 말이 통하지 않았다. 낮에 말이 통하지 않으면 각자 자기 일을 하면 됐지만 밤에 침대 위에서는 말을 하지 않을 수 없었다. 말을 했다 하면 말다툼으로 이어졌고 한밤중까지 말다툼을 하게 되는 날이면 차오칭어는 집 밖으로 나와 거리를 돌아다니곤 했다. 정말 화가 날 때면 날이 어두운 것도 개의치 않았다. 아예 어둠을 잊었다. 이런 상황이 오래 지속되다 보니 정말로 어둠이 두렵지 않게 되었다. 차오칭어가 시집온 지 일 년이 되던 시점에 손가락을 꼽아 헤아려보니 말다툼이 다 합쳐서 팔십 번이 넘었다. 차오칭어는 뉴쟈장에서 리란샹(李蘭香)이라 불리는 종친 둘째 동서와 말이 잘 통했다. 한 번은 차오칭어가 리란샹에게 말했다.

"뉴슈다오에게 시집간 것도 장점이 있었어요. 어두운 걸 두려워하지 않게 되었거든요."

예전에는 말다툼을 해도 그냥 말다툼으로 그쳤다. 다음 날 날이 밝으면 두 사람은 말없이 각자 자기 일을 했다. 이날 한밤중에 뉴씨 집안에서 도망쳐 나온 것은 시집온 뒤로 처음 있는 일이었다. 말다툼을 하고 나서 뉴슈다오는 화가 치밀어 그냥 드러누워 자버렸고 차오칭어는 샹위안현으로 자오훙메이를 찾아가기로 결심했다. 짐을 싸서 문을 밀고 나왔지만 당장 떠나지는 않았다. 어둠이 두려워서가 아니라 배가 고팠기 때문이다.

차오칭어는 뱃속에 뉴아이쟝을 갖고 있어 식사량이 평소의 두 배였다. 과거에는 한밤중까지 말다툼을 해야 배가 고팠지만 이제는 조금만 몸을 움직여도 배가 고팠다. 그녀는 짐 보따리를 내려놓고 우선 부엌으로 가서 불을 지핀 다음, 밀가루를 반죽했다. 냄비에 물이 끓자 수제비를 떠 넣기 시작했다. 수제비가 다 익자 계란을 하나 넣었다. 수제비와 계란이 익자 간장과 식초, 소금 등을 넣고 파와 참기름을 쳤다. 계란을 푼 수제비 그릇을 받쳐 들고 천천히 다 먹고 나자 오경 닭이 울었다. 그녀는 트림을 한 번 하고 나서 곧장 짐 보따리를 들고 길에 올랐다.

차오칭어는 샹위안현 판쟈진(樊家鎭)에서 학교에 다닐 때 자오쟈장의 자오훙메이와 동창이었다. 막 학교에 들어갔을 때, 같은 반 학생들은 하나같이 나이가 많았다. 두 사람이 오학년이 되었을 때 차오칭어는 열여섯 살이었고 자오훙메이는 열일곱 살이었다. 자오훙메이는 반에서 공부를 잘 하는 편이었고 차오칭어는 약간 뒤떨어지는 편이었다. 두 사람은 학교에서 왕래가 그리 많지 않았지만 월요일마다 마을에서 진으로 등교를 했다가 토요일이 되면 진에서 마을로 돌아갔다. 두 사람은 종종 길동무가 되곤 했다. 원쟈좡은 진에서 이십 리 길이었고 자오쟈좡은 진에서 이십오 리 길이었다. 자오훙메이가 진에서 집으로 가려면 먼저 원쟈좡을 거쳐야 했다. 자오쟈좡이나 원쟈좡에서 진까지 가려면 중간에 산을 하나 넘어야 했다.

자오훙메이는 공부를 잘했지만 길을 걸을 때면 완전히 다른 사람이 되어 차오칭어에게 남녀 관계에 관한 얘기를 자주 했다. 차오칭어가 이 방면에 눈을 뜬 것도 전부 자오훙메이가 깨우쳐 준 덕분이었다. 자오훙메이가 자기보다 겨우 한 살 더 많았지만 그렇게 많은 것을 알고 있을 줄은 생각지도 못했다. 차오칭어는 키가 컸지만 담이 작아 밤이 되면 어둠을 두려워했다. 자오훙메이는 키가 작아 열일곱 살에 겨우 일 미터 육십 밖에 되지 않았지만 담은 커서 밤에도 어둠을 두려워하지 않았다.

두 사람이 학교에서 말동무를 하며 집으로 돌아오다가 날이 어두워질 때면 자오훙메이가 차오칭어를 원쟈좡까지 바래다 둔 다음, 다시 자오쟈좡으로 돌아가곤 했다. 혹은 아예 원쟈좡의 차오칭어 집에 묵기도 했다. 밤이 되면 두 사람은 한 이불 속에서 잤다. 그러곤 다음 날 아침 일어나자마자 자오훙메이는 자오쟈좡으로 돌아갔다. 월요일 아침 일찍 날이 밝기도 전에 자오훙메이는 또 자오쟈좡에서 원쟈좡으로 와서 차오칭어를 맞아 함께 말동무를 하며 진에 있는 학교로 갔다.

차오칭어가 열일곱 살 때 진에 최초의 '동방홍(東方紅)' 트랙터가 출현했다. 트랙터를 모는 젊은이는 허우바오산이었다. 매년 봄과 가을이 되면 허우바오산은 '동방홍' 트랙터를 몰고 각 마을로 돌아다니며 땅을 갈아주었다. 트랙터로 땅을 가는 건 소로 가는 것과 판이하게 달랐다. 소는 낮에는 땅을 갈고 밤에는 잠을 잤다. 차오칭어가 밤에 잠에서 깼다 하면 트랙커가 땅을 가는 소리가 요란하게 들려 왔다. 트랙터 기사는 각 마을로 돌아다니며 땅을 갈아주고 또 식사를 했다. 아침밥과 저녁밥은 집에서 먹고 점심은 각 집에서 마련하여 트랙터 기사에게 내다주었다. 차오칭어의 집 차례가 오자 차오칭어는 식사를 준비하여 밭으로 허우바오산에게 가져다주었다.

허우바오산은 키가 크고 눈이 가는 데다 하이칼라 머리를 하고 있었다. 트랙터에서 내려 흰 장갑을 벗은 그는 땅바닥에 쪼그리고 앉아 식사를 했다. 차오칭어는 기다렸다가 빈 밥통과 물통, 그릇과 젓가락을 가져갈 요량으로 돌아가지 않고 그가 식사하는 모습을 지켜보고 있었다. 그러면서 둘이 얘기를 나누던 중에 그가 동창 자오홍메이의 사촌오빠라는 사실을 알게 되었다. 그 뒤로 두 사람은 한결 더 친해졌다. 때로는 식사가 끝났는데도 차오칭어는 밥통과 물통, 그릇과 젓가락을 가져가지 않고 허우바오산의 트랙터에 올라가 그가 땅을 일구는 모습을 구경하곤 했다. 트랙터 뒤로 진흙이 물보라 모양을 이루며 뒤집혔다. 두 사람은 땅을 여기서 저기까지, 또 저기서 여기까지 계속 갈았다.

얘기를 나누다 보니 차오칭어는 이제껏 허우바오산처럼 말을 잘하는 사람은 못 본 것 같다는 생각이 들었다. 그는 말을 많이 하거나 입을 쉬지 않는 다기보다, 말을 시작했다 하면 상대방에게 끼어들 틈을 주거나 먼저 말하라고 양보하는 일이 없었다. 차오칭어가 엄마와 말다툼을 하게 되는 이유도 전부 말을 가로채기 때문이었다. 차오칭어는 허우바오산이 말하는 걸 좋아하지 않는다고 생각했다.

두 사람은 트랙터에 관해서도 얘기하고 진의 트랙터 사무소에 관해서도 얘기했다. 트랙터 사무소에 몇 사람이 일하고 있으며 이들이 매일 어떤 일을 하는지도 얘기했다. 자오훙메이에 대해서도 얘기했다. 전부 차오칭어가 꺼낸 화제들이었다. 차오칭어가 뭔가를 물으면 그는 곧장 대답했고, 말을 마치면 씩 웃고는 이내 입을 다물었다. 차오칭어가 물었다.

"낮에도 땅을 갈고 밤에도 땅을 갈면 피곤하지 않아요?"

허우바오산이 말했다.

"마을 하나에 땅이 얼마 되지 않아 다 갈고 나서 쉬면 돼요. 게다가 난 땅 가는 일이 좋거든요."

차오칭어가 다시 물었다.

"왜요?

"낮에 땅을 가는 모습은 별로 멋있지 않아요. 밤에는 등을 켜기 때문에 훨씬 재미있지요."

그러면서 한 마디 덧붙였다.

"차라리 밤에 한 번 와보지 그래요?"

"밤에는 감히 올 수 없어요. 어두운 게 두렵거든요."

"온다고 미리 말하면 내가 밤에 데리러 갈게요."

농담이라고 생각한 차오칭어는 씩 하고 웃고는 그의 말에 더 이상 신경 쓰지 않았다. 이날 한밤중에 차오칭어는 간신히 잠이 들었다가 누군가 산장을 가볍게 두드리는 소리를 들었다. 잠에서 깬 차오칭어가 문을 나서 산장 뒤로 돌아가 보았다. 뜻밖에도 허우바오산이었다. 한밤중인데도 그는 흰 장갑을 끼고 있었다. 차오칭어는 부모님이 있는 뒤쪽 산장을 살피면서 허우바오산에게 한 마디 던졌다.

"말하는 건 좋아하지 않는 것 같더니만 담은 엄청 크네요."

허우바오산은 차오칭어의 손을 잡고는 후통을 빠져나왔다. 그런 다음 마을을 빙 돌아 함께 땅을 가는 곳으로 갔다. 트랙터가 두 사람을 기다리고 있었다. 라이트를 켜자 전방 이 리까지 환해졌다. 두 사람은 여기에서 저기까지, 또 저기에서 여기까지 땅을 갈았다.

사방은 온통 칠흑 같이 캄캄했지만 낮에 땅을 갈던 트랙터는 이제 밤을 갈고 있었다. 전방의 어둠이 대낮에 등 뒤로 갈아엎어졌던 진흙처럼 두 개의 라이트에 의해 양쪽으로 갈라져 뒤집혔다. 어둠은 갈수록 더 많아졌지만 갈아엎어진 만큼 줄어들었다. 차오칭어는 어둠을 두려워했지만 커다란 라이트가 어둠을 갈아엎고 있고 옆에는 허우바오산이 있어 괜찮았다. 그녀는 앞만 바라보면서 아무 말도 하지 않았다.

사흘이 지나 원쟈좡의 땅을 다 간 허우바오산은 트랙터를 몰고 떠났다. 허우바오산이 가고 난 뒤로 차오칭어는 밤에 잠을 못 이루는 날이 많아졌다. 주변이 너무 캄캄하게만 느껴졌다. 어릴 때처럼 다시 불을 켜기 시작했다. 가을이 되자 허우바오산이 다시 트랙터를 몰고 왔다. 나흘 동안 원쟈좡의 땅을 갈기 위해서였다. 차오칭어는 허우바오산을 본체만체 했고 허우바오산도 차오칭어를 본체만체 했다. 밤이 되자 허우바오산이 차오씨네 집 마당으로 차오칭어를 데리러 왔다. 두 사람은 땅을 가는 곳으로 가서 함께 트랙터로 어둠을 갈기 시작했다. 차오칭어가 말했다.

"트랙터는 그렇게 좋기만 하진 않은 것 같아요."

허우바오산이 물었다.

"어째서요?"

"땅에서만 다닐 수 있으니까요."

"도로에서도 달릴 수 있어요."

"빨리 달리지 못하잖아요."

"뭘 하고 싶어서 그러는데요?"

"빨리 달릴 수 있다면 절 데리고 어딘가 갈 수 있겠지요."

"어딜 가고 싶은데요?"

"아주 먼 곳이요."

아주 먼 곳이 어딘지 차오칭어는 더 이상 말하지 않았다. 두 사람은 땅을 여기에서 저기까지, 또 저기에서 여기까지 갈았다.

이듬해 여름, 라오한이 차오칭어에게 혼사를 제의했다. 라오한과 뉴슈다오가 샹위안현 원쟈쟝을 떠난 다음 날 하늘에서 비가 내렸다. 차오칭어는 비를 무릅쓰고 진에 있는 트랙터 사무소로 달려가 허우바오산을 찾았다. 비가 왔기 때문에 허우바오산은 마을로 땅을 갈러 가지 않았다. 트랙터도 트랙터 사무소에서 쉬고 있었다. 허우바오산은 트랙터 사무소에 있는 몇몇 사람들과 함께 방안에서 카드놀이를 하고 있었다. 카드놀이에서 진 허우바오산은 얼굴 가득 종잇조각을 붙이고 있었다. 차오칭어가 온몸이 흠뻑 젖어 트랙터 사무소를 찾아온 것을 본 허우바오산은 깜짝 놀라 황급히 얼굴에 붙은 종잇조각을 떼어내고는 밖으로 뛰어나왔다.

"어떻게 온 거예요? 어서 부엌으로 가서 옷을 좀 말려야겠네요."

차오칭어가 말했다.

"부엌에 안 갈래요. 물어볼 게 있어서 왔어요."

"부엌에 가서 물어보면 되잖아요."

"아니에요. 그냥 조용한 데로 가요."

그러고는 몸을 돌려 트랙터 사무소를 나섰다. 허우바오산이 황급히 따라나왔다. 진 와이허(外河)의 제방 위에 이르자 허우바오산도 온몸이 비에 젖었다. 차오칭어가 말했다.

"허우바오산 오빠, 나를 데리고 도망칠 수 있겠어요?"

허우바오산은 놀라움을 금치 못했다.

"도망친다고요? 어디로?"

차오칭어가 말했다.

"어디든지 다 좋아요. 샹위안현을 떠날 수만 있으면 돼요."

그러고는 허우바오산을 쳐다보면서 한 마디 덧붙였다.

"나를 데리고 가주면 오빠한테 시집갈게요."

허우바오산은 그 자리에서 잠시 멍한 표정을 지었다. 한참을 말이 없던 그가 고개를 가로저으며 말했다.

"어디에 몸을 기탁할 수 있을지 생각이 나지 않는군요."

그러고는 한 마디 덧붙였다.

"내게 시집온다고 해서 반드시 도망쳐야 하는 건 아니에요. 게다가 도망을 치면 나는 트랙터를 몰 수 없게 된다고요."

차오칭어가 땅바닥에 침을 뱉으며 말했다.

"알았어요. 오빠 마음속에서는 내가 트랙터만도 못하군요."

그러고는 몸을 돌려 왔던 길을 되돌아 달려갔다. 허우바오산이 뒤에서 쫓아가며 말했다.

"화내지 마요. 이 일은 좀 더 두고 상의해보자고요."

차오칭어가 고개를 돌리고는 매몰차게 말했다.

"더 이상 상의할 필요 없어요. 전 담이 작은 사람을 가장 싫어하거든요."

이렇게 그녀는 원쟈쟝으로 돌아와 버렸다. 반년이 지나 차오칭어는 뉴슈다오에게 시집을 갔다. 그리고 다시 반년이 지나 허우바오산이 결혼했다는 소식을 들었다. 차오칭어는 결혼하고 나서 뉴슈다오와 말이 통하지 않아 항상 후회를 했다. 애당초 허우바오산에게 화를 내면서 몸을 돌려 돌아오지 말았어야 했다. 애당초 허우바오산을 따라갔다면 도망치지 않고 두 사람이 어딘가에서 함께 살고 있었을 것이다. 허우바오산은 말을 가로채지 않기 때문에 둘이 말다툼을 벌일 필요도 없었을 것이다. 말다툼을 하지 않을 뿐만 아니라 허우바오산에게는 트랙터가 있어 차오칭어도 어둠을 두려워하지 않았을 것이다. 뉴슈다오와 함께 있을 때도 처음에는 어둠을 두려워하지 않았다. 하지만 어둠을 두려워하지 않는 것에도 여러 가지 종류가 있었다.

이날 차오칭어는 뉴슈다오와 한밤중까지 말다툼을 하고 나서 갑자기 허우바오산이 생각나자 곧바로 짐 보따리를 싸서 샹위안현 자오쟈쟝으로 자오훙메이를 찾아갔다. 허우바오산이 어떻게 살고 있는지 알아보기 위해서였다. 친위안현에서 샹위안현까지 가려면 하루 하고도 반나절을 더 가야 했다. 자오훙메이를 찾으려면 자오쟈쟝으로 가서는 안 되었다. 자오훙메이는 지쟈쟝(季家莊)으로 시집을 갔기 때문이다. 그녀의 남편 라오지(老季)는 목공장인이었다. 차오칭어가 지쟈쟝으로 자오훙메이를 찾아가자 자오훙메이가 놀라움을 금치 못하며 물었다.

"어떻게 여길 온 거야?"

차오칭어가 대답했다.

"너에게 한 가지 좀 알아볼 게 있어서 왔어."

밤이 되자 자오훙메이는 라오지를 외양간에 가서 자게 하고 차오칭어와 함께 잤다. 밤새 두 사람은 서로를 꼭 껴안고 있었다. 학창시절에 자오훙메이가 차오칭어의 집에 묵던 때로 돌아간 것 같았다. 지금은 차오칭어가 아이를 갖고 있어 두 사람이 꼭 달라붙어 있을 수 없다는 게 다를 뿐이었다. 자오훙메이가 말했다.

"뭘 알아보고 싶은 건데?"

차오칭어는 뭘 알아보려는 건지는 말하지 않고 엉뚱한 자기 생각을 말해버렸다.

"허우바오산을 찾아가 이혼하라고 요구할 생각이야."

자오훙메이가 말을 받았다.

"그 사람이 어떻게 살고 있고 아내가 어떤 사람인지 알아보지도 않고 무조건 이혼하라고 한단 말이야?"

차오칭어가 말했다.

"그가 이혼하면 나도 곧 이혼할 거야. 그가 이혼하겠다고 한 마디만 해주면 돼."

"왜 그러는 건데?"

"내가 그의 트랙터 위에 탔을 때 그가 나를 만진 적이 있거든."

자오훙메이가 '푸붓'하고 웃음을 터뜨렸다.

"그게 뭐 대단한 일이라고 그래?"

"만진 것도 만진 것 나름이지."

두 사람은 한참 동안 말이 없었다. 그러다가 다시 차오칭어가 입을 열었다.

"이혼이 문제가 아니야."

자오훙메이가 물었다.

"그럼 뭐가 문젠데?"

"허우바오산이 이혼하면 나는 뱃속에 있는 아이를 낳지 않을 생각이야."

두 사람은 또 한참 동안 말이 없었다. 차오칭어가 다시 입을 열었다.

"실은 아이가 문제인 것도 아니야."

"그럼 도대체 뭐가 문젠데?"

"아예 사람을 죽이고 싶어. 칼도 준비해두었지. 자오훙메이, 내가 사람을 죽이게 해줄 수 있겠어?"

자오훙메이가 차오칭어를 꼭 껴안자 차오칭어가 말했다.

"사람을 죽이는 것으로 그치지 않고 불을 지를 거야. 자오훙메이, 내가 불을 지르게 해줄 수 있겠어?"

자오훙메이가 차오칭어를 더 세게 껴안았다. 차오칭어는 자오훙메이의 품안에서 울음을 터뜨렸다.

다음 날 오전에 차오칭어는 배를 감싸 쥐고 진에 있는 트랙터 사무소로 허우바오산을 찾아갔다. 트랙터 사무소는 원래 모습 그대로였지만 마당에 있는 건물의 모양이 조금 변해 있었다. 하지만 허우바오산은 없었고 '동방홍' 트랙터도 없었다. 대신 트랙터 사무소 마당의 홰나무 밑에 트랙터 사무소에서 일하는 라오리와 라오자오가 서 있었다. 라오리와 라오자오는 이 년 전에 비해 많이 늙은 모습이었다.

라오리가 차오칭어에게 허우바오산은 트랙터를 몰고 웨이쟈쫭(魏家莊)으로 땅을 갈러 갔다고 말해주었다. 차오칭어는 다시 진을 떠나 웨이쟈쫭으로 갔다. 웨이쟈쫭 사람들은 그녀에게 허우바오산이 웨이쟈쫭의 땅을 다 갈고 나서 곧장 우쟈쫭(吳家莊)으로 갔다고 말했다. 차오칭어는 웨이쟈쫭을 떠나 우쟈쫭으로 갔다. 우쟈쫭 사람들은 그녀에게 허우바오산이 트랙터를 몰고 우쟈쫭에 오긴 했지만 오래 머물지 않고 곧장 치쟈쫭(戚家莊)으로 갔다고 말해주었다. 차오칭어는 우쟈쫭에서 다시 치쟈쫭으로 가서 마침내 '동방홍' 트랙터의 요란한 굉음을 들을 수 있었다.

소리가 나는 곳은 치쟈쫭 마을 뒤쪽의 산언덕이었다. 멀리 '동방홍' 트랙터가 보였다. 허우바오산이 트랙터 위에 앉아 이쪽에서 저쪽까지, 저쪽에서 이쪽까지 열심히 땅을 갈고 있는 모습도 보였다. 하지만 트랙터 위에 탄 사람은 하나가 아니었다. 여자 하나가 더 있었다. 품에 생후 한 살 반쯤 된 아이를 안고 있었다. 허우바오산은 트랙터를 몰고 있고 여자는 사탕수수를 씹고 있었다. 사탕수수를 몇 번 씹다가 잠시 후 땅바닥에 뱉어내곤 했다. 트랙터가 갈아야 할 땅 끝에 이르자 허우바오산은 트랙터에서 뛰어 내려 물을 마셨다. 차오칭어는 그가 살이 좀 찌고 얼굴도 검게 그을린 걸 보았다. 여자가 트랙터 위에서 외쳤다.

"아이 아빠, 애 좀 받아줘요. 오줌을 뉘어야 하거든요."

차오칭어는 그제야 그 '동방홍' 트랙터가 몇 년 전에 비해 많이 낡은 걸 발견했다. 허우바오산은 트랙터를 몰면서 흰 장갑도 끼지 않았다. 차오칭어는 문득 자신이 때를 잘못 잡아 찾아왔다는 것을 깨달았다. 그녀가 찾고자 하는 허우바오산은 이미 이 세상에 없었다. 차오칭어는 허우바오산에게 다가가 말을 건네지도 못한 채 몸을 돌려 치쟈좡으로 돌아왔다. 그리고 나서 자오훙메이의 집으로 돌아가지 않고 곧장 샹위안현으로 돌아왔다. 상위안현 현성의 한 객점에서 열흘을 묵은 그녀는 다시 보따리를 싸서 친위안현의 뉴쟈좡으로 돌아왔다. 뉴슈다오와 뉴씨 일가 사람들은 모두들 차오칭어가 허난 옌진에 다녀온 거라고 생각했다. 뉴슈다오가 말했다.

"옌진에 가면서 왜 말 한 마디도 안 하고 간 거야?"

차오칭어는 대꾸도 하지 않았다. 오월 단오절에 친정에 찾아갔더니 라오차오도 그녀가 옌진에 한 번 다녀온 줄로 알고 있었다. 차오칭어와 라오차오만 있을 때 라오차오가 옌진에 갔던 일에 관해 물었다. 차오칭어가 말했다.

"옌진엔 가지 않았어요."

라오차오가 물었다.

"그럼 어딜 갔었던 게야?"

차오칭어가 대답하지 않자 라오차오도 더 이상 캐묻지 않았다. 라오차오는 여전히 그녀가 옌진에 다녀온 것이라 생각했다.

차오칭어가 정말로 옌진에 간 것은 그로부터 십팔 년이 지나서였다. 그해 가을 아버지 라오차오가 세상을 떠났다. 그해에 뉴아이쟝은 열일곱 살이었고 뉴아이샹은 열다섯 살, 뉴아이궈는 일곱 살, 뉴아이허는 두 살이었다. 차오칭어는 뉴쟈좡에서 이십일 년을 산 터라 이미 뉴슈다오에 관해 너무나 잘 알고 있었다. 두 사람은 더 이상 다투지도 않았다. 하지만 이때의 뉴슈다오는 이미 세상을 떠난 라오차오가 되어 있었고 차오칭어는 라오차오의 마누라가 되어 있었다. 차오칭어는 그제야 사람에게는 이치를 따질 수 없다는 걸 깨달았다. 남에게 이치를 따지는 것은 곧 자신에게 아치를 따지는 것이 되고 말았다.

뉴아이궈는 어렸을 때 아버지는 말하는 걸 싫어하고 엄마는 걸핏하면 화를 냈던 것을 기억했다. 집안의 크고 작은 일들을 전부 엄마가 결정했고 아버지는 옆에서 아무 말도 하지 않고 담배만 피웠다. 엄마는 화가 났다 하면 아이들을 때렸다. 엄밀히 말하자면 때리는 것이 아니라 꼬집는 것이었다. 얼굴을 꼬집기도 하고 팔이나 다리를 꼬집기도 했다. 어디를 꼬집든지 힘을 주어 꼬집으면서 말했다.

"참아. 울면 안 돼."

차오칭어가 옌진에 간 것은 서른여덟 살이 되던 해였다. 옌진에 가게 된 이유는 옌진과는 아무런 관계가 없고 아버지 라오차오의 죽음과 관련이 있었다. 라오차오는 일흔다섯까지 살았다. 라오차오는 일흔이 되면서 일흔 이전과는 완전히 다른 사람으로 변했다. 라오차오는 평생 마차를 몰았다. 일흔이 되기 전까지 라오차오는 말하는 걸 싫어하고 일이 있어도 나서서 처리한 적이 없었다. 일을 직접 처리하지 않는 것은 일을 자기 맘대로 할 수 없기 때문이 아니라 집안의 대소사를 전부 마누라가 결정하여 처리하기 때문이었다. 그에게 남는 일이라고는 그저 비위를 맞추는 것뿐이었다. 차오칭어는 어렸을 때 항상 아버지 라오차오의 목에 올라타곤 했다. 출가한 뒤에도 마음속에 뭔가 하고 싶은 말이 생기면 엄마에게는 말을 하지 않고 아버지에게만 말을 했다. 하지만 세상을 떠나기 오 년 전부터 라오차오는 전혀 다른 사람으로 변했다. 라오차오의 변화는 라오차오 마누라의 변화와 연관이 있었다.

라오차오의 마누라는 평생 집안일의 주도권을 쥐고 있었고 걸핏하면 화를 냈다. 평생 라오차오와 말다툼을 했고 차오칭어와도 평생 말다툼을 했다. 그러나 일흔 이후로는 갑자기 사람들과 싸우지도 않았고 일이 생겨도 자기 맘대로 하려고 우기지도 않았다. 모든 일에서 손을 떼고 관여하지 않았다. 사람들이 뭐라고 하든 무조건 받아들였다. 모든 것이 안 될 것도 없고 될 것도 없는 것 같았다. 평생 남들과 싸우던 사람이 만년이 되어 갑자기 말이 적어지고 사람들에게 항상 웃는 얼굴을 보였다. 노부인은 키가 커서 긴 지팡이를 짚고 다녔다. 허리를 구부리고 사람들에게 얘기를 할 때면 인자하고 자애로운 표정이 더욱 뚜렷해졌다. 뉴아이쟝과 뉴아이샹, 뉴아이궈, 뉴아이허는 엄마, 아버지와 함께 샹위안현 원쟈좡으로 할머니를 뵈러 갈 때면 이구동성으로 할머니가 사람들에게 무척 상냥하다고 말했다.

라오차오는 일흔이 넘은 뒤로 젊었을 때의 라오차오 마누라로 변했다. 말이 많아졌고 소심해졌으며 걸핏하면 화를 냈다. 모든 일을 자기 마음대로 결정하면서 제대로 처리하지도 못했다. 차오칭어 일가가 인사를 드리러 찾아갔다가 뉴아이쟝과 뉴아이샹, 뉴아이궈, 뉴아이허가 조금이라도 소란한 기색을 보이면 그는 기세등등한 눈빛으로 아이들을 노려보았다. 라오차오는 젊었을 때 사람들에게 아주 호방한 모습을 보였지만 일흔이 넘은 뒤로는 극도로 인색해지기 시작했다.

차오칭어가 어렸을 적, 그가 마차를 몰고 집을 나섰다 돌아올 때면 차오칭어, 즉 가이씬에게 과자와 고기 같은 먹을 것을 잔뜩 사다 주었지만, 지금은 한 가족이 모여 앉아 식사를 할 때 뉴아이쟝과 뉴아이샹, 뉴아이궈, 뉴아이허가 밥을 두 그릇 넘게 푸기라도 하면 재빨리 몸을 잡아당기곤 했다. 뉴아이쟝과 뉴아이샹, 뉴아이궈, 뉴아이허는 할아버지, 할머니 댁에 인사를 드리러 가면 밥도 제대로 먹지 못한다고 말하곤 했다.

뉴슈다오는 식사할 때 담배를 즐겨 피우곤 했다. 한 번은 정월에 인사를 하러 가서 온가족이 함께 식사를 하게 되었다. 라오차오는 밥을 먹지 않고 얼굴을 찌푸린 채 계속 씩씩거리고 있었다. 차오칭어는 라오차오가 아이들이 많이 먹는 것이 싫어서 그러는 거라고 생각했다. 식사가 끝나자 그가 차오칭어를 방안으로 불러 말했다.

"밥 한 끼 먹는 동안 저 녀석은 담배를 일곱 대나 피우더구나."

알고 보니 뉴슈다오를 말하는 것이었다. 인사를 마치고 집으로 돌아가는 길에 차오칭어는 뉴슈다오를 호되게 나무랐다. 다 나무라고 나서 차오칭어는 울음을 터뜨렸다. 뉴슈다오가 담배를 피웠기 때문이 아니라 아버지의 성격이 변했기 때문이었다.

라오차오가 세상을 떠났을 때 차오칭어는 그다지 상심하지 않았다. 세상을 떠난 뒤에 아버지를 크게 그리워하지도 않았다. 그리워해야 할 것은 라오차오가 살아 있는 마지막 오 년 동안 다 그리워했다. 그러나 라오차오가 세상을 떠나고 석 달이 지나자 차오칭어는 갑자기 라오차오가 그리워지기 시작했다.

꿈에서 종종 아버지의 모습을 보기도 했다. 이때의 라오차오는 일흔 살 이전의 라오차오로 변해 있었다. 예순 살의 라오차오가 나타나기도 하고 쉰 살의 라오차오가 나타나기도 했다. 마흔 살의 라오차오가 나타나기도 하고 방금 차오칭어를 사들여 가이씬이라는 이름을 지어주었을 때의 라오차오가 나타나기도 했다. 라오차오는 목에 그녀를 태우고 웃으면서 거리를 걷다가 먹을 것을 사주었다. 혹은 방바닥에 엎드려 말이 되어 차오칭어를 등에 태워주기도 했다. 차오칭어가 시집을 갈 때 못 가게 가마를 막고 서서 차오칭어의 손을 잡고 우는 모습으로 나타나 이렇게 말하기도 했다.

"얘야, 네가 시집을 가면 난 누가 돌봐주니?"

이렇게 말하기도 했다.

"얘야, 뉴슈다오 그 친구는 성정이 바르지 못해. 그 놈에게 시집가면 안 된단 말이다."

꿈속에서는 차오칭어가 뉴슈다오에게 시집을 가려고 하지만 정작 시집을 가게 된 사람은 뉴슈다오가 아니라 허우바오산이라 아버지와 말다툼을 벌이게 되었다. 아버지는 그녀가 말을 안 듣자 손으로 자신의 얼굴을 때렸다.

"다 내 탓이야. 애당초 라오한의 말을 듣지 말았어야 했어."

차오칭어는 아버지가 당신 자신을 때리는 모습을 보고서 얼른 다가가 아버지의 손을 부여잡고 울었다.

"아버지, 이 일은 다시 상의하도록 해요."

그렇게 울면서 잠에서 깼다. 한 번은 꿈에서 본 아버지의 모습이 예전과 달랐다. 혼자서 담장 밑에 서서 두 손을 담장에 대고 꼼짝도 하지 않고 있었다. 차오칭어가 물었다.

"아버지, 왜 그러세요? 어디 편찮으세요?"

아버지는 넋이 나간 얼굴로 아무 말도 하지 않았다. 차오칭어가 다시 말했다.

"아버지, 단추를 잘못 잠그셨네요. 옷이 뒤틀렸잖아요."

차오칭어가 다가가서 아버지 옷의 단추를 푼 다음 다시 잠가주었다. 단추를 다 잠그고 나서 갑자기 아버지의 머리가 없는 것을 발견했다. 머리가 없는 아버지는 여전히 담장 아래 서 있었다. 차오칭어가 놀라서 소리쳤다.

"아버지, 머리는 어디 갔어요?"

온몸이 싸늘해지면서 잠에서 깬 그녀는 다시 잠들지 못했다. 그 뒤로 보름 동안 꿈에서 자주 머리가 없는 아버지의 모습을 보았다. 매번 머리가 없었던 건 아니었다. 있을 때도 있고 없을 때도 있었다. 차오칭어가 어렸을 때, 아직 차오링으로 불릴 때의 아버지 우모세가 꿈에 나타나기도 했다. 차오칭어는 열여덟 살이 되기 전까지 꿈에서 자주 우모세를 만났으나, 꿈을 많이 꾸게 되면서 우모세의 얼굴이 점차 사라지게 되었다. 얼굴이 사라지자 꿈도 줄어들었다. 그러다가 라오차오 때문에 다시 꿈속에서 또 다른 아버지 우모세를 만나게 된 것이다. 하지만 우모세의 얼굴은 여전히 흐릿했다. 때로는 라오차오처럼 아예 머리가 없는 모습으로 나타나기도 했다. 두 아버지 모두 머리가 없었다. 하나는 죽었고 또 하나는 살았는지 죽었는지 알 수 없었다.

차오칭어는 갑자기 허난 옌진에 한 번 다녀와야겠다는 생각이 들었다. 가서 또 다른 아버지가 살아 있는지 죽었는지 확인하고 싶었다. 살아 있든 이미 죽었든 그를 찾고 싶었다. 만일 아직 죽지 않았다면 그의 머리, 그의 얼굴을 살펴볼 작정이었다. 그의 머리와 얼굴을 다시 꿈속의 아버지에게 붙여줄 작정이었다. 생각을 정한 그녀는 다음 날 곧장 길에 올랐다. 왜 갑자기 옌진에 가는 것인지, 옌진에 가서 무엇을 할 것인지는 남편 뉴슈다오와 상의할 필요가 없었다. 집안일을 전부 차오칭어가 알아서 결정하는 데 익숙해져 있기 때문이었다. 그녀가 옌진에 간다는 얘기를 듣고도 뉴슈다오는 감히 이유를 캐묻지 못했다. 그저 언제 돌아오는지만 물을 뿐이었다. 차오칭어가 말했다.

"열흘이 걸릴 수도 있고 보름이 걸릴 수도 있어요. 아예 돌아오지 않을 지도 몰라요."

뉴슈다오는 감히 더 묻지 못했다. 차오칭어는 보따리 두 개에 짐을 챙겨 손수건으로 한데 묶은 다음 어깨에 걸었다. 그녀는 큰아들 뉴아이쟝에게 자전거로 자신을 친위안현까지 데려다 달라고 한 다음, 친위안현에서 시외버스를 타고 타이위안(太原)으로 갔다. 타이위안에서 기차를 타고 스쟈쫭(石家莊)까지 간 그녀는 스쟈쫭에서 기차를 갈아타고 신샹으로 가서 다시 시외버스를 타고 마침내 옌진에 도착했다. 다 합쳐서 나흘이나 걸리는 여정이었다.

한 달 뒤, 차오칭어는 허난 옌진에서 다시 산시 친위안현 뉴쟈쫭으로 돌아왔다. 뉴슈다오는 그녀가 오래 돌아오지 않아 가슴을 졸이고 있다가 그녀가 돌아온 것을 보고는 마침내 안도의 한숨을 내쉬었다. 그는 다른 건 묻지 못하고 한 가지만 물었다.

"십팔 년 만에 다시 가보니 옌진이 어떤 모습으로 변했던가?"

차오칭어가 말했다.

"옌진은 아주 좋아졌어요. 그렇지 않다면 두 번이나 찾아가진 않았을 거예요. 그리고 이렇게 오래 머물다 오지도 않았을 것이고요. 친정집도 찾았어요."

그러면서 그녀는 울먹였다. 뉴아이궈가 서른다섯 살이 된 이후로 차오칭어는 그와 마음이 통해 대화를 하기 시작했다. 한 번은 뉴아이궈에게 자신이 평생 단 한 번 옌진에 갔었지만 사흘밖에 머물지 않았다고 말했다. 옌진에 가보니 아직 가보지 못한 다른 낯선 곳과 별 다를 게 없더라는 것이었다. 그녀가 기억하고 있는 삼십삼 년 전의 옌진과는 너무 달랐다. 동가도 변하고 서가도 변했다. 남가도 변하고 북가도 변했다. 십자로 어귀도 변했다. 서가의 서쪽 끝, 아버지 우모세와 엄마 우샹샹이 만터우를 찌던 마당은 사라진지 오래였다. 그보다 더 중요한 것은 자신이 차오링이었을 때 아버지였던 우모세를 찾지 못했다는 사실이었다.

삼십삼 년 전, 그녀가 우모세와 헤어진 뒤로 우모세도 그녀와 마찬가지로 다시는 옌진으로 돌아오지 않았다. 차오칭어가 옌진으로 돌아가지 않은 것은 산시로 팔려갔고 또 당시 그녀의 나이는 다섯 살밖에 되지 않았기 때문이었다. 우모세는 어른이라 팔려가지도 않았을 텐데 왜 돌아오지 않은 것일까? 삼십삼 년 동안 감감 무소식이었고 어디로 갔는지도 알 수 없었다. 이제는 살았는지 죽었는지도 모르는 처지였다.

차오칭어는 할아버지 댁이 남가에 있었고 삼십삼 년 전에는 '쟝지 손틀집'으로 불렸다는 것을 기억했다. 지금도 손틀집은 그대로 있지만, 솜을 틀 때 발로 밟을 필요 없이 디젤엔진이 달려 있어 솜을 트는 추가 '쾌당 쾌당' 요란한 소리를 내면서 알아서 틀고 있었다. 하지만 그녀가 기억하는 사람들은 전부 세상을 떠나고 없었다. 할아버지 라오쟝도 세상을 떠났고 큰아버지 쟝룽도 세상을 떠났다. 셋째 삼촌 쟝거우도 세상을 떠나고 남아 있는 사람은 쟝룽과 쟝거우의 자식들뿐이라 만나도 서로 알아보지 못했다.

아이 하나가 팔려간 것은 원래 아주 큰일이었다. 삼십삼 년이 지나 이 아이가 돌아온 것도 아주 큰일이었다. 하지만 아이가 팔려간 것은 삼십삼 년 전의 일이고 삼십삼 년 전의 큰일이 삼십삼 년 뒤에는 '소문'으로 변하고 말았다. 과거에 직접 일을 당한 사람들은 떠나거나 죽었고 남아서 '소문'을 듣는 사람들은 지난 세대의 일을 큰일로 여기지 않았다. 삼십삼 년 전에 사람을 판 것을 큰일로 여기는 사람도 없었고 삼십삼 년 후에 돌아온 것을 큰일로 여기는 사람도 없었다. 만감이 교차하긴 했지만 말을 하자면 한가한 얘기에 지나지 않았다.

차오칭어는 옌진에서 사흘을 보내고 곧 그곳을 떠나 신샹으로 갔다. 신샹에 도착한 그녀는 옛날에 아버지 우모세와 헤어지던 동관의 버스 정류장과 정류장 근처에 있는 싸구려 여인숙을 찾아가 보았다. 동관에 도착하니 버스 정류장은 이십 년 전에 서관으로 이전하고 당시의 버스정류장 자리에는 화학비료공장이 들어서 있었다. 화학비료공장은 대지가 백 무 정도 되고 열 개가 넘는 굴뚝이 하늘을 향해 '모락모락' 하얀 연기를 뿜어대고 있었다. 여인숙의 흔적은 어디서도 찾아볼 수 없었다. 차오칭어는 신샹에서도 하루 밤에 머물지 않았다. 뉴아이궈가 물었다.

"옌진에서 사흘을 보내고 신샹에서 하루를 보냈다면 어째서 한 달이 넘어서야 돌아오신 건가요?"

차오칭어가 말했다.

"카이펑에도 갔었거든."

"카이펑에는 뭐 하러 가셨는데요?"

"신샹에서 화학비료공장을 보았지만 나는 어린 시절로 돌아가 있었단다. 그때 문득 또 한 사람이 생각났지."

"그게 누군데요?"

"당시 나를 팔아넘긴 쥐약장수 라오요우란 사람이야. 라오요우는 카이펑 출신이었지."

"그 사람을 만나서 뭐하시게요?"

"그 사람이 나를 지위안으로 데려가 팔았단다. 당시 그는 나를 정말 팔고 싶어 하지 않았어. 삼십삼 년이 지났지만 그에게 특별히 한 마디 묻고 싶은 게 있었지."

"뭘 묻고 싶으셨는데요?"

"그가 나를 십 대양에 팔아 그 돈으로 무얼 했는지 궁금하더구나. 가축을 샀는지, 땅을 샀는지, 아니면 다른 장사를 시작했는지 궁금하더라고."

"이제 와서 그런 건 물어서 뭐 하게요?"

"대답은 중요하지 않지만 그래도 그 사람을 한 번 만나보고 싶었어. 그가 어떤 모습으로 살고 있는지 보고 싶었지. 그가 이 모든 화의 근원이었으니 까 말이야."

차오칭어는 자신이 신상에서 시외버스를 타고 창위안(長垣)으로 갔다가 창위안에서 배로 황허를 건넌 다음, 다시 시외버스를 타고 카이펑으로 갔다 고 말했다. 카이펑에 도착하자마자 라오요우를 찾기 시작했지만, 아무리 해 도 라오요우를 찾을 수 없었다. 라오요우가 지금 살아 있는지 죽었는지도 모를 뿐만 아니라 살아 있다 해도 카이펑 어디에 살고 있는 지 알 수 없었 다. 또한 라오요우의 생김새도 머릿속에서 희미해지기 시작했다. 희미해지 지 않는다 해도 삼십삼 년이 지난 뒤의 라오요우가 삼십삼 년 전의 라오요 우와 같을 수 없었다.

차오칭어는 마시가(馬市街)에도 가보고 상국사에도 가보았다. 판양이호(潘楊二湖)에도 가보고 야시장에도 가보았다. 카이펑의 크고 작은 거리와 골목을 다 뒤지고 다녔다. 매일 수백수천 명의 노인들과 마주쳤지만 가까이 다가가 자세히 살펴보면 전부 라오요우가 아니었다. 라오요우를 찾지 못할 거라는 것을 뻔히 알면서도 차오칭어는 카이펑에서 이십 일이나 그를 찾아다녔다. 이미 라오요우를 찾는 것이 무의미했다. 수중의 여비는 갈수록 줄어들었고 열흘이 지나자 여관에 묵을 수도 없게 되었다.

낮에는 라오요우를 찾아다니다가 밤에는 카이펑 기차역에서 잤다. 이날 한밤중에 차오칭어는 기차역 대합실 의자에서 잠을 자고 있었다. 짐을 머리맡에 하나, 발밑에 하나 놓고 자고 있는데 갑자기 아버지의 모습이 보였다. 우모세가 아니라 라오차오였다. 이어서 기차역이 아니라 상국사 앞 야시장의 광경이 펼쳐졌다. 아버지는 앞에서 가고 있고 차오칭어가 그 뒤를 쫓고 있었다. 아버지의 걸음이 너무 빨라 차오칭어는 아무리 해도 따라잡을 수 없었다. 간신히 따라잡으니 온몸이 땀투성이였다. 차오칭어가 말했다.

"아버지, 카이펑엔 무슨 일로 오셨어요?"

아버지는 얼굴이 새빨개진 채 황급히 대답했다.

"네가 라오요우를 찾는 걸 도우러 왔지. 방금 라오요우를 발견하고 재빨리 쫓아가다가 너에게 가로막히고 말았구나. 전부 네 탓이야."

아버지의 모습을 바라보는 차오칭어는 몹시 놀라우면서도 반가웠다.

"아버지, 머리가 없었잖아요? 어떻게 갑자기 머리가 생긴 거죠?"

아버지는 자신의 가슴을 가리키며 말했다.

"머리가 있어도 여기가 아파서 견딜 수가 없구나."

그러고는 자신의 가슴을 주물러대기 시작했다. 차오칭어가 말했다.

"아버지, 이번에는 가슴이 없어졌나요?"

"가슴이 있긴 하지. 하지만 아파서 견딜 수가 없구나."

차오칭어는 화들짝 잠에서 깼다. 꿈이었다. 눈을 크게 떠보니 사방에 온통 열차를 기다리는 낯선 사람들만 웅성거리고 있었다. 아는 사람이 하나도 없었다. 차오칭어는 자신의 짐 보따리 위에 엎드려 울음을 터뜨렸다. 꿈에서 본 아버지 때문이 아니라 꿈속의 아버지가 머리는 있는데 가슴이 몹시 아프다고 했기 때문이었다.

이것이 차오칭어가 뉴아이궈에게 들려준 얘기였다.

차오칭어는 뉴아이궈에게 옌진에 한 번 갔다가 또 다른 일을 알게 되었다는 말도 했다. 그녀의 친아버지 장후가 그 해에 산시 친위안현에서 죽었다는 것이었다. 그 옛날 장후와 함께 파를 사러 갔던 라오부와 라오라이도 이미 세상을 떠나 그 해에 장후가 친위안 현성의 어느 거리, 어느 음식점에서 죽었는지 알아볼 수도 없었다. 이때부터 차오칭어의 꿈속에 나타나는 아버지가 하나 더 늘었다. 머리는 있지만 얼굴이 없는 아버지였다.

# 6장

# 어시장 왕초

뉴아이궈와 리커즈의 만남은 팡리나에 대한 뉴아이궈의 태도를 바꿔 놓았다. 몇 년 전에 뉴아이궈는 허베이 핑산현에 다녀왔다. 후퉈허 강변에서 뉴아이궈는 팡리나와의 일에 관해 두칭하이와 상의했다. 몇 년 동안 팡리나에 대한 뉴아이궈의 태도는 줄곧 두칭하이가 일러준 그대로였다. 뉴아이궈는 이혼을 할 수 없다면 이혼을 하지 않기로 결심했다. 팡리나가 자신에게 잘해줄 수도 있기 때문에 우선은 좀 더 참아보기로 했다.

두 사람 사이에 틈이 생기면 적극적으로 매웠고, 두 사람 사이에 아무 말도 없으면 적극적으로 할 말을 찾았다. 할 말을 찾을 때는 절대로 듣기 싫은 말이어서는 안 되었다. 그는 팡리나에게 듣기 좋은 말만 하기 시작했다. 또 같은 말이라도 두 가지 화법으로 말했다. 그는 가급적 듣기 좋은 말을 선택했고 듣기 싫은 말도 듣기 좋게 말했다. 말을 하려면 자주 만나야 했다. 말을 하기 위해, 듣기 좋은 말을 하기 위해 뉴아이궈는 친위안 현성 남관에 방 한 칸을 임대하여 임시로 살림을 차렸다. 팡리나는 더 이상 일요일에 쉴 때마다 뉴쟈쫭으로 갈 필요가 없게 되었다. 뉴아이귀는 트럭을 몰고 밖에 나가 화물을 다 실어 나르고 나면 뉴쟈쫭으로 돌아가지 않고 곧장 현성으로 갔다.

하지만 몇 년이 지나면서 뉴아이귀는 말을 찾는 것도 쉬운 일이 아니고 듣기 좋은 말을 하는 것 역시 쉬운 일이 아니라는 사실을 깨닫게 되었다. 다시 말해서 할 말이 없는데 말할 거리를 찾는 것도 쉬운 일이 아니고 전적으로 듣기 좋은 말만 찾아 하는 것은 더더욱 쉬운 일이 아니었다. 할 말이 없는데도 일부러 하기 위해 찾아낸 말들은 억지스러울 수밖에 없었다.

사실 두 사람은 서로 말이 통하지 않았기 때문에 듣기 싫은 말이든 듣기 좋은 말이든 별 상관이 없었다. 듣기 싫은 말을 할 수 없다면 듣기 좋은 말 역시 할 수 없을 것이었다. 또한 두 사람의 마음이 멀어져 있다 보니 같은 말이라도 다르게 받아들일 수 있었다. 한 사람은 좋은 말이라고 생각했지만 상대방이 듣기에는 좋은 말이 아닐 수도 있었다. 게다가 천하에 어디 그렇게 듣기 좋은 말만 있을 수 있단 말인가? 매일 듣기 좋은 말만 한다는 것은 생각만 해도 두통이 날 정도로 힘든 일이었다.

어렵사리 듣기 좋은 말을 생각해 말을 했다고 해도 반드시 상대방의 마음에 와 닿는 것도 아니었다. 듣기 좋은 말도 많이 하다 보면 자신이 듣기에도 거짓으로 들릴 수 있었다. 듣기 좋은 말은 처음에는 듣기 좋지만, 매일 반복하면 상대방도 염증이 나기 마련이다. 이때부터는 듣기 좋은 말도 듣기 싫은 말로 변하게 된다.

두 사람이 말을 하지 않을 때는 그나마 무사하고 평온했지만 뉴아이귀가 매일 듣기 좋은 말만 하기 시작하자 오히려 팡리나는 이를 참을 수 없게 되었다. 뉴아이궈는 원래 입만 열었다 하면 좋은 말이 나오지 않는 사람이었다. 그가 어떤 일에 대해 얘기하기 시작하면 팡리나는 귀부터 막았다.

"제발 부탁이에요. 그만 얘기해요. 난 당신이 말하는 걸 듣기만 해도 구역질이 난단 말이에요."

혹은 이렇게 말하기도 했다.

"뉴아이궈, 당신 정말 지독하네요. 나를 듣기 좋은 말을 들으면 안 되는 사람으로 만들어버리다니 말이에요."

뉴아이궈는 그제야 두칭하이가 했던 말이 빈말이었다는 것을 깨달았다. 필경 현실은 십 년 전 부대에 있을 때 두 사람이 뤄수이허 강변에 앉아서 얘기를 나누던 때와 달랐다. 허베이 핑산현에서 산시 친위안현까지는 천 리가 넘는 먼 길이다 보니 그가 일러준 말 역시 값이 깎였던 것이다. 두칭하이가 일러준 말이 아무런 효과가 없자 뉴아이궈는 스스로 생각을 바꿔 더 이상 할 얘기가 없는 데도 이야깃거리를 찾는 짓은 하지 않기로 했다. 실사구시적인 태도를 갖기 시작한 것이다.

뉴아이궈는 팡리나에게 옷을 빨아주고 구두를 닦아주었다. 생선을 좋아하는 팡리나에게 생선요리를 해주기도 했다. 뉴아이궈는 예전에는 밥을 할 줄 몰랐다. 처음 생선요리를 할 때도 태우거나 충분히 튀기지 않기 일쑤였고, 짜지 않으면 싱겁거나 비린내가 심했다. 하지만 한 달이 지나자 제법 그럴듯하게 생선요리를 할 수 있게 되었다. 홍샤오(紅燒)[7]로 할 수도 있고

---

7  고기나 생선 등에 기름과 설탕을 넣어 살짝 볶은 다음 간장을 넣고 익혀 검붉은 색이 되게 하는 중국식 요리법.

칭둔(淸炖)⁸으로 할 수도 있었다. 생선 튀김을 할 수도 있고 고추를 다져 넣은 어두(魚頭) 요리를 할 수도 있었다. 그가 하는 모든 요리가 훌륭했다. 생선은 두 번을 튀겨야 노릇하게 튀겨졌고, 튀긴 다음에는 반드시 회향과 깨소금을 듬뿍 뿌려줘야 했다. 고추를 다져 넣은 어두 요리에는 푸른 고추를 듬뿍 넣고 산초도 넉넉하게 뿌려줘야 했다.

뉴아이궈는 생선 요리가 끝나면 손을 씻은 다음 단정한 옷으로 갈아입고 자전거를 타고 현성 북가에 있는 방직공장으로 팡리나를 데리러 갔다. 퇴근을 하고 나온 팡리나가 자신을 데리러 온 뉴아이궈에게 물었다.

"여기는 뭐 하러 온 거예요?"

뉴아이궈가 말했다.

"오늘 생선요리를 했어."

집으로 돌아와 생선요리를 먹는 동안 팡리나는 줄곧 웃는 낯을 하고 있었다. 먹는 것이 말하는 것보다 더 쓸모가 있었다. 생선요리를 먹고 나면 팡리나는 밤에 훨씬 더 상냥해졌다. 어느 날 밤, 마침내 팡리나가 뉴아이궈를 끌어안고 울면서 말했다.

"당신도 쉽지 않았겠어요."

뉴아이궈도 자신이 쉽지 않다고 생각했다. 하지만 그의 어려움은 팡리나가 말하는 어려움이 아니었다. 항상 상대방을 생각해야 했기 때문에 자신의 생각이 없어졌다는 것에서 오는 어려움이었다. 자신의 생각이 없어진 것은 그래도 괜찮았다. 문제는 자기가 했던 모든 일들이 전부 자기 마음에서

8  양념 없이 찌거나 삶는 조리법.

우러나온 것이 아니라 상대방에게 잘 보이기 위해서였다는 점이었다. 때문에 뉴아이궈는 자기 자신이 없어진 것처럼 느껴졌다. 자신이 없어지면 자신의 생각도 없어지는 셈이었다. 그렇다면 뉴아이궈는 누가 되었단 말인가? 뉴아이궈는 자신이 누가 되었는지는 따져보지도 않고 팡리나가 자신을 끌어안고 우는 모습을 보고는 지난 몇 년 동안의 마음고생이 헛되지 않았다는 생각이 들었다. 뉴아이궈가 말했다.

"당신이 마음을 돌리기만 하면 돼."

이는 팡리나와 샤오쟝과의 일을 의미하는 것이었다. 그러나 너무나 뜻밖에도 이 한 마디에 팡리나는 곧장 낯빛을 바꾸고 뉴아이궈를 밀어냈다.

"알고 보니 나랑 화해할 마음이 없었군요. 그러면서 무슨 마음을 돌리라는 거예요?"

그 뒤로 뉴아이궈는 다시는 마음을 돌리는 일에 대해 언급하지 않고 전심전력 생선요리를 만들었다. 아니면 팡리나의 입에서 그녀와 샤오쟝 사이에 처음부터 아무 일도 없었다는 말이 나오기를 기대했던 것인지도 몰랐다. 처음부터 아무 일도 없었는데 무슨 마음을 돌린단 말인가? 하지만 뉴아이궈는 항상 트럭을 몰고 외지로 나가 화물을 실어 날라야 하다 보니, 매일같이 친위안 현성 남관에 있는 집에서 생선요리를 할 수는 없었다. 차를 몰고 집으로 돌아와야만 비로소 생선요리를 할 수 있었다. 생선요리가 다 만들어지면 그는 정장으로 갈아입고 북가에 있는 방직공장으로 팡리나를 데리러 갔다. 방직공장 사람들도 뉴아이궈가 나타나면 집에서 생선요리를 했다는 걸 알았다.

이날 뉴아이궈는 차를 몰고 린펀으로 가서 장아찌를 날랐다. 친위안현에서 린펀까지는 삼백 리 길이지만 그 사이의 절반이 산길이라 굴곡이 많고 갑자기 방향을 틀어야 하는 곳이 적지 않았다. 게다가 차까지 막히는 바람에 날이 밝기 전에 친위안현을 출발했는데도 린펀에 도착하니 이미 밤이 되어 있었다. 도시에는 가로등이 환하게 밝혀져 있었다. 화물창고에 장아찌를 내려놓고 뉴아이궈는 그날 밤으로 돌아가려고 했다. 화물창고의 라오리(老李)는 뉴아이궈에게 화물창고에 참깨 자루가 한 무더기 있으니 친위안현으로 돌아가는 길에 가지고 가달라고 부탁했다. 하지만 하역부들이 퇴근을 한 터라 다음 날까지 기다려야 했다. 린펀에서 하룻밤을 지체하기는 하지만 빈차로 돌아가지 않게 되었다. 뉴아이궈로서는 수지맞는 일이었다. 그는 화물창고에서 하루 묵기로 마음먹었다.

이튿날 이른 아침, 화물창고의 하역부들이 트럭에 참깨 자루를 싣자 뉴아이궈는 발길이 가는 대로 화물창고를 나와 아침 식사를 파는 노점에서 잡쇄탕 한 그릇과 샤오빙 다섯 개를 사 먹었다. 화물창고로 돌아와 보니 참깨 자루는 아직 다 실리지 않았다. 또다시 화물창고를 나온 뉴아이궈는 화물창고 모퉁이에 어시장이 있는 것을 보고는 어시장을 향해 천천히 걸어갔다. 화물창고에서 어시장을 바라보았을 때는 그다지 크지 않다고 느꼈는데 모퉁이를 도니 뜻밖에도 앞이 확 트이고 아주 넓은 데다 왁자지껄 떠드는 소리와 함께 사람들이 무리 지어 다니는 광경이 펼쳐졌다. 알고 보니 아주 큰 시장이었던 것이다.

시장은 길이가 이 리나 되었고 동쪽에서 서쪽까지 양옆으로 펼쳐진 노점들 모두 생선을 팔았다. 연어를 파는 사람도 있고 잉어를 파는 사람도 있었다. 대두어를 파는 사람, 초어를 파는 사람, 갈치를 파는 사람, 붕어를 파는 사람, 광어를 파는 사람, 드렁허리를 파는 사람, 미꾸라지를 파는 사람, 민물 거북을 파는 사람…… 등 온갖 생선을 파는 사람들이 다 있었다.

뉴아이궈는 동쪽에서 서쪽으로 고개를 돌렸다. 과연 린펀의 시장은 친위안현의 시장보다 컸다. 시장이 크다 보니 생선 가격도 친위안현보다 저렴했다. 예컨대 친위안현에서는 대두어 한 근에 오 위안 사 마오인데 비해 이곳에서는 사 위안 팔 마오면 살 수 있었다. 게다가 크기도 더 컸다. 뉴아이궈는 서쪽 끝에서 동쪽 끝으로 걸어가다가 한 노점 앞에서 걸음을 멈추고 대두어 두 마리를 골랐다. 친위안현으로 돌아가면 저녁에 팡리나에게 고추를 다져 넣은 어두 요리를 해줄 생각이었다. 생선가게 주인이 비쩍 마른 체구에 쉴 새 없이 눈을 깜빡거리고 있었다. 뉴아이궈가 수많은 가게들을 건너뛰고 자기 가게로 다가오자 그가 엄지손가락을 치켜세우면서 말했다.

"형님 안목이 대단하십니다. 비늘을 긁고 배를 갈라 드릴까요?"

뉴아이궈가 말했다.

"저녁에나 먹을 거니까 산 채로 가져가는 게 좋겠소."

말라깽이 가게 주인이 말했다.

"말투를 보니 린펀 분이 아니신 것 같군요."

"친위안현에서 왔소."

"친위안현은 저도 한 번 가본 적이 있습니다. 참 좋은 곳이지요."

말라깽이는 생선을 저울 쟁반에 올려놓고 저울을 높이 들어 올려 무게를 쟀다. 무게를 잰 대두어 두 마리를 비닐봉지에 담고 비닐봉지 안에는 물을 채우되 공기가 충분하게 했다. 말라깽이는 포장된 생선을 뉴아이궈의 손에 들려주면서 담배도 한 대 권했다. 뉴아이궈가 말했다.

"시간 나면 친위안현에 한번 놀러 오슈."

그러고는 담배를 태우면서 생선을 들고 화물창고로 돌아왔다. 참깨 자루는 이미 다 실려 있었다. 뉴아이궈는 화물창고의 라오리에게 인사를 하고 차에 올라타 시동을 걸었다. 그리고 곧장 차를 몰아 친위안으로 향했다. 이십 킬로미터쯤 갔을 때 뉴아이궈는 갑자기 배가 아프기 시작했다. 설사인 것 같았다. 그 순간 아침에 먹은 음식이 상했다는 것을 알았지만 잡쇄탕이 문제였는지 아니면 샤오빙이 문제였는지 알 수가 없었다. 배가 아픈 것을 참고 계속 가다가 간신히 길가에 있는 화장실을 발견한 그는 얼른 차를 세우고는 화장실로 가서 일을 보았다. 볼 일을 마치고 배가 좀 편안해지자 다시 차에 올라 시동을 걸고 앞을 향해 달리기 시작했다.

무의식중에 운전석에 걸어 둔 물고기가 담긴 비닐봉지를 쳐다보니 물고기가 기운이 없어 보였다. 차를 세우고 비닐봉지를 열어보니 물고기는 이미 죽어 있었다. 물고기가 죽은 것은 문제가 되지 않았지만, 방금 죽은 물고기의 눈깔은 하얘야 하는데 이 물고기는 눈깔이 까맸다. 물고기를 만져보니 신선한 물고기의 살은 단단해야 하는데 이 물고기는 살이 아주 흐물흐물했다. 린펀의 생선가게 주인이 잔머리를 쓴 게 분명했다. 무게를 잴 때는 물고기가 살아 있었지만 비닐봉지에 담으면서 어제 죽은 물고기를 담은 것이 분명했다. 그가 린펀 사람이 아니라는 것을 알고는 이런 식으로 바꿔치기를 한 것이었다. 생선가게 주인이 말라깽이에다 눈을 몹시 깜빡거리던 것이 생각났다. 눈을 자주 깜빡거리는 사람들은 딴 마음을 품고 있기 마련이었다. 물고기 때문이 아니라 이 일 때문에 뉴아이궈는 화를 삼킬 수가 없었다.

린펀을 벗어나 삼십 킬로미터나 왔지만 뉴아이궈는 차를 돌려 다시 린펀

으로 향했다. 어시장에 차를 세운 그는 비닐봉지를 들고 자신에게 물고기를
판 말라깽이를 찾으러 갔다. 말라깽이는 여전히 그 자리에서 큰 소리로 생
선을 사라고 외치고 있었다. 그의 수조 안에 있는 물고기들은 하나같이 팔
팔하게 이리저리 헤엄치고 있었다. 뉴아이궈가 돌아온 것을 본 말라깽이는
놀라움을 금치 못했다. 뉴아이궈가 죽은 물고기가 든 비닐봉지를 말라깽이
의 도마 위에 던지면서 말했다.

"이게 어떻게 된 건지 말해봐."

말라깽이는 눈을 깜빡이면서 비닐봉지 안에 든 물고기를 쳐다보더니 뉴
아이궈를 향해 말했다.

"형님 뭔가 착오가 있으신가 보군요. 이건 제 물고기가 아니에요."

말라깽이가 자신의 물고기라고 말하고 잘못을 인정하면서 새 물고기 두
마리로 바꿔주었다면 뉴아이궈도 참았을 것이다. 육십 킬로미터나 억울하
게 왔다 갔다 한 것에 대해서도 아무 말 하지 않을 생각이었다. 하지만 겨우
한 시간밖에 지나지 않은 일인데 말라깽이가 잘못을 인정하지 않고 오히려
자신에게 잘못이 있다고 말하자 뉴아이궈는 몹시 화가 났다.

"실제로 벌어진 건 아주 작은 일인데 잠깐 사이에 아주 커진 것 같군. 좋
은 말로 끝내고 싶나 아니면 험한 소리를 한 번 들어볼 텐가?"

말라깽이가 말했다.

"좋은 말이든 험한 소리든 전 할 말이 없습니다."

물고기 두 마리 때문에 두 사람은 점점 언성을 높였다. 싸우는 걸 보고 생
선을 파는 사람들이 전부 모여들었다. 말라깽이는 장사에 방해가 되자 자신
이 린펀 사람이라는 것만 믿고 뉴아이궈의 얼굴을 향해 침을 뱉었다.

"이런 미친놈이 어디서 어른을 속이려고 들어!"

뉴아이궈는 몸을 돌려 어시장을 빠져나와 곧장 자신의 트럭으로 갔다. 다시 돌아왔을 때는 그의 손에 길이가 다섯 자나 되는 구부러진 굴대가 들려 있었다. 굴대는 두께가 계란만 했고 가운데가 구부러져 있었다. 그의 손에 굴대가 들려 있는 것을 본 말라깽이는 곧 싸움이 벌어질 것을 직감하고는 손에 닿는 대로 생선 긁는 칼을 집어 뒤로 물러서면서 말했다.

"어디서 감히, 할 테면 해봐."

뉴아이궈는 한걸음에 달려들어 물고기가 잔뜩 든 말라깽이의 수조를 발로 차 엎어버렸다. 말라깽이의 수조는 함석판을 두드려 만든 것이었다. 물이 바닥으로 쏟아지면서 몇 십 마리나 되는 대두어와 잉어, 초어가 땅바닥에서 팔딱거렸다. 뉴아이궈는 굴대를 휘둘러 말라깽이를 박살내지 않고 땅바닥에 나뒹구는 물고기들을 박살내버렸다. 싱싱하게 살아서 펄떡거리던 물고기들이 한 마리씩 으깨져 묵사발이 되어갔다. 말라깽이가 손에 든 칼을 이리저리 휘두르면서 말했다.

"사람 죽네, 사람 죽어."

사방에서 다른 생선장수들이 몰려와 말라깽이를 도우려 했다. 몽둥이를 든 사람도 있고 작살을 든 사람, 물고기를 건질 때 쓰는 긴 장대를 든 사람도 있었다. 뉴아이궈가 빙빙 돌면서 굴대를 허공에 대고 휘둘러대자 생선장수들은 얼른 뒤로 한 자씩 물러섰다. 소란스런 와중에 누군가 큰 소리로 외쳤다.

"그만들 해. 이 형님이 오셨다."

한눈에 키가 일 미터 팔십은 넘어 보이는 사내였다. 온몸이 검고 비계 덩

144

어리였다. 가슴에는 털이 수북하고 정수리 부분은 머리털이 붉었다. 그가 큰 걸음으로 어시장을 가로질러 달려오자 말라깽이가 구세주를 만나기라도 한 것처럼 검고 큰 사내를 향해 소리쳤다.

"형님, 바로 이 놈입니다."

사람들 틈을 헤집고 들어온 사내가 한 손에 뉴아이궈의 멱살을 잡았다. 뉴아이궈는 금세 온몸이 조여드는 것 같았다. 사내가 힘이 얼마나 센지 충분히 알 수 있었다. 굴대를 휘둘러 그를 박살내고 싶었지만 사내의 손이 먼저 뉴아이궈의 팔뚝을 내려쳤다. 굴대는 흔들리면서 한 장이나 멀리 날아가 버렸다. 생선장수들은 일제히 큰소리로 환호성을 질러댔다. 사내는 다시 사발만한 주먹을 들어 뉴아이궈의 머리를 내리치려 했지만 허공에 들린 주먹은 웬일인지 내려오지 않았다. 사내가 넋이 나간 표정으로 물었다.

"너 여기서 뭐하고 있는 거냐?"

얼굴을 돌려 사내를 쳐다본 뉴아이궈는 왠지 낯이 익다는 느낌이 들었다. 하지만 그가 누구인지 얼른 생각이 나지 않았다. 사내가 말했다.

"너 뉴아이궈 아니야?"

그를 자세히 살펴보던 뉴아이궈 역시 놀라서 소리쳤다.

"너 리커즈로구나?"

리커즈는 뉴아이궈의 초등학교 같은 반 친구였다. 초등학교 시절에도 리커즈는 덩치가 아주 컸다. 덩치가 클 뿐만 아니라 남 험담하기를 좋아했다. 반 전체가 그 하나 때문에 몹시 어수선하고 불안했다. 한 번은 그가 뉴아이궈 누나에 대해 험담을 하자 뉴아이궈가 화가 나서 그와 싸움을 벌인 적이 있었다. 뉴아이궈가 수세에 몰리자 그의 친한 친구 펑원슈가 소 멍에로 리커즈의 머리를 내리쳐 머리가 깨지고 피가 심하게 났었다.

리커즈의 아버지는 창즈 탄광에서 광부로 일했다. 모두들 중학교에 입학할 무렵 리커즈는 아버지를 따라 창즈로 갔기 때문에 모두들 다시는 그를 볼 수 없었다. 그렇게 이십여 년이 흘러 두 사람이 린펀의 어시장에서 만나게 될 줄 누가 알았겠는가. 두 사람은 옛날에 심하게 싸웠던 것도 잊은 채 서로를 쳐다보면서 '허허' 웃었다. 리커즈가 말했다.

"그래, 너 맞아. 어렸을 때도 곧잘 싸움질을 했지."

그는 뉴아이궈의 손을 잡아 자기 머리를 만져보게 했다.

"만져봐. 아직도 동전만한 상처가 남아 있어"

뉴아이궈가 말했다.

"이건 내가 내려친 게 아니야. 펑원슈가 그랬다고."

그러고는 리커즈를 자세히 훑어보며 "늙었군"하고 한 마디 던진 다음 또 물었다.

"머리칼은 어쩌다 그렇게 빨개진 건가?"

"머리칼이 하얗게 세어서 검게 염색을 할 생각이었는데 미용실 아가씨가 실수로 이렇게 만들어버렸어. 미용실 주인도 나한테 몇 대 맞았지."

두 사람은 또 마주보며 웃었다. 생선장수들은 두 사람이 오랜 친구 사이라는 것을 알고는 모두들 '와' 소리를 지르면서 뿔뿔이 흩어졌다. 말라깽이는 눈을 깜빡이면서 자신이 운수가 사나왔다는 것을 인정하고는 투덜대며 바닥에 짓뭉개진 생선 잔해를 치웠다. 리커즈는 뉴아이궈를 어시장 구석에 있는 음식점으로 데려가서는 문발을 들어서자마자 주인에게 말했다.

"다른 건 필요 없고, 생선 몇 마리 골라다가 찜을 한 솥 해주게."

보아하니 음식점 주인도 리커즈와 친한 사이인 것 같았다. 음식점 주인이 재빨리 말했다.

"형님, 말씀 안 하셔도 다 압니다."

그러고는 문을 나서 어시장으로 가려고 했다. 뉴아이궈가 얼른 음식점 주인을 붙잡아 세우며 말했다.

"생선 말고 다른 걸로 해주시오."

리커즈가 말했다.

"왜 그러나?"

"생선은 이제 보기만 해도 구역질이 나네. 그동안 충분히 먹은 것 같네."

"충분히 먹었다는 사람이 또 생선을 사려 했나?"

뉴아이궈는 가볍게 한 번 웃어보이고는 대답 대신 리커즈에게 되물었다.

"이십여 년이 지나 자네가 어시장 왕초가 되어 있을 줄은 생각지도 못했네."

리커즈는 길게 한숨을 내쉬었다.

"말하려면 아주 길다네."

두 사람은 술을 마시기 시작했다. 리커즈는 중학교에 올라가면서 뉴아이궈를 비롯한 반 친구들과 헤어져 어떻게 창즈에 있는 탄광에 가게 되었는지, 또 어떻게 창즈 탄광에서 린펀으로 오게 되었는지, 사정의 전후 상황을 자세히 얘기해주었다. 알고 보니 리커즈는 창즈에 있는 중학교에서도 그다지 착실한 모습을 보이지 않았다. 삼 학년 때 같은 반 친구와 싸움을 하다가 걸상으로 친구의 머리를 내리찍자 상대가 머리에서 피를 흘리면서 '악'하는 외마디 소리와 함께 바닥에 쓰러졌다. 리커즈는 그가 죽은 줄 알고 그날 밤으로 창즈를 떠나 린펀으로 도망쳐 왔다. 과거에 펑원슈가 소 멍에로 리커즈를 내리쳤던 것과 똑같은 상황이었다.

리커즈에게는 린펀에 사는 고모가 한 분 계셨다. 아이를 낳지 못하는 고모는 그를 받아들여 보살펴주었다. 나중에 창즈에서 싸웠던 일은 조용히 무마되었다. 알고 보니 그 친구는 죽지 않았던 것이다. 아버지가 리커즈를 데리러 왔지만 어릴 적부터 아버지와 사이가 좋지 않았던 리커즈는 집으로 돌아가지 않고 계속 고모네 집에 남아있고 싶어 했다. 고모네 집에 있는 동안 고모는 그에게 아주 잘 대해 주었다. 하지만 기계 공장의 금속판 가공 기술자였던 고모부는 성격이 괴팍하여 리커즈를 몹시 싫어했고 그는 그런 고모부와 항상 말다툼을 벌였다.

나중에 대학에 떨어지자 그는 길거리에서 양꼬치를 팔게 되었다. 그러다가 결혼을 하고 아이가 생긴 뒤로 고모네 집에서 나와 분가를 했다. 양꼬치 장사로는 가족을 부양할 수 없었던 그는 생선을 팔기 시작했다. 이 년 동안 생선장수를 하면서 힘으로 어시장을 장악한 그는 더 이상 생선을 팔지 않게 되었다. 긴 이야기를 마치면서 리커즈가 탄식을 내뱉었다.

"이 생선 노점상들을 손 안에 장악한 게 힘에 의지한 것 같아 보이지만 사실은 게으름 때문이었네."

얘기를 다 듣고 나서 뉴아이궈도 탄식을 내뱉었다. 리커즈가 말했다.

"난 이제 더 이상 남의 험담을 하지 않네."

뉴아이궈가 가볍게 웃었다. 이어서 두 사람은 초등학교 시절 같은 반에 있던 다른 친구들 얘기를 하기 시작했다. 펑원슈와 마밍치(馬明起), 리순(李順), 양용샹(楊永祥), 궁이민(宮益民), 추이위즈(崔玉芝), 둥하이화(董海花) 같은 친구들이었다. 이십 년이 지나는 동안 이들은 모두 이리저리 흩어져

버렸다. 그 가운데 왕쟈청(王家成)은 이미 세상을 떠났고 후솽리(胡雙利)는 정신병자가 되어 버렸다. 리커즈가 말했다.

"이 세상을 산다는 게 그저 가을 풀이나 마찬가지인 것 같아."

뉴아이궈가 말했다.

"국어를 가르쳤던 웨이(魏) 선생님이랑 지리를 가르치던 쟈오(焦) 선생님은 재작년 거의 같은 시기에 돌아가셨어."

리커즈가 말했다.

"쟈오 선생님은 키가 작고 얼굴이 말처럼 길어서 내가 선생님만 봤다 하면 말 우는 소리를 흉내 내곤 했었지. 그러다 한 번은 그 선생님이 나를 벽에 몰아 부친 다음 귀를 잡아 비틀려고 했다니까."

두 사람은 또 한 번 깊은 감개에 젖었다. 친구들과 선생님들에 대한 얘기를 마치고 리커즈가 뉴아이궈에게 말했다.

"난 다 알고 있네. 자네에게 지금 뭔가 걱정거리가 있다는 걸 말일세."

"어째서 그런 말을 하는 건가?"

"자네 미간에 골이 더 깊어진 걸 보니 아무래도 무슨 고민이 있는 것 같아서 그러네."

뉴아이궈는 리커즈가 방금 전까지 자신에게 마음속에 있는 말을 털어놓은 데다 술이 반쯤 올라 거나해진 터라 자신의 고민이 주로 팡리나와의 관계에 있다는 것을 말하게 되었다. 두 사람이 갓 결혼을 했을 때는 그런대로 말이 통했지만 시간이 지날수록 말이 통하지 않았다. 게다가 팡리나와 샤오쟝과의 소문이 퍼지자 두칭하이를 찾아가 상의를 하게 되었다. 두 사람은 상의한 끝에 뉴아이궈가 이혼을 할 수 없다는 결론을 내렸다. 팡리나에게 돌아가 할 말이 없으면 할 만한 말을 찾아서 하고, 그녀가 듣기 좋은 말만 하되 듣기 좋은 말이 없으면 빨래를 해주고, 구두를 닦아주고, 그녀가 좋아하는 생선요리를 해주는 수밖에 없었다. 오늘 린펀에서 생선을 샀던 것도 다 팡리나를 위한 것이었다. 리커즈가 얘기를 다 듣고 나서 탁자를 내려치며 말했다.

"두칭하이는 정말 말도 안 되는 조언을 해주었군 그래."

"내가 생각하기에도 별로 도움이 되지 않는 것 같아."

리커즈가 말했다.

"자네가 팡리나에게 옷을 빨아주고 구두를 닦아주고 생선요리를 해준 것도 다 잘못이야."

"어째서 그렇게 말하는 건가?"

"말도 못 하면서 왜 그녀를 그렇게 겁내는 건가?"

"말을 할 수 없으니까 겁이 나는 거지."

"틀렸네. 말을 할 수 없으니까 맨발인 사람이 신발 신는 사람을 두려워해선 안 되지. 오늘부터 그녀가 자네를 무시하게 놔두지 말고 자네가 그녀를 무시해버리라고."

"그녀가 이혼하자고 하면 어쩌고?"

"모든 걸 그녀에게 떠넘기면서 이혼하지 말고 그녀가 어떻게 나오는지 보면 되지 않겠나? 그녀를 사지로 모는 걸세."

리커즈는 단번에 뉴아이궈에게 커다란 깨달음을 가져다주었다. 알고 보니 팡리나와 함께 산 지난 세월 동안 관계가 완전히 뒤바뀌어 있었다. 세상에는 무서운 것이 안 무섭고, 안 무서운 것이 무서운 법도 있었다. 리커즈가 그의 어깨를 툭 치면서 말을 이었다.

"자네의 그 친구들은 별로 쓸모가 없는 것 같네. 앞으로 또 어려운 일이 있으면 날 찾아오라고."

뉴아이궈는 고개를 끄덕였다. 식사를 마치니 이미 오후도 절반이나 지나가버렸다. 뉴아이궈가 다시 어시장으로 가서 생선을 사려고 하자 리커즈가 말렸다.

"방금 내가 한 말을 잊은 건가? 이제 더 이상 그녀에게 생선요리를 해주지 말라 말일세."

그러고는 또 물었다.

"생선을 산다고 해도 굳이 또 린펀에서 사야겠나?"

뉴아이궈가 웃으면서 고개를 가로저었다. 하는 수 없이 그는 생선을 사지 않고 차를 몰아 친위안현으로 향했다. 현성에서 벗어나 백 리 길을 달려 막 산길로 들어서자 날이 어두워지기 시작했다. 그 순간 리커즈의 말을 되새기던 뉴아이궈는 그의 말에 따르는 것이 불가능하다는 생각이 들었다. 리커즈가 가르쳐준 대로 팡리나를 대하는 건 리커즈가 생선과 어시장을 대하는 것처럼 얼핏 보기에는 장악하고 있는 것 같지만 실제로는 '기대는' 것이었다. 세상에 생선가게에 의지하고 사람들에게 의지하는 것이 얼마나 오래 갈 수 있겠는가? 말하자면 팡리나를 두려워하는 것도 아니고 그녀를 떠나는 걸 두려워하는 것도 아니었다. 그녀를 떠나면 그녀마저도 사라지는 게 두려운 것이었다. 어쩌면 주변의 모든 것이 사라질까 두려운 건지도 몰랐다. 그녀와 말이 통하진 않지만 그녀를 떠나면 말하는 것마저도 없어질 터였다. 바로 이것이 두려운 것이었다.

모든 문제는 팡리나에게 있는 것이 아니라 자신에게 있었다. 뉴아이궈는 갑자기 모든 것을 깨닫게 되었다. 리커즈의 방법은 의존하는 것이니 그의 방법을 사용하지 않는다 해도, 지금처럼 팡리나에게 빨래를 해주고 구두를 닦아주고 생선요리를 해주는 것도 말하자면 그녀에게 공양하는 것 같지만 사실은 그것 역시 '기대는' 것이었다. 심지어 리커즈보다 더 기대는 것이었다. 리커즈가 작게 기대는 셈이라면 자신은 크게 기대는 셈이었다.

트럭이 뤼량산(呂梁山)을 돌아가면서 차 전조등이 길 양쪽의 높고 낮은 산봉우리들을 비출 때쯤 뉴아이궈는 자신도 모르게 눈물이 났다. 친위안현 현성에 도착했을 때는 이미 이튿날 동틀 무렵이었다. 뉴아이궈는 친위안현의 어시장으로 가서 대두어 두 마리를 샀다. 집에 도착한 그가 팡리나에게 말했다.

"이 생선은 린펀에서 사 온 거야."

그해 시월, 팡리나에게 일이 터졌다. 팡리나가 샤오쟝과 창즈의 여관에서 밤을 보내다가 사람들에게 붙잡힌 것이다. 팡리나에게 일이 터진 것을 뉴아이궈는 전혀 모르고 있었다. 시월 일일 국경절에 방직공장에서 닷새 동안의 긴 휴가를 주자, 팡리나는 뉴아이궈에게 공장에 있는 몇몇 자매들과 타이위안으로 여행을 가고 싶다고 말했다. 계속 친위안에 있으니 답답해 죽을 것 같다고 했다. 그러면서 뉴아이궈에게 같이 가겠느냐고 물었다.

팡리나와 함께 여행을 갔었던 뉴아이궈는 여행 길 내내 둘 다 아무 말도 하지 않는 바람에 죽도록 답답했던 기억이 있었다. 다른 사람들과 함께 멋진 경치를 구경하면서도 그와 팡리나는 다른 말은 전혀 하지 않았다. 게다가 국경절 기간에 뉴아이궈는 친위안 화학비료공장의 화물을 운반해 줘야 했다. 결국 그는 팡리나에게 다른 사람들과 다녀오라고 했다. 하지만 팡리나가 방직공장의 자매들과 타이위안에 간 것이 아니라 샤오쟝과 함께 창즈에 갔으리라고는 생각지도 못했다.

창즈의 '춘후이(春暉) 여관'에서 두 사람을 잡은 사람은 다름 아닌 샤오쟝의 아내였다. 샤오쟝의 아내 자오신팅(趙欣婷)은 친위안 현성 사거리의 백화점에서 구두를 팔고 있었다. 쌍꺼풀 없는 눈에 비쩍 마르고 허약해서 구두를 팔 때에도 큰 소리로 외치지 못했다. 뉴아이궈도 그녀를 본 적이 있었다. 첫눈에 착실한 사람이라는 걸 알 수 있었다. 하지만 이렇게 착실한 사람이 눈치가 그렇게 빠를 줄은 생각지 못했다. 팡리나와 샤오쟝이 함께 여행을 갈 때, 뉴아이궈는 그녀에게서 어떤 허점도 발견하지 못했지만 자오신팅은 샤오쟝에게서 이상한 점을 눈치챘던 것이다.

일주일 전에 샤오쟝은 자오신팅에게 국경절을 이용해 베이징에 가서 웨딩드레스를 몇 벌 사오고 디지털 카메라도 한 대 더 들여놓고 싶다고 말했다. 이에 대해 자오신팅은 아무 말도 하지 않았다. 샤오쟝이 베이징으로 출발하기 전날 밤, 자오신팅은 샤오쟝이 자는 사이에 그를 위해 짐을 정리해주면서 트렁크 옆에 달린 지퍼를 열었다가 차표 두 장을 발견했다. 베이징행 차표가 아니라 창즈 행 차표였다. 이렇게 그녀는 샤오쟝이 거짓말을 하고 있다는 사실을 알게 되었다. 그날 한 거짓말은 사소한 거짓말이라고 해도, 일주일 전에 거짓말을 하기 시작했다면 어떤 일을 사전에 아주 오랜 시간동안 모의했다는 것을 의미했다. 그리고 그 안에는 뭔가 대단한 진실이 감춰져 있는 게 분명했다. 하지만 자오신팅은 조급해하지 않고 그날은 아무 말도 하지 않았다.

샤오쟝과 자오신팅에게는 초등학교에 다니는 여덟 살 난 아들 베이베이(貝貝)가 있었다. 이튿날 샤오쟝이 떠나고 나자 자오신팅은 아들을 친구인 리친(李芹)의 집에 맡기면서 타이위안으로 구두를 사러 간다고 말하고는 창즈로 갔다. 샤오쟝이 누군가와 함께 창즈로 간다는 것은 알았지만 창즈는 너무나 넓은 곳이라 크고 작은 거리와 골목을 뒤져 샤오쟝을 찾는다는 것이 그리 쉬운 일은 아니었다. 그런데도 자오신팅은 큰길과 작은 골목을 차례로 뒤지면서 창즈에서 사흘 밤낮을 그를 찾아다니다가, 이날 한밤중에 도시 변두리의 어느 골목에 있는 '춘후이 여관' 등기부에서 마침내 샤오쟝의 이름을 찾아냈다. 자오신팅은 그제야 자신이 사흘동안 아무 것도 먹지 못했다는 사실이 생각났다.

자오신팅은 자신도 '춘후이 여관'에 방을 하나 잡았다. 하지만 방에 들어가지는 않고 샤오쟝의 방문 앞을 지키고 있었다. 날이 밝을 때까지 기다리면서 문을 두드리지도 않았다. 이튿날 아침 일찍 단정한 옷차림으로 문을 열고 나온 샤오쟝과 팡리나는 자오신팅이 흐트러진 머리와 씻지 않은 얼굴로 문 앞에 서 있는 것을 보고는 혼비백산하고 말았다. 자오신팅은 두 사람을 한 번씩 쳐다보고는 아무 말도 하지 않고 몸을 돌려 와버렸다. 샤오쟝이 뒤에서 쫓아오면서 말했다.

"이리 돌아와. 내 말 좀 들어보라고."

자오신팅은 샤오쟝의 말을 무시한 채 곧바로 시외버스 정류장으로 가서는 차표를 사서 친위안으로 돌아왔다. 친위안으로 돌아온 그녀는 집으로 가지 않고 먼저 농산품 가게에 가서 '러궈(樂果)'라는 이름의 농약을 한 병 사서 품에 안고 집으로 돌아왔다. 여덟 살 난 아들 베이베이는 숙제를 하고 있었다. 그녀가 돌아온 것을 보고 베이베이가 물었다.

"타이위안에 구두를 사러 간다고 하시지 않았어요? 어째서 빈손으로 돌아오셨어요?"

자오신팅이 말했다.

"너 리친네 집에 있지 않았니? 어떻게 혼자 돌아와 있는 거야?"

"펑저(馮喆)랑 싸웠어요."

펑저는 리친의 아들로 베이베이보다 한 살이 더 많았다. 베이베이와 펑저는 동급생이었지만 같은 반은 아니었다. 자오신팅이 말했다.

"베이베이, 우선 동쪽 별채에 가서 숙제 좀 하고 있으렴. 엄마는 좀 쉬어야겠다. 엄마가 너무 피곤해서 그래."

베이베이가 나가자 자오신팅은 '러궈' 병을 두 손으로 받쳐 들고는 안에 든 농약을 '꿀꺽꿀꺽' 마셔버렸다. 자오신팅이 깨어났을 때는 이미 사흘이 지난 오후로, 현성 병원의 응급실이었다. 샤오쟝은 병상 앞에 서 있었다. 농약을 마신 자오신팅을 병원에서 관장을 해 살려낸 것이었다. 샤오쟝이 귀밑까지 빨개진 얼굴로 손을 비비면서 말했다.

"다른 말은 하지 않을게. 모든 게 다 내 탓이야."

그러고는 또 말했다.

"당신이 살아나서 다행이야. 그렇지 않았다면 나도 농약을 마셨을 거야. 걱정하지마. 앞으로 다시는 그런 짓 안 하고 당신과 잘 살게."

자오신팅은 아무 말도 하지 않았다. 샤오쟝이 병실에서 나와 식당으로 밥을 타러간 사이에 병상에서 기어 나온 자오신팅은 벽을 짚으면서 병원을 나서 큰길로 나왔다. 큰길을 비틀거리면서 걸었다. 한 시간 넘게 걸어 현성 남관의 뉴아이궈 집에 도착했다. 팡리나와 샤오쟝에게 일이 터졌을 때 팡리나는 친정으로 가서 숨어버리고 뉴아이궈 혼자 집을 지키고 있었다. 자오신팅이 말했다.

"제가 죽었다면 그만이었겠지만, 살아 돌아왔으니 댁한테 말해줘야 할 것 같네요."

뉴아이궈가 말했다.

"무슨 말을 하려는 건가요?"

자오신팅이 말했다.

"창즈에서의 일에 관해 얘기하려는 거예요. 안 그랬다가는 답답해서 죽을 것 같아서요."

그녀는 뉴아이궈에게 창즈에서 간통현장을 잡은 과정을 처음부터 끝까지 자세하게 말해주었다. 자오신팅이 말했다.

"한밤중에 춘후이 여관 방 밖에서 기다리면서 모든 걸 다 들었어요. 두 사람이 밤새 그 짓을 세 번이나 하더군요. 세 번을 하고 나서도 잠을 자지 않고 계속 얘기를 하더라고요."

그녀는 설명을 계속했다.

"잠을 잘 것 같더니 한 사람이 다른 얘기 하자고 하니까 또 한 사람이 다른 얘기를 하고 싶으면 그래도 된다고 받아주더라고요. 두 사람이 밤새 나눈 얘기가 일 년 동안 저랑 했던 얘기보다 더 많다니까요."

그러고는 마음을 열어놓고 마음껏 목놓아 대성통곡하기 시작했다. 팡리나와 샤오쟝의 일이 터진 뒤로 뉴아이궈는 머리가 몽롱했다. 예전에도 팡리나와 샤오쟝에게 무슨 일이 있는 것 같다는 의심이 들긴 했지만 항상 확실한 증거가 없었다. 뉴아이궈는 믿으면 아무 일도 없지만 믿지 않으면 의심거리가 생긴다는 두칭하이의 충고를 그대로 믿고 따랐다.

이제 순식간에 모든 일이 밝혀지자 뉴아이궈는 어찌해야 좋을지 몰랐다. 정신이 없는 것은 이 일 자체 때문이 아니라 이 일이 밝혀졌기 때문이었다. 최근 몇 년 동안 자신이 했던 모든 일들과 팡리나에게 들려준 좋은 말들, 그녀에게 바친 생선요리가 전부 잘못된 것이었다. 잘못된 것을 어떻게 바로잡아야 좋을지 뉴아이궈는 한순간 아무 것도 생각나지 않았다. 누구랑 상의해야 좋을지도 알 수 없었다. 한쪽에서 자오신팅이 우는 소리를 들으면서 뉴아이궈가 멍청하게 물었다.

"내가 뭘 어떻게 하길 바라면서 이렇게 많은 얘기를 한 겁니까?"

자오신팅이 말했다.

"전 여자라 기력이 없지만 당신은 남자잖아요. 당신이 그 두 사람을 죽여줘요."

사흘 후 팡리나가 친정에서 돌아왔다. 무척이나 야윈 모습이었다. 팡리나가 뉴아이궈를 마주보고 앉아 말했다.

"우리 얘기 좀 해요."

"무슨 얘기?"

"당신도 이제 다 알았을 테니 우리 이혼해요."

순간 뉴아이궈는 린펀의 어시장에서 동창생 리커즈가 했던 말이 떠올랐다. 팡리나와 샤오장의 일이 터지기 전까지는 리커즈가 말한 방법을 사용하고 싶지 않았다. 하지만 이제 일이 터지고 나니 리커즈의 말이 일리가 있다는 생각이 들었다. 뉴아이궈가 말했다.

"이혼 안 해."

팡리나가 전혀 예상치 못한 대답이었다.

"왜 안 해요?"

"부부에게 일이 생긴 거니까 나도 당신에 대해 책임을 져야 해."

팡리나가 어리둥절한 표정으로 다시 물었다.

"무슨 책임을 진다는 거예요?"

"샤오장이 이 일을 벌였으니까 당신한테 뭔가 생각이 있을 거 아냐. 그에게 가서 먼저 마누라와 이혼하고 당신과 결혼하겠다는 약속을 받아와. 그럼 내가 이혼해주지."

"당신은 그 사람에게 신경 쓸 것 없어요."

"신경 써야지. 이혼하기 전까지는 그래도 내가 당신 남편이니까 말이야."

그러자 팡리나가 대성통곡을 하면서 말했다.

"방금 그를 찾아가서 이혼하라고 말했는데 못 하겠대요."

팡리나는 울면서 말을 이었다.

"원래는 그가 남자답다고 생각해서 좋아했던 건데 그런 칠푼이일 줄 누가 알았겠어요. 농약 한 병에 놀라자빠질 줄 누가 알았겠냐고요. 내가 사람을 잘못 본 거예요."

팡리나는 계속 울면서 말했다. 결혼한 이래로 두 사람은 이렇게 마음을 터놓고 얘기한 적이 없었다. 뉴아이궈가 말했다.

"그렇다면 더더욱 그를 봐줘선 안 되지. 매일 찾아가서 기어코 확답을 받아내라고."

그러자 팡리나는 뉴아이궈의 생각을 알아차렸다.

"뉴아이궈, 알고 보니 우리 둘 다 꼼짝 못하고 죽게 하려는 속셈이로군요."

그녀는 계속 울고 있었다.

"이게 다 마샤오주 그 개자식 때문이야. 그 자식이 내 일생을 다 망쳐놓은 거라고!"

마샤오주는 팡리나가 뉴아이궈 전에 사귀던 첫 애인이었다. 두 사람은 고등학교 동창이었으나 나중에 마샤오주가 베이징에 있는 대학에 진학하면서 팡리나를 차버렸다. 이 일이 샤오쟝과의 일로 연결되는 것을 보고서 뉴아이궈는 놀라움을 금치 못했다. 하지만 일이 어떻게 흘러가든 뉴아이궈에게는 전부 마찬가지였다. 팡리나가 말했다.

"뉴아이궈, 제발 부탁이에요. 이혼해줘요. 전 아무 것도 원하지 않아요. 살림은 전부 당신에게 줄게요."

"이혼 못 해."

이번에는 팡리나도 울지 않았다.

"질질 끌면서 나를 괴롭힐 작정이로군요."

그녀의 말투가 독해지기 시작했다.

"나한테 모두 떠넘기고 싶으면 다 떠넘겨. 당신도 그렇겠지만 나도 두려운 게 없어. 우리 둘 다 같이 죽자고."

뉴아이궈가 말했다.

"둘 다 두려울 게 없다면 그렇게 하지 뭐."

팡리나는 몸을 일으키며 말했다.

"뉴아이궈, 이 지독한 놈. 너랑 그렇게 오래 살면서 네가 이런 놈인 줄은 미처 몰랐네."

그러고는 몸을 돌려 가버렸다. 뉴아이궈가 웃었다. 몇 년 동안 이렇게 통쾌하게 웃어본 적이 없는 것 같았다. 이때부터 팡리나는 또다시 집에 돌아오지 않기 시작했다. 뉴아이궈는 이 일을 잠시 접어두고 차를 몰고 나가 화물을 실어 날라야 했다. 다시 사흘이 지나 뉴아이궈는 창즈로 닭을 한 트럭 배달하러 갔다. 갈 때는 그저 화물을 배달할 생각뿐이었는데 창즈에 도착하자 문득 팡리나와 샤오장이 일을 벌인 곳이 창즈였다는 게 생각나 갑자기 속이 끓어오르기 시작했다. 그 순간 눈에 들어오는 창즈의 모든 여관 간판들이 팡리나와 샤오장이 묵었던 곳처럼 느껴졌고, 창즈에 있는 모든 상점들이 팡리나와 샤오장이 손을 잡고 다니면서 구경했던 곳처럼 느껴졌다. 또 자오신팅이 자신을 찾아와 두 사람의 간통 현장을 자세히 묘사해주었던 것이 떠오르자 가슴 속에 억새풀이 가득 자라는 것 같은 느낌이 들었다. 창즈의 모든 거리와 골목들이 더러워 보였다.

농산물 시장에 도착하여 닭을 내린 뉴아이궈는 원래 창즈 맥주 공장으로 가서 친위안으로 가는 맥주를 한 차 실어 나를 생각이었다. 하지만 그는 맥주를 운송할 생각은 하지도 못하고 서둘러 농산물 시장을 벗어나 빈차를 몰고 창즈를 떠나 친위안으로 돌아왔다. 친위안으로 돌아오니 이미 저녁 시간이 되었다. 뉴아이궈는 차를 세워 놓고 식사도 하지 않은 채 혼자 현성 거리를 돌아다니며 답답한 마음을 털어버리려 했다. 걷고 또 걷다 보니 어느새 황폐한 성벽에 이르렀다.

저 멀리 세 사람이 성벽을 따라 산보하고 있는 모습이 보였다. 뉴아이궈는 처음에는 별로 관심을 보이지 않다가 황폐해진 성벽에서 내려올 때가 되어서야 비로소 그들을 향해 눈길을 던졌다. 자세히 보니 샤오쟝과 샤오쟝의 아내 자오신팅, 그리고 두 사람의 여덟 살 난 아들 베이베이였다. 샤오쟝과 자오신팅이 각각 베이베이의 손을 한 쪽씩 잡고 있었다. 세 사람은 웃고 떠들면서 걷고 있었다. 샤오쟝은 발밑에 있는 작은 돌들을 걷어차면서 걸었다. 두 걸음 가다가 돌 하나를 걷어차고 또 두 걸음을 가다가 돌 하나를 걷어차곤 했다. 돌멩이는 세 사람이 가는 방향으로 굴러갔다.

뉴아이궈는 그 자리에서 멍하니 서 있었다. 첫째는 샤오쟝의 아내 자오신팅의 몸이 그렇게 빨리 회복되리라고는 생각지도 못했기 때문이고 둘째는 샤오쟝과 자오신팅이 열흘 만에 그렇게 사이가 좋아질 줄 몰랐기 때문이다. 외부 사람들이 이런 모습을 본다면 열흘 전에 그들 집안에 하늘처럼 큰일이 일어났고, 하마터면 한 사람이 죽을 뻔 했다는 건 절대로 상상하지 못할 것이다. 자오신팅이 뉴아이궈를 찾아와 샤오쟝과 팡리나를 죽여 달라고 애원했던 일은 더더욱 상상하지 못할 일일 것이다.

말하자면 샤오쟝과 팡리나에게 일이 터진 것이 그들 집안에게는 오히려 득이었다. 그 일이 터지지 않았더라면 자오신팅 역시 농약을 마시지 않았을 것이고, 자오신팅이 농약을 마시지 않았다면 그들 집안은 속은 그대로이면서 겉으로는 그렇게 화기애애한 모습을 보이지 못했을 것이었다. 이제 그들의 집에는 아무 일도 없었다. 안 좋은 일은 모조리 뉴아이궈 한 사람에게로 집중되었다. 원래는 팡리나가 이런 모습을 보고 울화가 치밀어야 하는데, 엉뚱하게도 뉴아이궈가 이 모습을 보고 가슴 가득 울분이 차오르고 있는 것이었다.

뉴아이궈는 황폐해진 성벽에서 내려와 남관의 한 음식점으로 가서는 홧

김에 혼자 술을 마셨다. 원래 빈속이었던 데다 마신 술이 또 홧술이다 보니 몇 잔 들어가자마자 곧바로 취하고 말았다. 술에 취하자 답답한 마음이 더해만 갔고, 마음이 답답할수록 더 술을 마셨다. 한밤중까지 술을 마시고 나니 괴로움은 더 이상 그와 팡리나 사이의 일만이 아니었다. 서른다섯 해의 모든 괴로움이 하나로 뒤엉켜 천군만마가 가슴 속에서 내달리는 것 같았다. 누군가를 찾아가 하소연하고 싶은 마음이 간절했다.

가장 찾아가고 싶은 사람은 리커즈였지만, 친위안에서 린펀까지는 이백 여 리나 되기 때문에 걸어서 가자면 내일이나 되어야 도착할 수 있었다. 두 번째로 찾아가고 싶은 사람은 두칭하이였지만 산시 친위안현에서 허베이 핑산현까지는 천리 길이라 사흘을 꼬박 걸어야 했다. 정작 찾아갈 사람이 없자 식당을 나온 그는 비틀거리는 걸음으로 펑원슈를 찾아갔다. 뉴아이궈는 할 말이 있어도 펑원슈를 찾지 않았다. 펑원슈는 술을 좋아하는 데다 술에 취했다 하면 술 마시기 전과는 전혀 다른 사람이 되곤 했기 때문이다. 지금은 술에 취한 사람이 뉴아이궈인 까닭에 다른 것에 대해서는 신경쓸 여력이 없었다. 현성 남관에서 동가 펑원슈의 정육점까지는 거리가 이 리 정도 됐다. 뛰어서 간다면 한 시간 남짓이면 도착할 수 있었다. 펑원슈의 정육점에 도착하자 이미 새벽이 되어 삼형제 별까지 떠 있었다. 뉴아이궈는 문을 두드렸다.

"펑원슈, 문 좀 열어."

펑원슈 일가는 전부 잠을 자고 있어 아무런 대답도 없었다. 뉴아이궈가 다시 문을 두드리자 마침내 정육점 안에 불이 켜졌다. 펑원슈가 말했다.

"누구요?"

뉴아이궈가 말했다.

"나야, 일이 있어서 왔네."

펑원슈는 뉴아이궈의 목소리를 듣고서 냉정하게 되물었다.

"일이 있으면 내일 와서 말해도 되지 않겠나?"

"안 돼. 내일까지 기다렸다가는 속이 터져 죽을 것 같단 말일세."

말을 마친 그는 정육점 바닥에 엉덩이를 깔고 '엉엉' 소리 내어 울었다. 울음소리를 듣고 황급히 일어나 문을 열고 나온 펑원슈는 뉴아이궈를 부축해 안으로 데리고 들어가서는 차를 따라주었다. 예전에는 뉴아이궈가 펑원슈가 술에 취할까봐 걱정을 했었는데 이제는 펑원슈가 아니라 뉴아이궈가 술에 취했다. 뉴아이궈는 가슴 가득 차 있는 괴로움을 펑원슈에게 낱낱이 털어놓았다. 술에 취해서인지 말을 시작하자마자 혀가 꼬였고 이야기 역시 뒤죽박죽이라 앞뒤가 제대로 연결되지 않았다. 그래도 펑원슈는 다 알아듣고는 고개를 끄덕였다.

"이번 일은 나도 며칠 전에 들어서 알고 있었지만 자네 마음이 답답할 걸 알고 일부러 찾아가지 않았었네."

그러고는 한숨을 내쉬며 말했다.

"일이 이 지경에 이르렀는데 어떻게 결말을 맺을 생각인가?"

뉴아이궈는 눈을 크게 뜨고는 주먹으로 자신의 가슴을 치면서 말했다.

"죽여 버리고 싶네. 원래는 사람을 죽이고 싶지 않았었는데, 오늘 샤오쟝네 세 식구가 웃고 있는 모습을 보는 순간 그놈을 죽여 버리고 싶더라고."

그러고는 펑원슈를 가리키며 말을 이었다.

"자네가 보기엔 어떤가? 이번 일에는 사람을 죽여도 될 것 같지 않나?"

펑원슈가 턱을 쓰다듬으면서 말했다.

"당연히 죽여야 되겠지. 샤오쟝이 자넬 너무 업신여겼으니까 말이야."

뉴아이궈가 고개를 가로저으며 말했다.

"아니야. 샤오쟝을 죽일 생각은 없네."

"그럼 누굴 죽인단 말인가?"

"그놈을 그냥 죽여서 편하게 해줄 순 없어. 그놈을 살려두고 대신 그놈 아들을 죽이는 거야. 그놈이 평생 마음 편히 살지 못하게 말이야."

펑원슈는 놀라움을 금치 못했다. 뉴아이궈가 이런 생각을 하고 있을 줄은 몰랐기 때문이다. 독한 생각이긴 했지만 결국은 그들이 자초한 일이었다. 뉴아이궈가 말을 이었다.

"내가 그놈의 아들을 죽이려는 건 샤오쟝을 편히 살지 못하게 하려는 의도가 아니야."

"그럼 누굴 못살게 하려는 건가?"

"자오신팅을 못살게 하려는 거지. 그 여자는 며칠 전에 날 찾아와 두 연놈을 죽여 달라고 하더니 불과 며칠 만에 태도를 바꿔 다시 샤오쟝과 좋은 관계를 유지하고 있잖아."

펑원슈도 그의 생각을 이해한다는 듯이 고개를 끄덕였다. 뉴아이궈는 또다시 한숨을 내쉬며 말을 이었다.

"팡리나도 죽여 버릴 작정이야. 그 여자랑 지내는 몇 년 동안 정말 가슴이 답답해 죽을 뻔했어. 샤오쟝이나 자오신팅보다 나를 더 갑갑하게 만든 장본인이지. 이번 일 뿐만이 아니라고."

펑원슈는 고개를 끄덕이며 한 마디 더 물었다.

"그들을 죽인 다음에는 어쩔 셈인가?"

"나도 그들과 같이 죽을 거야."

어쨌든 펑원슈는 술을 마시지 않았고 뉴아이궈는 술을 마신 상태였다. 펑원슈가 말했다.

"자네가 그 사람들과 함께 죽는다면 자네 딸은 어쩔 셈인가? 아버지도 엄마도 없는 바이후이의 앞날은 어쩌란 말인가?"

뉴아이궈는 머리를 감싸 쥐고 울음을 터뜨리며 말했다.

"내가 가장 걱정하는 게 바로 그 점일세."

필경 이 말들은 전부 취중지화였다. 다음 날, 술이 깬 뉴아이궈는 사람들을 죽이러 가지 않았다. 대신 현성 남관에 빌린 집 옆에 작은 주방을 하나 만들었다. 주방을 만든 것은 단지 음식을 만드는 공간을 넓히기 위해서가 아니라 과거에 음식을 만들 때와 같은 이치로 주방에 침대를 놓기 위해서였다. 뉴아이궈는 이곳에서 지내면서 안채를 비워 엄마 차오칭어와 딸 바이후이를 데리고 올 생각이었다. 자신과 엄마, 딸, 이렇게 세 사람이 함께 다시 잘 살아보려는 의도였다. 팡리나와는 이혼을 하지 않고 그녀가 죽을 때 마지막으로 어떤 태도를 보이는지 지켜볼 작정이었다. 샤오쟝과 자오신팅, 베이베이 가족에 대해서는 기회를 봐서 천천히 결산을 할 계획이었다.

그러나 주방을 지으면서 일이 하나 터졌다. 목공과 기와공 몇몇을 부른 뉴아이궈는 그들에게 밥을 해주기 위해 현성 동가에 있는 펑원슈의 정육점에서 고기 열 근을 사왔다. 마음이 어수선한 탓인지 고기를 사고서 돈을 내는 것을 잊어버리고 동가에서 남관까지 들고 와버렸다. 뉴아이궈에게 고기를 잘라준 사람은 펑원슈였다. 저녁이 되자 펑원슈의 마누라 라오마가 돈을 받으러 왔다. 그제야 뉴아이궈는 오전에 고기를 사면서 깜빡 잊고 돈을 내지 않은 것이 생각나 서둘러 돈을 세어 라오마에게 주었다. 라오마가 가고 나자 뉴아이궈는 왠지 기분이 좀 언짢았다. 고기 값을 안 낸 건 고의가 아니었다. 동창 사이인 데다 종종 서로 속에 있는 말도 털어놓고 지내는 사이인데 어떻게 당일 저녁에 돈을 받으러 올 수 있단 말인가?

사실 펑원슈는 라오마가 돈을 받으러 간 것을 알지 못했다. 펑원슈가 시킨 게 아니라 라오마 스스로 펑원슈 몰래 혼자 찾아간 것이기 때문이었다. 뉴아이궈는 날마다 차를 몰고 나갔고 종종 펑원슈를 위해 공짜로 화물을 날라주곤 했다. 돼지를 날라다 주기도 하고 돼지고기도 날라다 주었다. 그런 그가 어떻게 뉴아이궈에게 고기를 팔면서 그토록 정확하게 셈을 할 수 있단 말인가? 평소 같았으면 뉴아이궈도 그런 생각을 하지 않았을 것이다. 하지만 최근 마누라가 소란을 피워 힘든 시기를 보내고 있는 터라 뉴아이궈는 이 일을 마음에 담아두게 되었다. 동창생이 어려운 일을 당해 힘들어 하고 있는 터에 고기 열 근 값 정도는 좀 미뤄뒀다가 다시 청구할 수는 없단 말인가? 며칠 전에도 그는 펑원슈를 찾아가 속마음을 털어놓았는데 불과 며칠 만에 펑원슈가 다른 태도를 보이고 있는 것이었다. 고기값을 달라고 한 건 펑원슈의 뜻이 아니었지만 뉴아이궈는 이를 펑원슈가 시킨 것이라 여겼다.

저녁에 목공과 기와공들과 더불어 식사를 하면서 뉴아이궈는 술을 한두 잔 마시고는 이 유쾌하지 않은 이야기를 사람들에게 들려주었다. 과거에는 말을 잘 하지 않던 뉴아이궈가 팡리나의 일이 터진 뒤로는 한 마디 말도 마음속에 담아두지 않았다. 목공과 기와공들은 얘기를 다 듣고 나서 하나같이 펑원슈의 처신이 온당하지 못하다고 말했다. 얘기는 그 자리에서 끝이 났다. 하지만 기와공들 가운데 라오샤오(老肖)라는 사람이 펑원슈와 가까운 사이였다. 그날 저녁 일을 마친 라오샤오는 동가에 있는 정육점으로 가서 이 이야기를 그대로 펑원슈에게 전했다. 펑원슈는 애당초 라오마가 고기 값을 받으러 간 사실을 모르고 있었다. 펑원슈가 알았더라면 당연히 라오마를 혼 냈을 것이다. 하지만 뉴아이궈의 입에서 이런 얘기가 나왔다는 사실을 라오샤오를 통해 전해들은 펑원슈 역시 화가 치밀었다. 아무리 친구 사이라 해도 어떻게 공짜로 고기를 얻어먹을 수 있단 말인가? 자신은 장사를 하는 것이지 자선사업을 하는 게 아니었다. 고기 열 근이 별 것은 아니지만 말이 사람을 화나게 만들었다. 펑원슈의 면전에서는 아무 말도 하지 않다가 뒤에서 다른 사람들에게 그에 관한 얘기를 했다는 사실이 그를 화나게 한 것이다.

펑원슈는 라오샤오와 또 술을 마시기 시작했다. 마시고 또 마시다 보니 술에 취하고 말았다. 펑원슈는 술에 취하면 뉴아이궈가 술에 취해 변하는 것보다 훨씬 크게 변했다. 술에 취하지 않았을 때와는 전혀 다른 사람이 되어 버렸다. 그럴 때 마음속에 화나는 일이 있어선 안 되었다. 화나는 일이 있으면 곧장 폭발해버리기 때문이었다. 돼지고기 열 근 때문에 화가 난 그는 술병을 내동댕이치면서 그 자리에서 고래고래 소리를 질러댔다.

"이십여 년 지기 친구가 돼지고기 열 근만 못할 줄은 생각지도 못했다니까."

이는 원래 뉴아이궈가 했어야 할 말이었지만 지금 펑원슈가 먼저 가로채 내뱉고 있었다. 펑원슈는 돼지고기에 대해서는 얘기하지 않고 다른 얘기를 하기 시작했다.

"마누라가 다른 놈이랑 자도 싸다 싸."

또 이렇게 말했다.

"다른 놈이 마누라랑 잤는데도 그 칠푼이 녀석은 속수무책이라니까."

또 이런 말도 했다.

"일이 터진 게 이번 한 번뿐이 아니었다고. 그놈이 칠판 년이나 오쟁이를 졌다는 사실은 현성을 통틀어 모르는 사람이 없을 거야."

이어서 화제를 바꾸어 말을 이었다.

"그놈이 겉으로는 제법 성실해 보이지. 하지만 그 속내가 얼마나 독한데 그래."

이어서 라오샤오에게 솔직하게 털어놓았다.

"사흘 전에는 내게 그러더군. 샤오쟝을 죽이고 싶다고 말이야. 그놈 말로는 샤오쟝을 죽이는 건 일도 아니래. 그러더니 또 샤오쟝을 죽이지 않고 그 아들을 죽이고 싶다더군. 그 집안 사람들이 평생 마음 편하게 살지 못하게 하겠다나 뭐라나. 마누라 하나 제대로 간수하지 못한 자기 탓은 하지 않고 남을 죽일 생각만 한다니까."

바닥에 '퉤' 하고 침을 뱉은 그는 계속 말을 이었다.

"그놈이 어떤 놈인 줄 알아? 그놈은 살인범이라고."

그날 저녁 말을 마친 펑원슈는 그대로 잠이 들었다. 이튿날 일어나 돼지고기를 팔러 가서는 어젯밤 무슨 말을 했는지 자세히 기억이 나지 않았다. 다만 뉴아이궈에 대한 불만을 쏟아냈다는 정도만 알고 있었다. 하지만 입이 몹시 가벼운 인물인 라오샤오는 이튿날부터 곧장 펑원슈가 했던 말을 옮기고 다녔다. 뉴아이궈가 사람을 죽이려 한다는 사실을 현성 사람들 전체가 알게 될 정도로 미친 듯이 말을 옮기고 다녔다. 그가 샤오쟝의 아들과 팡리나를 죽이려 한다는 소문이 급속도로 퍼져나갔다. 원래 펑원슈는 술에 취해 그런 말을 한 것이지만 이 말이 몇 사람의 입을 거치면서 모든 게 제정신으로 한 말이 되어버렸다.

뉴아이궈가 펑원슈에게 했던 말도 역시 취중에 한 말이었다. 하지만 몇 사람의 입을 거치면서 말짱하게 깨어있는 상태에서 한 말이 되어버렸다. 이 말은 다시 몇 사람의 입을 거쳐 뉴아이궈의 귀에까지 들어오게 되었다. 뉴아이궈가 손에 칼을 쥐고 사람을 죽이려 했다는 것이었다. 이제는 샤오장의 아들이나 팡리나를 죽여야 할 것이 아니라 펑원슈를 죽여야 할 것 같았다. 마음속에 담아두었던 말을 친구에게 털어놓았더니 친구가 이를 폭로하는 바람에 자신이 했던 말이 모두 칼이 되어 반대로 자신을 찌르려고 달려들 줄은 꿈에도 생각지 못했다. 이런 말들을 자신이 했었던가? 했다. 이런 의미였나? 이런 의미였다. 또 이런 의미가 아니기도 했다. 하지만 더 이상 해명할 방법이 없었다. 시간이 변하고 장소가 변하면 사람도 변하기 때문이다. 말이 몇 가지 통로를 거치면서 뉴아이궈가 사람을 죽이지 않았는데도 오히려 살인한 것보다 더 악독한 사람이 되어버렸다. 말이 독한 것은 바로 이런 데에 있었다.

뉴아이궈는 칼을 들고 문 밖으로 나와 몇 걸음 걷다가 다시 땅바닥에 주저앉고 말았다. 정말로 돼지고기 열 근 때문에 사람을 죽여도 된단 말인가? 그저 가슴속에 또 다른 울적함과 괴로움만 더해줄 뿐이었다. 주방을 만드는 것은 원래 차오칭어와 바이후이를 위해서였지만 주방이 완성되자 뉴아이궈는 그럴 마음이 사라졌다. 주방은 그 자리에 텅 빈 채로 남겨졌다. 밤에는 잠을 편히 잘 수 없었고 낮에 차를 몰 때도 마음이 어수선하기만 했다. 수염이 자라도 깎을 기분이 나지 않았다.

　이날 그는 샹위안으로 깨를 한 트럭 운송하던 중이었다. 친위안에서 샹위안까지는 거리가 백 리 남짓 되었다. 깨를 샹위안에 있는 양곡창고까지 운송하고 나니 시각은 이미 정오가 되어 있었다. 그는 다시 샹위안의 장아찌 공장으로 가서 장아찌를 한 차 싣고 친위안으로 돌아왔다. 산길을 우회하여 돌아오는 내내 마음이 심란하여 점심을 먹는 것도 잊고 있었다. 날이 어두워지고 저 앞에 친위안 현성이 보일 무렵, 잠시 졸음운전을 하다가 차 앞머리가 기울더니 길가의 홰나무를 들이받고 말았다. 뉴아이궈가 정신을 차려보니 머리가 깨지면서 구멍이 나 피가 '졸졸' 흘러나오고 있었다. 차에서 뛰어 내려 보니 차 앞부분은 움푹 패여 있고 아래로 물이 줄줄 흘러내리고 있었다. 차에 실은 장아찌 단지가 전부 깨져 화물칸 전체에서 간장이 섞인 물이 새어나오고 있는 것이었다. 뉴아이궈는 피가 흐르는 머리를 싸매지도 않은 채 깎지 않은 수염이 텁수룩한 얼굴로 산 아래에 불야성을 이루고 있는 친위안 현성을 바라보았다. 문득 이곳을 떠나야 할 것 같다는 생각이 들었다. 그러지 않고는 정말로 사람을 죽일 것만 같았다.

# 7장

# 담이 큰 여인

뉴아이궈가 추이리판(崔立凡)을 알게 된 것은 허베이 보터우(泊頭)현에서였다. 뉴아이궈가 만나본 사람들 가운데 추이리판처럼 성질이 급한 사람은 없었다. 추이리판은 뚱보였다. 뚱보들은 일반적으로 일처리가 느리고 성질도 느린 편인 반면, 깡마른 사람들은 걸음도 빠르고 성질도 급하기 마련이었다. 하지만 추이리판은 뚱뚱하면서도 성질이 급했다. 뚱보들은 마음이 급해지면 몸동작이 느린 탓에 급한 성질을 따라갈 수 없어져 더욱 화를 내곤 한다. 그것도 다른 사람에게 화를 내지 않고 먼저 자신에게 화를 낸다. 뉴아이궈가 추이리판을 처음 만났을 때 추이리판은 사람을 때리고 있었다.

추이리판은 허베이 창저우(滄州) 사람이었다. 창저우 신화가(新華街)에 '쉐잉위(雪贏魚) 두제품회사'라는 공장을 차려 운영하고 있었다. 뉴아이궈는 추이리판과 가까워진 뒤로 한 가지 궁금한 것이 있었다. 그가 두부를 만드는 사람이면서 어째서 급한 성미 때문에 뜨거운 두부를 못 먹는가 하는 것이었다.

뉴아이궈는 산시에서 산둥 러링으로 가는 길에 허베이를 지나게 되었다. 시외버스를 타고 허베이 보터우현 경내에 들어선 것은 이미 이튿날 정오 무렵이었다. 식사 시간이 되어 시외버스는 고속도로 옆에 있는 한 음식점 앞에 멈춰 섰다. 승객들에게 식사를 하거나 화장실에 다녀오게 하기 위해서였다. 뉴아이궈는 줄곧 마음이 착잡하고 입맛도 없어서 음식점을 나와 발길 가는 대로 고속도로 주변을 거닐면서 마음을 달래고 있었다. 고속도로 옆에는 유채 밭이 있었다. 몇 십 무나 되는 땅이 온통 유채꽃으로 뒤덮여 있고, 한창 꽃이 필 계절이라 한쪽이 온통 노란 색으로 물들어 있었다. 산시의 유채꽃은 이미 핀 지 한 달이 지났지만 이곳의 유채꽃은 이제 한창 피기 시작했다. 산시와 허베이 사이에는 한 계절 정도의 시차가 있었던 것이다.

유채꽃을 보다가 되돌아가려던 뉴아이궈는 고속도로 변에 세워둔 트럭 한 대를 보았다. 트럭에는 두부가 하나 가득 실려 있었다. 두부가 새어나와 차 밑으로 '똑똑' 흘러내리고 있었다. 트럭 옆에서는 뚱보 하나가 말라깽이를 때리고 있었다. 뚱보가 손바닥을 휘둘러 정면으로 얼굴을 가격하자, 맞고 있던 말라깽이는 얼마 못가 코에 시퍼렇게 멍이 들고 얼굴이 부어올랐다. 말라깽이는 더 이상 버티지 못하고 한 발짝씩 뒤로 물러서기 시작했다. 도로 위에는 차들이 다니고 있었지만 말라깽이는 차가 다니는 쪽으로 피하려 했다. 뚱보는 몸이 둔해 달리는 차들 사이로 말라깽이를 따라잡을 수 없게 되자 거친 숨을 몰아쉬면서 그 자리에서 버럭 소리를 질렀다.

"바이원빈(白文彬), 이 개자식 죽여 버리고 말겠어!"

계속 욕을 하다 보니 더욱 더 화가 치민 그는 몸을 돌려 트럭 문을 열고 운전석에서 철로 된 굴대를 하나 꺼내더니 말라깽이를 뒤쫓아 가 내리치려 했다. 말라깽이는 또다시 차들 사이로 도망쳤다. 뉴아이궈는 더 이상 보고만 있지 못하고 앞으로 나서며 뚱보를 막아섰다.

"형씨, 할 말이 있으면 말로 해요. 그렇게 때리지 말란 말이오. 그러다가 사람 잡겠어요. 저 사람이 맞아 죽을까봐 그러는 게 아니라 차에 치일까봐 그래요."

사연을 물어보니 뚱보가 말라깽이를 때린 것은 그다지 대수로운 일 때문도 아니었다. 말라깽이는 뚱보의 운전기사였다. 두 사람은 창저우에서 더저우(德州)로 두부를 배달하러 가는 길이었는데 보터우에 이르러 차가 고장나 더 이상 시동이 걸리지 않았다. 초여름이긴 했지만 날씨가 더워 뚱보는 트럭에 하나 가득 실린 두부가 상할까 걱정이 되었다. 실은 두부가 상하는 것보다 두부를 더저우까지 운송하지 못하면 더저우의 주요 고객들이 다른 두부 업체로 넘어가게 되는 것이 더 걱정이었다. 사정을 얘기하고 난 그는 다시 말라깽이의 따귀를 때리기 시작했다.

"장사를 망친 것 때문이 아니에요. 어제 저녁에 저 녀석한테 차를 잘 점검하라고 타일렀더니 차에는 아무 문제도 없다고 하면서 사람들하고 술을 마시러 갔다니까요. 그러다가 오늘 길에 나서자마자 차가 서버린 겁니다."

그러고는 한 마디 덧붙였다.

"이런 일이 한두 번이 아니라고요."

뉴아이궈가 말을 받았다.

"차가 고장 났는데 사람을 때리면 차를 고칠 수가 없게 되잖아요."

뚱보가 씩씩거리며 말했다.

"차가 문제가 아니라 저 녀석이 문제라니까요."

뉴아이궈가 속으로 말했다.

'저 사람을 고용한 사람이 당신이니 탓을 하려면 자신을 먼저 탓해야지.'

뉴아이궈는 두부가 실린 차를 한 바퀴 빙 돌아본 다음 차 본네트를 열고 손을 집어넣어 간단히 살펴보았다. 차에는 큰 문제가 없었다. 단지 엔진 연결선이 하나 끊어진 것뿐이었다. 보아하니 말라깽이는 차를 운전할 줄만 알았지 차를 수리할 줄은 모르는 것 같았다. 뉴아이궈는 말라깽이에게 공구함을 가져오라고 하여 그 안을 뒤져 철사 하나와 집게를 찾아냈다. 그런 다음 철사로 연결선을 고정시켜 놓고 말라깽이에게 운전석에 들어가 시동을 걸어보라고 했다. 차에 시동이 걸리면서 '붕' 요란한 소리가 났다. 차에 시동이 걸리는 걸 보자 뚱보는 그제야 화를 가라앉히고 뉴아이궈에게 담배를 한 대 건넸다.

"형씨는 기술잡니까?"

뉴아이궈는 수건에 손을 문질러 닦고 담배에 불을 붙이면서 말했다.

"아니에요. 한 이 년 정도 차를 몰았지요."

뚱보가 또 물었다.

"말투를 들으니 형씨는 이곳 분이 아니신 것 같군요?"

"산시 친위안 사람입니다. 산둥 러링으로 가는 길이지요."

차를 수리하고 얘기를 나누느라 정신이 팔려있던 뉴아이궈가 고개를 돌려보았다. 일이 꼬여버렸다. 뉴아이궈가 타고 온 시외버스가 길가 식당에 정차해 있다가 언제인지 모르게 출발해버린 것이었다. 아마도 승객들이 대부분 식사를 마치고 차에 오르자 인원수를 확인하지도 않고 그대로 차를 몰고 가버린 모양이었다. 고속도로를 향해 다시 한 번 고개를 빼고 바라보았지만, 도로 위를 달리는 차량들 사이에 그가 타고 온 시외버스는 없었다.

뉴아이궈의 어피(魚皮) 자루는 버스 안에 남아 있었다. 다행히 어피 자루 안에는 갈아입을 옷가지 몇 점과 세탁물, 신발 두 켤레, 우산 한 자루 등만 들어 있고 돈은 직접 몸에 지니고 있었다. 뚱보는 뉴아이궈가 물건을 차에 그대로 남겨둔 채 차를 놓친 것을 보고는 몹시 미안해했다. 미안해하던 그는 또다시 말라깽이를 탓하기 시작하더니 그의 머리를 한 대 쥐어박았다.

"모두 너 이 병신새끼 때문이야. 네 놈이 남의 중요한 일을 그르친 거라고."

뉴아이궈가 또다시 뚱보를 잡아끌며 말했다.

"별로 큰일도 아닙니다. 그저 러링으로 사람을 찾으러 가는 길이었을 뿐이에요."

뚱보는 인정이 넘치는 뉴아이궈의 모습을 보고는 그의 손을 잡아끌며 말했다.

"나와 함께 더저우에 갑시다. 두부를 내려놓고 나서 형씨를 러링까지 모셔다 드리겠소."

지금의 상황으로는 그의 말에 따르는 수밖에 없었다. 세 사람은 두부가 가득 실린 트럭을 함께 타고 더저우로 갔다. 가는 길 내내 뚱보는 뉴아이궈와 이야기를 나누었고 말라깽이는 침울한 표정으로 차를 몰면서 아무 말도 하지 않았다. 이야기를 나누는 과정에서 뉴아이궈는 뚱보의 이름이 추이리판이고 말라깽이의 이름이 바이원빈이며 추이리판의 외조카라는 사실을 알게 되었다. 뉴아이궈는 추이리판이 보터우에서 바이원빈에게 욕을 할 때 뜻밖에도 '니미 씹팔'이라고 했던 게 생각났다. 조카의 엄마면 바로 자기 누나인데 아무 생각 없이 그렇게 심한 욕을 해댄 것을 생각하니 저도 모르게 웃음이 터져 나왔다.

차가 둥광(東光)현에 진입하자 날이 어두워졌다. 추이리판은 바이원빈에게 차를 현성 외곽에 있는 음식점 앞에 세우게 했다. 차에서 내린 세 사람은 함께 저녁식사를 했다. 추이리판은 오이무침 한 접시와 당나귀 곱창 한 접시, 맥주 두 병, 그리고 뚝배기 국수 세 그릇을 시켰다. 뉴아이궈와 추이리판은 얘기를 나누는 데 여념이 없다가 식사를 다 마치고 나서야 바이원빈이 자리에 없는 걸 알아챘다. 두 사람은 그가 화장실에 갔으려니 생각했다. 그러나 추이리판이 화장실로 바이원빈을 찾으러 가보았지만 그는 없었다. 음식점을 나와 그의 이름을 큰소리로 불러봤지만 아득하게 어두운 밤에 아무런 대꾸도 들리지 않았다. 아무래도 오는 길 내내 추이리판에게 얻어맞고 욕을 먹고 나서는 화가 나서 달아나버린 것 같았다. 외조카가 사라져버리자 추이리판은 또 화를 내기 시작했다.

"니미 씹팔, 내가 차를 못 몬다는 걸 알고 또 이런 수작을 부리다니. 예전에도 저 놈이 이런 수작으로 나를 꼼짝 못하게 했지만 오늘은 형씨가 있어서 정말이지 하나도 겁이 안 나네요."

일이 이렇게 되자 하는 수 없이 뉴아이궈가 직접 차를 몰아야 했다. 추이리판이 조수석에 앉았다. 두 사람은 함께 더저우로 향했다. 추이리판이 물었다.

"형씨, 러링에는 친척에게 몸을 의탁하러 가시는 건가요, 아니면 뭔가 결산을 하러 가시는 건가요?"

뉴아이궈가 모는 차의 전조등 불빛이 다른 차들의 불빛 속으로 섞여 들어

갔다.

"친척에게 몸을 의탁하러 가는 것도 아니고 결산을 하러 가는 것도 아닙니다. 그냥 오랫동안 못 본 친구를 찾아 가는 길이에요. 친구를 찾으면 내친 김에 살아갈 방도를 찾을 수 있나 알아볼 작정입니다."

추이리판이 뉴아이궈의 말을 듣더니 갑자기 손으로 뉴아이궈의 어깨를 치면서 말했다.

"살 길을 찾으시는 거라면 굳이 러링까지 갈 필요 없어요."

뉴아이궈가 물었다.

"어째서요?"

"나랑 같이 창저우로 가서 내 차를 모시는 게 낫지 않겠소? 우리 둘 다에게 딱 맞는 일이잖아요. 임금은 서로 잘 상의하면 되지 않겠어요."

뉴아이궈가 산둥 러링으로 가는 것은 십 년 전의 전우 쩡즈위안(曾志遠)을 찾기 위해서였다. 또 산시 친위안현에서 입은 마음의 상처 때문에 아주 멀리 가고 싶기도 했다. 하지만 먼 곳으로 가더라도 아무 일도 안하면서 살수는 없기 때문에 뭔가 살 방도를 찾아야 했다. 쩡즈위안은 산둥 러링에서 대추 장사를 했기 때문에 뉴아이궈는 그에게 몸을 의탁하여 대추 장사를 해볼 생각이었다. 그러나 이제 추이리판의 제안을 듣고 보니 또 다른 계산이 생기면서 머릿속이 온갖 생각으로 가득 찼다. 대추 장사도 장사다 보니 늘 사람들과 접촉해야 했지만 차를 모는 일은 혼자 하는 일이라 남들과 입씨름할 필요가 없었다. 대추 장사보다는 아무래도 차를 모는 일이 나을 것 같았다. 게다가 대추 장사는 생소한 일이지만 차를 모는 것은 너무나 익숙한 일이었다. 아무래도 생소한 일을 시작하는 것보다는 익숙한 일을 택하는 게 나았다. 러링도 좋겠지만 창저우도 나쁘지 않았다. 오래 머물 수 있는 곳이 기만 하다면 큰 차이가 없었다. 뉴아이궈는 마음이 흔들리고 있었지만 겉으로는 생각과 다르게 말했다.

"이미 친구에게 말을 다 해 놓은 상태라서요. 게다가 형씨의 차를 모는 건 외조카의 일인데, 제가 그 일을 하게 되면 조카의 밥그릇을 빼앗는 셈이 되지 않겠어요?"

추이리판이 차창 밖으로 침을 뱉으면서 말을 받았다.

"형씨가 그놈 밥그릇을 빼앗는 게 아니라 그놈 스스로가 자기 밥그릇을 깨버린 거요. 세상에 가장 골치 아픈 게 바로 이런 친척들이란 말입니다. 함께 일하는 걸로만 따진다면 누굴 고용해도 이런 사람들보다는 나을 겁니다."

추이리판은 뉴아이궈에게 확답을 요구했다.

"형씨가 가겠다고만 하면 난 앞으로 절대 그놈을 거들떠보지도 않을 겁니다. 형씨가 가지 않겠다고 하면 하는 수 없이 돌아가서 또 그놈을 때려야 하겠지요."

추이리판은 이 일을 또 다른 일로 바꿔 말하고 있었다. 뉴아이궈는 그의 말을 들으면서 웃음을 금치 못했다. 추이리판은 뉴아이궈의 마음이 약간 움직인 것을 감지하고는 뉴아이궈를 손으로 툭 치면서 말했다.

"절대 어리석은 판단을 하지 말았으면 좋겠네요. 창저우가 러링보다 크다니까요."

일이 이리저리 꼬여 그날 밤 두부 배달을 마친 뉴아이궈는 산둥 러링으로 가지 않고 추이리판과 함께 허베이 창저우로 가게 되었다.

뉴아이궈는 친위안에서 마음의 상처를 받은 뒤로 줄곧 친위안을 떠나고 싶었다. 처음에는 산둥 러링으로 갈 생각이 없었다. 친위안을 떠나기 전에는 어디로 가야 좋을지 몰라 먼저 뉴쟈좡을 한 번 다녀왔다. 최근 몇 년 동안 뉴아이궈와 팡리나는 각자 자기 일로 바쁘다 보니 딸 바이후이를 제대로 돌볼 수 없었다. 바이후이는 어려서부터 할머니 차오칭어가 키우고 있었다. 뉴아이궈는 떠나기 전에 엄마 차오칭어에게 안부 인사를 올리려 했다.

안채에서 차오칭어는 서쪽을 향해 앉고 뉴아이궈는 동쪽을 향해 앉아 두 사람이 함께 밥을 먹었다. 바이후이는 밥을 먹다가 바닥에서 놀기를 반복하고 있었다. 뉴아이궈의 나이 서른다섯이 넘으면서부터 차오칭어는 종종 그에게 마음속에 담아두었던 얘기들을 털어놓았다. 하지만 뉴아이궈는 한 번도 차오칭어에게 자신의 마음속 이야기를 하지 않았다. 과거에도 얘기한 적이 없었고 지금도 그랬다. 친위안을 떠나려는 이유가 팡리나에게 일이 생겨 마음에 큰 상처를 받았기 때문이었지만, 그는 팡리나의 일에 대해서도 얘기하지 않았고 친위안에서 받은 마음의 상처도 얘기하지 않았다.

친위안을 떠나 어디로 갈지도 아직 정해지지 않았지만 그는 베이징에 가서 다른 사람을 도와 건축 현장에서 차를 몰게 되었다고 대충 둘러댔다. 차오칭어는 팡리나가 일을 낸 것을 알고 있었고 뉴아이궈가 마음에 큰 상처를 입은 것도 알고 있었다. 뉴아이궈는 차오칭어에게 이런 일들을 얘기하지 않았고 그녀도 굳이 들춰내지 않았다. 이렇게 서로 아픈 부분을 들춰내지 않은 것을 보고서 뉴아이궈는 차오칭어가 과연 엄마라는 사실을 새삼 깨달았다.

뉴아이궈가 어렸을 때 차오칭어는 한 번도 그에게 입을 맞춰주지 않았고 동생 뉴아이허에게만 입을 맞춰주었다. 어렸을 때는 엄마가 자신에게 입을 맞춰주지 않는 것이 잘못된 일이라고 생각했고, 결국 나중에는 엄마에게 원한을 품었었다. 그러다가 엄마가 예순이 훨씬 넘은 지금 새삼 엄마는 엄마라는 사실을 깨닫게 된 것이다.

차오칭어는 그가 베이징으로 가려 한다는 말을 듣고도 베이징에 관해서 얘기하지 않고 그녀 자신에 관해 얘기하기 시작했다. 차오칭어는 예순다섯이 넘으면서 오른쪽 치아 절반이 상해 항상 치통을 앓고 있었고 밥을 먹을 때에는 왼쪽 치아들만 사용했다. 왼쪽 치아만 사용하다 보니 머리도 왼쪽으로 약간 기울어져 있었다. 농약을 마셨던 누나 뉴아이샹처럼 목이 비뚤어져 보였다. 차오칭어가 머리를 한쪽으로 기울인 채 왼쪽 치아들만 이용해 식사를 하면서 말했다.

"내가 칠십 평생을 살면서 한 가지 이치를 깨달았지. 세상에 다른 건 전부 고를 수 있어도 세월은 고를 수가 없다는 것 말이다."

뉴아이궈는 엄마를 쳐다보기만 할 뿐 아무 말도 하지 않았다. 차오칭어가 다시 말했다.

"내가 철저하게 파악한 사실이 한 가지 있단다. 세월이 한 번 지나가면 더이상 이전의 세월이 아니라는 게다."

뉴아이궈는 엄마가 자신을 위로하고 있다는 것을 알면서도 여전히 아무 말도 하지 않았다. 길에 오르자 엄마의 말이 생각났다. 그리고 엄마가 그런 말을 할 때 목이 비뚤어져 있는 모습이 생각났다. 뉴아이궈는 자신도 모르게 눈물이 흐르는 것을 막을 수 없었다.

뉴자좡을 떠나면서 뉴아이궈는 자신이 세상에서 몸을 의탁할 수 있을 만한 사람들을 헤아려보았다. 한참을 생각해봤지만 겨우 두 사람밖에 떠오르

지 않았다. 하나는 두칭하이였고 또 하나는 리커즈였다. 두 사람을 비교해
보자면 리커즈는 오랫동안 만나지 못하다가 지난달에 린펀 어시장에서 우
연히 만난 친구지만 두칭하이는 그래도 오랜 전우였다. 몸을 의탁하고자 한
다면 아무래도 두칭하이가 더 믿을 만했다. 세상에 사람이 수천만인데, 살
길이 막막해 몸을 의탁하려고 할 때 찾을 수 있는 사람이 겨우 두 명뿐이란
생각에 뉴아이궈는 절로 한숨이 나왔다.

　뉴아이궈는 친위안에서 시외버스를 타고 훠저우(霍州)로 간 다음, 기차
를 타고 스자좡으로 간 뒤 시외버스를 타고 허베이 핑산현으로 갔다. 그런
다음 다시 시골 버스를 타고 두칭하이가 사는 마을로 찾아갔다. 도합 사흘
이 걸렸다. 두칭하이가 있는 마을 어귀에 도착해 예전에 두칭하이와 속마음
을 터놓고 이야기를 나눴던 후퉈허 강가에 이르자 뉴아이궈는 갑자기 두칭
하이를 만나고 싶은 생각이 없어졌다. 두칭하이에게 무슨 문제가 있거나 예
전에 두칭하이를 만났을 때 두칭하이가 그에게 유치한 방법을 알려주었기
때문이 아니라, 이제 곧 두칭하이를 만나게 되는 순간까지도 뉴아이궈의 마
음속이 여전히 헝클어진 실타래처럼 복잡하게 꼬여 제대로 진정되지 않았
기 때문이었다. 심지어 친위안에 있을 때보다도 더 심란했다. 친위안에서
마음에 큰 상처를 입어 두칭하이에게 몸을 의탁하러 온 것이었는데, 막상
두칭하이를 만나려 하니 친위안에 있을 때보다 마음이 더 복잡하고 어지러
워진 것이다. 그제야 그는 잘못 찾아왔다는 것을 깨달았다. 이번에 두칭하
이를 찾아온 것은 이전과 같지 않았다.

　뉴아이궈는 혼자 후퉈허 강가에 밤새 앉아있었다. 한밤중이 되어 목이 마
르자 그는 두 손으로 후퉈허 강물을 떠서 갈증을 달래고 배를 채웠다. 다음

날 이른 아침, 그는 길을 돌려 리커즈에게 가서 몸을 의탁하고 싶다는 생각이 들었다. 뉴아이궈는 시골 버스를 타고 핑산현으로 가서 다시 시외버스를 타고 스쟈좡으로 갔다. 그런 다음 다시 기차를 타고 린펀으로 갔다. 꼬박 이틀 반이 걸렸다. 하지만 린펀에 도착해서도 여전히 마음이 심란하고 심지어 두칭하이의 마을에 있을 때보다 더 심난할 줄은 꿈에도 생각지 못했다. 린펀 역시 그가 몸을 둘 곳이 아니었다. 순간 그는 부대에 있었을 때 또 다른 전우였던 쩡즈위안을 떠올렸다. 쩡즈위안은 산둥 러링 사람이었다. 두 사람은 함께 치롄산(祁連山)에 올라가 풀을 베고 돼지를 친 적이 있었다. 당시 두 사람은 서로 마음이 아주 잘 맞았고 제대할 때가 되자 서로 전화번호도 주고받았었다.

뉴아이궈는 린펀 기차역에서 쩡즈위안에게 전화를 걸어보았다. 십 년이 지난 터라 전화번호가 바뀌었을 거라 생각하면서도 시험 삼아 걸어본 것이었다. 전화번호가 바뀌긴 했지만, 전화기 너머에서 원래의 번호 앞에 '팔'자 두 개를 붙여 걸면 연결될 거라고 친절하게 알려주었다. 알려준 대로 하자 곧바로 쩡즈위안이 전화를 받았다. 뉴아이궈의 전화를 받은 쩡즈위안은 뉴아이궈보다 더 흥분했다. 뉴아이궈가 제대하고 나서 무슨 일을 하고 있는지 묻자 그는 대추 장사를 하고 있다고 말했다. 뉴아이궈가 러링으로 가겠다는 말을 꺼내기도 전에 쩡즈위안이 먼저 말했다.

"자네 러링에 한 번 올 수 없겠나? 내가 자네한테 할 말이 좀 있거든."

뉴아이궈가 말했다.

"무슨 말인데?"

"한두 마디로 다 하기 어려우니 만나서 얘기하자고."

뉴아이궈는 웃음이 터져 나오는 걸 참을 수 없었다. 원래 자신이 일이 있어 그를 찾고 있던 것이었는데, 뜻밖에도 쩡즈위안이 일이 있다면서 그를 찾는 것이었다. 뉴아이궈가 말했다.

"내가 언제 가는 게 편하겠나?"

"지금 바로 오게. 빠를수록 좋아."

뉴아이궈는 또 웃음이 나왔다. 부대에 있을 때는 성격이 느린 편이던 쩡즈위안이 십 년 못 본 사이에 이렇게 변했다니. 뉴아이궈는 기차표를 사서 린펀에서 스쟈좡으로 간 다음, 다시 시외버스를 타고 옌산(鹽山)으로 가서 차를 갈아타고 러링으로 가려고 했다. 하지만 보터우에 도착했을 때 우연히 창저우에서 추이리판을 만나 이리저리 일이 꼬이다 보니 창저우에 머물게 된 것이다.

뉴아이궈가 곧바로 러링으로 가지 않고 창저우에 머물게 된 것은, 차를 모는 일이 적합하고 쩡즈위안과 대추 장사를 하는 일은 적합하지 않아서가 아니라 보터우 경내에 들어서자 갑자기 마음이 혼란스럽지 않은 걸 느꼈기 때문이었다. 보터우는 친위안에서 천 리밖에 되지 않았지만 뉴아이궈는 이곳이 친위안에서 아주 멀리 떨어져 있는 것처럼 느껴졌다. 두칭하이가 있는 핑산현도 친위안에서 천 리 정도 떨어진 곳이었지만 그곳에서는 뉴아이궈의 마음이 혼란스러웠다.

마음이 혼란스럽지 않은 것을 확인한 뉴아이궈는 다시 천천히 생각해보았다. 생각해 보니 마음이 심란할 때는 알고 지내던 사람을 찾는 것이 바람직하지 않고, 오히려 모르는 사람과 함께 있는 것이 더 자유로웠다. 그제야 뉴아이궈는 쩡즈위안에게 가지 않고 추이리판을 따라가기로 마음먹었다.

추이리판을 따라 창저우로 온 그는 러링에 있는 쩡즈위안에게 전화를 걸어 요즘 일이 너무 많아 당분간 러링에 갈 수 없게 되었다고 알렸다. 쩡즈위안이 말했다.

"자네 지금 어디에 있나?"

뉴아이궈는 자신이 창저우에 있다는 말은 하지 않았다.

"아직 친위안일세."

쩡즈위안이 다소 실망스런 어투로 말을 받았다.

"사나흘이 지났는데 여태 출발하지 않았군."

그러고는 원망 어린 어투로 말했다.

"옛 전우인데도 중요한 순간에 의지할 수가 없게 됐네."

뉴아이궈는 그가 말하는 '중요한 순간'이 어떤 것인지 알 수 없어 대충 얼버무려버렸다.

"지금 이 바쁜 시기만 지나면 내가 꼭 자넬 만나러 가겠네."

뉴아이궈의 이 말은 진심이었다. 창저우에서 기반을 잡으면 시간을 내서 꼭 한 번 러링으로 쩡즈위안을 만나러 갈 생각이었다. 그가 말한 '중요한 순간'이 어떤 것인지 알고 싶었다.

눈 깜짝할 사이에 여름이 가고 가을이 왔다. 또 가을이 가고 겨울이 왔다. 뉴아이궈가 창저우에서 생활한 지 반년이 되어 가고 있었다. 반년 전 시외버스를 타고 막 보터우에 도착했을 때는 어피 자루를 차에 놓고 내린 탓에 갈아입을 옷이 하나도 없었다. 모든 물건이 어피 자루에 들어 있었기 때문이다. 지금 그가 입고 있는 가을 옷과 겨울 옷은 전부 창저우에서 새로 산 것들이었다. 창저우에서 반년을 지내는 동안 뉴아이궈는 허베이 사람들의 음식 맛이 다소 진하다는 사실을 알게 되었다. 맛이 진하면 진한 대로 장점이 있었다. 식사할 때마다 돈을 아낄 수 있었던 것이다.

창저우에서 반년을 지내는 동안 뉴아이궈는 친구를 두 명 사귀었다. 하나는 창저우 '쉐잉위 두제품회사'의 사장인 추이리판이었다. 추이리판의 두제품 공장은 규모가 그리 크지 않았다. 몇 칸의 공방에서 십여 명의 노동자들이 두부와 두부말림, 두부피, 두부채, 간장부두, 취두부(臭豆腐) 등을 만들었다. 추이리판은 줄곧 간장두부와 취두부를 만들고 싶어 했다. 똑같은 두부지만 간장두부와 취두부는 이윤이 더 많이 남았다. 이 두 가지 두부를 만드는 데는 항아리와 단지를 사용하기 때문에, 더 넓은 공간이 필요할 뿐만 아니라 발효와 누룩 배양 과정에 두 달이나 되는 긴 시간이 필요했다. 이 두 가지 제품은 보통 두부와 말린 두부, 두부피, 두부채처럼 만든 다음 날 곧장 팔 수 있는 것이 아니었다. 성질이 급한 추이리판은 간장두부와 취두부가 완성되는 시간을 기다리지 못했다. 때문에 입으로는 꼭 만들겠다고 하면서도 줄곧 만들지 못하고 있었다.

추이씨 집안은 조상 대대로 두부를 만들어왔다. 추이리판의 아버지와 그 위로 할아버지 몇 대가 전부 창저우에서 두부를 만들어 먹고살았다. 당시의 공방 이름이 바로 '쉐잉위'였다. 당시의 '쉐잉위'는 보통 두부 외에 간장두부와 취두부도 만들었다. 그 시절에는 취두부를 '칭팡(靑方)'이라고 불렀다. 추이리판에 따르면 추이씨 집안의 '칭팡'은 고약한 냄새가 나긴 했지만, 맛이 아주 좋고 심지어 단맛까지 난다고 했다. 두부를 절일 때 소금과 산초를 정확한 비율에 맞춰 넣을 뿐만 아니라, 추이씨 집안에서 조상 대대로 내려오는 고유의 양념을 한 가지 더 첨가한 덕분이었다.

추이씨 집안 솥에서 나온 두부는 색만 하얗고 고운 것이 아니라 맛이 풍부하며 좋았다. 게다가 벽돌처럼 단단해 바닥에 떨어뜨려도 깨지지 않고 입에 넣었을 때는 씹히는 식감이 뛰어났다. 추이리판의 말에 따르면 같은 곳에서 나는 노란 콩을 사용하지만 이 특성이 간수를 조절하는 기술에 달려 있다고 했다. 추이씨 집안의 두부는 창저우 전역에 명성이 자자했고, 오래된 상표 덕분에 추이리판이 만든 두제품은 창저우뿐만 아니라 보터우나 난피(南皮), 둥광, 징현(景縣), 허젠(河間) 같은 주변의 몇몇 현성에서도 잘 팔리고 있었다. 심지어 산둥 더저우에까지도 팔려 나갔다.

전해지는 바에 따르면 추이리판의 아버지와 할아버지는 성격이 아주 느긋했는데 추이리판에 이르러 성격이 급해지기 시작했다고 한다. 뉴아이궈는 추이리판과 가까워진 뒤에야 그가 성질은 급하지만 마음씨는 나쁘지 않다는 사실을 알게 되었다. 그는 주로 두 가지 일에 화를 냈다. 첫째는 자기가 한 말에 책임을 지지 않는 것이었다. 예컨대 그의 외조카인 바이원빈에게 사전에 차를 잘 정비해 놓았느냐고 물었을 때 잘 정비했다고 말했지만 출발하자마자 차가 멈춰서 더 이상 가지 않았다. 이럴 때 그는 그 자리에서 격하게 화를 냈다. 둘째는 어떤 일에 부딪쳤을 때 이치가 통하지 않는 것이었다. 예컨대 어떤 일이 생겼을 때 이치대로 처리하지 않고 그대로 내버려두면 사람도 변하고 이치도 변하기 마련이었다. 이럴 때 추이리판은 화를 냈다.

반면에 어떤 일에 대해 사전에 상의를 하고 서로 인정을 한 상태에서 과거의 이치를 방기했다가 새로운 이치에 따라 처리했는데, 그 결과가 잘못될 경우에는 화를 내지 않았다. 추이리판은 항상 자신이 성질이 급하긴 하지만 이치를 중시한다고 말하곤 했다. 뉴아이궈는 이 말을 듣고 웃음을 금치 못했다. 뉴아이궈도 어떤 일을 만날 때마다 항상 분명하게 처리하고 싶은 사람이었지만 서른다섯 해를 살아오면서 항상 이런 데서 억울함을 겪었었다.

두 사람은 이야기를 나누기 시작하면서 쉽게 의기투합하였다. 추이리판을 따라 창저우에 온 뉴아이궈는 추이리판의 성격이 급한 것을 보고는 자신이 창저우에서 오래 머물 수 있을지 반신반의했었다. 당시에는 머물 수 있으면 머물고 그렇지 않으면 러링으로 가야겠다고 생각했었다. 뉴아이궈와 가까워진 뒤로 추이리판은 그를 봤다 하면 이치를 따지는 걸 좋아했다. 그에게 화를 내지도 않을 뿐더러 어떤 일에 대해 결정을 내리지 못할 때면 그를 찾아와 상의하기도 했다.

나이는 추이리판이 뉴아이궈보다 다섯 살 많았기 때문에 그는 뉴아이궈를 '아우'라고 불렀다. 뉴아이궈는 추이리판의 '쉐잉위 두제품회사'에서 지내는 동안 하루종일 차를 몰아가며 창저우 시내를 누볐고 주변의 몇 군데 현성을 오가기도 했다. 심지어 산둥의 더저우까지 물건을 배달하러 갈 때도 있었다. 그가 가장 즐겨 가는 곳은 허젠이었다. 그곳에는 '두꺼비가 토한 꿀'이라는 별명을 가진 당나귀고기 샤오빙이 있었다. 뉴아이궈는 이 음식을 즐겨 먹었다.

두 번째 친구는 보터우현 양좡진(楊莊鎭)의 한 길가에서 음식점을 운영하고 있는 리쿤(李昆)이었다. 창저우에서 더저우로 물건을 배달할 때면 그는 반드시 이 음식점에 들렀다. 이 음식점이 바로 반년 전에 뉴아이궈가 추이리판과 바이원빈의 실랑이를 말리는 과정에서 어피 자루를 시외버스 안에 두고 내리게 됐던 그 음식점이었다. 이 음식점 이름은 '라오리(老李) 미식성'이었다. 말이 미식성이지 방 세 칸에 예닐곱 개의 식탁을 펼쳐 놓고, 궁바오지딩(宮保鷄丁)이나 위샹러우쓰(魚香肉絲) 같은 보통 가정에서 먹는 음식을 만들어 파는 곳이었다. 뉴아이궈는 창저우에서 더저우로 물건을 배달하거나 더저우에서 창저우로 돌아갈 때면 '라오리 미식성'에 들러 식사를 하곤 했다. 하지만 매번 서둘러 길을 가야 했기 때문에 식사를 마치기 무섭게 곧바로 나왔다.

처음 석 달 동안은 리쿤과 이야기를 나눈 적도 없었다. 그저 중간 정도의 키, 윗입술에 수염이 잔뜩 나 있는 그의 모습을 보고 나이가 오십쯤 되겠다고 추측한 것이 전부였다. 리쿤은 미식성을 운영하면서 틈이 날 때마다 사람들과 함께 외지에 나가 모피 장사도 했다. 때문에 음식점에 있을 때도 있고 없을 때도 있었다.

그날 뉴아이궈는 또 더저우로 두부를 배달하러 가고 있었다. 더저우로 갈 때는 날이 맑았지만 도로에 차가 많은 데다 우차오(吳橋)의 일부 구간에 길을 닦고 있어 가는 데만 꼬박 하루가 걸렸다. 더저우에서 하룻밤을 묵고 나니 밤 사이에 날씨가 완전히 바뀌어 있었다. 이튿날 창저우로 돌아오는 길에 큰 눈이 내리기 시작한 것이다. 처음에는 날이 그다지 춥지 않았지만 땅바닥에 손가락 절반 정도 높이로 눈이 쌓이자 날씨가 점점 추워지기 시작했다. 도로에는 차가 무척 드물었지만 길이 미끄러워 바퀴가 자꾸 한쪽으로 쏠리는 바람에 천천히 운전해야만 했다.

오후가 절반 정도 지나자 이내 날이 어두워졌다. 눈발도 점점 거세지더니 북풍까지 불기 시작했다. 트럭의 전조등을 켜자 눈꽃이 가로등 아래서 춤추

듯 휘날리는 모습이 눈에 들어왔다. 가시거리는 이 미터밖에 되지 않았다. 어렵사리 보터우 양짱진에 도착한 뉴아이궈는 차가 미끄러져 도랑으로 빠질까 두려워 감히 더 이상 앞으로 나아가지 못하고, '라오리 미식성'으로 차를 몰고 가서 눈이 그칠 때까지 기다렸다가 눈이 잦아들면 다시 출발하기로 마음먹었다.

큰 눈이 내린 탓에 '라오리 미식성'에는 손님이 하나도 없었다. 리쿤은 담비 털로 된 외투를 어깨에 걸치고 가게 앞에 서서 눈꽃을 바라보고 있었다. 뉴아이궈는 차를 세운 다음 몸을 한 번 털고 음식점 안으로 들어갔다. 계산대 뒤에 젊은 여자가 하나 앉아 있었다. 나이는 스물너덧쯤 되어 보였다. 살구 씨 모양의 눈매와 높은 콧날, 끝이 올라간 입술과 뚱뚱하고 풍만한 가슴을 가진 여자는 고개를 숙인 채 장부를 맞춰보고 있었다. 예전에도 그녀를 본 적이 있었던 뉴아이궈는 그녀가 리쿤의 딸이거나 며느리일 거라고 생각하고 크게 신경을 쓰지 않았다.

몹시 춥고 배가 고팠던 뉴아이궈는 종업원을 불러 쏸라탕(酸辣湯) 한 그릇과 먼빙(燜餅) 한 그릇을 주문했다. 음식을 기다리는 동안 그는 고개를 숙인 채 담배를 피웠다. 담배 한 대를 다 태웠을 때쯤 종업원이 돼지머리고기 한 접시와 매운 힘줄요리, 술지게미에 절인 생선, 그리고 큰 솥에 각종 버섯과 당나귀 내장을 넣고 끓인 탕을 내왔다. 뉴아이궈가 말했다.

"난 이렇게 많이 주문하지 않았는데요."

종업원은 아무 말도 하지 않았다. 리쿤이 주방에서 나와 '헝수이(衡水) 배갈'이라는 술 한 병을 식탁에 내려놓으면서 말했다.

"눈발이 갈수록 더 커지고 있어요. 오늘은 꼼짝 못할 것 같으니 한 잔 하자고요.”

뉴아이궈가 뭐라고 말을 하려고 하자 리쿤이 가로채며 말했다.

“내가 대접하는 거요. 큰 눈이 내릴 때에는 좀 떠들썩하게 즐겨야 하는 법이지요.”

뉴아이궈가 손을 비비면서 말했다.

“그럼 너무 염치가 없는 것 아닌가요.”

“나는 모피 장사를 하느라 자주 외지에 나가지만 어느 누구도 내 집을 들고 가지는 않더라고요.”

리쿤이 뉴아이궈의 맞은편에 앉자 두 사람은 술을 마시기 시작했다. 계산대 앞의 젊은 여자도 장부를 다 맞춰본 다음 함을 잠그고는 다가와 리쿤 옆에 바짝 다가앉았다. 그제야 뉴아이궈는 그녀가 리쿤의 아내라는 것을 알게 되었다. 처음에는 그녀가 젊은 여자라 술을 잘 못 마실 거라 생각했다. 하지만 술을 마시기 시작하고 보니 주량이 리쿤과 뉴아이궈에 조금도 뒤지지 않았다.

세 사람은 술을 마시며 얘기를 나누기 시작했다. 리쿤이 뉴아이궈에게 이름은 무엇이고 어디 사람이며 창저우에는 무슨 일로 왔는지 물었다. 뉴아이궈는 일일이 다 대답해주었다. 처음에는 창저우가 아니라 산둥 러링으로 갈 계획이었으나 바로 이 음식점 앞에서 싸움을 말리다가 본의 아니게 창저우에 남게 되었다고 말했다. 리쿤과 그의 아내는 함께 웃었다. 얘기를 마치고 한 순간 모두들 아무 말이 없자 뉴아이궈는 다시 고개를 숙이고 술을 마셨다. 이어서 리쿤과 그의 아내가 자신들의 장사에 대해 얘기하기 시작했다. 듣고 보니 음식점 장사가 아니라 모피 장사에 대한 얘기였다.

그러다가 말 한 마디를 잘못해 두 사람은 말싸움을 하기 시작했다. 장사 이야기로 시작한 말다툼이 집안 이야기로 번졌다. 모피 장사에 대해 잘 알지 못할 뿐만 아니라 두 사람의 집안 사정에 대해서도 잘 알지 못했던 뉴아이궈는 그들의 말다툼 내용을 알아듣지 못했다.

뉴아이궈가 웃음을 금치 못했던 것은 두 사람이 말다툼을 하면서 사람들을 가리지 않는다는 점이었다. 도무지 무슨 일로 다투는 건지 알아들을 수 없는 데다 남의 집안싸움에 끼어들기도 뭐해 뉴아이궈는 그저 고개를 숙인 채 술만 마시고 있었다. 그러면서 리쿤이 쉰 살 남짓에 스물너덧밖에 안 된 젊은 여자를 얻은 탓에 세대 차이로 인해 의견의 일치를 보기가 어렵겠다고 생각했다. 문득 산시 친위안현 북가에서 목욕탕을 운영하고 있는 라오쑤가 생각났다. 그는 쉰두 살에 아내가 세상을 떠나자 스물다섯의 젊은 처녀를 아내로 맞이했다. 두 사람은 너무나 금슬이 좋았다. 목욕탕에서 나오면 때 두 사람은 항상 손을 잡고 다녔다. 보아하니 무슨 일이든지 한 가지로 일률적으로 단정할 수 있는 것이 아닌 것 같았다.

과거에 뉴아이궈는 말다툼하는 데 신물이 나 있었다. 사소한 일 때문에 엄마와 아버지가 매일 말다툼을 하는 데 진저리를 쳤었다. 나중에 팡리나와 결혼한 그는 아내와 말다툼을 하지 않았다. 하지만 그가 말다툼을 하지 않은 것은 보통 사람들이 말다툼을 하지 않는 것과는 달랐다. 두 사람은 서로 할 말이 없었기 때문에 말다툼을 하지 않은 것이었다. 할 말이 없다 보니 그는 팡리나에게 듣기 좋은 말만 했다. 그러다가 나중에 팡리나가 일을 저지르자 뉴아이궈는 하마터면 칼을 휘두를 뻔 했다. 그런 그가 지금 리쿤과 그의 아내가 집안 일로 말다툼을 벌이는 것을 듣고 있자니 그 모습이 너무나 친근하게 느껴졌다.

배불리 먹고 마신 뒤에도 여전히 눈이 그칠 기색을 보이지 않자 뉴아이궈는 객방으로 들어가 쉬었다. 잠들기 직전까지도 안채에서 리쿤과 그의 아내가 말다툼하는 소리가 들려오자 그는 고개를 가로 저으며 웃었다. 이튿날 아침 날이 개자 뉴아이궈는 다시 차를 몰고 창저우로 향했다. 이날 이후로 뉴아이궈는 창저우에서 더저우로 갈 때나 더저우에서 창저우로 돌아올 때면 항상 리쿤의 미식성에 들러 식사를 했다. 그곳에 들러 식사를 하는 것은 단지 밥을 먹기 위해서가 아니라 사람들과 친해지기 위해서였다. 장소가 익숙해지면 아무래도 행동이 편해지기 마련이었다. 게다가 창저우는 낯선 곳이라 친한 사람들이 생기면 차를 몰고 다니다가 아는 사람을 만나게 될 가능성이 더 컸다. 서로 가까워진 뒤로 리쿤도 때때로 뉴아이궈에게 창저우나 더저우에 차를 몰고 가는 김에 맥주나 담배, 고기, 채소 등을 날라다 달라고 부탁하곤 했고, 뉴아이궈가 그때마다 잘 처리해준 건 두 말할 것도 없었다.

눈 깜짝할 사이에 겨울이 가고 봄이 왔다. 이날 뉴아이궈는 더저우로 두부를 배달하러 갔다. 두부 배달을 마치고 돌아오는 길에 트럭의 냉각기가 고장 났는지 물이 아래로 '뚝뚝' 떨어지기 시작했다. 뉴아이궈가 차 본네트를 열고 반나절이나 수리를 했지만 제대로 고치지 못했을 뿐만 아니라, 오히려 손이 기계 틈에 끼는 바람에 상처를 입어 심하게 피가 났다.

추이리판의 차는 이미 삼십만 킬로미터를 넘게 달렸기 때문에 폐차하는 것이 당연했다. 뉴아이궈는 천을 찢어 손을 묶고 차를 자세히 살펴보고는, 당장 고칠 수 없다는 생각에 냉각기에 물을 가득 채운 다음 무리하게 차를 몰고 갔다. 어느 정도 가다가 차가 멈추면 또다시 물을 채워야 했다. 마침내

‘라오리 미식성’까지 차를 몰고 와서 본네트를 열고 물을 더 넣었더니 냉각기의 구멍이 너무 커져버려 물을 붓자마자 ‘주르르’ 새나가는 것이었다. 뉴아이궈는 엔진이 타버릴지도 모른다는 생각에 더 이상 차를 몰지 못하고 수건으로 손을 닦은 다음 음식점 안으로 들어갔다.

그날 리쿤은 외지로 모피 장사를 하러 나가 가게에 있지 않았고 리쿤의 젊은 아내만 계산대 앞에 앉아서 장부를 맞추고 있었다. 음식점 안에는 길 가던 손님들 몇몇이 식사를 하고 있었다. 뉴아이궈는 리쿤 내외와 친한 사이라 그의 젊은 아내 이름이 장추훙(章楚紅)이라는 걸 잘 알고 있었다. 리쿤은 보터우 사람이고 장추훙은 쟝쟈커우(張家口) 사람이었다. 리쿤은 쟝쟈커우로 모피 장사를 하러 갔다가 장추훙을 알게 되었다. 장사를 마치고 돌아온 리쿤은 아내와 이혼하고 장추훙과 결혼했다. 장추훙은 뉴아이궈보다 나이가 어렸지만 리쿤의 나이가 뉴아이궈보다 많았기 때문에 뉴아이궈는 그녀를 ‘형수’라고 불렀다. 뉴아이궈가 ‘형수’라고 부를 때마다 장추훙은 그를 한 번 힐끗 쳐다보고는 허리를 숙이고 웃어댔다. 창추훙이 웃으면 뉴아이궈도 계면쩍게 웃곤 했다. 뉴아이궈가 음식점 안으로 들어오면서 말했다.

“형수, 차 냉각기가 고장 났어요. 차를 여기에 두고 혼자 창저우에 갔다 와야겠어요. 새 냉각기를 구해 내일 돌아올 거예요.”

장부를 살펴보면서 계산을 하고 있던 장추훙은 고개조차 들지 않고 말을 받았다.

“알았어요.”

몸을 돌려 밖으로 나간 뉴아이궈는 길가에서 시외버스를 탈 작정이었다. 때가 이미 오후 여섯시였지만 평일이라 창저우로 가는 시외버스가 한 대 더

남아 있어야 했다. 하지만 뉴아이궈가 여덟시까지 기다렸는데도 시외버스
는 오지 않았다. 버스가 이미 앞당겨 가버린 건지 아니면 아직 오지 않은 것
인지 알았더라면 그렇게 길바닥에서 시간을 허비하진 않았을 것이다. 기다
리다 지친 뉴아이궈는 하는 수 없이 다시 '라오리 미식성'으로 돌아가야 했
다. 창문을 통해 가게 안을 들여다보니 손님들이 많아 시끌벅적했다. 안에
들어가 더 북적거리게 하고 싶지 않았던 뉴아이궈는 나무 걸상을 하나 찾아
가게 밖에 있는 홰나무 아래 끌어다 놓고 앉아 담배를 태웠다.

　이날이 음력 보름이라 머리 위로 커다란 보름달이 떠오르고 있을 줄은 미
처 생각지 못했다. 미풍이 불어오자 발아래에서 홰나무 나뭇잎 그림자가 한
들거렸다. 달을 바라보고 있다 보니 뉴아이궈는 갑자기 집이 그리워졌다.
친위안에서 창저우로 온 지도 거의 일 년이 다 되어가고 있었다. 집 생각이
나는 것은 다른 사람이 그리워서가 아니라 딸의 모습이 눈에 밟히고 엄마가
보고 싶었기 때문이다.

　뉴아이궈는 창저우에 온 뒤로 매달 집으로 얼마간 돈을 부쳤다. 월급의
사 분의 삼을 보내고 남은 사 분의 일로 생활을 했고 보름에 한 번씩 집으로
전화를 했다. 뉴아이궈가 친위안 뉴쟈좡에서 차오칭어와 함께 살 때는 차오
칭어가 마음속에 있는 말들을 그에게 전부 다 얘기했었다. 한 번 얘기를 시
작했다 하면 한밤중이 되도록 이어지기 일쑤였다. 하지만 이제 전화로 바뀌
자 두 사람 모두 할 말이 없어 적막하기 일쑤였다. 아무래도 얼굴을 보면서
얘기하는 것과 전화로 얘기하는 것이 같지 않은 모양이었다. 전화를 할 때
마다 뉴아이궈가 차오칭어에게 묻는 말은 항상 똑같았다.

　"엄마, 엄마랑 바이후이 모두 잘 지내죠?"

엄마도 똑같은 말만 했다.

"잘 지내. 너는 어떠니?"

뉴아이궈가 대답했다.

"그런대로 잘 지내고 있어요."

그러고는 전화를 끊었다. 집을 나올 때는 엄마에게 베이징에 간다고 말했었지만 전화로는 다시 창저우로 왔다고 말했다. 베이징에서 창저우로 온 것은 창저우에서 돈을 더 많이 벌 수 있기 때문이라고 설명했다. 뉴아이궈는 팡리나에 관해 물어보지 않았고 차오칭어도 그녀를 언급하지 않았다. 오랫동안 묻지 않다 보니 가끔씩 묻고 싶어져도 입을 열기가 어려웠다. 일이 터진지 일 년이 다 되어가지만 팡리나가 어떻게 되었는지 알지 못했다.

어느 날 밤에 꿈을 꾸었다. 꿈속에서 수많은 사람들이 줄을 서서 문 하나를 에워싸고 서로 들어가려 애쓰고 있었다. 뉴아이궈도 그 가운데 끼어 있었다. 빽빽이 들어차 서로 몸을 밀쳐대는 사람들 사이에 팡리나도 보였다. 뉴아이궈는 팡리나가 일을 저지른 것도 잊은 채 두 사람이 여전히 함께 지내고 있는 것처럼 큰 목소리로 그녀를 불렀다.

"얼른 와. 그렇게 꾸물대다간 늦는다고."

팡리나가 사람들 틈을 헤치고 그의 곁으로 다가왔다. 하지만 사람들을 밀치며 그의 앞으로 다가온 사람은 팡리나가 아니라 샤오장이었다. 한순간에 뉴아이궈의 가슴속에 쌓이고 쌓였던 원한이 솟구쳐 올라왔다. 그는 재빨리 품에서 칼을 꺼내 샤오장의 가슴에 꽂았다. 그 순간 놀라서 잠에서 깬 그는 온몸이 땀으로 젖어 있었다. 꿈에서 보았던 광경이 생각나자 뉴아이궈는 자기도 모르게 고개를 저으며 장탄식을 내뱉었다. 아무래도 이 일이 여전히 그의 마음속에서 떠나지 않고 오히려 가슴에 사무쳐 더 깊어지는 것만 같았다. 이때 식사를 마친 손님들이 무리를 지어 음식점에서 나오자 뉴아이궈는 다시 안으로 들어갔다. 그가 다시 들어오는 것을 보고 장추홍이 놀란 표정으로 물었다.

"왜 아직 안 갔어요?"

뉴아이궈가 자초지종을 설명하자 장추홍이 빙긋이 웃으면서 말했다.

"나도 여태 저녁을 못 먹었는데 우리 같이 술이나 한 잔 해요."

장추홍은 주방에 몇 가지 음식을 주문한 다음 장부를 다 맞춰놓고 나서 서랍을 잠그고 건너와 뉴아이궈와 함께 술을 마시기 시작했다. 때는 이미 밤 열시였다. 음식점의 주방장과 종업원들은 모두 이웃마을에 살았기 때문에 손님이 끊어지자 모두들 퇴근하여 집으로 돌아가고 가게에는 뉴아이궈와 장추홍 두 사람 뿐이었다. 항상 리쿤이 함께 있었기에, 장추홍과 단 둘이서 술을 마시는 것은 서로 알고 지낸 이후로 처음 있는 일이었다.

처음에는 두 사람 모두 약간 어색했지만 술을 마시면서 얘기를 나누다보니 뜻밖에도 말이 잘 통했다. 두 사람은 먼저 각자의 고향에 관해 얘기를 나눴다. 장추홍은 쟝쟈커우의 특산인 당나귀와 다징문(大境門)에 관해 얘기했고 뉴아이궈는 산시 융지(永濟)의 푸른 감과 린이(臨猗)의 석류에 관해 얘기했다. 그러고 나서 각자의 친한 친구에 관해 얘기했다. 장추홍은 쟝쟈커우에 있는 중학교 동창 쉬만위(徐曼玉)에 관해 얘기했다. 두 사람은 십년지기라 함께 있으면 서로 못하는 얘기가 없었다. 장추홍이 리쿤에게 시집을 올 때 그녀의 부모는 둘 다 반대했었다. 그녀의 엄마는 하마터면 연탄불을 피워놓고 자살할 뻔 했다. 결국 그녀는 쉬만위와 상의한 끝에 리쿤과 결혼했다. 쉬만위는 처음에 쟝쟈커우에서 '칭청파뎬(傾城髮店)'이라는 미용실을 열었다. 장사도 그런 대로 괜찮았다. 하지만 이것으로 만족하지 못한 그녀는 '칭청파뎬'을 내던지고 사람들을 따라 베이징으로 갔다. 그리고 소식이 끊겼다. 얘기를 마친 장추홍이 뉴아이궈에게 물었다.

"뉴아이궈 씨에겐 어떤 친한 친구들이 있나요?"

뉴아이궈가 잠시 생각에 잠겼다가 입을 열었다.

"리쿤이 있지요."

장추홍이 뉴아이궈를 꾸짖으면서 말을 받았다.

"아주 착실한 사람인 줄 알았는데 이렇게 불성실하리라고는 미처 생각지 못했네요."

뉴아이궈는 빙긋이 웃고는 다시 친한 친구들을 생각해 보았다. 가장 친한 친구를 말하자면 리쿤이 아니었다. 추이리판도 아니고 친위안에 있는 펑원슈도 아니었다. 펑원슈와는 친위안을 떠나기 전에 이미 절교를 한 상태였다. 린펀에 있는 리커즈도 아니고 산둥 러링에 있는 쩡즈위안도 아니었다. 이리저리 따져보니 그래도 가장 친한 친구는 허베이 펑산현의 전우 두칭하이였다. 하지만 두칭하이 역시 과거의 두칭하이가 아니었다. 두칭하이가 부대에 있을 때는 믿을 만 했지만 헤어진 지 몇 년이 지난 뒤부터 뉴아이궈에게 유치한 방법이나 알려주기 시작했다. 이런 이야기를 다 들려주고 반병이 넘는 술을 마시자 두 사람 모두 어지간히 취해 있었다.

바로 그때 장추홍이 울면서 자신과 리쿤의 일을 얘기하기 시작했다. 두 사람이 처음 알게 되었을 때는 세상에 그 두 사람보다 마음이 잘 통하는 사람이 없었다. 그렇지 않았다면 스무 살 처녀가 부모님의 반대를 무릅쓰고 샹쟈커우에서 보터우로 쉰 살이 넘은 사내에게 시집오지는 않았을 것이다. 쉬만위와 상의하고 안 하고는 그 다음 일이었다. 그녀가 리쿤에게 시집올 때의 나이는 스물두 살이었다. 그런데 결혼하고 겨우 이 년이 지나서부터 서로 말이 맞지 않고 생각이 다를 줄은 미처 생각지 못했다.

장추홍이 마음속에 담아 두고 있던 얘길 털어놓자 순간적으로 흥분한 뉴아이궈도 팡리나와의 일을 얘기했다. 그와 팡리나의 일은 장추홍과 리쿤의 일보다 훨씬 복잡해 얘기하자면 아주 길었다. 하지만 두 사람은 서로 얼굴을 마주하고 있었고 밤도 아주 길었다. 뉴아이궈가 본격적으로 자세를 잡고 처음부터 끝까지 자초지종을 전부 얘기해주었다. 팡리나가 아니었다면 절대로 천 리나 떨어진 창저우까진 오지 않았을 거라는 말도 했다. 얘기를 마치고 나서 뉴아이궈는 눈물까지 보였다. 친위안을 떠나 창저우에 온 뒤로 이렇게 말을 많이 한 적이 없었다. 얘기를 다 쏟아놓고 나니 속이 아주 후련했다. 그는 다른 사람 앞에서는 말한 적이 없는 얘기들을 장추홍 앞에서는 다 털어놓았다. 얘기만 한 것이 아니라 울기까지 했다. 다 울고 나서 두 사람은 서로 머쓱해했다. 이때 장추홍이 화제를 바꿔 입을 열었다.

"샹쟈커우에 있을 때는 제가 이렇게 뚱뚱하지 않았어요. 보터우에 오고 나서부터 이렇게 살이 불었다니까요."

뉴아이궈가 물었다.

"샹쟈커우에 있었을 때는 얼마나 말랐었는데요?"

장추홍이 몸을 일으켜 방으로 들어가더니 사진 한 장을 들고 나와 뉴아이궈에게 보여주었다. 과연 과거의 장추홍은 몸이 아주 마른 편이었다. 하지만 지금과 몸매의 윤곽은 크게 다르지 않았다. 가슴이 지금처럼 컸던 것이다. 장추훙이 말했다.

"왜 오늘 뉴아이궈 씨랑 술을 마시자고 했는지 알아요?"

"우연히 그렇게 됐겠지요."

"사실 공교롭게도 오늘이 제 생일이에요."

뉴아이궈는 놀라움을 금치 못하며 황급히 자리에서 일어났다.

"형수님 생일 축하합니다."

장추훙은 뉴아이궈의 손으로 입을 막고는 다시 그 손으로 그의 머리를 어루만졌다. 원래는 담이 작지만 술을 많이 마셔 술기운이 오르고 대담해진 뉴아이궈는 사진을 내려놓고는 장추훙을 품에 안았다. 그는 장추훙이 자신을 밀어낼 거라 생각했다. 그녀가 자신을 밀어내면 장난이라고 둘러대면서 어색한 상황을 모면할 작정이었다. 하지만 장추훙은 그를 밀어내지 않고 그가 자신을 안고서 등을 쓰다듬도록 내버려두었다. 뉴아이궈는 장추훙을 잡아끌고 방 안으로 들어갔다. 이번에야말로 장추훙이 자신을 밀어낼지도 모른다고 생각했지만 장추훙은 이번에도 그를 밀어내지 않았다.

방으로 들어간 뉴아이궈는 순식간에 장추훙을 침대 위로 밀어 놓고는 그녀의 옷을 벗기고 자신의 옷도 벗었다. 브래지어를 벗긴 다음 그녀의 커다란 젖가슴을 애무하기 시작했다. 그 순간 뜻밖에도 장추훙이 그를 밀어냈다. 그는 장추훙이 옷을 입을 줄 알았지만, 뜻밖에도 그녀는 벗은 몸으로 대야에 따뜻한 물을 따르더니 또 다른 세숫대야 하나를 뉴아이궈에게 들게 했다. 그런 다음 그녀는 따뜻한 물을 따라 손으로 직접 그의 물건을 닦아주었다. 다 닦은 다음 장추훙은 몸을 웅크린 채 뉴아이궈의 물건을 입에 머금었다. 일 년 가까이 여인의 몸을 가까이 한 적이 없는 뉴아이궈는 몸이 일순간에 풀려버렸다. 두 사람은 침대 위에서 세 시간동안 정신없이 사랑을 나눴다. 장추홍은 방안의 납작한 항아리에서 메아리가 칠 정도로 소리를 질러댔다. 뉴아이궈는 물을 뿌린 듯이 땀을 흘렸다.

달빛이 침상을 비췄다. 달이 해처럼 뜨겁게 느껴졌다. 뉴아이궈는 결혼을 한지 오래지만, 침대 위에서 여자란 무엇인지 알게 된 것은 이번이 처음이었다. 과거에 팡리나와 사랑을 나눌 때 팡리나는 눈을 감은 채 처음부터 끝까지 아무런 소리도 내지 않았었다. 반면에 지금 장추홍은 소리를 지르면서도 눈도 뜨고 있었고, 소리를 크게 지를수록 눈도 더 크게 떴다. 그녀가 눈을 크게 뜨면 뜰수록 더 커지는 것이 있어 뉴아이궈의 눈도 뜨게 만들었다. 그 순간 뉴아이궈는 자신이 이 음식점과 인연이 있다는 생각이 들었다. 처음부터 이곳에서 어피 자루를 분실한 덕분에 지금 이 여인을 얻을 수 있었던 것이다. 두 사람이 사랑을 마칠 무렵에는 날이 희미하게 밝아오고 있었다. 뉴아이궈는 술기운도 가시고 몸에 흐르던 땀도 식기 시작하면서 마음속으로 뒷일에 대한 두려움이 일기 시작했다. 동시에 리쿤에게 미안한 생각도 들었다. 뉴아이궈의 안색이 변하는 것을 본 장추홍이 그를 심리적 궁지에서 구해주었다.

"그 사람도 외지에서 모피 장사를 하면서 여자들을 실컷 만나고 다녀요."

뉴아이궈가 물었다.

"그걸 어떻게 알아요?"

"그 사람 아랫도리에 병이 나서 감히 가까이 다가가지도 못하거든요."

뉴아이궈는 놀라움을 금치 못했다. 그제야 장추홍이 자신의 음부를 씻겨준 연유를 알게 되었다. 장추홍이 리쿤과 평소에 자주 다투는 이유도 알게 되었다. 겉으로 보기에는 다른 일로 말다툼을 하는 것 같았지만 근본적인 원인은 여기에 있었던 것이다. 동시에 뉴아이궈는 장추훙이 자신보다 담이 더 크다는 것을 알게 되었다. 하지만 그럴수록 그는 더 두려워졌다. 장추훙과 리쿤이 사이가 나쁘지 않았다면 이 일은 아주 빨리 지나갈 수 있을 것이었다. 하지만 두 사람 사이에 근본적으로 문제가 있는 것이라면 벌집을 잘못 건드린 셈이었다. 두려움의 근원은 팡리나였다. 뉴아이궈는 원래 벌집을 하나 가지고 있었는데 이제 또 하나가 늘어난 셈이 되고 보니 감당할 수 없을 것 같았다.

이튿날 창저우로 돌아간 뉴아이궈는 장추훙과의 관계를 정리하기로 마음먹었다. 하지만 트럭이 아직 '라오리 미식성' 앞에 세워져 있었다. 뉴아이궈는 냉각기를 들고 돌아와 차를 가져가기 위해 늦은 오후에 '라오리 미식성'으로 돌아왔다. 그는 감히 가게 안으로 들어가지 못하고 고속도로 변에 있는 경작지 안에 숨어 있었다. 경작지에는 유채 대신 옥수수가 잔뜩 심어져 있었다. 옥수수는 아직 자라지 않은 상태였다. 뉴아이궈는 그곳에 쪼그리고 앉아 담배를 피웠다. 한밤중이 되자 바닥이 담배꽁초 천지였다. 뉴아이궈는 그제야 살그머니 '라오리 미식성'으로 다가가 입에 손전등을 문 채 트럭 본네트를 열고 냉각기를 갈기 시작했다. 두 시간 가량 냉각기를 갈면서 그는 고집스럽게 아무 소리도 내지 않았다. 어떤 일이든지 마음만 먹으면 불가능하던 것도 가능한 것으로 변하는 것 같았다. 차에 올라 시동을 건 그는 훔치듯이 차를 몰고 그곳을 떠났다.

이때부터 보름 동안 그는 감히 보터우에 올 수 없었다. 창저우에서 더저우로, 더저우에서 창저우로 길을 에돌아가는 일이 있더라도 '라오리 미식성'은 피해야 했다. 하지만 마음속으로는 장추훙에 대한 생각이 더욱 간절했다. 창저우에 있을 때도 생각이 났고 난피에 있을 때도 생각이 났다. 둥광에 있을 때도 생각이 났고 징현에 있을 때도, 허젠에 있을 때도, 더저우에 있을 때도 생각이 났다. 차를 몰지 않을 때도 생각이 났고 차를 몰 때도 생각이 났다.

장추훙의 음부는 매우 무성했다. 웃자란 풀숲 같았다. 풀숲 사이에는 푸른 웅덩이가 하나 있었다. 그 수풀과 웅덩이만 생각나는 것이 아니라 온몸의 위아래와 안팎으로, 나뭇가지와 이파리까지 모든 것이 자세하게 생각났다. 몸만 생각나는 것이 아니라 길을 걷는 자태와 말하는 모습, 목소리까지 다 생각났다. 태어나서 지금까지 뉴아이궈는 누군가를 이토록 그리워한 적이 없었다. 보름이 지나자 뉴아이궈는 결국 참지 못하고 '라오리 미식성'을 찾게 되었다. 이날도 리쿤은 가게에 없었다. 밤이 되자 또 뉴아이궈와 장추훙 두 사람만 남게 되었다. 장추훙이 그를 나무라며 말했다.

"담이 그렇게 작을 줄은 정말 몰랐네요."

뉴아이궈가 아무 말도 하지 않자 장추훙이 물었다.

"왜 또 온 거예요?"

뉴아이궈는 얼른 그녀의 아랫도리를 쓰다듬으며 그녀를 방 안으로 끌고 들어갔다. 보름 동안 못 만난 두 사람은 불붙은 마른 장작처럼 지난번보다 훨씬 더 뜨겁고 격렬하게 타올랐다. 이때부터 두 사람의 욕망은 수습이 불가능했다. 뉴아이궈는 창저우에서 더저우로 갈 때나 더저우에서 창저우로 갈 때마다 '라오리 미식성'에 차를 세우고 머물렀다. 시간이 지남에 따라 과거에 머물던 것과 달라졌다. 더저우로 두부를 배달하러 가지 않고 난피나

둥광, 징현 등지로 가게 될 때도 길을 에돌아가는 한이 있더라도 반드시 보터우현 양쫭진 고속도로 변에 있는 '라오리 미식성'에 들렀다. 뉴아이궈가 '라오리 미식성'에 갈 때면 어떤 날은 리쿤이 있고 어떤 날에는 없었다. 리쿤이 있을 때는 예전처럼 장추홍을 '형수님'이라고 불렀고 장추홍도 예전처럼 허리를 숙이며 웃는 낯으로 그를 대했다. 리쿤은 이 웃음이 예전과 똑같다고 생각했지만 뉴아이궈와 장추홍은 똑같지 않다는 걸 잘 알고 있었다.

리쿤이 없을 때는 가게에 남아 장추홍과 함께 밤을 보내고 갔다. 함께 밤을 보내는 것은 단지 잠자리 때문만이 아니라 두 사람이 서로 마음이 맞았기 때문이었다. 단지 말을 하기 위해서만도 아니었다. 함께 있으면서 사랑을 나누는 것, 그리고 사랑을 나눌 때의 분위기와 그 맛 때문이었다. 어떤 날은 밤새 세 번이나 사랑을 나누기도 했다. 사랑을 나눈 다음에도 두 사람은 자지 않고 계속 얘기를 나눴다. 뉴아이궈는 누구에게도 하지 않은 얘기를 장추홍에게는 다 털어놓을 수 있었다. 다른 사람과 함께 있을 때는 생각나지 않던 말도 장추홍과 함께 있을 때는 전부 생각났다. 말하는 방법도 달랐다. 두 사람이 하나인 것만 같았다.

두 사람은 즐거운 일도 얘기했고 즐겁지 않은 일도 얘기했다. 뉴아이궈는 다른 사람들과 얘기를 나눌 때면 즐거운 일은 즐겁게 말하고 즐겁지 않은 일은 흥이 가신 채 우울하게 말했다. 하지만 장추홍과 함께 있을 때는 즐겁지 않은 일도 즐겁게 얘기했다. 예컨대 팡리나는 뉴아이궈의 상처였기 때문에 그녀와 관련된 일은 듣추기만 해도 고통스러웠다. 처음에 장추홍에게 팡리나에 관해 얘기하면서 뉴아이궈는 눈물을 보였다. 하지만 이제는 지난 일을 다시 들춰내 팡리나에 관해 얘기해도 그저 과거의 이야깃거리일 뿐이었다. 뉴아이궈는 장추홍과 가까워지면서 팡리나에 대한 자신의 태도가 철저하게 변했다고 생각했다. 두 사람은 팡리나에 관해 얘기했을 뿐만 아니라 장추홍이 리쿤과 만나 살기 전에 만났던 다른 남자친구들에 관해서도 얘기했다. 맨 처음 누구와 잠자리를 가졌는지, 아팠는지, 피는 났는지에 관해 장추홍은 뉴아이궈에게 일일이 다 얘기했다. 그러면서 뉴아이궈에게 몇 명의 여자들과 연애를 했었는지 물었다. 뉴아이궈는 팡리나 말고는 장추홍 한 사람 뿐이라고 말했다. 장추홍은 그를 꼭 껴안았다. 여기까지 얘기하고 나서 잠을 자려고 하는 차에 둘 중 하나가 또 입을 열었다.

"우리 다른 얘기 해요."

그러면 또 하나가 얼른 말을 받았다.

"다른 얘기를 더 하고 싶으면 하자고요."

그 순간 뉴아이궈는 갑자기 자신이 샤오쟝이고 장추홍이 팡리나라는 생각이 들었다. 샤오쟝의 아내 자오신팅이 '춘후이 여관'에서 간통 현장을 잡았을 때 샤오쟝과 팡리나가 방안에서 나누었던 얘기가 바로 이런 것이었다.

한 번은 두 사람이 침대 위에서 얘기를 나누다가 갑자기 장추홍이 말했다.

"자기야, 자기랑 함께 있는 것보다 더 좋은 일은 없는 것 같아요. 나를 데리고 여길 떠나면 안 되나요."

뉴아이궈가 어리둥절한 표정으로 물었다.

"어디로 간단 말이야?"

장추홍이 말했다.

"어디든지 다 좋아요. 여길 떠나기만 하면 되요."

뉴아이궈가 산시 친위안에서 허베이로 온 것은 친위안의 답답함을 피하기 위해서였는데, 이제는 장추훙이 허베이 보터우를 떠나 다른 곳으로 가고 싶어 했다. 뉴아이궈는 한 가지 일이 또 다른 일로 변해버렸다는 생각이 들었다. 한 달 전이었다면 뉴아이궈는 한 가지 일이 또 다른 일로 변한 것을 몹시 두려워했을 것이다. 하지만 한 달이 지나면서 뉴아이궈도 변했다. 한 가지 일이 다른 일로 변해도 뉴아이궈는 두려워하지 않았다. 샤오쟝이 팡리나와 일을 저질렀을 때 샤오쟝은 두려운 나머지 뒷걸음질을 치며 팡리나를 피했었다. 한 달 전이었다면 뉴아이궈 역시 사오쟝처럼 행동했을 것이다. 하지만 한 달이 지나면서 뉴아이궈는 그대로 뉴아이궈가 되었다. 뉴아이궈 역시 한 달이 지나면서 자신이 다른 사람으로 변하리라는 것을 예상하지 못했다. 뉴아이궈가 말했다.

"내가 창저우로 돌아가서 어디로 가는 게 좋은지 잘 따져볼게. 그런 다음 여길 떠나자고."

장추훙이 그를 꼭 껴안으며 말했다.

"날 데리고 가주기만 한다면 자기한테 해줄 말이 한 가지 있어요."

"무슨 말인데?"

"갔다가 돌아오면 말해줄게요."

창저우로 돌아온 뉴아이궈는 장추훙을 데리고 어디로 가야 할지 따져보기 시작했다. 아무리 생각해도 딱 세 가지 방법밖에 없었다. 첫째는 산둥 러링의 쩡즈위안을 찾아가는 것이고 둘째는 허베이 핑산현에 있는 두칭하이를 찾아가는 것이었다. 셋째는 산시 린펀에 있는 리커즈를 찾아가는 것이었다. 처음 생각했을 때는 세 가지 전부 괜찮은 방법이었지만 다시 생각해보니 전부 적합하지 않았다. 뉴아이궈 혼자 간다면 적합하겠지만 장추훙을 데리고 가기에는 적절치 않았다. 그제야 뉴아이궈는 세상에 자신이 갈만 한 곳이 많지 않다는 사실을 깨달았다.

뉴아이궈는 문득 추이리판이 했던 말이 생각나 정신을 차렸다. 뉴아이궈와 장추훙의 일을 리쿤은 전혀 눈치채지 못했지만 추이리판은 뉴아이궈에게서 약간 이상한 낌새를 채고 있었다. 뉴아이궈가 둥광현으로 두부를 배달하러 가던 날 추이리판도 수금을 하기 위해 함께 간 적이 있었다. 뉴아이궈가 운전을 하고 추이리판은 조수석에 타고 있었다. 뉴아이궈는 장추훙과 어디로 갈지 생각하느라 아무 말도 하지 않고 있었다. 차가 창저우 성내를 벗어나자 추이리판이 뉴아이궈를 유심히 쳐다보면서 말했다.

"자네 요즘 무슨 일이 있는지 얼굴에 다 쓰여 있네."

뉴아이궈가 말을 받았다.

"무슨 근거로 그런 생각을 하시는데요?"

"자네가 창저우에 막 왔을 때는 안색이 노랗더니 점차 얼굴에 붉은 빛이 돌기 시작하더군. 그러더니 이제 다시 노래졌지 않나?"

단 한 마디 말로 자신의 마음의 병을 알아맞히자 뉴아이궈는 한참 동안 아무 말도 하지 못했다. 추이리판이 다시 입을 열었다.

"예전에는 한동안 말을 잘 안 하다가 나중에는 말을 잘하기 시작했어. 그러더니 이제 다시 말을 잘 안 하는군 그래."

일이 이렇게 되자 뉴아이궈는 추이리판에게 모든 걸 털어놓기로 했다. 한참 망설이면서 상의할 사람이 없어 속을 끓이고 있던 터인 데다, 추이리판은 그래도 친한 친구라 어떤 일이 생기면 곧잘 함께 이야기를 나누곤 했기 때문이다. 게다가 추이리판은 장추훙을 모를 뿐만 아니라 장추훙의 남편 리쿤도 알지 못했다. 뉴아이궈는 추이리판에게 장추홍과의 일을 하나도 빠짐없이 낱낱이 다 얘기해주었다. 장추홍이 자신을 데리고 이곳을 떠나자고 했던 것과 지금 한참 망설이고 있다는 것까지 얘기해주었다. 추이리판은 다 듣고 나서 갑자기 뉴아이궈를 손으로 탁 치면서 말했다.

"아우, 엄청난 재앙이 자네 코앞에 닥쳐오고 있네."

뉴아이궈가 물었다.

"왜 그렇게 생각하시는 건가요?"

"자네가 그 여자와 좋게 지내는 걸 말하는 게 아니라 그녀를 데리고 떠나야 한다는 걸 말하는 걸세."

"왜 그렇게 생각하시는데요?"

"그녀를 데리고 떠나는 건 어렵지 않겠지. 하지만 그녀를 데리고 가서 그냥 즐기기만 할 건가 아니면 결혼이라도 할 생각인가?"

"처음 만났을 때는 함께 즐기기만 했던 거지만 지금은 다르지요. 그 여자랑 결혼하고 싶습니다. 다시는 그 여자처럼 마음에 맞는 사람을 만나지 못할 것 같거든요."

"바로 거기에 재앙이 있는 걸세. 그냥 즐기기만 한다면 자네를 막지 않겠네. 하지만 그 여자와 결혼을 한다면 그녀를 자네의 고향으로 데리고 갈 수 있겠나?"

뉴아이궈는 추이리판과 오랫동안 가깝게 지내면서 자신과 팡리나의 일도 말한 적이 있었다. 지금 추이리판은 뉴아이궈의 마음의 병을 정확하게 진단하고 있었다. 뉴아이궈가 고개를 가로저으면서 말했다.

"고향도 아직 죽사발입니다. 마누라와 아직 이혼도 하지 않았는데 어떻게 다시 가서 분란을 더할 수 있겠어요?"

추이리판이 말했다.

"그럼 자네는 그 여자를 데리고 어디로 갈 생각인가?"

"며칠 생각해봤지만 아직 적당한 곳을 찾지 못했어요."

추이리판이 손뼉을 치며 말을 받았다.

"맺어질 수 없는 인연일세. 두 사람이 외지로 떠돈다 해도 끝나지 않는 바둑이 될 수밖에 없네. 한번 생각해 보게. 그 여자의 현재 남편은 음식점을 운영하고 있을 뿐만 아니라 모피 장사도 하면서 그 여자를 먹여 살리고 있네. 자네는 트럭 운전하는 것 말고 달리 돈 버는 재주가 없지 않나. 외지로 떠돈다면 혼자서는 괜찮겠지만 두 사람이 하루하루 버티는 건 만만치 않을 걸세. 이게 말이 된다고 생각하나?"

말문이 막힌 뉴아이궈는 멍한 표정으로 가만히 있었다. 추이리판이 말을 이었다.

"자네가 그 여자와 서로 잘 지낼 수 있는 건 그 여자의 현재 남편이 생계를 유지해주기 때문일세. 자네가 그 여자를 먹여 살리게 되면 하루하루 넘기는 게 쉽지 않을 걸세. 그때가 되면 즐기기는커녕 하루하루를 힘들게 보내게 될 걸세."

뉴아이궈는 갑자기 꿈에서 깬 것 같았다. 이것이 바로 며칠 동안 망설였던 원인이라는 것을 깨달았다. 사실 그동안 어디로 갈지 정하지 못해 망설인 게 아니라, 어디로 가든 그 다음에 어떻게 해야 할지 몰라 망설인 것이었다. 추이리판이 말했다.

"자네의 화근은 여기에 있는 것도 아닐세."

"그럼 어디에 있는데요?"

"망설이고 있다는 것이 바로 재앙이지. 그 여자를 데리고 곧바로 떠날 것인지 아니면 당장 그 여자와 관계를 끊을 것인지 결정하지 못하고 있는 게 바로 재앙이란 말일세."

"그건 또 무슨 뜻인가요?"

"두 사람이 떠나야 하는 지경에 이르렀다면 종이가 더 이상 불을 감싸고 있을 수는 없잖은가. 한밤중에 눈이 내리면 아무도 모르겠지만 비가 내리면 결국 누군가 알게 된단 말일세. 더 이상 망설였다가는 목숨을 내놓게 될지도 모르네. 아무래도 그 여자 남편은 현지 사람이고 자네는 산시 사람이잖은가. 그 여자 남편이 사실을 알게 되면 자네를 가만히 놔두겠나?"

뉴아이궈는 온몸에 식은땀이 났다. 팡리나와 샤오쟝의 일이 터졌을 때, 그 역시 하마터면 살인을 저지를 뻔했었다. 사람을 죽이지 않은 것은 샤오쟝과 팡리나가 죽여선 안 되는 사람들이기 때문이 아니었다. 당시에는 샤오쟝의 아들을 죽일 마음까지 먹었었다. 하지만 그에게는 딸 바이후이가 있었기 때문에 억지로 참았던 것이다. 장추훙과 리쿤에게는 아이가 없었다. 만일 리쿤이 뉴아이궈와 장추훙 사이에 있었던 일을 알게 된다면 뉴아이궈와 장추훙 둘 다 외지 사람이라 목숨을 내놔야 할지도 모를 일이었다. 한 가지 일이 세 번째 일로 변한 셈이었다. 이리하여 뉴아이궈는 다시 과거의 뉴아이궈로 돌아갔다.

그날 밤 창저우로 돌아온 그는 밤새 한숨도 자지 못했다. 이날 잠을 이루지 못한 것은 장추훙과 함께 있을 때 밤새 잠을 이루지 못한 것과는 전혀 달랐다. 이리저리 아무리 생각해봐도 장추훙을 데리고 떠날 수는 없다는 결론이 내려지자 뉴아이궈는 결국 그녀와의 관계를 정리하기로 마음먹었다. 이 때부터 일주일 동안 그는 장추훙을 찾지 않았다. 더저우로 배달을 하러 가거나 더저우에서 돌아올 때는 보터우에 들르지 않고 우회했다. 하지만 일이 이 지경에 이르러서는 관계를 끊을 것인가 말 것인가를 뉴아이궈 혼자 결정할 수 없었다. 뉴아이궈가 일주일 동안 장추훙을 찾지 않자 장추훙이 먼저 전화를 걸어왔다.

"나 준비 다 됐는데 어째서 데리러 오지 않는 거예요?"

뉴아이궈는 대충 얼버무려 말했다.

"아직 갈 만한 곳을 정하지 못했어."

장추훙은 그의 말투에서 발을 빼려 한다는 것을 알아차렸다. 그녀가 말했다.

"말을 뱉어놓고 침도 마르기 전에 어떻게 그렇게 쉽게 변할 수가 있는 거예요?"

뉴아이궈는 마음이 변했다는 사실을 차마 밝히지 못했다.

"변한 게 아니야."

"우리 같이 하이난다오(海南島)로 가요."

"거기에는 아는 사람이 한 명도 없잖아."

장추훙이 화를 내면서 말을 받았다.

"아는 사람이 있는 곳엘 어떻게 갈 수 있겠어요?"

이어서 수화기 너머로 우는 소리가 들려왔다. 그러더니 갑자기 태도가 바뀌었다.

"사흘 안에 데리러 오지 않으면 리쿤한테 전부 말해버릴 거예요."

뉴아이궈는 더더욱 겁이 났다. 그냥 창저우를 떠나버리고 싶었지만 장추훙에게 미안한 마음이 들었다. 장추훙이 자신을 업신여길 거라는 생각이 들기도 했다. 무시당하는 건 아무 것도 아니었다. 지금부터 평생 그녀를 보지 않으면 그만이었다. 하지만 평생 자신이 무능한 놈으로 느껴질 것이 문제였다.

도무지 해결책을 찾을 수 없는 터에 차오칭어가 뉴아이궈를 구해주었다. 뉴아이궈의 형 뉴아이쟝이 전화를 걸어와 차오칭어가 병에 걸렸다고 알려준 것이었다. 게다가 병세가 위중하다면서 서둘러 산시로 돌아오라고 했다. 전화를 받은 뉴아이궈는 차오칭어의 병환이 걱정되기보다는, 마침내 창저우를 떠날 이유가 생겼다는 사실이 더 반갑게 느껴졌다. 뉴아이궈는 전화를 끊고 나서 추이리판을 찾아가 자신이 떠나야 하는 이유를 설명했다. 하지만 추이리판은 그의 말을 믿지 않았다. 그가 장추훙을 피하기 위해 엄마를 팔고 있다고 생각했다.

"관계를 끊으면 끊는 거지 떠날 필요까지 있겠나?"

그러든지 말든지 차오칭어의 병이 걱정되어 조바심이 나기 시작한 뉴아이궈는 추이리판에게 제대로 설명할 겨를도 없이 서둘러 짐을 꾸려 시외버스 정류장으로 달려갔다. 그러고는 총총히 허베이 창저우를 떠났다.

# 8장
## 일상의 많은 일들


뉴아이궈가 산시 친위안으로 돌아온 뒤 나흘째 되던 날 그의 엄마 차오칭어가 세상을 떠났다. 뉴아이궈의 기억에 따르면 차오칭어는 평생 큰 병을 앓은 적이 없었다. 그런데 뜻밖에도 이번 단 한 번의 큰 병으로 병상에 드러눕고 말았다. 차오칭어는 한 달 동안 병상에 누워있으면서 뉴아이궈한테 알리지 말라고 뉴아이쟝과 뉴아이샹, 뉴아이허에게 당부했다. 한 달이 지나면서 뉴아이쟝과 뉴아이샹, 뉴아이허는 엄마의 병세가 좋지 않은 것을 보고는 그녀 몰래 뉴아이궈한테 전화를 걸어 알렸다.

뉴아이궈는 서둘러 친위안으로 돌아왔다. 차오칭어는 현성 병원에 입원해 있었다. 병원에 입원할 때만 해도 차오칭어는 말을 할 수 있었지만 입원과 동시에 말을 할 수 없게 되었다. 평생 말을 했던 차오칭어가 이제 마침내 말을 할 수 없게 된 것이었다. 뉴아이쟝은 차오칭어가 입원하기 바로 전날 집에서 밤새도록 이야기를 했다고 말했다. 뉴아이궈가 물었다.

"무슨 말을 하셨는데?"

뉴아이쟝이 말했다.

"두서없는 말이었어. 게다가 모두들 조바심이 나서 제대로 귀 기울여 듣지도 못했지."

차오칭어는 병실 침상에 누워 있었고 뉴아이궈는 침대 왼쪽에, 뉴아이쟝은 침대 오른쪽에, 뉴아이궈의 누나 뉴아이샹은 차오칭어의 발치에 각각 앉아 있었다. 뉴아이궈의 동생 뉴아이허는 벽 모퉁이에 선 채로 벽의 표면을 후벼 파고 있었다. 차오칭어의 코와 팔뚝에는 온갖 관들이 잔뜩 꽂혀 있었다. 차오칭어는 고열 때문에 온종일 혼수상태에 빠져 있었다. 한 달 동안 음식을 넘기지 못해 뼈만 앙상하게 남은 모습으로 침상에 누워 있었다. 침상은 평온하기만 했다.

차오칭어가 말을 할 수 없게 되자 뉴아이쟝과 뉴아이샹, 뉴아이궈, 뉴아이허 네 사람도 말을 하지 않았다. 엄마가 말을 할 수 없게 되니 자신들도 말하는 게 쑥스럽거나 조바심이 나서가 아니라, 무슨 말을 어디서부터 시작해야 좋을지 몰랐기 때문이었다. 병원 의사의 말에 따르면 차오칭어의 병은 폐암이었다. 검사 결과를 살펴보니 이미 삼사 년은 된 것 같다고 했다. 삼사 년 동안 차오칭어가 아무 말도 하지 않았기 때문에 네 형제 모두 그녀의 병을 모르고 있었던 것이다. 의사는 또 삼사 년 전이었다면 아마도 수술을 할 수 있었겠지만, 지금은 암세포가 전신으로 퍼진 데다 이미 척추와 중추신경에까지 전이되어 말하는 데도 영향을 주고 있다고 했다. 게다가 차오칭어의 나이가 많아 수술을 하는 것은 아무런 의미가 없으며 그저 약물로만 버틸 수 있을 뿐이라고 했다.

점심식사 시간에 뉴아이허는 병실에 남아 당번을 서고 뉴아이궈와 뉴아이쟝, 뉴아이샹 세 사람은 병원 문 앞에 있는 음식점으로 밥을 먹으러 갔다. 정오라 성내의 고음 스피커에서는 진극(晉劇)[9]이 방송되고 있었다. 바람에 날려 온 전통극의 곡조가 높아졌다 낮아지기를 반복하고 있었다. 뉴아이쟝이 말했다.

"삼사 년을 앓고 있으면서 엄마는 굳세게 말을 안 하셨어."

또 이렇게 말했다.

"우리가 어렸을 때 엄마는 항상 우리를 꼬집곤 하셨지. 나이가 들어서야 우리를 아낄 줄 아셨어."

일 년을 못 본 사이에 누나 뉴아이샹은 담배를 배웠다. 그녀가 담배 한 개비에 불을 붙이면서 뉴아이궈에게 말했다.

"네가 군대 갈 때 내가 너한테 말했었지. 그래도 엄마는 엄마라고 말이야."

뉴아이쟝은 말을 할수록 화를 냈다.

"조금만 일찍 말했더라면 지금보단 나았을 거 아니야. 진즉 말했으면 병을 고칠 수도 있었을 텐데 말이야. 이제까지 가만히 계시다가 우리를 조급하게 하시다니 도대체 이게 뭐야?"

몇 년 전만 해도 뉴아이궈는 형과 누나가 하는 말을 무조건 옳다고 여겼다. 하지만 이제는 그들의 말이 옳지 않다는 생각이 들었다. 차오칭어가 삼사 년 동안 병을 앓으면서도 말을 하지 않은 것은 그들을 아껴서라고 말할 수도 있었다. 하지만 그들에게 실망했기 때문이기도 했다.

아이들은 크면서 저마다 각자의 문제를 안고 있었다. 큰 아들 뉴아이쟝

---

9  산시의 지방 전통극.

은 병든 아내가 있어 매일 약을 먹어야 했고 둘째 뉴아이샹은 마흔이 넘도록 배우자를 찾지 못하고 있었다. 넷째인 뉴아이허는 아내를 맞은 지 일 년이 되었다. 그의 아내는 성질이 급하고 젊었을 적 차오칭어처럼 말을 아주 잘했다. 뉴아이허는 그녀를 제압하지 못했고 오히려 그녀가 사사건건 뉴아이허를 제압했다. 마지막으로 뉴아이궈가 안고 있는 문제는 그들보다 훨씬 심각했다. 육칠 년 동안 줄곧 팡리나와 불화하다가 결국에는 팡리나가 일을 저지르고 말았다. 그 후에는 또 뉴아이궈가 친위안을 떠나 창저우로 가버렸다. 자식들 모두 제각기 가슴속에 걱정거리가 하나 가득이라 차오칭어는 일이 생겨도 차마 말을 할 수가 없었다. 자식들 모두 뜻대로 살지 못하고 있는 터라 차오칭어는 할 말이 있어도 말할 데가 없었던 것이다. 할 말이 있어도 하지 않았던 것도 어쩌면 순전히 실망 때문이 아니라 자식들로서도 어찌할 수 없을 거라는 판단 때문이었는지도 모른다.

뉴아이궈가 서른다섯이 된 이후로 차오칭어는 마음에 담아둔 말을 뉴아이장에게도 하지 않았다. 뉴아이샹에게도 하지 않고 뉴아이허에게 하지 않았다. 오로지 뉴아이궈에게만 했다. 하지만 차오칭어가 뉴아이궈에게 한 얘기들은 전부 육십 년 전 혹은 오십 년 전의 일이었다. 단 한 번도 현재의 일을 말한 적이 없었다. 예전에는 그녀가 현재의 일은 말할 만한 것이 없어서 그러는 거라고 생각했었다. 현재의 일이 있는데도 그녀가 고집스럽게 말을 하지 않았으리라고는 생각지 못했다. 하지만 알고 보니 과거의 일을 얘기했던 것이 그저 두 사람이 화롯가에 앉아 한담을 나누기 위함이 아니었다.

뜻밖에도 이런 얘기를 하고 있을 때 차오칭어는 병을 앓고 있었던 것이다. 마침내 육십 년 전 혹은 오십 년 전의 얘깃거리가 다 고갈되자 그녀는 아예 말이 없어졌다. 뉴아이궈가 창저우에서 집으로 전화를 걸었을 때는 이미 차오칭어와 전화로도 할 말이 없었다. 당시 뉴아이궈는 얼굴을 마주하고 얘기하는 것과 전화로 얘기하는 것은 다르다고 생각했다. 집으로 돌아와서야 그는 차오칭어가 한 달 동안 병상에 누워있으면서 뉴아이쟝과 뉴아이샹, 뉴아이허로 하여금 자신에게 이런 사실을 알리지 못하게 했다는 말을 듣게 되었다.

세 사람은 그저 차오칭어가 뉴아이궈를 가장 아끼는 거라고만 생각했다. 이제 비로소 뉴아이궈는 자신을 아끼는 마음도 있었지만 자신에게 크게 실망하여 어쩔 도리가 없었던 게 훨씬 더 큰 이유라는 것을 알게 되었다. 뉴아이궈는 문득 차오칭어가 자신에게만 육십 년 전 혹은 오십 년 전의 일을 얘기했지, 뉴아이쟝과 뉴아이샹, 뉴아이허에게는 얘기하지 않았다는 사실을 깨달았다. 이는 다른 사람들보다 그와 말이 더 잘 통했기 때문이 아니라, 그가 겪고 있는 문제가 다른 사람들에 비해 훨씬 컸기 때문에 그를 위로해주려고 했던 것이었다.

작년에 팡리나가 사고를 치는 바람에 뉴아이궈가 마음에 큰 상처를 입어 친위안을 떠나기 전에 차오칭어를 만나러 찾아갔을 때도, 차오칭어는 일의 자초지종을 다 알면서 아무런 내색도 하지 않았었다. 이제 차오칭어가 말을 할 수 없게 되자 뉴아이궈도 작년에 엄마가 자신에게 그랬던 것처럼 엄마의 속마음을 뉴아이쟝과 뉴아이샹에게 밝히지 않았다.

세 사람이 식사를 하는 음식점은 병원 문 앞에 있었다. 음식점 주인은 늙은 뚱보였다. 그는 병과 환자를 봐도 아무렇지 않았지만, 형제자매 세 사람이 깊은 수심에 싸여 미간을 찌푸리고 있는 걸 보고는 가족 중 하나가 큰 병을 앓고 있다는 것을 알아차렸다. 늙은 뚱보도 말하기를 좋아하는 사람이라 음식을 올리면서 세 사람을 위로했다.

"무슨 일이든지 분명히 알 수만 있다면 걱정이 덜할 겁니다."

예전이었다면 뉴아이궈도 음식점 주인의 말이 옳다고 생각했을 것이다. 하지만 지금은 그의 말이 잘못 됐다는 생각이 들었다. 사람들은 어떤 일을 알고 싶지 않을 때 그나마 근심이 덜한 편이었다. 일의 내막을 알게 되면 걱정이 훨씬 더 많아졌다.

세 사람이 먹은 음식은 양육탕(羊肉湯)과 샤오빙이었다. 뉴아이장과 뉴아이샹은 몇 술 뜨다가 이내 젓가락을 내려놓았다. 뉴아이궈는 창저우에서 친위안으로 오느라 사흘 동안 바삐 움직인 데다 제대로 끼니를 챙기지 못했다. 이제 눈앞에 친위안의 음식을 대하고 보니 너무나 맛있어 허겁지겁 샤오빙 다섯 개를 먹어치우고 커다란 사발에 가득 담긴 양육탕을 깨끗이 비웠다. 온몸에 땀을 흘리면서 정신없이 먹어댔다. 순간 차오칭어가 혼수상태에 빠져 있고 한 달 동안 음식을 넘기지 못했다는 사실이 생각났다. 반면에 자신은 음식이 너무 맛있어 단숨에 샤오빙 다섯 개와 커다란 양육탕 사발을 깨끗이 비웠다는 걸 생각하니 송구스런 마음에 주체할 수 없이 눈물이 흘렀다. 그렇게 빈 그릇을 두 손으로 받쳐 든 채 그는 하염없이 울었다. 늙은 음식점 주인이 그릇을 거둬가면서 다시 한 번 뉴아이궈를 위로했다.

"무슨 일이든 끝이 있는 법이에요. 멀리 내다보면 마음이 넓어질 거외다."

뉴아이궈는 이번에도 그의 말이 틀렸다고 생각했다. 무슨 일이든 가까이 다가가 들여다보면 쉽게 털어 버릴 수 있지만 멀리 내다보면 마음을 더 넓게 가질 수 없었다. 그는 늙은 뚱보의 말을 무시하고 느닷없이 뉴아이쟝과 뉴아이샹에게 말했다.

"사실 엄마가 어리석은 게 아니야. 엄마의 방법이 맞았어."

뉴아이궈의 말에 뉴아이쟝과 뉴아이샹은 어리둥절하기만 했다. 음식점의 늙은 뚱보도 멍한 표정을 지었다.

그날 저녁, 차오칭어가 혼수상태에서 깨어났다. 깨어난 후 사방을 둘러본 그녀는 뭔가 얘길 하고 싶어 했다. 하지만 입을 벌려도 말이 나오지 않았다. 다시 한 번 입을 벌려봤지만 여전히 말이 나오지 않았다. 그제야 그녀는 자신이 말을 할 수 없다는 사실을 깨달았다. 뉴아이쟝과 뉴아이궈, 뉴아이샹, 뉴아이허가 사방에서 다가왔다. 차오칭어의 입은 벌려졌지만 여전히 말이 나오지 않았다. 형제자매 네 사람은 그녀의 입 모양만으로는 무슨 말을 하려는 건지 알아낼 수 없었다. 다소 다급해진 차오칭어는 얼굴까지 새빨갛게 부풀어 오른 채 손가락으로 네모를 그리더니 이어서 허공에 대고 뭔가를 그렸다. 네 사람은 그녀가 허공에 쓰는 것도 알아내지 못했다. 갑자기 무언가가 생각난 뉴아이샹이 종이 한 장과 연필 한 자루를 들고 오자 차오칭어가 고개를 끄덕였다. 뉴아이샹은 잡지를 가져다 종이 밑에 받쳐주었다. 차오칭어가 벌벌 떨리는 손으로 종이에 단어 하나를 적었다.

집으로 돌아가자는(回家) 말이었다.

모두들 서로 얼굴만 쳐다볼 뿐 아무 말도 하지 않았다. 병세가 이미 위중한 지경에 이르렀는데 어떻게 집으로 돌아갈 수 있단 말인가? 집으로 돌아간다는 건 조용히 죽음을 기다리는 것을 의미했다. 모두들 그녀가 열이 심해 정신이 혼미해진 거라고 여겼다. 뉴아이궈가 말했다.

"엄마, 별 일 없어요. 의사가 곧 좋아질 거라고 했어요."

차오칭어는 고개를 가로저어 자신이 말하려는 것이 그런 뜻이 아님을 표했다. 뉴아이샹이 말했다.

"돈이 아까워서 그러시는 거예요? 우리 형제자매가 넷이나 되잖아요."

차오칭어는 여전히 고개를 가로저었다. 이번에는 뉴아이샹이 말했다.

"우리 넷이 걱정돼서 그러시는 거예요? 우리 넷이 돌아가면서 간병을 하면 하나도 피곤하지 않아요."

차오칭어는 또 고개를 가로저었다. 뉴아이궈가 단호한 어투로 엄마에게 말했다.

"엄마가 아프지 않았을 때에는 무슨 일이든지 엄마 말을 들었지만, 지금은 중병에 걸리셨으니 더 이상 어떤 것도 엄마 뜻대로 할 수 없어요."

차오칭어는 자신의 생각을 정확히 전달할 수 없다는 것을 알고는 얼굴을 벽 쪽으로 돌린 채 더 이상 말을 하지 않았다. 그러고는 또다시 혼수상태에 빠졌다. 밤중에 뉴아이궈 혼자서 당번을 섰다. 차오칭어가 계속 혼수상태에 빠진 채 잠을 자는 것을 바라보다가, 피곤했는지 차오칭어의 침상에 머리를 기대고 잠이 들었다. 그 순간 그는 자신이 병원 병실에 있지 않고 차오칭어도 병이 나지 않은 것처럼 느껴졌다. 세월도 지금이 아닌 십여 년 전 아직 부대에서 군 생활을 하고 있던 때인 것 같았다.

당시 그는 겨우 열아홉 살이었다. 세상에 대해 걱정도 없었고 발그레한 얼굴에는 주름도 없었다. 밤중에 한참 자고 있는데 갑자기 명령이 떨어져 중대 전체가 재빨리 집합을 해야 했다. 처음에는 중대 전체가 집합했고 이어서 대대 전체가 집합했다. 뒤이어 연대 전체가 집합했고 사단 전체가 집합을 했으며 뒤이어 군단 전체가 집합했다. 몇 만 명이나 되는 병력이 황량하고 인적이 없는 사막에 집결하여 차례로 방진(方陣)을 이루어 행군했다. 완전 군장을 한 사병들은 총검이 달린 자동소총을 받쳐 들고 질서정연하게 구령을 외치면서 고개를 치켜들고 '착', '착', '착', '착' 큰 걸음으로 늠름하게 앞을 향해 행군했다. 대오 앞은 끝이 보이지 않았고 후미도 눈에 들어오지 않았다. 대오의 맨 앞과 뒤가 줄 한 가닥으로 보였고 왼쪽 끝과 오른쪽 끝도 줄 한 가닥으로 보였다. 햇빛이 총검을 비추면서 총검이 반사한 빛줄기가 가로 세로로 직선을 그렸다. 대오의 발길이 일으킨 흙먼지가 하늘을 절반쯤 뒤덮었다. 이렇게 큰 걸음으로 행군하는 게 누구에게 보이기 위한 것인지 알 수 없었다. 이렇게 많은 사람들이 함께 있고 모두들 젊고 건장한 체격에 손에 총을 들고 한마음 한뜻으로 앞을 향해 가는데 누가 이들을 막을 수 있을까 하는 생각도 들었다.

두칭하이가 뉴아이궈 바로 옆에서 걷고 있었다. 뉴아이궈는 의아하기만 했다. 그와 같은 중대에 있지도 않은데 어떻게 함께 행군할 수 있는 거지? 그가 두칭하이를 바라보며 웃자 두칭하이도 그를 바라보며 웃었다. 갑자기 두칭하이의 총검이 비스듬히 기울더니 뉴아이궈의 팔을 찔렀다. 뉴아이궈는 '아야' 소리를 지르며 잠에서 깼다.

뉴아이궈는 한참 동안 감개에 젖어 있었다. 너무나 짧은 시간에 십 몇 년이 지났고 자신은 늙어 있었다. 몸은 늙지 않았지만 마음이 늙어 있었다. 병실 안의 조명은 약간 침침했다. 창문이 잘 닫히지 않아 한밤중에 바람이 불어오자 전등이 바람 부는 대로 이리저리 흔들렸다. 차오칭어가 혼수상태에서 다시 깨어나 손으로 뉴아이궈의 팔뚝을 찌르고 있었다. 알고 보니 꿈속에서 두칭하이의 총검이 자신을 찌른 것이 아니라 차오칭어의 손이 팔을 찌른 것이었다.

뉴아이궈 형제자매 넷이 아직 어렸을 때 차오칭어는 자주 화를 내곤 했다. 화가 날 때마다 그들을 때리지 않고 꼬집었다. 어디든지 손이 닿는 대로 꼬집었었다. 뉴아이궈는 차오칭어가 몸이 아파 자신을 꼬집음으로써 통증을 해소하려는 거라 생각했다. 차오칭어가 입을 벌리고는 뭔가 말을 하려는 것 같았다. 뉴아이궈가 말했다.

"무슨 말을 하시려고요?"

문득 차오칭어가 말을 할 수 없다는 게 생각나 얼른 종이와 연필을 가져왔다. 차오칭어가 손을 벌벌 떨면서 종이에 두 글자를 적었다.

바이후이.

바이후이는 올해 일곱 살인 뉴아이궈의 딸이었다. 바이후이는 어려서부터 뉴아이궈와도 친하지 않고 팡리나와도 친하지 않았다. 어려서부터 할머니 차오칭어가 데려다 키운 덕분에 차오칭어와 친했다. 바이후이는 콩을 즐겨 먹었다. 예전에 다 함께 잡탕죽을 먹을 때 뉴아이궈와 팡리나가 그릇 밑바닥에 콩을 남겼다가 바이후이에게 건져주면 바이후이는 이를 먹지 않았다. 차오칭어가 주는 것만 먹었다. 뉴아이궈와 팡리나의 침이 묻은 음식은 절대 먹지 않았지만 차오칭어의 침이 묻은 음식은 싫어하지 않았다. 바이후이가 네 살 때부터 차오칭어는 글씨를 가르쳤다. 작은 칠판 위에 글자를 쓴 다음 바이후이에게 무슨 글자인지 알아맞히게 했다. 이렇게 몇 년이 지나자 바이후이는 수백 자를 익히게 되었다. 바이후이와 차오칭어도 때로는 말다툼을 했다. 화가 나서 말다툼을 할 때면 차오칭어가 소리를 질렀다.

"바이후이, 할머니한테 말대꾸 하지마. 또 그러면 꼬집어 줄 테다."

혹은 이렇게 소리를 질렀다.

"난 평생을 사람들과 말다툼을 했어. 입 절반만 가지고도 널 이길 수 있단 말이다."

바이후이는 차오칭어를 무서워하지 않고 '깔깔' 대며 웃었다. 뉴아이궈가 서른다섯이 넘은 뒤부터 차오칭어는 화롯가에 앉아 뉴아이궈에게 옛날 일들을 얘기하기 시작했다. 그럴 때면 바이후이는 화로 주변을 빙글빙글 돌면서 뛰어다녔다. 뛰어다니다가 지치면 뉴아이궈를 내버려두고 차오칭어 품 안으로 파고 들어가 팔을 그녀의 목에 감고서는 잠이 들었다. 당시 뉴아이궈와 팡리나는 각자의 일로 바빴기 때문에 바이후이를 차오칭어에게 맡겨야 안심이 되었다. 하지만 차오칭어가 바이후이를 데리고 있을 당시에 이미 병에 걸린 상태였다는 걸 아무도 생각지 못했다.

차오칭어가 종이에 '바이후이'라는 이름을 쓰자 뉴아이궈는 그녀가 어제 오후에 썼던 '집에 돌아가자'라는 말의 뜻을 깨달았다. 차오칭어는 바이후이가 마음에 걸렸던 것이다. 뉴아이궈가 말했다.

"바이후이는 큰 형수님이 잘 데리고 있으니 걱정 하지 마세요."

차오칭어가 고개를 가로저으며 그런 말이 아니라는 뜻을 밝혔다. 뉴아이궈가 말했다.

"바이후이를 데려오게 하고 싶으세요?"

차오칭어가 고개를 끄덕였다. 뉴아이궈가 말했다.

"내일 아침에 데리고 올게요."

이튿날 아침 뉴아이궈는 뉴아이허에게 바이후이를 현성 병원으로 데리고 오라고 일렀다. 바이후이가 병실에 도착했을 때 차오칭어는 또다시 혼수상태에 빠져 있었다. 뉴아이허는 바이후이를 병원에 데려다 주고 다른 일 때문에 급히 떠났다. 혼수상태에서 다시 깨어난 차오칭어가 바이후이를 보고는 아이의 손을 끌어다가 자신의 입을 가리켰다. 그런 다음 다시 바이후이의 입을 가리키고는 뉴아이궈를 쳐다보았다. 뉴아이궈는 차오칭어의 말뜻을 이해할 수 있었다. 그녀가 바이후이를 불러 오게 한 건 바이후이가 걱정되어서가 아니라 바이후이가 자신을 대신해서 말을 할 수 있기를 기대한 것이었다. 차오칭어가 손짓으로 종이와 연필을 그리자 뉴아이궈가 얼른 종이와 연필을 가져다주었지만, 차오칭어 손에 힘이 없어 힘들게 쓴 글자들이 몹시 삐뚤빼뚤했다. 먼저 '엄마'라는 단어를 쓰고 이어서 '죽다'라는 단어를 쓰고는 너무 지쳐서 얼굴이 온통 땀에 젖었다. 뉴아이궈가 바이후이에게 물었다.

"할머니가 무슨 말을 하고 싶으신 건지 알겠니?"

바이후이는 고개를 가로저었다. 조바심이 난 차오칭어의 얼굴이 새빨갛게 부어올랐다. 뉴아이궈는 차오칭어가 자신이 곧 죽게 될 거라고 말하고 있다고 이해하고는 황급히 말했다.

"병세는 그리 심각하지 않아요. 곧 좋아질 수 있대요."

차오칭어가 고개를 가로저어 그런 말이 아니라는 뜻을 표시했다. 바이후이가 갑자기 말했다.

"할머니가 저한테 말해줬던 얘기를 하라는 거예요?"

차오칭어가 고개를 끄덕였다. 뉴아이궈가 바이후이에게 물었다.

"할머니가 집에서 너한테 무슨 얘기를 하셨니?"

바이후이가 말했다.

"많은 얘기를 해주셨어요. 매일 밤마다 얘기를 해주셨지요."

뉴아이궈는 그제야 자신이 창저우로 떠난 뒤로 차오칭어가 바이후이에게 얘기를 들려주기 시작했다는 것을 알게 되었다. 바이후이에게 얘기를 하고 싶었던 건 곁에 얘기할 사람이 아무도 없었기 때문이었다. 바이후이가 말했다.

"할머니, 할머니 엄마가 돌아가신 그 부분을 얘기하라는 건가요?"

고개를 세차게 끄덕이는 차오칭어의 눈에서 눈물이 흘러내렸다. 차오칭어의 엄마는 샹위안현 원쟈좡(溫家莊)에서 마차를 몰던 라오차오(老曹)의 아내였다. 그녀는 이미 이십 년 전에 죽었다. 차오칭어의 아버지 라오차오는 평생 말하는 것을 좋아하지 않았지만 사람들과는 사이좋게 지냈다. 차오칭어는 어렸을 때부터 아버지와 친했다. 차오칭어는 출가한 뒤에도 마음속에 할 얘기가 있을 때면 엄마에게는 말하지 않고 아버지에게만 말했다. 하지만 아버지는 일흔 살이 넘으면서 마음이 옹졸해지고 잔소리도 많아졌다. 그러다 보니 자주 화를 냈다. 무슨 일이든지 자기 주장만 하면서 제대로 처리하지도 못했다. 라오차오가 세상을 떠났을 때도 차오칭어는 그다지 슬퍼하지 않았다. 죽은 뒤로 특별히 그를 그리워하지도 않았다. 그리워해야 할 것을 라오차오의 생전 마지막 오 년에 전부 다 그리워했다.

차오칭어의 엄마 즉, 라오차오의 아내는 젊었을 때 말하는 걸 무척 좋아했다. 집안에서도 평생 자기 주장만 하면서 걸핏하면 화를 냈다. 라오차오와 평생 말다툼을 했고 차오칭어와도 반평생을 다퉜다. 하지만 일흔이 넘으면서 사람들과 싸우지 않게 되었다. 자기 주장을 내세우지도 않았고 모든 일에서 손을 떼고 관여하지 않았다. 사람들이 뭐라고 하면 그대로 따랐고 남들의 얘기를 순순히 받아들였다. 모든 일에 대해 안 되는 것도 없고 되는 것도 없이 이래도 좋고 저래도 좋았다. 사람들과 평생 말다툼을 일삼던 사람이 만년에 들어서는 항상 빙긋이 미소 짓는 모습을 유지했다. 키가 큰 노부인이 지팡이를 짚고 허리를 구부린 채 사람들과 편안하게 얘기를 나누는 모습은 너무나 인자하고 선량해 보였다.

라오차오가 세상을 떠난 뒤에 차오칭어는 친위안현 뉴쟈좡에서 샹위안현 원쟈좡으로 엄마를 만나러 갔다. 이때부터 두 사람은 서로 마음이 맞기 시작했다. 두 사람은 끝없이 얘기를 나누었다. 과거에 마음이 맞지 않았던 까닭인지 이제는 의기가 투합되어 서로 못하는 말이 없었다. 차오칭어가 사흘을 묵든 닷새를 묵든, 아니면 열흘을 묵든 간에 두 사람은 매일 한밤중이 되도록 얘기를 나눴다. 무슨 얘기든 다 했다. 라오차오의 아내가 소녀시절이었을 때 얘기도 하고 차오칭어의 아이들에 관한 얘기도 했다. 자신들의 집안 얘기도 하고 다른 사람들의 집안 얘기도 했다. 얘기하는 것은 뭐든지 시간이 지나면 다 잊혀졌지만 말은 고스란히 기억되었다. 장시간 얘기하다 지쳐서 자야 할 때가 되면 라오차오의 아내가 말했다.

"딸아, 우리 이제 다른 얘기 좀 하자꾸나."

차오칭어가 말했다.

"다른 얘기 하고 싶으면 해요."

차오칭어가 먼저 제안할 때도 있었다.

"엄마, 우리 다른 얘기해요."

그럴 때면 라오차오의 아내도 순순히 받아들였다.

"다른 얘기 하고 싶으면 얼마든지 하자꾸나."

사흘이나 닷새 혹은 열흘을 다 묵고 나서 차오칭어가 샹위안현 원쟈좡을 떠나 친위안현 뉴쟈좡으로 돌아갈 때가 되면, 두 사람은 오경에 자리에서 일어나 함께 밥을 지어 먹고 건량을 챙겼다. 라오차오의 아내는 차오칭어를 진에 있는 시외버스 정거장까지 데려다 주었다. 두 사람은 시외버스 타는 곳까지 걷는 동안에도 줄곧 얘기를 나누었다. 한참을 걷다가 아예 길가에 주저앉아 얘기를 나누기를 반복하기도 했다. 걷다가 얘기하고 얘기하다가 걷고 하면서, 마침내 진에 있는 시외버스 정거장에 이르면 벌써 정오가 되어 있었다. 건량을 나눠 먹은 두 사람은 또다시 버스 정거장에 있는 홰나무 아래 앉아 계속 얘기를 나눴다. 차가 한 대 들어왔지만 차오칭어는 타지 않았다. 그 다음 차가 들어왔는데도 차오칭어는 타지 않았다. 그러자 라오차오의 아내가 말했다.

"처음에 널 샹위안현으로 시집보낼 때는 너무 멀게만 느껴졌는데 이제는 먼 것이 오히려 다행이라는 생각이 드는구나."

차오칭어가 말했다.

"왜요?"

"길이 머니까 내가 이렇게 널 배웅할 수 있잖니."

그러고는 한 마디 덧붙였다.

"너를 만나는 게 쉽지 않다는 걸 알고서야 이렇게 많은 얘기들이 생각난 것과 마찬가지지."

마지막 시외버스가 떠나려고 하자 차오칭어는 그제야 차에 올랐다. 차에 올라 차창 밖을 내다보니 텅 빈 정거장에 엄마 혼자만 남아 지팡이를 짚은

226

채 입을 벌리고 있었다. 차오칭어의 눈에서 저도 모르게 눈물이 흘러내렸다.

라오차오의 아내는 죽기 한 달 전에 다리에 부종이 생겨 침대에서 내려오지 못했다. 차오칭어는 엄마를 모시면서 한 달을 머물렀다. 라오차오의 아내는 침대에 누워 있고 차오칭어는 침대 곁에 앉은 채 두 사람이 한 달 동안 나눈 이야기는 보통 사람들이 평생 나누는 이야기와 맞먹었다. 라오차오의 아내가 죽기 하루 전에도 두 사람은 여전히 얘기를 나누었다. 얘기를 나누다가 라오차오의 아내가 혼수상태에 빠지자 차오칭어가 소리를 질렀다.

"엄마, 돌아와요. 전 아직 엄마한테 할 얘기가 많단 말이에요."

그러면 라오차오의 아내는 이내 깨어났고 두 사람은 다시 얘기를 나누었다. 얘기를 나누다 라오차오의 아내가 또다시 혼수상태에 빠지면 차오칭어가 또 소리를 질렀다. 라오차오의 아내는 이렇게 혼절했다 깨어나기를 다섯 번이나 반복하고 나서 차오칭어에게 말했다.

"딸아, 다음에 내가 또 떠나가든 절대 다시 부르지 말아라. 엄마는 한 달 동안 걷지를 못해 몸이 아주 무겁단다. 방금 전 꿈속에서 많이 걸었어. 걸어서 강가에 이르자 다리가 가벼워지더구나. 강가에는 꽃도 있고 풀도 있었어. 내가 말했지. 아주 오랫동안 세면도 못했으니 이 강가에 앉아 얼굴을 씻어야겠다고 말이야. 막 세면을 하려는 차에 네가 부르는 소리를 듣고 돌아온 거란다. 돌아오니 또 이 병상에 누워있지 않겠니. 딸아, 다음에 또 엄마가 떠나가든 절대로 다시 부르지 말아라. 엄마가 마음이 독해서 이러는 것도 아니고 네게 할 말이 없어서 이러는 것도 아니야. 정말이지 더는 버틸 수가 없어서 이러는 거란다……"

라오차오의 아내가 또다시 혼수상태에 빠졌을 때, 차오칭어는 더는 엄마를 부르지 않았다.

바이후이는 차오칭어가 자신에게 들려줬던 얘기를 다 전달하고서도 무슨 뜻인지 이해하지 못해 뉴아이궈를 쳐다보았다. 뉴아이궈도 처음에는 그 뜻을 이해하지 못해 병상에 누워있는 차오칭어를 쳐다보았다. 차오칭어는 뉴아이궈가 이해하지 못하는 걸 보고는 고개를 가로저으며 화를 냈다. 얼굴이 새빨개진 채 덜덜 덜리는 손으로 병상을 내려치면서 문 밖을 가리켰다. 뉴아이궈가 그 뜻을 알아채고는 말했다.

"엄마, 우리 당장 퇴원해서 집으로 돌아가요."

차오칭어가 마침내 고개를 끄덕였지만 화를 내서 그런지 온몸에 땀이 났다. 순간 뉴아이궈는 자신과 엄마의 사이가 엄마와 엄마의 엄마 사이보다 가깝지 않다는 생각이 들었다. 뉴아이궈와 엄마 사이보다 더 거리가 먼 사람들은 뉴아이쟝과 뉴아이샹, 뉴아이허였다. 오후에 병실을 찾아온 그들은 차오칭어를 퇴원시켜 뉴쟈좡으로 모시고 간다는 말을 듣자마자 일제히 화를 냈다. 뉴아이쟝이 뉴아이궈를 가리키며 말했다.

"엄마가 아프신데 너는 치료해드릴 마음이 없다는 거냐? 그러고도 네가 인간이야?"

뉴아이샹이 차오칭어에게 말했다.

"엄마, 이렇게까지 아프신데 우리들 걱정은 제발 하지 마세요."

뉴아이허가 뉴아이궈를 가리키면서 말했다.

"엄마 말을 들어서도 안 되고 형 말을 들어서도 안 돼."

차오칭어는 또다시 화가 나서 얼굴이 새빨개졌다. 뉴아이궈는 뉴아이쟝과 뉴아이샹, 뉴아이허에게 짧은 시간에 정확히 설명해줄 수가 없었다. 그

안에 감춰진 대단히 복잡하고 곡절 많은 이치 때문이었다. 엄마가 자식들에게 실망하고 어쩔 도리가 없어서 그러는 거라고 어떻게 말할 수 있겠는가? 또 엄마가 바이후이에게 해주었던 이야기와 바이후이가 자신에게 들려준 얘기의 속사정을 어떻게 다 말할 수 있겠는가? 차오칭어가 말을 할 수 있을 때에는 자식들에게 할 말이 있어도 하지 않고 뉴아이궈에게만 말했었다. 나중에는 뉴아이궈에게 말할 수 없게 되자 바이후이에게 말했다. 그들에게 말하는 것이 헛된 일이라고 생각했거나 말하기 싫었던 것인지도 몰랐다. 뉴아이궈는 자신이 말하는 것도 헛된 일이거나, 실은 말하고 싶지 않은 것인지 모른다는 생각이 들었다. 그가 말했다.

"엄마가 말도 못하시잖아. 우리 이번 한 번만 엄마의 말을 들어 드리자고."

그러고는 한 마디 단서를 달았다.

"무슨 일이 생기면 내가 다 책임질게. 그래봤자 돌아가시기밖에 더 하겠어. 내가 엄마를 죽인 셈 치라고. 그럼 됐지?"

이렇게 그는 뉴아이장과 뉴아이샹, 뉴아이허를 제압했다. 그날 오후, 차오칭어의 몸에 연결되어 있던 관이 모두 제거되고 형제자매 네 사람이 그녀를 현성 병원에서 뉴쟈좡으로 모시고 왔다. 뉴쟈좡으로 돌아오자 차오칭어는 한참 동안 흥분을 감추지 못하더니 이내 혼수상태에 빠졌다. 다시 깨어났을 때는 이튿날 동틀 무렵이었다. 말을 하지 못할 뿐만 아니라 침대에 누워 사지를 움직이는 것조차 힘에 부치기 시작했다.

뉴아이궈는 차오칭어가 자신이 곧 죽게 될 걸 알고서 집에 돌아와 죽고 싶었던 거라고 생각했다. 하지만 차오칭어는 깨어나자마자 뭔가를 찾았다. 뉴아이궈는 그녀가 집에 돌아와 죽고 싶었을 뿐만 아니라 집에서 뭔가를 찾고 싶은 게 있다는 걸 알아챘다. 뉴아이궈는 그녀가 사람을 찾고 있다고 생각하고는 서둘러 뉴아이쟝과 뉴아이샹, 뉴아이허에게 집안에 자고 있는 사람들을 전부 깨우라고 말했다. 뉴아이쟝의 아내와 자식들, 뉴아이허의 아내와 자식들, 그리고 바이후이까지 조모에서 손자에 이르는 삼대 열 명 남짓 되는 식구가 전부 차오칭어의 침대 맡을 둘러섰다. 뉴아이궈가 말했다.

"엄마, 다들 모였어요. 하실 말씀 있으시면 하세요?"

그제야 차오칭어가 말을 하지 못한다는 것이 생각났다. 차오칭어가 단지 가족들을 보고 싶었던 것일지도 모른다는 생각이 들었다. 하지만 그녀는 고개를 가로저었다. 뭔가 말을 하려는 것도 아니고 가족들을 보고 싶은 것도 아니었다. 자식들이 자신의 생각을 알아채지 못하자 그녀는 또다시 화가 나서 얼굴이 새빨개졌다. 뉴아이궈는 서둘러 종이와 연필을 가지고 왔다. 하지만 차오칭어의 손은 연필을 쥘 힘이 없었다. 힘들게 팔을 들어보려고 했지만 들리지 않았다. 뉴아이궈가 그녀의 팔을 부축하여 그녀가 움직이는 대로 따라가자, 손이 침대머리맡 쪽으로 가더니 마침내 침대머리를 두드렸다. 모두들 그녀의 행동이 어떤 의미인지 알아채지 못했다. 가족들 모두 그녀의 생각을 알지 못했다. 이번에는 바이후이도 할머니의 속마음을 알아채지 못했다. 차오칭어도 공연히 조급해했다. 한참을 쓸데없이 조바심을 내더니 또다시 혼수상태에 빠졌다.

하루 내내 혼수상태였다가 깨어나자 갑자기 다시 말을 할 수 있게 되었다. 모두들 그녀가 말을 할 수 있게 된 것을 보고는 그녀에게로 몰려왔다. 하지만 그녀는 가족들과 얘기를 할 수 있는 상태가 아니었다. 먼저 '맙소사'하고 외치더니 '아버지'하고 소리쳤다. '아버지', '아버지'하고 소리치던 중에 갑자기 숨이 멎었다. 차오칭어가 세상을 떠나자 가족들 모두 그녀의 시신을 관으로 옮긴 다음 침대보를 정리했다. 그러던 중 침대보 아래에 손전등이 하나 숨겨져 있는 것을 발견했다. 갑자기 바이후이가 말했다.

"할머니가 왜 침대를 두드렸는지 알겠어요."

뉴아이궈가 말했다.

"왜 그러셨는데?"

"할머니가 어렸을 때 어두운 것을 두려워했다고 말한 적이 있어요. 아마 손전등을 가지고 가고 싶으셨을 거예요."

뉴아이궈도 차오칭어가 세상을 떠나면서 손전등을 가지고 가고 싶어 했을 거라고 생각했다. 가는 길을 환히 비추려는 것이었다. 숨이 멎기 직전에 '아버지'하고 외쳤던 것도 어쩌면 손전등을 켜서 아버지를 찾으려는 마음에서였을 것이다. 차오칭어가 아들 딸 넷을 잘 키웠지만 그녀의 마음을 알아낸 것은 뜻밖에도 일곱 살짜리 손녀 바이후이였다. 뉴아이궈는 서둘러 손전등 두 개를 새로 사고 건전지도 열 몇 개 사서 차오칭어의 관 속에 넣어주었다. 차오칭어가 세상을 떠나자 집안이 고요해졌다. 뉴아이궈는 뭘 해야 좋을지 생각이 나지 않았다. 눈물도 나지 않았다.

그날 밤 뉴아이궈는 예전에 차오칭어와 바이후이가 자던 침대에서 바이후이와 함께 잠을 잤다. 뉴아이궈는 이런저런 생각을 하느라 한밤중이 되도록 잠을 이루지 못했다. 엄마의 오른쪽 치아 절반이 육칠 년 동안 썩은 상태였지만 그녀가 세상을 떠날 때까지 치료해줄 생각도 하지 못했고, 새 치아 두 개를 만들어줄 생각도 하지 못했다. 뉴아이궈는 자신의 이를 만져보았다. 몸을 일으켜 담배를 태우려 했지만 라이터나 성냥을 찾을 수 없었다. 방금 전에 라이터를 보았는데 어찌된 일인지 지금은 눈에 띄지 않았다. 바깥채에서 안방까지 두루 돌아다니며 서랍을 열어봤지만 라이터나 성냥을 찾을 수 없었다. 대신 허난 옌진에서 온 편지를 한 통 찾아냈다. 편지 봉투는 누렇게 변해 있었다. 편지 봉투에 적힌 수신인은 차오칭어였다. 편지 봉투의 소인을 살펴보니 뜻밖에도 팔 년 전 날짜였다. 뉴아이궈는 편지를 꺼내 보았다.

허난 옌진에 사는 쟝쑤룽(姜素榮)이라는 사람이 보낸 편지였다. 편지의 내용은 자신이 우모세의 손자이고 최근에 옌진에 왔는데 차오칭어를 한 번 만나고 싶다는 것이었다. 차오칭어에게 할 얘기가 있으니 한 번 옌진에 들러 달라는 부탁도 있었다. 편지에서는 또 우모세가 산시 셴양으로 도망쳤다가 십여 년 전에 세상을 떠났다고 적혀 있었다. 우모세는 생전에 아무도 옌진으로 돌아가지 못하게 했고, 그가 세상을 떠난 뒤 십여 년이 지나서야 그의 손자가 처음으로 옌진에 돌아오게 된 거라는 설명도 있었다.

뉴아이궈는 차오칭어에게서 그녀가 어렸을 때 있었던 일들에 관해 들은 적이 있었다. 줄곧 우모세 쪽에서 소식을 끊고 있었던 것으로 알았는데, 뜻밖에도 팔 년 전까지 소식이 끊겼다가 팔 년 후에는 다시 소식이 이어졌던 것이다. 당시 이 편지가 도착했을 때 가족들은 전부 각자의 일로 바쁘게 지내느라 누구 하나 관심을 갖지 않았었다.

뉴아이궈는 몇 가지 이해되지 않는 점들이 있었다. 차오칭어는 이 편지를 받고서 왜 옌진으로 가지 않았던 것일까? 그리고 나중에 자신에게 옌진에 관해 얘기할 때 왜 이 편지에 대해선 언급하지 않았던 것일까? 바로 그 순간 그는 차오칭어가 임종 직전에 침대머리를 두드렸던 의미를 깨달았다. 바이후이가 말한 손전등이 아니라 이 편지를 가리키는 것이었다. 바깥에 있는 침대도 나무로 된 것이고 안에 있는 탁자도 나무로 된 것이기 때문이었다. 차오칭어가 현성 병원에서 집으로 돌아가자고 소란을 피웠던 것도 알고 보니 다른 일 때문이 아니라 이 편지를 찾기 위해서였던 것이다. 평소 같았으면 말 한 마디면 분명해질 수 있는 일이 이렇게 멀리 에돌아 와야 했다.

이렇게 먼 길을 에돌아 와서야 뉴아이궈는 엄마가 임종 직전에 했던 말 한 마디를 이해하게 되었다. 차오칭어가 임종 직전에 '아버지'하고 외친 것은 알고 보니 샹위안현의 아버지인 라오차오가 아니라 여러 해 전에 헤어진 아버지 우모세였던 것이다. 하지만 우모세 역시 이미 이십 년 전에 세상을 떠난 터였다. 그렇다면 차오칭어는 이 편지를 찾아서 무얼 하려고 했던 것일까?

뉴아이궈는 편지 말미에 쟝쭈룽의 집 전화번호가 적혀 있는 것을 발견했다. 순간 뉴아이궈는 차오칭어가 쟝쭈룽에게 전화를 걸어 친위안에 한 번 와달라고 하려 했을지도 모른다는 생각이 들었다. 하고 싶은 말이 있거나 물어보고 싶은 것이 있었을지도 모른다. 팔 년 전에는 하고 싶지 않았던 말이 임종 직전에 갑자기 하고 싶어졌거나, 팔 년 전에는 묻고 싶지 않았던 말이 임종 직전에 갑자기 묻고 싶어진 것일 수도 있었다. 뉴아이궈는 밖으로 뛰어나가 수화기를 집어들고는 전화를 걸려 했다. 하지만 다시 생각해보니 차오칭어가 이미 세상을 떠났는데 사람을 오라고 해도 아무 의미가 없을 것 같아 수화기를 내려놓고 안으로 돌아왔다. 차오칭어가 막 세상을 떠났을 때 뉴아이궈는 하루 종일 울지도 않았고 눈물도 나오지 않았다. 그러다가 지금에서야 차오칭어가 살아있을 때 알아듣지 못했던 마지막 말 한 마디 때문에, 아니 그 말의 의미 때문에 파르르 입술이 떨리기 시작하더니 이내 눈물이 흘러내렸다.

차오칭어가 숨을 거둔 다음 날 이른 아침에 뉴씨네 집 마당에는 영당이 설치되었고, 친척과 친구들이 조문을 위해 몰려왔다. 뉴아이쟝과 뉴아이궈, 뉴아이허, 그리고 뉴씨네 가까운 친척들과 그 밖의 후손들까지 모두 상복으로 갈아입었다. 허리에는 삼끈을 매고 영당 양쪽으로 나누어 꿇어앉은 채 조문객들을 맞았다. 영단 앞에는 차오칭어의 영정사진이 놓였고 그 아래에는 네 가지 고기 반찬과 네 가지 채소 반찬, 네 가지 견과류가 차려졌다.

조문을 하러 온 사람들은 무리를 지어 들어왔다가 무리를 지어 나갔다. 무리를 지어 들어온 사람들이 저마다 지전(紙錢)을 태우다 보니 마당 안에는 끊임없이 짙은 연기가 솟아올라 마치 큰 불이라도 난 것 같았다. 조문객들이 들어오면 뉴씨네 식구들은 일제히 영당 앞에 엎드려 곡을 했다. 처음에는 누가 왔는지 일일이 다 알아보았지만, 나중에는 울어대느라 머리가 어지러워 누가 왔다 가는지 제대로 헤아리지 못했다. 처음 곡을 할 때는 울음소리가 잘 나왔지만 나중에는 울다가 목이 쉬어 억지로 곡소리만 냈다.

셋째 날 정오에 조문을 하러 온 사람들 가운데 한 사람이 갑자기 영붕(靈棚) 안에 들어가 절을 했다. 뉴아이궈도 바닥에 엎드려 마른 곡소리를 냈다. 그 사람은 예를 올리고 나서도 밖으로 나가지 않고 안으로 비집고 들어와 뉴아이궈의 어깨를 툭 쳤다. 뉴아이궈가 고개를 들어 그를 쳐다보았다. 뜻밖에도 리커즈였다. 차오칭어가 세상을 떠나자 뉴아이궈의 다른 동창생들도 조문을 왔었다. 하지만 그들은 모두 근처에 사는 사람들이었다. 린펀에서부터 친위안까지는 삼백 리가 넘었다. 뉴아이궈는 리커즈가 조문을 위해 그렇게 먼 길을 달려오리라고는 생각지도 못했다. 뉴아이궈는 황급히 일어나 리커즈의 손을 부여잡으며 눈물을 흘렸다. 리커즈가 말했다.

"특별히 문상을 위해 온 게 아니라 마침 친위안에 할 일이 있어서 왔다가 들른 거야."

뉴아이궈는 리커즈의 손을 꽉 쥐고 흔들어댔다. 리커즈가 말했다.

"자네한테 할 말이 있네."

뉴아이궈는 그를 이끌고 영붕을 뚫고 나와 안채로 갔다. 두 사람은 뉴아이궈와 바이후이가 자는 침대 위에 걸터앉았다. 뉴아이궈는 리커즈가 자신을 위로하려는 거라 생각했다. 그러나 리커즈의 말은 전혀 예상 밖이었다.

"자네가 이렇게 상심하고 있는데 다른 얘기를 해도 될지 모르겠네."

뉴아이궈가 쉰 목소리로 말했다.

"엄마는 이미 돌아가셨는데 더 운다고 돌아오시겠나. 어서 말해보게."

"친위안 현성에 펑원슈를 찾아갔다가 그제야 자네들 두 사람이 절교한 사실을 알게 되었네."

작년에 팡리나 일이 터졌을 때, 뉴아이궈는 돼지고기 열 근 때문에 펑원슈와 절교했다. 펑원슈는 뉴아이궈가 술에 취해 한 말을 전부 칼로 만들어 뉴아이궈를 향해 던졌다. 다른 사람들에게 그가 살인범이라고 말하기도 했다. 당시 뉴아이궈는 펑원슈를 죽일 마음도 갖고 있었다. 이제 일 년이 지나자 그 사건은 잠잠해졌다. 하지만 잠잠해진 건 잠잠해진 것이고, 그의 마음속에서 완전히 지워진 건 아니었다. 뉴아이궈가 말했다.

"그 자식 얘긴 꺼내지도 말게."

리커즈가 말했다.

"하지만 그 친구도 자네 어머님이 돌아가셨다는 소식을 듣고 마음이 안 좋았다고 하더군. 자신이 오는 건 좀 그렇다면서 내게 대신 조의금을 전달해 달라고 했네. 마음의 표시로 받아 달라고 말일세."

그러면서 이백 위안을 꺼내 내밀었다. 뉴아이궈는 몹시 난처했다. 엄마가 돌아가신 것을 구실로 작년에 맺힌 펑원슈와의 응어리를 풀어야할지 말아야할지 알 수 없었다. 리커즈가 말했다.

"펑원슈가 그러더군. 자네들 두 사람의 절교랑 자네 어머니가 돌아가신 건 별개의 일이라고 말이야."

뉴아이궈는 평생 다시는 펑원슈를 만나지 않을 작정이었다. 하지만 이 말을 들으니 코끝이 찡해졌다. 그러고는 돈을 건네받았다. 리커즈가 말했다.

"하지만 내가 말하고자 하는 건 이 일이 아니라네."

"그럼 또 무슨 일인가?"

"이 말을 하기가 여간 쑥스러운 게 아니지만, 나도 부탁을 받은 거라서 말이야."

"무슨 얘긴데 그러나?"

리커즈가 뉴아이궈를 똑바로 쳐다보면서 말을 이었다.

"며칠 전에 팡리나가 린펀으로 찾아와서는 나더러 자네를 좀 설득해달라고 하더군. 자신이 일을 저지른 데다 두 사람 사이도 완전히 서먹해져 다시 좋아질 수 없게 되어버렸고, 시간이 일 년이나 지났으니 그냥 완전히 갈라서는 게 어떻겠느냐고 말이야. 그녀도 자네를 더 붙잡고 싶지 않으니 자네도 그녀를 더 물고 늘어지지 말라는 말이지."

뉴아이궈는 멍한 표정을 지었다. 멍한 표정을 지은 것은 팡리나가 완전히 헤어지고 싶다고 말했다는 사실 때문이 아니었다. 팡리나는 일이 막 터졌을 때부터 헤어지고 싶어 했었다. 놀라운 건 그녀가 린펀으로 리커즈를 찾아가 자신을 설득해달라고 부탁했다는 사실이었다. 차오칭어가 세상을 떠나자 팡리나도 조문을 하러 왔었다. 오전에 와서 오후에 갔다. 점심식사를 할 때쯤 뉴아이궈가 그녀 맞은편으로 지나갔을 때도 두 사람은 아무 말도 하지 않았다. 하지만 뉴아이궈는 헤어스타일을 바꾼 그녀를 알아보았다. 예전에는 뒤로 모아 묶은 머리였는데 지금은 파마머리였다. 예전에는 뚱뚱했는데 일을 낸 직후에는 살이 빠졌다가 일 년이 지나면서 다시 뚱뚱해져 있었다. 얼굴도 불그스름했다.

뉴아이궈는 문득 팡리나가 처음 찾아간 사람이 리커즈가 아니라 펑원슈였다는 것을 알아챘다. 펑원슈를 거쳐 리커즈를 찾아갔던 것이다. 뉴아이궈가 리커즈의 말은 들을 거라고 판단한 것이다. 예전에 뉴아이궈는 리커즈의 말을 잘 들었었다. 팡리나가 일을 저질렀을 때 리커즈는 뉴아이궈에게 팡리나를 무시하면서 질질 물고 늘어지라고 말했었다. 맨발인 사람은 신발 신은 사람을 두려워하지 않는 법이라고 했다. 이제 리커즈는 또다시 뉴아이궈를 찾아와 설득하면서 그에게 생각을 바꿀 것을 권하고 있었다. 다른 사람이 설득했다면 뉴아이궈는 이해하고 받아들였을지 모른다. 하지만 리커즈가 찾아와 설득하려 하자 뉴아이궈는 변덕을 부리기 시작했다. 원래는 상의가 가능한 일이었지만 지금은 상의하고 싶지 않았다. 자기를 먼저 생각하여 얘기를 꺼냈다면 상의가 가능했겠지만, 그들이 뒤에서 상의를 마친 다음에 찾아온 터라 상의가 불가능해져버렸다. 뉴아이궈가 팡리나와 마주쳤을 때 팡리나가 여전히 초췌한 모습이었다면 이 문제를 다시 생각해볼 수 있었을 것이다. 하지만 불그스름하고 혈색 좋은 그녀의 얼굴을 본 이상 이 일은 고려의 대상이 되지 않았다. 뉴아이궈가 말했다.

"헤어지면 되지. 그 여자에게 법원에 가서 이혼 수속을 밟으라고 하게."

리커즈가 말했다.

"자네가 동의하지 않으면 공연히 소란만 일으키는 꼴이 되니까 그러지. 자네 입장을 생각해서 그러는 거라네. 사람을 죽인다 해도 일이 해결되진 않을 걸세. 일이란 반드시 끝내야 할 때가 있는 법일세."

더 이상 이 일로 왈가왈부하고 싶지 않았던 뉴아이궈가 리커즈에게 되물었다.

"지난번 린펀에서 자네는 내게 뭐라고 했었나? 나더러 죽어도 그 여자를 놓아주지 말라고 하지 않았나? 그러더니 오늘은 그 여자랑 이혼을 하라니, 자네는 자기 손으로 제 얼굴을 치고 싶은 건가?"

이 말에 리커즈는 몹시 무안한 표정을 지었다. 그리고는 한숨을 내쉬면서 다시 입을 열었다.

"이혼 얘기는 그렇다 치고 바이후이는 어떻게 할 생각인가?"

뉴아이궈는 잠시 어리둥절해졌다.

"바이후이에게 무슨 일이라도 있나?"

리커즈가 말했다.

"자네 어머님이 살아계실 때는 바이후이를 어머님이 데리고 있었지만 이제 어머님이 돌아가셨지 않은가. 팡리나의 말로는 남자인 자네가 바이후이를 키우기 어려울 테니 자신이 바이후이를 데려 가고 싶다고 하더군."

그제야 뉴아이궈는 차오칭어가 세상을 떠난 뒤로 팡리나가 모든 일을 하나하나 계산해두고 있다는 것을 알게 되었다. 차오칭어가 아직 살아 있을 때라면 바이후이를 누가 키울 것인가 하는 문제에 대해 상의가 가능했겠지만, 차오칭어가 세상을 떠난 뒤로는 상의가 불가능한 문제가 되고 말았다. 이 일을 구실로 그녀에게 벌을 주고 싶기 때문이 아니라, 차오칭어가 말을 할 수 없게 되었을 때 바이후이가 차오칭어를 대신해 말을 했기 때문이었다. 알아들을 수 있는 말도 있고 알아들을 수 없는 말도 있었지만, 바이후이의 머릿속에는 여전히 차오칭어가 했던 말들이 적지 않게 남아 있었다. 뉴아이궈는 그것이 어떤 말들인지 알고 싶었다. 차오칭어가 뉴아이궈에게 얘기해준 것은 대부분 육십 년 전 혹은 오십 년 전의 일들이었다. 하지만 바이후이에게 얘기해준 것은 이십 년 전의 일들이었다. 과거에는 이런 얘기들이 그저 한담처럼만 느껴졌었다. 차오칭어가 뉴아이궈에게 옛날 일들을 얘기할 때면 그는 아무 생각 없이 듣고만 있었다. 차오칭어는 그에게 마음속에 담고 있던 말을 했지만, 그는 차오칭어에게 마음속 말을 하지 않았다. 이제 차오칭어가 세상을 떠나고 나니 이런 말들이 중요해졌다. 이런 말들 때문만이 아니었다. 팡리나가 차오칭어의 죽음을 이용하여 바이후이를 데려가려는 수작이 또다시 그를 화나게 만든 것이다. 다른 때였더라면 얼마든지 이 문제를 상의할 수 있었겠지만, 차오칭어가 막 세상을 떠난 지금에는 절대로 불가능한 일이었다. 뉴아이궈가 말했다.

"바이후이를 그 여자에게 줄 수는 없네. 그 여자는 헤진 신발이거든. 아이가 그녀를 따라가면 사람들에게 무슨 소리를 듣게 되겠나."

리커즈가 말했다.

"이제 어머님도 안 계시고 자네는 일 년 내내 밖으로 돌아다닐 텐데, 어떻게 바이후이를 키울 수 있겠나?"

"앞으로는 밖으로 돌아다니지 않고 친위안에 머물 작정이네. 돌아다니게 된다면 바이후이도 데리고 가야겠지."

"그건 모험을 하는 셈일세."

순간 뉴아이궈는 한 가지 의구심이 들었다.

"자네 자꾸 나를 설득하려 드는데, 혹시 다른 의도라도 있는 건가?"

리커즈는 혀를 내두르며 사실대로 말했다.

"사실 나를 찾아온 사람은 팡리나가 아니라 팡리나의 형부였네."

팡리나의 형부라면 라오샹을 말했다. 그는 친위안 현성 북가에 있는 방직 공장의 구매담당 직원이었다. 리커즈가 말했다.

"나는 린펀에서 하던 생선장사를 그만두고 싶네. 친위안으로 돌아가 비단 장사를 할 생각이야."

뉴아이궈는 마침내 리커즈가 자신을 설득하러 온 속내를 알게 되었다. 다행히 리커즈는 솔직한 사람이라 뉴아이궈에게 사실대로 다 털어놓았다. 사실대로 말했으니 그래도 친구인 셈이었다. 하지만 친구라고 해서 이 일을 처리할 수 있는 것은 아니었다. 순간 그는 리커즈가 조문을 온 것도 공교롭게 마주친 게 아니라 특별히 찾아온 것임을 알게 되었다. 사태의 정확한 진상을 알기 전에는 상의가 가능했을지 모르지만 일의 맥락을 다 알고 나니 은근히 화가 났다.

"리커즈, 우리가 동창인 걸 생각해서라도 이 일은 더 이상 거론하지 말게. 다시 거론하면 또 다른 일이 되고 말 걸세."

리커즈가 미처 생각지 못한 결과였다. 리커즈는 손을 떨면서 쓴웃음을 지었다.

　"아니 이 친구야, 일 년 남짓 못 본 사이에 어떻게 자네가 내가 되고 내가 자네가 된 건가?"

# 9장

# 또다시 야반도주

차오칭어가 세상을 떠나고 석 달 후에 뉴아이샹은 결혼을 했다. 뉴아이샹은 젊었을 때 진에서 간장을 팔다가 나중에는 잡화를 팔았다. 그러다가 진에서 일하는 게 지겨워 현성으로 갔다. 사거리에 있는 백화점의 매장을 하나 임대하여 스타킹을 팔았다. 팔 년이나 스타킹을 팔았다. 스타킹은 긴 것도 있고 짧은 것도 있었다. 보통 스타킹에 더해 팬티스타킹도 팔았다. 팬티스타킹만 판 것이 아니라 라이터와 손전등, 열쇠고리, 손톱깎이, 핸드폰 케이스, 보온 컵 등 다양한 잡화를 함께 팔았다.

샤오쟝의 마누라 자오신팅도 같은 백화점에서 구두를 팔았다. 자오신팅의 매장은 일층에 있고 뉴아이샹의 매장은 이층에 있었다. 샤오쟝과 팡리나의 일이 터지기 전에 뉴아이샹과 자오신팅은 서로 만나 얘기도 나누는 사이였지만, 두 사람의 일이 터지고 나서는 서로 만나도 얘기를 주고받지 않았다.

뉴아이샹은 이십 년 전에 연애를 할 때 농약을 마신 적이 있어 목이 비뚤어지고 딸꾹질을 자주하는 병이 생겼다. 이십 년 동안 딸꾹질을 하던 그녀는 작년부터 담배를 배웠다. 매일 담배를 피우다 보니 딸꾹질하는 병이 치료되었다. 하지만 목이 비뚤어진 것은 어쩔 수 없었다. 목이 비뚤어지다 보니 길을 걸을 때면 일부러 목을 똑바로 세우고 뒤뚱뒤뚱 오리처럼 걸었다.

뉴아이샹이 찾은 남편감은 쑹제팡(宋解放)이었다. 쑹제팡은 현성 동가의 양조장에서 수위로 일했다. 올해 나이 쉰여섯으로 작년에 상처한 상태였다. 쑹제팡은 뉴아이샹보다 열네 살이 더 많았다. 쑹제팡이 결혼을 하지 않았다면 두 사람의 나이 차이가 열네 살이라는 것도 그다지 크게 느껴지지 않았겠지만, 쑹제팡에게는 마누라가 있었고 두 아들도 모두 아내를 얻어 아이까지 낳은 상태였다. 손자까지 있는 터라 뉴아이샹보다 훨씬 나이가 많아 보였다.

쑹제팡은 젊었을 때 스촨(四川)에서 군대생활을 했다. 제대한 후 친위안 현성의 양조장에서 삼십 년 동안 줄곧 수위로 일하고 있었다. 쑹제팡은 마른 체격에 크고 넓적한 사각형 얼굴을 하고 있었다. 얼굴도 크고 입도 크지만 말은 많지 않은 편이었다. 말이 많지 않은 것은 말하는 걸 싫어해서가 아니라 어눌해서 말을 잘하지 못하기 때문이었다. 하루에 열 가지 일을 만나면 아홉 가지 일은 최대한 말을 하지 않고 사정에 따라 처리했다. 하지만 나머지 한 가지 일에는 한 가지 이유가 있는 게 아니라 세 가지 이유가 있기 때문에, 그 중 한 가지를 고르려면 말을 하지 않을 수 없었다. 혹은 이런 일들은 몸으로 하는 게 아니라 아예 말로 해야 하는 경우가 더 많았다. 이럴 때면 쑹제팡은 난처하기 그지없었다. 얼굴이 새빨개진 채 말을 하지 못했다. 한참을 쩔쩔매다가 간신히 내뱉는 첫 마디는 항상 똑같았다.

"어디서부터 얘기해야 하지……?"

혹은 이렇게 말했다.

"마음속으로 다 알고 있어요……."

쑹제팡의 첫 번째 마누라인 라오주(老朱)는 현성 북관(北關)에서 샤오빙을 팔았다. 샤오빙 외에 만터우와 화쥐안(花卷), 빠오즈, 러우쟈모(肉夾饃) 같은 음식들을 함께 팔았다. 라오주는 뚱보인 데다 메기 입을 갖고 있어 말을 아주 잘했다. 뚱뚱하다 보니 목소리도 우렁찼다. 라오주는 성격이 거칠어 남들에게 자기 주장을 굽히는 법이 없었다. 때문에 쑹제팡은 집안에서 주도권을 쥐지 못했다.

남들은 일을 자기 맘대로 처리하지·못하면 화가 났지만 쑹제팡은 자기 맘대로 하지 못해도 크게 개의치 않았다. 말을 하지 않는 것은 두말할 필요도 없었다. 크게는 집을 새로 짓는다거나 두 아들의 아내를 들이는 일로부터 시작하여, 작게는 오리알 장아찌를 얼마나 사는가 하는 일까지 전부 라오주가 결정하여 처리했다. 때로는 라오주가 일을 앞에 두고 정말로 결정을 내리지 못해 쑹제팡을 찾아 상의하는 적도 있었다. 이럴 때면 쑹제팡은 얼굴이 새빨개진 채 속 시원하게 말을 하지 못했다.

"어디서부터 얘기해야 하지……?"

라오주에게 되묻기도 했다.

"라오주, 당신 생각은 어떤데?"

라오주는 다시 생각을 가다듬어 부분적인 결정을 내린 다음 다시 쑹제팡의 의견을 물었다. 쑹제팡이 또 말했다.

"라오주, 당신 생각은 어떤데?"

라오주는 또다시 스스로 결정을 내려야 했다. "당신 생각은 어떤데?"가

몇 번 반복되는 동안 일이 말끔하게 정리되긴 했지만 라오주의 화를 피해가진 못했다.

"내가 전생에 무슨 큰 죄를 졌기에 저렇게 쓸모없는 물건을 만났는지 모르겠네."

이렇게 말하기도 했다.

"난 당신하고 같이 사는 게 아니라 내 그림자하고 같이 사는 것 같아."

쑹제팡은 빙긋이 웃으면서 아무 말도 하지 않은 채 해야 할 일만 했다. 쑹제팡은 말을 잘 하진 못했지만 혼자 양조장 대문을 지키고 있을 때면 흥얼흥얼 노래를 불렀다. 쑹제팡은 이렇게 초조하지 않게 평생을 보낼 수 있을 것 같았지만, 뜻밖에도 두 아들이 아내를 얻은 뒤로 세상이 달라지기 시작했다. 라오주는 자신이 집안에서 평생 주도권을 행사할 수 있을 줄 알았는데, 때를 달리 하여 들어온 두 며느리가 라오주처럼 말을 아주 잘할 줄 누가 알았겠는가? 말을 잘하는 사람 셋이 함께 있다 보니 일이 생겼을 때 서로 의견을 묻지 않고 전부 자기 생각만 얘기했다.

일 년이 채 못 돼서 큰 며느리와 둘째 며느리가 서로 말을 하지 않게 되었고 두 며느리 모두 라오주와도 말을 하지 않게 되었다. 라오주는 집안에서 반평생 주도권을 쥐고 있다가 갑자기 말할 곳이 없게 되었다. 말을 해도 들어주는 사람이 없었다. 결국 라오주는 병이 나고 말았다. 라오주는 친위안 현성 북관 도로변에 작은 천막을 하나 쳤다. 그곳에서 평생 샤오빙을 팔았다. 라오주가 병이 난 것을 보고 두 며느리는 서로 라오주 대신 장사를 하겠다고 나섰다. 이 천막을 차지하기 위해 두 사람이 싸우기 시작했다. 둘째 며느리가 큰 며느리의 코뼈를 부러뜨리자 큰 며느리는 둘째 며느리의 귓불 절반을 깨물어버렸다. 북관에서부터 싸우기 시작해 집으로 돌아오자 두 아들까지 나서기 시작했다.

이 싸움이 다 끝나기도 전에 라오주가 집안에서 목을 매고 말았다. 쑹제팡이 발견했을 때는 이미 라오주의 혀가 밖으로 축 늘어져 있었다. 대들보에서 시신을 끌어내렸을 때까지는 호흡이 남아 있는 것 같았지만, 병원으로 옮겨 응급조치를 했을 때는 이미 호흡이 끊어졌다. 라오주가 세상을 떠나던 날, 쑹제팡은 큰 입을 벌리고 한참을 울어댔다. 장례가 끝나자 그는 다시 현성 동가의 양조장으로 돌아가 변함없이 대문을 지켰다. 이때부터 노래를 흥얼거리지 않았다. 사람들이 그를 위로했다.

"쑹제팡, 마음 편히 갖게. 라오주가 평생 자네를 구속했는데 그녀가 세상을 떠났으니 이제 해방된 셈이 아닌가."

쑹제팡은 한참 동안 멍한 표정을 짓다가 한숨을 내쉬며 말했다.

"어디서부터 얘기해야 하지······?"

뉴아이샹이 쑹제팡에게 시집가기 전부터 뉴아이궈는 쑹제팡을 알고 있었다. 차오칭어가 세상을 떠난 뒤로 뉴아이궈는 바이후이를 키우느라 더 이상 창저우(滄州)나 다른 곳에 가지 않고 줄곧 친위안에 머물러 있었다. 바이후이가 학교에 다닐 나이가 되자 성내에 있는 학교에 보내기 위해, 뉴아이궈는 바이후이를 데리고 현성으로 가서 동관에 집을 하나 얻어 살기 시작했다. 뉴아이궈는 예전에 몰던 트럭을 잘 수리하여 아침 일찍 바이후이를 등교시켰다. 그런 다음 트럭을 정거장으로 몰고 가 자잘한 일거리를 기다렸다. 하지만 그는 낮에만 일을 하고 저녁에는 일을 하지 않았다. 저녁에는 바이후이를 학교에서 집으로 데려가 밥을 해 먹이고 잠을 재워야 했기 때문이다.

바이후이는 뉴아이궈가 해주는 밥이 차오칭어가 해주는 밥보다 맛있고, 뉴아이궈가 해주는 생선 요리를 가장 좋아한다고 말했다. 뉴아이궈는 가끔씩 현성 둥가에 있는 양조장으로 술을 실으러 가면 항상 대문을 지키는 쑹제팡과 마주쳤다. 과거에는 그저 쑹제팡이라는 사람일 뿐이라고 여겼다. 하루아침에 자신의 매형이 되리라고는 생각지도 못했다.

뉴아이샹과 쑹제팡의 혼사는 뉴아이샹의 중학교 동창인 후메이리(胡美麗)가 주선했다. 후메이리는 현성 난가에서 재봉사로 일하고 있었다. 쑹제팡은 후메이리의 사촌오빠였다. 뉴아이샹과 쑹제팡이 처음 만난 건 후메이리의 집에서였다. 이날 쑹제팡이 먼저 도착하자 후메이리가 쑹제팡에게 말했다.

"오빠, 오늘은 여자 친구 만나는 거니까 제발 '어디서부터 얘기하지'랑 '마음속으로 잘 알고 있어'라는 말은 하지 말아요."

쑹제팡이 새빨개진 얼굴로 말했다.

"마음속으로 다 알고 있어."

뉴아이샹이 왔다. 뉴아이샹이 입을 열기 전에 쑹제팡이 '갑자기' 일어나 삼십여 년 전 군대생활을 할 때처럼 '척'하고 차려 자세를 취하더니 고개를 들면서 말했다.

"저는 쑹제팡이라고 합니다. 올해 나이 쉰여섯이고요, 현성 둥가의 양조장에서 수위로 일하고 있습니다. 위로 부모님은 안 계시고 아래로 아들 둘과 며느리 둘, 손녀 둘이 있습니다. 저는 할 얘기 다 했으니 이제 당신 차례입니다."

뉴아이샹과 후메이리는 잠시 멍한 표정을 지었다. 그리고는 허리를 숙이고 웃기 시작했다. 뉴아이샹은 너무 웃어 눈물이 날 정도였다. 이 일이 있고 나서 뉴아이샹은 몇 십 년 동안 그렇게 시원하게 웃었던 적은 없었던 것 같다고 말했다.

두 달 뒤 뉴아이샹은 쑹제팡과 결혼하기로 마음먹었다. 누나가 쑹제팡과 결혼하려 한다는 소식을 들은 뉴아이궈는 놀라움을 감추지 못했다. 뉴아이샹이 결혼하기 닷새 전이 청명절이라, 뉴아이샹과 뉴아이궈는 함께 뉴쟈좡으로 돌아가 차오칭어의 무덤을 쓸었다. 가는 길에 두 사람은 아무 말도 하지 않았다. 뉴쟈좡으로 돌아가서는 낮에 뉴아이쟝과 뉴아이허를 따라 묘지에 가서 무덤을 쓸었다. 모두들 별로 말을 하지 않았다. 저녁에 식사를 마치고 나서도 뉴아이샹은 뉴아이쟝과 별 얘기를 하지 않았고 뉴아이허와도 별 얘기를 하지 않았다. 오로지 뉴아이궈만 마당 뒤에 있는 친허 강가로 불러 자신의 혼사를 얘기했다.

강가에는 수백 그루의 버드나무가 있었고 서쪽 하늘에 초승달이 걸려 있었다. 누나와 남동생 두 사람은 어깨를 나란히 하여 강가에 앉았다. 강물이 두 사람의 발 아래로 조용히 흐르고 있었다. 차오칭어는 살아 있을 때 뉴아이궈에게 옛날 자신과 뉴슈다오의 혼사는 오십여 년 전에 그녀의 아버지 라오차오와 아버지의 친구인 라오한, 그리고 샤오원이 강가에서 상의한 결과라고 말한 적이 있었다.

뉴아이궈가 어렸을 때 아버지는 그를 예뻐하지 않고 큰형 뉴아이쟝만 예뻐했다. 엄마도 그를 예뻐하지 않고 동생 뉴아이허만 예뻐했다. 뉴아이궈만 아무도 예뻐하는 사람이 없었다. 누나 뉴아이샹은 그보다 여덟 살이 많았다. 뉴아이샹이 그를 예뻐했다. 그는 어려서부터 누나의 치맛자락을 붙잡고

큰 셈이다. 성장한 다음에는 마음속에 할 이야기가 있어도 엄마 아버지에게
는 얘기하지 않고 누나에게만 얘기했다. 군대에 갈 때에도 그는 누나하고만
상의했다. 나중에는 각자 어른이 되어 자기 일로 바쁘다 보니 마음을 터놓
고 얘기하는 기회가 적어졌다. 이제 결혼을 하게 되자 누나는 완전히 다른
사람이 된 것 같았다. 여러 해 전으로 돌아간 것 같기도 했다. 할 말이 있으
면 뉴아이궈를 찾아와 말했다. 뉴아이샹이 말했다.

"이 누나가 결혼을 하려니 마음이 너무나 어지럽구나."

뉴아이궈는 할 말이 없었다. 뉴아이샹이 다시 말했다.

"엄마 아버지가 모두 돌아가시고 나니 상의할 사람이 없네."

뉴아이궈는 여전히 말이 없었다. 뉴아이샹이 또 말했다.

"정말 그에게 시집가고 싶지 않아."

뉴아이궈가 말했다.

"쏭제팡의 나이가 너무 많아서 그래?"

뉴아이샹이 탄식하는 어투로 말을 받았다.

"이 누나도 나이가 적지 않은데 어떻게 더 젊은 남자를 찾을 수 있겠니?"

"그럼 쏭제팡이 어눌해서 말을 잘 못하는 게 마음에 걸려서 그래?"

"그것도 주된 이유는 아니야."

"그가 너무 못 생겨서, 네모난 얼굴이라서 그래?"

뉴아이궈는 누나가 세상에서 가장 싫어하는 것이 네모난 얼굴이라는 걸
잘 알고 있었다. 이십여 년 전 뉴아이샹의 처음 연애 상대였던 우편배달부
샤오장도 네모난 얼굴이었다. 쏭제팡은 얼굴이 네모일 뿐만 아니라 피부도
몹시 거칠었다. 뉴아이샹이 고개를 가로저으며 말했다.

"난 이제 네모난 얼굴을 싫어하지 않아."

그러고는 탄식하듯 말했다.

"누나도 이미 늙었거든."

뉴아이궈가 누나를 살펴보니 확실히 늙은 것 같았다. 눈가에 주름이 가득했고 얼굴의 살도 아래로 축 늘어져 있었다. 최근 몇 년 동안 혼자 살다 보니 아직 중년인데도 이미 초로에 가까운 모습이었다. 뉴아이샹은 남들 앞에서 목을 곧게 세웠지만 뉴아이궈 앞에서는 목을 세우지 않았고, 머리는 한쪽 어깨 위로 비스듬히 기울이고 있었다. 뉴아이궈는 가슴이 서늘했다. 최근 몇 년 동안 자신의 일만으로 노심초사하느라 누나에게 한시도 관심을 기울이지 못했었다. 뉴아이궈가 말했다.

"누나, 누난 안 늙었어. 아직 예쁘단 말이야."

뉴아이샹이 뉴아이궈의 손을 잡아당기며 말했다.

"너한테 사실대로 말해줄게. 누나가 지금 결혼하는 건 결혼을 위해서가 아니라 얘기할 사람이 필요해서야. 누나도 벌써 마흔둘이라 하루 종일 혼자 있으려니 울적하고 답답해 죽겠어. 쑹제팡이 나이가 있긴 하지만 인품이 좋다는 건 현성 전체가 다 알지. 나도 괜찮은 것 같아. 단지 사람들이 비웃을까 두려울 뿐이야."

뉴아이궈가 말했다.

"누나, 누나의 상황이 아무리 안 좋다 해도 나보단 나을 거야. 나는 마누라가 다른 놈이랑 놀아났는데도 칠팔 년을 잘 살고 있잖아. 누나는 내가 우습지 않아?"

뉴아이샹은 고개를 가로저었다. 뉴아이궈는 누나가 쑹제팡이랑 결혼하는 것에 대해 약간 걱정이 되긴 했지만, 그가 걱정하는 것은 누나가 걱정하는 것과 달랐다. 남들이 비웃을까 걱정하는 것도 아니고 쌍제팡을 걱정하는 것도 아니었다. 다름 아니라 쌍제팡의 두 며느리가 걱정이었다. 두 며느리는 이미 쌍제팡의 마누라를 핍박하여 죽게 만든 전력이 있었다. 그는 자신의 누나가 시집을 가서 억울한 일을 당하지나 않을까 걱정이었다. 하지만 누나에게 내색은 하지 않았다.

"누나, 쌍제팡과 결혼해. 우리가 누나를 비웃는 일은 없을 거야."

뉴아이샹이 말했다.

"난 이십 년 전 그 우편배달부 놈이 미워 죽겠어. 그놈이 내 인생을 다 망친 거야."

이어서 그녀는 왈칵 눈물을 쏟더니 고개를 돌려 뉴아이궈의 어깨에 기댔다. 뉴아이궈에게는 귀에 익은 소리였다. 작년에 팡리나의 일이 터졌을 때, 원래는 샤오쟝과의 일이었는데 결국 이를 악물고 한을 품게 된 상대는 마샤오주(馬小柱)였다. 뉴아이궈 앞에서 팡리나는 마샤오주랑 연애를 했던 것이다. 나중에 마샤오주는 베이징대학에 입학하면서 그녀를 차버렸다. 당시 뉴아이궈는 화가 머리끝까지 치밀어 팡리나를 거들떠보지도 않았다. 이제 누나에게서 이와 비슷한 소리를 들으니 그도 할 말이 없었다. 누나와 동생은 강 건너편의 거무튀튀한 산들을 바라보았다. 산 뒤에 또 산이 있었다. 누나는 뉴아이궈의 어깨에 머리를 기댄 채 잠이 들었다.

뉴아이샹이 쌍제팡에게 시집간 뒤로 뉴아이궈가 걱정했던 일은 일어나지 않았다. 쌍제팡의 두 며느리들은 쌍제팡의 첫 번째 마누라를 죽도록 핍박했지만 뉴아이샹은 괴롭히지 않았다. 뉴아이샹을 핍박하지 않은 것은 뉴아이샹이 그녀들과 잘 지냈기 때문이 아니었다. 혹은 그녀들은 뉴아이샹을 핍박하지 않았는데 뉴아이샹이 그녀들을 핍박한 것도 아니었다. 뉴아이샹이 그녀들과 소통을 하지 않고 완전히 단절된 상태로 있었던 것이다. 그녀들과는 "어디서부터 얘기하지"도 아니고 "당신 생각은 어떤데?"도 아니고 "그게 말이야"도 아니었다. 아예 말을 하지 않았다. 결혼한 다음 날 뉴아이샹은 쑹제팡에게 두 아들과 왕래를 끊을 것을 강력하게 요구했다. 쑹제팡이 놀라서 말했다.

"아무 이유도 없이 부자의 인연을 끊으라니, 이걸 어디서부터 얘기해야 좋을지 모르겠구려?"

뉴아이샹이 말했다.

"어째서 이유가 없다는 거예요? 두 며느리가 살인범이잖아요."

쑹제팡은 뉴아이샹의 말뜻을 알았지만 여전히 주저했다.

"때를 좀 기다려야 하지 않겠소?"

"당신은 기다릴 수 있을지 모르지만 저는 못 기다리겠어요. 아들 며느리와 왕래를 끊던지 아니면 그들과 계속 왕래하면서 저랑 법원에 가서 이혼을 하든지 알아서 하세요."

쑹제팡은 웃지도 울지도 못하는 처지가 되고 말았다.

"결혼한 지 하루밖에 안 됐는데…… 당신이 들어오자마자 왕래를 끊는다면 사람들이 내 탓을 하지 않고 당신 탓을 하게 될 거란 말이오."

"그런 오명은 조금도 두렵지 않아요. 지금 왕래를 끊으면 오명이 작겠지만 나중에 일이 커지면 오명도 커진단 말이에요."

쑹제팡은 새삼 뉴아이샹이 대단한 여자라는 걸 알게 되었다. 심지어 첫 번째 마누라 라오주보다 더 대단했다. 라오주는 자신이 결정할 수 없는 일을 만나면 쏭제팡과 상의했다. 공연한 시간 낭비로 그치는 상의였고 결국 라오주가 모든 걸 결정하게 되긴 했지만 적어도 상의하는 과정은 있었다. 하지만 지금 뉴아이샹은 상의조차 하지 않고 혼자 결정을 내린 다음 쏭제팡에게 집행하게 했다. 이럴 때면 쏭제팡은 잠시 정신을 가다듬을 수 없었다. 뉴아이샹은 입 밖에 낸 말은 반드시 실행했기 때문에, 쏭제팡이 주저하는 모습을 보기만 하면 서랍에서 결혼증서를 꺼내 겉옷을 챙겨 입고는 쏭제팡을 잡아끌고 법원으로 가서 이혼하자고 을러댔다. 쏭제팡이 손을 떨면서 말했다.

"정말 어디서부터 얘기를 시작해야 할지 모르겠군……."

이혼이 두려웠던 그는 하는 수 없이 두 아들과 왕래를 끊었다. 말은 끊는다고 하지만 사실은 단지 왕래하는 것을 뉴아이샹이 알지 못하게 할 뿐이었다. 뉴아이샹도 한 쪽 눈은 뜨고 한 쪽 눈은 감은 채 모르는 척 넘어가 주었다. 하지만 뉴아이샹과 두 아들 내외와는 철저하게 왕래를 단절했다. 이때 뉴아이궈도 누나가 대단한 여자라는 걸 알게 되었다. 큰일을 만날 때마다 누나는 뉴아이궈보다 자기 주장이 강했다. 일을 뿌리부터 캐내 드러난 결가지까지 다 밝혀냈다. 자신이 누나 같았더라면 오늘 같은 지경에 이르지 않았을 거라는 생각이 들었다.

쏭제팡은 뉴아이샹보다 열네 살이 더 많았지만 결혼한 첫날부터 뉴아이샹이 쏭제팡을 부리기 시작했다. 마치 어린 아이를 부리는 것 같았다. 뉴아이샹은 처녀일 때는 손발이 대단히 민첩했지만 쏭제팡에게 시집을 간 뒤로는 풀 한 가닥 들려고 하지 않았다. 쏭제팡은 집안에서 무슨 일이든 혼자 다

해야 했다. 뉴아이샹을 대신해 빨래를 하고 구두를 닦고 밥을 했다. 뉴아이샹은 음식이 맛이 없으면 그릇을 던져버리기도 했다. 몇 년 전 팡리나의 일이 일어나기 전까지 뉴아이궈가 팡리나를 위해 그녀에게 생선요리를 해주었던 것과 같았다. 쑹제팡과 뉴아이궈의 차이점이 있다면 당시 뉴아이궈은 어쩔 수 없어서 그렇게 했지만 쑹제팡은 자발적으로 하고 있다는 것이었다.

뉴아이샹은 쑹제팡에게 시집 간지 한 달이 되자 몸에 눈에 띄게 살이 오르기 시작했고 얼굴도 두드러지게 매끄러워졌다. 심지어 목도 더는 비뚤어지지 않았다. 두 사람이 함께 집에 있을 때면 쑹제팡은 말을 하기 전에 먼저 뉴아이샹의 안색부터 살폈다. 뉴아이샹은 말을 할 때 쑹제팡의 얼굴을 보지 않고 벽을 보았다.

한 번은 뉴아이샹과 쑹제팡, 뉴아이궈 세 사람이 함께 뉴쟈좡에 간 적이 있었다. 뉴아이궈는 혼자 자전거를 탔고 쑹제팡은 뒤에 뉴아이샹을 태우고서 자전거를 몰았다. 현성을 출발할 때는 날씨가 좋더니 반쯤 가자 비가 오기 시작했다. 쑹제팡과 뉴아이샹은 점퍼를 입고 있었지만 뉴아이궈는 조끼 하나만 입고 있었다. 찬바람이 불자 몸이 떨렸다. 뉴아이샹이 쑹제팡에게 말했다.

"여보, 그 점퍼 좀 벗어서 아이궈에게 줘요."

쑹제팡은 두 말 없이 그 자리에서 점퍼를 벗었다. 뉴아이궈는 점퍼를 받아 입지는 않았지만 쑹제팡의 후덕함을 실감하게 되었다. 점퍼를 벗으면서 원망하는 기색이 전혀 없는 쑹제팡이었다. 뉴아이궈는 다시 현성 동가의 양조장으로 술을 가지러 갔을 때 지금의 쑹제팡이 이전의 쑹제팡이 아니라는 사실을 깨달았다. 두 사람이 함께 술을 마실 때면 마음속 얘기를 하기도 했다.

한 번은 두 사람이 각자의 어려움에 대해 얘기한 적이 있었다. 뉴아이궈는 일생에서 가장 큰 어려움이 좋은 마누라를 만나지 못한 것이라고 말했다. 쑹제팡은 자기 일생의 가장 큰 어려움이 양조장에서 삼십 년 넘게 수위로 일하는 것이라고 말했다. 뉴아이궈가 놀라서 말했다.

"수위가 얼마나 좋은데 그래요? 하루 종일 앉아 있으니 얼마나 조용하고 좋아요."

쑹제팡이 고개를 가로저었다.

"사실 나는 조용한 걸 좋아하지 않네."

이 점은 뉴아이궈가 미처 생각하지 못한 것이었다. 뉴아이궈가 말했다.

"그럼 어떤 걸 좋아하세요?"

쑹제팡이 말했다.

"우체국에서 우편배달부를 하는 게 좋지. 오토바이를 타고 하루에 백 리를 돌아다닐 수 있잖아. '뉴아이궈씨, 도장 가지고 나오세요. 긴급전봅니다.'"

뉴아이궈가 웃었다. 쑹제팡이 귀엽게 느껴졌다. 뉴아이샹이 사귀었던 첫 번째 애인 샤오쟝이 바로 우편배달부였다. 그 역시 네모난 얼굴이었다. 뉴아이궈는 점점 쑹제팡을 좋아하게 되었다. 뉴아이궈의 딸 바이후이도 쑹제팡을 좋아하기 시작했다. 예전에 뉴아이궈는 트럭을 몰고 나가면 감히 늦게 돌아오지 못했다. 여섯 시에 맞춰 학교에 가서 바이후이를 데려와야 했기 때문이다. 이제는 늦을 것 같으면 미리 쑹제팡에게 전화해서 자기 대신 학교로 바이후이를 데리러 가게 할 수 있었다.

이날 뉴아이궈는 성내에서 나와 화물을 싣고 돌아오는 길에 트럭이 고장이 나고 말았다. 시계를 봤더니 오후 다섯 시라 얼른 쑹제팡에게 전화를 걸었다. 그런데 전화를 하고 나니 트럭이 아주 빨리 수리되어 여섯 시에 맞춰 현성으로 돌아올 수 있었다. 뉴아이궈는 바이후이를 데리러 학교로 갔다. 이날 바이후이는 줄넘기를 하다가 발을 삐었다. 누아이궈가 멀리서 바라보니 쑹제팡이 바이후이를 업고 둘이 얘기를 하면서 오고 있었다. 얘기를 하다가 둘이 깔깔대며 웃기도 했다. 뉴아이궈도 웃었다. 시간이 흐르면서 바이후이는 뉴아이궈와 말이 통하지 않고 뉴아이샹과도 말이 통하지 않게 되었다. 쑹제팡하고만 말이 통했다.

　토요일 그날, 바이후이는 숙제를 끝내고 멀리 동가 양조장으로 쑹제팡을 찾아갔다. 쑹제팡은 어른들 앞에서는 말을 하지 않았다. 그저 "어디서부터 얘기해야 하지?" 혹은 "마음속으로 다 알고 있네."라고만 할 뿐이었다. 하지만 바이후이 앞에서는 말을 아주 잘하는 사람으로 변했다. 남들보다 말을 잘한다는 것이 아니라 평소의 자기 자신보다 더 잘하는 것이었다.

　쑹제팡은 바이후이에게 친위안 밖의 얘기를 즐겨 했다. 그가 삼십여 년 전에 스촨에서 군대생활을 하던 얘기는 물론, 친위안으로 돌아온 뒤로 가보았던 여러 곳에 관해 얘기했다. 타이위안에 가봤다고 말했고 시안(西安)과 상하이, 베이징에도 가봤다고 말했다. 사실 그는 스촨 말고는 어디에도 가보지 못했다. 하지만 텔레비전을 보면서 타이위안과 시안, 상하이와 베이징의 주요 지명을 유심히 봐둔 바가 있었다. 이어서 친위안 현성의 구도에 따라 타이위안과 시안, 상하이, 베이징의 크고 작은 거리와 후퉁을 설정했다. 그가 타이위안과 시안, 상하이와 베이징에 관해 얘기하면 전부 아주 그럴듯하게 들렸다. 얘기를 끝내면서도 별 것 아니라는 표정을 지었다. 바이후이는 쑹제팡을 '고모부'라고 불렀다. 바이후이가 쑹제팡이 타이위안에 관해 얘기하는 걸 다 듣고 나서 물었다.

"고모부, 타이위안을 두루 돌아다녔다고 하셨는데 도대체 어떤 모습이던 가요?"

쑹제팡이 말했다.

"그저 그래. 온통 사람들뿐이지. 활기가 없어."

바이후이가 시안에 관한 얘기를 다 듣고 나서 물었다.

"고모부, 시안은 어떤 모습이던가요?"

"타이위안과 별 차이 없어. 활기가 없어."

"고모부, 베이징은 어떤 모습이던가요?"

"별로 활기가 없어."

이럴 때 종종 한숨을 내쉬기도 했다.

"활기가 있다 해도 우리 친위안보다는 못하지. 바이후이야, 나중에 네가 커서 상하이에 가거든 황푸강(黃浦江)에서 배를 타봐. 그때 내가 너를 보러 갈게."

한 번은 뉴아이궈가 뉴아이샹과 얘기를 나누고 있었다. 뉴아이궈가 말했다.

"누나, 내가 보기엔 누나가 매형한테 잘못하는 것 같아. 사실 매형은 꽤 괜찮은 사람이라고."

뉴아이샹이 물었다.

"어디가 그렇게 좋은데?"

"백 명 중에 하나 날까 말까 한 사람이야. 나쁜 마음을 갖는 걸 못 봤다니 까."

뉴아이샹이 한숨을 내쉬며 말을 받았다.

"그건 멍청한 거 아니야? 난 말이 통하는 사람을 찾았는데 결혼하고 보니 아침부터 저녁까지 그와 말을 한 마디도 안하게 되더라고. 시집오기 전에는 그를 보기만 하면 웃었는데 결혼하고 나니 한 번도 웃음이 나오지 않았어."

한 번은 뉴아이궈와 쑹제팡이 얘기를 나누게 되었다. 쑹제팡이 말했다.

"처남, 난 자네 누나랑 결혼하길 정말 잘한 것 같아."

뉴아이궈가 말했다.

"우리 누나는 성질이 고약한 것만 빼면 무슨 일이든지 마음속으로 잘 알고 있지요."

"내가 말하는 건 자네 누나가 아니야."

"그럼 누굴 얘기하는 건가요?"

"바이후이 말이야. 내가 예전에는 말을 잘 못했는데 바이후이를 만난 뒤로 말을 아주 잘하게 되었거든."

뉴아이궈는 웃지도 못하고 울지도 못할 심정이었다.

이해 팔월, 날이 막 더워지기 시작할 무렵 팡리나에게 또 일이 생겼다. 또 외간 남자와 눈이 맞아 달아난 것이다. 하지만 이번에는 상대가 샤오장이 아니라 형부 라오샹(老尙)이었다. 라오샹은 현성 북가의 방직공장에서 구매 담당 직원으로 일하고 있었다. 과거 팡리나가 방직공장에서 기계정비공으로 일했던 것도 라오샹이 주선해준 덕분이었다. 나중에 팡리나가 정비공을 그만두고 창고관리원으로 일하게 된 것도 라오샹이 주선한 것이었다.

모든 사람들이 팡리나와 샤오장과의 일은 알면서도 그녀와 형부 라오샹과의 일은 알지 못했다. 뉴아이궈만 몰랐던 것이 아니라 팡리나의 언니 팡리친도 몰랐다. 그녀가 샤오장과 그렇고 그런 사이인 동시에 라오샹과도 그렇고 그런 사이였던 것인지, 아니면 샤오쟝과 결별한 뒤에 라오샹과 그렇고 그런 관계를 맺게 된 것인지 알 수 없었다. 뉴아이궈는 차오칭어가 세상을 떠났을 때 왜 팡리나와 라오샹이 린펀으로 가서 리커즈를 찾았는지, 또 리커즈에게 친위안의 뉴쟈좡으로 와서 뉴아이궈에게 이혼을 권하게 했었던 것인지 알게 되었다. 팡리나에게 처음 일이 생겼을 때는 몸이 아주 야위었으나 팡리나를 다시 만났을 때는 다시 통통해져 얼굴에 살이 뽀얗게 올랐던 이유도 알게 되었다. 이미 샤오쟝과 야반도주를 했던 경력이 있는 팡리나가 이번에는 라오샹과 야반도주를 하자, 뉴아이궈는 마음속으로 몹시 놀랐지만 지난번 샤오쟝과 도망쳤을 때처럼 그렇게 상심하지는 않았다.

두 사람은 이혼을 하진 않았는데도 마누라가 또 외간 남자와 야반도주를 한 것이었다. 두 사람이 이혼하지 않은 것은 팡리나 탓이 아니라 뉴아이궈 탓이었다. 팡리나는 이혼하려 했지만 뉴아이궈가 동의하지 않았다. 뉴아이궈는 그녀를 붙잡아두고 치료를 하려 했지만, 이제 와서 보니 조금도 치료가 되지 않고 오히려 사물의 현상이 극에 이르면 필연적으로 역전되는 것처럼 그녀를 또다시 도망치게 하고 말았다. 마음속으로 이미 팡리나를 마누라로 생각하지 않다 보니, 팡리나가 또다시 라오샹과 야반도주하게 된 것이고 뉴아이궈도 이를 크게 마음에 두지 않았다. 하지만 팡리친은 미칠 지경이었다. 팡리친과 뉴아이샹은 함께 진에서 잡화를 팔았었다. 당시 뉴아이궈와 팡리나가 연애를 하게 된 것도 두 사람이 함께 주선한 덕분이었다. 화가 난 팡리친은 자기 여동생과 남편은 탓하지 않았다. 그들은 이미 도망쳐버렸기 때문에 탓할 방법도 없었다. 대신 그녀는 씩씩거리면서 뉴아이궈를 찾아왔다. 뉴아이궈의 집에 들어서자마자 소파 위에 엉덩이를 깔고 앉아서는 울기 시작했다.

"전부 제부 탓이야. 자기 마누라 하나 제대로 건사하지 못하다니. 많지도 않은 친자매인데 말이야."

그러고는 또 울다가 말을 이었다.

"제대로 된 인간이 하나도 없어. 어떻게 자기 마누라의 여동생을 데리고 놀 수 있지. 데리고 노는 것까진 그렇다고 쳐. 어떻게 함께 야반도주를 할 수 있는 거냐고! 내가 집에 없을 때는 두 연놈이 웃고 떠들고 놀다가 내가 돌아오면 갑자기 집안이 조용해지더라고. 사람들 말로는 그것들이 방직공장 창고에서도 그 짓을 했대. 핏자국도 있다고 하더라고."

그러면서 또 뉴아이궈를 탓했다.

"제부는 눈이 멀었어? 그런 일도 알아채지 못하고 말이야."

지난번에 팡리나가 샤오쟝과 눈이 맞아 도망쳤을 때, 샤오쟝의 마누라 자오신팅이 뉴아이궈를 찾아와 소란을 피우면서 뉴아이궈에게 두 연놈들을 죽이라고 요구하는 바람에 뉴아이궈는 웃지도 못하고 울지도 못할 심정이었다. 이번에는 팡리나가 라오샹과 야반도주하자 라오샹의 마누라가 뉴아이궈를 찾아와 소란을 피웠다. 이번에도 뉴아이궈는 울지도 못하고 웃지도 못하는 심정이었다. 분명한 것은 뉴아이궈가 팡리나를 야반도주하게 만든 것이 아니라는 점이었다.

팡리나가 아직 그의 마누라이긴 하지만 두 사람이 매일 만나는 것도 아닌데 어떻게 그녀를 감시한단 말인가? 생각해보니 지난번에 팡리나가 샤오쟝과 도망친 것은 뉴아이궈와 아무런 관계가 없지만, 이번에 팡리나가 라오샹과 도망친 것은 뉴아이궈가 핍박한 결과일 가능성도 있었다. 뉴아이궈가 창저우에 가지 않고 보터우 '라오리 미식성'의 장추훙과 잘 지내지 않았다면, 그는 팡리나와 라오샹을 탓할 수 있었을 것이다. 하지만 지금은 그 역시 같은 경력을 갖고 있기 때문에, 팡리나와 라오샹이 함께 있다는 걸 뻔히 알면서도 뭐라고 말을 할 수 없었다. 그래서 장추훙과 함께 친위안을 떠나 낯선 곳으로 가는 것도 생각해보았다.

지난번에 창저우에서 장추훙은 뉴아이궈에게 자신과 함께 도망칠 것을 요구했고 뉴아이궈도 그러겠다고 약속했지만, 시간이 좀 지나자 겁이 나서 마침 차오칭어가 병으로 쓰러진 것을 핑계로 친위안으로 돌아왔었다. 이때 이후로 다시는 장추훙에게 전화를 하지 않았다. 두 사람이 함께한 것으로 따지자면 샤오장이나 뉴아이궈도 마찬가지였지만 두 사람은 중요한 순간에 상대방을 버렸다. 오로지 라오샹만이 결정적인 순간에 용감하게 가족과 친척, 정든 땅을 버리고 사랑하는 사람과 함께 낯선 곳으로 떠난 것이다. 뉴아이궈는 라오샹을 탓하지 않고 오히려 그를 부러워했다. 하지만 이런 생각을 어떻게 팡리친에게 말할 수 있겠는가? 이런 말을 했다가는 팡리친이 더욱더 미쳐 날뛸 것이 분명했다. 팡리친이 손으로 탁자를 내리치며 말했다.

"뉴아이궈, 내 남편 물어내. 가서 내 동생을 데려오란 말이야."

뉴아이궈가 말했다.

"어떻게 물러내라는 겁니까?"

"두 사람을 찾아서 데리고 오면 되잖아."

뉴아이궈는 또 울지도 못하고 웃지도 못할 심정이었다. 팡리친은 팡리나와 라오샹을 찾고 싶었지만, 뉴아이궈는 일이 이렇게 된 이상 두 사람을 찾고 싶지 않았다. 팡리나가 두 번이나 야반도주를 하면서 그녀와 뉴아이궈의 관계에는 이미 마침표가 찍힌 상태였다. 피부에 앉은 상처의 맨 바깥층 피부가 벗겨질 때는 아프지만, 두 번째 표피층이 벗겨질 때는 상처가 거의 아문 상태가 되는 것과 마찬가지 이치였다.

지금 팡리나가 뉴아이궈를 찾아와 이혼을 요구한다면 뉴아이궈는 당장 허락할 수 있었다. 일이 마지막 단계까지 발전했을 때 일을 마무리할 사람은 뉴아이궈가 아니라 팡리나였다. 누아이궈는 누가 매듭을 짓고 누가 더 큰 책임을 지게 되는지에 대해 발뺌을 하는 편이었다. 팡리나가 일을 극단적으로 몰고 간다면 뉴아이궈도 마음속으로 큰 짐을 내려놓은 것처럼 편안해질 것이었다. 이 일은 겉으로는 매듭이 지어지지 않았지만 마음속으로는 이미 끝난 것이나 다름없었다. 그는 앞으로도 지금과 마찬가지로 바이후이와 누나, 매형과 함께 사는 것이 너무나 좋았다. 그가 말했다.

"찾기 어려울 것 같습니다. 찾았다 하면 누군가 목숨을 잃어야 하니까요."

팡리친이 말했다.

"그래. 누군가 목숨을 잃어야 나도 마음속의 악한 기운을 내보낼 수 있단 말이야."

하지만 뉴아이궈는 남의 악한 기운을 발산시키기 위해 팡리나와 라오샹을 찾으러 갈 수는 없었다. 남의 악한 기운을 해소하기 위해 사람을 죽이러 갈 수도 없었다. 팡리나와 라오샹을 찾으러 갈 것인지 말 것인지는 뉴아이궈 혼자서 결정할 수 있는 일이 아니었다. 하지만 팡리친은 꼭 찾아야 한다고 생각했고 누나 뉴아이샹과 매형 쑹제팡도 찾아야 한다고 생각했다. 낮에는 팡리친이 뉴아이궈를 찾아와 소란을 피운 데 이어 저녁에는 뉴아이샹과 쑹제팡이 뉴아이궈를 찾아왔다. 뉴아이샹이 말했다.

"일이 터진 이상 이대로 가만히 있어선 안 돼. 두 사람을 찾아야 돼."

뉴아이궈가 말했다.

"그런 헤진 신발을 찾아서 뭐 해?"

뉴아이샹이 담배에 불을 붙여 한 모금 빨면서 말을 받았다.

"말을 그렇게 하면 안 되지. 두 연놈을 찾는 건 그들을 위해서가 아니야."

"그럼 누굴 위한 건데?"

"책임을 지우기 위한 거지."

"누구한테 책임을 지운다는 거야?"

쑹제팡이 옆에서 뉴아이샹보다 더 화를 냈다. 그가 두 손을 휘두르며 말했다.

"도망친 것 자체는 문제가 안 될지 모르지만 도망친 사람은 문제야. 처남댁이 매부랑 도망친 꼴이니 친위안현 전체가 뒤집어질 일이지."

뉴아이궈가 미처 생각하지 못한 부분이었다. 뉴아이샹이 한숨을 내쉬며 말했다.

"찾아야 해. 이혼을 했다면 이 이상 말할 것이 없겠지만, 이혼도 하지 않았는데 마누라가 외간 남자랑 야반도주를 했다면 반드시 경고를 줘야 해. 속만 썩으면서 소리를 내지 않으면 우리 모두 친위안에서 고개를 들고 살아갈 수가 없다고."

뉴아이궈도 한숨을 내쉬었다. 거짓으로나마 찾는 척하면서 돌아다녀보는 수밖에 없었다. 이럴 줄 알았다면 일찌감치 이혼해버릴 걸 그랬다는 생각이 들었다. 뉴아이궈는 차오칭어가 살아 있을 때 들려주었던 아버지 우모세의 얘기가 생각났다. 옛날에 차오칭어가 아직 차오링이란 이름으로 불리고 있을 때 그녀의 엄마 우샹샹은 은세공장인 라오가오와 야바도주를 했었다. 우모세와 차오링은 우샹샹과 라오가오를 찾는다고 나섰지만 거짓으로 찾는 척만 했다. 그런데 칠십 년이 지나 자신이 우모세가 될 줄은 꿈에도 생각지 못했다. 두 사람이 거짓으로 사람을 찾아 나서는 꼴이 되었다. 하나는 차오칭어의 아버지이고 하나는 그녀의 아들이었다. 쑹제팡은 이들을 반드시 찾아야 한다는 말에 힘을 주면서 팔과 소매를 휘둘렀다.

"겁낼 것 없어. 필요하다면 내가 함께 가줄게."

뉴아이샹도 동의하고 나섰다.

"두 사람이 같이 가는 것도 괜찮겠네. 가면서 서로 상의도 하고 말이야."

하지만 뉴아이궈는 쑹제팡이 자신과 함께 팡리나와 라오샹을 찾으러 가는 데 동의하지 않았다. 뉴아이궈는 아침부터 저녁까지 하루 종일 양조장 대문을 지키는 쑹제팡이 죽도록 지루하고 조용하기만 한 상태에서 벗어나기 위해 팡리나와 라오샹을 찾으러 나서려는 것임을 모르지 않았다. 그냥 밖으로 돌아다녀보고 싶은 게 주요 동기이긴 하지만, 그는 곧은 마음을 가진 사람이라 찾는 척만 하지 않고 정말로 사람을 찾으려 애쓸 것이었다. 반면에 뉴아이궈는 찾는 척만 할 것이기 때문에 두 사람이 동행하게 되면 아무래도 하나가 되기 어려웠다. 차라리 상의할 사람이 없는 게 더 나았다. 쑹제팡이 옆에 있으면 찾는 척만 하는 걸 감출 수가 없었다. 뉴아이궈가 말했다.

"누굴 데리고 간다면 바이후이를 데리고 가는 게 낫지. 어찌 됐든 그 여자가 애 엄마니까 말이야."

뉴아이궈는 바이후이가 엄마와 친하지 않기 때문에 둘이 길을 가다 뭔가 상의하게 되도 쉽게 하나가 될 수 있다는 걸 잘 알고 있었다. 팡리나가 외간 남자와 도망친 것에 대해 뉴아이궈는 마음이 상하지 않았다고 말은 하지만 실은 마음이 아팠다. 바이후이를 데리고 돌아다니다 보면 둘이 말도 잘 통할 것 같았다. 칠십 년 전 우모세가 차오링을 데리고 다니며 우샹샹을 찾는 척했던 것과 마찬가지였다. 마침 여름방학이라 바이후이를 데리고 가도 공부에 지장을 주진 않았다. 뉴아이궈가 바이후이를 데리고 가겠다고 하자 쑹제팡은 반대할 방법이 없었다. 입을 크게 벌렸다가 침 거품만 삼키고 다시 닫을 뿐이었다. 그는 세상에서 바이후이와 말이 가장 잘 통했지만 가장 중요한 순간에 바이후이에게 밀리리라고는 미처 생각지 못했다.

얘기가 정리되자 세 사람은 짐을 꾸리기 시작했다. 짐이 다 꾸려지자 팡리나와 라오샹이 어디로 도망쳤는지에 관해 상의하기 시작했다. 세 사람은 외지에 사는 팡리나와 라오샹의 친척들을 전부 꼽아 보았다. 친척들을 다 꼽아보았지만 두 사람이 친척들에게 몸을 기탁하고 있지는 않을 거라는 생각이 들었다. 팡리나의 친척은 바로 팡리친의 친척이고 라오샹의 친척도 팡리친과 관계가 있기 때문이었다. 다시 생각해 보니 라오샹은 친위안 방직공장의 구매담당 직원이었던 만큼 외지에 친구들이 많을 거라는 생각이 들었다. 그리하여 그가 과거에 사업상 즐겨 다니던 곳들을 따져보기 시작했다. 이런 곳들은 대부분 산시(山西)에 집중되어 있었다. 창즈와 린펀(臨汾), 타이위안, 윈청(運城), 다퉁(大同) 같은 곳들이었다. 성 밖 지역으로는 허베이의 스쟈좡과 바오딩(保定), 산시(陝西)의 웨이난(渭南)과 퉁촨(銅川), 허난의 뤄양과 산먼샤(三門峽) 등이 있었다. 가장 먼 곳으로는 광저우(廣州)도 있었다. 결국 이들 지역들을 찾아가보기로 했다. 모든 상의가 끝나고 나니 밤 열두시였다. 뉴아이샹과 쑹제팡은 외지에 있는 라오샹 친구들의 전화번호를 찾기 위해 팡리친의 집으로 가고 뉴아이궈는 잠자리에 들었다. 그런데 오경이 되자 바이후이의 몸에 열이 나기 시작했다. 다음 날 아침이 되어도 열은 내리지 않고 오히려 더 높아졌다. 뉴아이샹과 쑹제팡이 전화번호를 가져다주러 뉴아이궈의 집을 찾았다. 뉴아이궈가 침대에 누워 있는 바이후이를 가리키며 말했다.

"바이후이의 병이 나을 때까지 기다려야 할 것 같아."

하지만 뉴아이샹은 동의하지 않았다.

"연놈을 찾으려면 서둘러야 해. 서두르지 않으면 더 멀리 도망칠 수 있단 말이야. 산시에서 꼭 연놈들을 잡아야 한다고."

뉴아이궈가 말했다.

"그럼 바이후이는 어떡하지?"

뉴아이샹이 말했다.

"쑹제팡이 있잖아. 쑹제팡이 보살펴주면 돼."

쑹제팡은 바이후이가 병이 난 것을 알고는 원래 바이후이 대신 뉴아이궈를 따라 갈 속셈이었다. 하지만 뉴아이샹이 그에게 집에 남아 바이후이를 돌보게 하는 바람에 무위로 돌아가고 말았다. 일이 이 지경에 이르고 보니 뉴아이궈도 더 이상 지체할 수 없었다. 짐을 들고 문을 나서 거짓으로나마 팡리나와 라오샹을 찾아 떠나야 했다.

10장

---

# 하고 싶은 말 한 마디

집을 나서 거짓으로 사람을 찾는 척하다 보니 뉴아이궈는 적당히 갈 만한 곳을 찾아야 했다. 그곳에서 보름 정도 있다가 친위안으로 돌아올 것이었다. 돌아와서는 산시(山西)의 창즈와 린펀, 타이위안, 윈청, 다퉁 등지를 두루 돌아다녔고 하베이의 스쟈좡과 바오딩에도 갔었으며 산시(陝西)의 웨이난과 퉁촨, 허난의 뤄양과 산먼샤에도 갔었다고 말하면 될 일이었다. 심지어 광저우에도 갔었다고 말했다. 사람을 잃어버리고도 찾아 나서지 않는 것은 뉴아이궈의 일이었지만, 찾아보았지만 찾아내지 못한 것은 팡리나와 라오샹의 일이었다. 이 점을 팡리친이나 뉴아이샹, 쑹제팡, 바이후이, 그리고 친위안현 전체에게 분명히 할 필요가 있었다. 하지만 시외버스를 타고 훠저우로 가면서도 그는 자신이 어디로 가야 하는지 생각해내지 못했다.

세상 어디든 갈 수 있지만 창즈와 린펀, 타이위안, 윈청, 다퉁, 스쟈좡, 바오딩, 웨이난, 퉁촨, 뤄양, 산먼샤 같은 곳에는 갈 수가 없었다. 광저우에도 갈 수 없었다. 자신도 모르는 사이에 팡리나나 라오샹을 만나게 될까 두려웠기 때문이다. 차라리 이런 지역을 피해 몸을 기탁할 만한 친구를 찾는 게 나았다. 숨어서 때를 기다릴 수 있는 곳이 필요했던 것이다. 친구에게 몸을 기탁하지 않고 휘저우를 비롯하여 비교적 가까운 곳에 여관을 잡고 보름이나 이십 일쯤 틀어박혀 있다가 친위안으로 돌아와서 천지를 두루 돌아다니며 찾아봤노라고 말하는 것도 나쁘지 않았다. 하지만 마누라가 반복해서 외간 남자랑 야반도주를 했다는 사실이 말로는 괜찮다고 하지만 마음속으로는 몹시 불편했다.

생각할수록 마음이 괴로웠다. 길을 나서기 전에는 괴롭지 않았는데 길을 나서고 나니 갈수록 더 괴로웠다. 혼자서 여관에 보름 내지 이십 일을 틀어박혀 있다가는 갑갑해서 미쳐버릴 것이 분명했다. 차라리 친구를 하나 찾아서 하소연 해보는 게 좋을 것 같았다. 이 일을 얘기하지 않고 다른 얘기를 하더라도 자신의 괴로움을 이해해줄 수 있을 것이었다. 친구에게 몸을 기탁한다 해도 난처하기는 마찬가지였다. 몇 년 전에는 몸을 맡길 만한 곳이 있었으나 요즘은 갈 만한 곳이 갈수록 줄어들었다.

가까운 곳으로 린펀에서 생선장사를 하는 리커즈가 있긴 하지만, 차오칭어의 상례에서 리커즈가 이혼을 권했을 때 뉴아이궈는 그의 체면을 살려주지 않았고 그 뒤로 서로 말이 통하지 않게 되었다. 게다가 이 일은 그때의 일과 연관되어 있는 터라 린펀에는 가지 않는 게 바람직했다. 멀리 있는 친구로는 허베이 창저우에서 두부를 만드는 추이리판이 있었다. 하지만 창저우 바로 옆이 보터우이고, 보터우에는 장추훙이 살고 있었다. 뉴아이궈는 몇 달 전에 창저우에서 도망쳐 온 터라 다시 돌아가는 것은 적절치 못했다. 허베이 핑산현 두쟈롄에 사는 전우 두칭하이는 믿을 만했지만, 지난번에 팡리나의 일이 터졌을 때 이미 두칭하이를 찾아갔던 적이 있었다. 하지만 마을 입구에 도착하자마자 마음이 혼란스러워 두칭하이를 만나지 않고 후퉈허 강가에 밤새 앉아 있다가 돌아왔었다. 지난번에도 마음이 혼란스러웠는데 이번에도 마음을 다스릴 수 없을 것 같아서 가고 싶지 않았다. 이제 남은 사람은 지난번에 몸을 기탁하러 가려고 했다가 가지 않은 산둥 러링에서 대추장사를 하는 전우 쩡즈위안 뿐이었다. 지난번에 간다고 하고서 못 갔던 건 도중에 창저우에서 눌러 앉았기 때문이었다. 다시 말해서 뉴아이궈가 실언을 한 셈이었다. 원래 발길을 멈추고 기다리다가 시간을 내서 러링으로 쩡즈위안을 만나러 갈 생각이었는데, 장추훙과의 일로 얽히면서 발길이 묶이고 말았다. 지금 생각해 보니 약간 미안했다. 이미 실언을 해서 면목이 없는 터라 다시 찾아갈 수가 없게 되었다. 이제 정말로 갈 데가 없는 셈이었다.

뉴아이궈는 시외버스를 타고 휘저우에 도착해 쩡즈위안에게 전화를 걸어 그의 심정을 떠보기로 했다. 그래도 쩡즈위안이 러링으로 오라고 부르면 한 번 가보고, 쩡즈위안의 어투가 차가우면 다른 방도를 찾아볼 작정이었다. 그러나 전화를 받은 사람은 쩡즈위안이 아니라 그의 아내였다. 쩡즈위안은 대추를 팔러 외지에 나갔다고 했다. 언제 돌아오느냐고 묻자 사흘 내지 닷새, 혹은 보름이나 한 달 뒤에 올 거라고 말했다. 혼자 장사를 하러 나간 터라 언제 돌아올지 정확히 알 수 없다는 것이었다. 뉴아이궈는 다시 쩡즈위안의 핸드폰으로 걸어보았다. 알고 보니 그는 헤이룽쟝(黑龍江)의 치치하얼(齊齊哈爾)에 있었다. 쩡즈위안의 목소리는 그리 차갑지 않았고 오히려 지난번처럼 무척 상냥했다. 그는 원래 대추를 팔러 탕산(唐山)으로 갈 생각이었는데 여차저차 사람들을 따라 헤이룽쟝의 치치하얼까지 가게 되었다고 말했다. 그러면서 뉴아이궈에게 물었다.

"자네 지금 어딘가?"

뉴아이궈가 말했다.

"아직 산시 고향집에 있네."

쩡즈위안은 지난번에 뉴아이궈를 러링으로 초대했을 때부터 지금까지 그가 줄곧 다른 곳으로 돌아다니지 않고 산시 고향집에만 있었다고 생각했다. 쩡즈위안은 지난번 전화에서 그랬던 것처럼 뉴아이궈를 만나는 일을 서두르지 않았다.

"지난번에는 자네랑 상의할 일이 있어 급히 만나자고 했는데 그 일은 이미 지나가버렸네. 내가 산둥으로 돌아가면 전화할 테니까 언제든지 시간 나면 러링에 한 번 놀러 오게."

어투로 보아 쩡즈위안은 당분간 산둥으로 돌아갈 가능성이 없었다. 설사 조만간 산둥으로 돌아간다 해도 곧장 그를 초청해 만나볼 생각이 없었다. 만날 수 있는 여건은 되지만 마음의 준비가 되어 있지 않은 것이다. 산둥 러링에도 갈 수 없게 되었다. 뉴아이궈는 전화를 끊고 나서도 쩡즈위안이 왜 지난번에 급히 산둥으로 오라고 했던 것인지, 자신을 만나 무엇을 상의하려했던 것인지 궁금증이 가시질 않았다. 뉴아이궈는 또다시 어디로도 갈 수 없는 곤경에 빠지고 말았다. 이때 문득 오 년 전 창즈에서 고속도로 공사를 할 때 알았던 공사장 인부 천쿠이이가 생각났다.

천쿠이이는 허난 화(滑)현 사람이었다. 두 사람 모두 말하는 걸 좋아하지 않는다는 공통점으로 친구가 되었다. 천쿠이이는 마음속에 고민이 있으면 뉴아이궈에게 털어놓았고, 뉴아이궈도 걱정거리가 있으면 천쿠이이에게 말했다. 뉴아이궈는 원래 말을 잘 못했지만 천쿠이이 앞에서는 말을 잘하는 편이었다. 천쿠이이의 고민을 뉴아이궈는 자기 일처럼 마음에 새기고 하나하나 해결책을 마련해주었다. 하지만 천쿠이이는 뉴아이궈의 걱정거리에 대해 해결책을 제시하지 못했다. 그저 "자네 생각은 어떤데?"라고 되물을 뿐이었다. "자네 생각이 어떤데?"가 몇 번 반복되는 사이에 뉴아이궈는 스스로 해결책을 찾았다. 뉴아이궈가 두칭하이와 부대에 함께 있을 때처럼 일문일답이 뒤집어진 셈이었다.

공사장 취사장에 돼지 귀와 돼지 심장이 생기면 천쿠이이는 공사장으로 가서 뉴아이궈를 불렀다. 정확히 말하자면 부른 것이 아니라 오라고 눈짓을 보낸 것이다. 천쿠이이의 눈짓은 "사정이 있어."라는 말이었고, 뉴아이궈는 곧장 취사장으로 달려가 둘이 머리를 맞대고 함께 돼지 귀와 돼지 심장을 먹으면서 '헤헤' 웃었다. 나중에 천쿠이이는 공사장 관리인인 작은 외삼촌과 사이가 틀어졌다. 무슨 큰일 때문이 아니라 천쿠이이가 소 반 마리를 사면서 가격 차이로 외삼촌이 의심을 하는 바람에 두 사람이 다퉜던 것이다. 천쿠이이는 화가 나서 당장 창즈를 떠나 허난 화현으로 돌아가 버렸다.

두 사람은 헤어진 뒤에도 몇 번 통화를 한 바 있었다. 천쿠이이는 화현으로 돌아온 뒤로 현성의 '화저우 대주점(滑州大酒店)' 주방에서 일했고 임금도 창즈 공사장보다 훨씬 높았다고 말했다. 남아 있을 수 없어 떠났더니 저절로 남을 곳이 생긴 격이었다. 당시 뉴아이궈는 그가 자리를 옮긴 걸 무척 기뻐했었다. 화가 복으로 바뀐 셈이었기 때문이다. 하지만 서로 멀리 떨어져서 각자의 일로 바쁘다 보니 자연히 연락도 뜸해지게 되었다. 처음 팡리나의 일이 터지고 나서 뉴아이궈는 마음이 몹시 산란하여 창저우로 가면서 천쿠이이를 잊고 있었다.

이제 문득 천쿠이이가 생각나자 천쿠이이에게 전화를 걸어보기로 했다. 천쿠이이 쪽에서 불편하다고 하지 않으면 그에게 가서 몸을 기탁할 작정이 었다. 하지만 전화기를 들고서야 뉴아이궈는 천쿠이이의 전화번호를 잊었 다는 것을 알았다. 손가방에서 전화번호 수첩을 꺼내 반나절을 뒤져봤지만 천쿠이이의 이름을 찾을 수 없었다. 보아하니 오 년 전까지는 번호를 완전 히 외우고 있어 군이 수첩에 적어놓지 않은 것 같았다. 오 년이라는 세월이 흐르면서 번호를 완전히 잊어버리게 될 줄은 미처 생각지 못했다.

전화번호를 찾을 방법이 없었다. 지난 오 년 동안 천쿠이이의 변화를 알 방법이 없었다. 그가 아직 화현에 살고 있는지도 알 수 없었다. 뉴아이궈는 허난 화현으로 가서 천쿠이이를 찾아보기로 마음먹었다. 천쿠이이를 찾을 수 있다면 행운이겠지만 찾지 못한다 해도 크게 낭패 볼 일은 없었다. 아무 런 목적 없이 세상을 돌아다니면서 길바닥에서 희망을 찾는 것보다는 나을 것이었다. 그리하여 그는 휘저우에서 기차를 타고 스자좡으로, 스자좡에서 다시 기차를 타고 허난 안양(安陽)으로, 안양에서 시외버스로 갈아타고 화 현으로 갔다. 이틀 반이나 걸리는 긴 여정이었다.

시외버스가 화현에 도착한 시간은 저녁이었다. 화현 현성의 가로등이 전 부 환하게 밝혀져 있었다. 시외버스 정류장에서 나와 보니 거리를 오가는 사람들이 전부 허난 사투리를 쓰고 있었다. 허난 사투리는 산시 사투리와 다르지만 두 지역의 거리가 가까워 뉴아이궈는 전부 알아들을 수 있었다. 뉴아이궈는 가방을 뒤로 메고 사람들에게 길을 물어 '화저우 대주점'을 찾아갔다. 버스 정류장에서 모퉁이 두 개를 돌자 곧 도착할 수 있었다.

그는 원래 '화저우 대주점'이 작은 음식점인 줄 알았다. 오늘날 대부분의 사람들이 그러는 것처럼 이름을 거창하게 붙인 것뿐이라고 생각했다. 허난 보터우의 '라오리 미식성'도 이름은 '미식성'이지만 방 세 칸에 일고여덟 개의 테이블을 갖춘 작은 음식점에 불과했다. 그러나 두 번째 모퉁이를 돌자 십 몇 층짜리 고층빌딩이 눈앞에 나타났다. 옥상에는 거대한 내온사인 간판이 번쩍이면서 왼쪽에서 오른쪽으로 '화저우 대주점'이라는 이름이 반복해서 지나가고 있었다. 알고 보니 길가의 작은 음식점이 아니라 큰 호텔이었던 것이다. 호텔 주방에서 일한다면 당연히 창즈에서보다 더 많은 돈을 벌 것이었다. 뉴아이궈는 천쿠이이의 성공에 기쁨을 감추지 못했다. 뉴아이궈를 더 기쁘게 한 건 오는 길에 마음이 혼란스러웠는데 화현에 도착하고 나니 마음이 혼란스럽지 않게 되었다는 점이었다. 마음이 혼란스럽지 않을 뿐만 아니라 이곳에 대해 야릇한 친밀감마저 느껴졌다.

처음 팡리나의 일이 터졌을 때 뉴아이궈는 먼저 허난 핑산으로 가서 두칭하이에게 몸을 기탁했다가, 산시 린펀으로 가서 동창생 리커즈에게 몸을 기탁했었다. 핑산으로 가든 린펀으로 가든 마음이 혼란스럽기는 마찬가지였고, 심지어 집에 있을 때보다 더 혼란스러워 핑산과 린펀을 떠나야 했다. 그러다가 마지막으로 허베이 보터우로 가니 마음이 혼란스럽지 않아 그곳에 남아 창저우 두제품 공장에서 차를 몰게 되었다. 하지만 보터우와 창저우가 친근하게 느껴지지는 않았었다. 그러다가 이번에 팡리나가 또 일을 내는 바람에 허난 화현에 왔더니 마음이 혼란스럽지 않을 뿐만 아니라 친밀감까지 느끼게 되었다. 화현으로 천쿠이이를 찾아온 것이 정말 잘한 일이라는 생각이 들었다.

호텔 로비에 들어서 프런트로 다가가 천쿠이이에 관해 물어본 뉴아이궈는 또다시 실망하고 말았다. 프런트에 있는 종업원이 호텔 주방에 천쿠이이라는 사람이 없다고 말했기 때문이다. 뉴아이궈는 종업원이 자신이 외지 사람인 것을 보고 거짓말을 하고 있을지도 모른다는 생각에 다시 말했다.

"천쿠이이는 저랑 아주 친한 친구입니다. 전화로 아주 확실하게 말했어요. 자신이 '화저우 대주점'에서 조리사로 일하고 있다고 말이에요. 아가씨, 저는 산시에서 왔습니다. 천 리 길을 왔다고요. 쉽지 않은 여정이지요. 그러니 제 사정 좀 봐주세요."

종업원은 뉴아이궈의 반응에 화가 났지만, 화를 내는 대신 '푸붓'하고 웃음을 터뜨렸다.

"산시 사람들은 성격이 급하지요. 제가 찾아드리지 않는 게 아니라 정말로 그런 사람이 없어서 그러는 거예요."

뉴아이궈가 여전히 믿지 않는 것을 보고는 종업원이 주방에 전화를 걸어 주방장에게 당장 프런트로 오라고 했다. 주방장은 키가 작고 통통한 몸매에 종이로 만든 원통형 조리사 모자를 쓰고 있었다. 한눈에 광둥 사람임을 알 수 있었다. 뉴아이궈가 사람을 찾는다는 얘기를 듣고는 고개를 가로저으면서, '화저우 대주점'에서 팔 년을 일했지만 주방의 조리사들 가운데 천쿠이이라는 사람은 없었다고 말했다. 뉴아이궈는 잘못 찾아왔다는 것을 깨달았다. 몇 년 전에 천쿠이이와 전화 통화를 할 때, 천쿠이이가 주소를 잘못 말했거나 자신이 잘못 들었을 거라고 생각했다.

'화저우 대주점'에서 나오자 천쿠이이와 창즈 고속도로 공사장에서 일할 때 천쿠이이가 자신이 사는 마을 이름이 천쟈쟝(陳家莊)이라고 했던 게 생각났다. '화저우 대주점'은 틀렸을지 몰라도 '천쟈쟝'은 틀릴 리가 없었다. 우선 천쟈쟝으로 가서 천쿠이이의 집을 찾은 다음 천쿠이이를 찾으면 될 것 같았다. 뉴아이궈는 가방을 등에 메고 길가로 가서 닭고기 구이를 파는 노인에게 물어보았다. 노인은 천쟈쟝이 화현 동쪽 끝 황허 바로 옆에 있으며, 현성에서 약 백 리쯤 된다고 말해주었다. 뉴아이궈는 노인을 향해 "감사합니다."를 연발했다.

당일로는 천쟈쟝에 갈 수 없으니 우선 현성에서 하루 묵고 내일 다시 생각해보기로 했다. '화저우 대주점'은 너무 비싸서 묵을 수가 없었다. 길을 따라 가면서 몇 군데 여관에 들어가 물어보니 숙박비가 비싼 집도 있고 싼 집도 있었다. 비싼 집은 하루에 칠팔십 위안이고 싼 거마점은 이십 위안 내지 이십오 위안이면 하루 묵을 수 있었다. 이렇게 물으면서 길을 가던 그는 목욕탕을 하나 발견했다. 네온등이 반짝이는 목욕탕 이름은 '야오츠(瑤池) 목욕성'이었다. 대중목욕탕이었다. 가격을 물어보니 목욕만 하는 데는 오 위안, 밤을 보내는 데는 십 위안이었다. 아무래도 이곳에서 밤을 보내는 게 좋을 것 같았다. 잠자리도 해결하고 목욕도 할 수 있으니 더 좋을 것이 없겠다는 생각에서였다.

목욕탕 안으로 들어서자 목욕탕 특유의 수증기와 사람 냄새가 얼굴 위로 몰려왔다. 주렴을 들추고 남탕 안으로 들어가니, 욕탕과 외실 두 개의 공간으로 나뉘어져 있었다. 외실에는 일인용 침대가 몇 개 놓여 있고 침대 앞에 열 명이 넘는 사람들이 흩어져 앉아 있었다. 목욕을 하기 위해 옷을 벗는 사람도 있고 목욕을 마치고 옷을 입는 사람도 있었다. 알몸으로 침대에 누워

자고 있는 사람도 있었다. 그 가운데 몇몇은 요란하게 코를 골고 있었다. 욕탕 안에서는 수증기와 사람의 목소리가 함께 피어 나왔지만 사람들의 모습은 잘 보이지 않았다.

뉴아이궈는 벽 쪽 구석진 자리를 찾아 옷을 벗고, 가방과 옷을 침대머리의 상자 안에 넣은 다음 자물쇠를 채웠다. 알몸인 채 열쇠를 들고 욕탕 안으로 걸어 들어간 그를 향해, 맞은편에서 말라깽이 하나가 알몸으로 나무로 된 슬리퍼를 신고 어깨에 수건을 두른 채 다가왔다. 등을 밀어주는 사람이 틀림없었다. 욕탕 수증기 속을 걸어 나온 그는 뉴아이궈와 어깨를 스치고 지나갔다. 욕탕으로 들어간 뉴아이궈는 뜨거운 물에 몸을 담갔다. 물은 몹시 뜨거웠다. 온몸에 진저리가 쳐졌다.

갑자기 방금 어깨를 스치고 지나간 등 밀어주는 사람이 왠지 낯이 익다는 느낌이 들었다. 뉴아이궈는 황급히 뜨거운 물에서 몸을 빼내 밖으로 뛰어나갔다. 등을 밀어주는 말라깽이가 옷을 입고 있었다. 그는 천쿠이이가 틀림없었다. 왼쪽 얼굴에 커다란 사마귀가 있고 사마귀 위에 털이 세 가닥 나 있었다. 뉴아이궈가 가까이 다가가 말했다.

"천쿠이이, 어째서 여기 있는 거야?"

등을 밀어주는 말라깽이는 멍한 표정을 지으며 옷 입던 것을 멈추고는 뉴아이궈를 한참이나 쳐다보다가 소리쳤다.

"어, 뉴아이궈잖아!"

뉴아이궈는 알몸이었고 천쿠이이는 배만 내놓고 있었다. 두 사람은 서로 얼싸안았다. 천쿠이이가 말했다.

"어떻게 여기까지 온 거야?"

276

뉴아이궈가 대답했다.

"자네는 어떻게 여기에 와 있는 거야? 화저우 대주점에서 조리사로 일한다고 하지 않았어? 어째서 여기서 등을 밀고 있는 거야?"

천쿠이가 다소 부끄러운 듯이 말을 받았다.

"화저우 대주점에서 나를 부르긴 했지만 나는 어려서부터 음식 만드는 걸 좋아하지 않았기 때문에 안 갔던 거야. 창즈 고속도로 공사장에서 취사원으로 일한 건 달리 방법이 없어서 그랬던 거고."

"그럼 등 미는 건 좋아하나?"

"등 미는 게 아니라 목욕하는 게 좋아서 그래. 등을 밀어주면 매일 공짜로 목욕을 할 수 있거든."

뉴아이궈는 그제야 몇 년 전에 두 사람이 전화 통화를 할 때 천쿠이가 '화저우 대주점'으로 간다고 말했던 것이 허풍이었음을 알게 되었다. 또 천쿠이가 체면을 중시하는 사람이라는 것도 알게 되었다. 그는 이 문제는 일단 접어두고 다른 얘기를 꺼냈다.

"등을 미는 것도 나쁘지 않지. 겨울에는 따뜻할 테니까."

천쿠이도 등을 미는 문제는 거론하지 않기로 했다.

"자네는 화현에 어떻게 왔어? 자네를 다시 만나리라고는 생각지도 못했네."

천쿠이를 방금 만난 터라 뉴아이궈는 미안한 마음에 몸을 기탁하러 왔다는 얘기는 꺼내지 못했다.

"허난에 일을 좀 보러 왔다가 지나는 길에 들렀네. 내일 천자좡으로 자네를 만나러 가려던 참이었지."

천쿠이이가 말했다.

"잘 왔네. 정말 잘 왔어. 하지만 지금은 자네와 얘기를 나눌 시간이 없어. 한 가지 일을 좀 처리하고 나서 내일부터 며칠 동안 신나게 얘기를 나누도록 하세. 나도 화현에 친구가 없어서 아주 답답하던 참이었거든."

"무슨 일인데 그러나? 내가 도울 건 없겠나?"

"천쟈좡에 한 번 다녀와야 하네. 아들 둘이 싸움질을 한 모양이야. 둘 다 마누라까지 얻었는데도 그렇다네. 나귀 두 마리가 한 여물통을 쓸 수는 없는 모양이야. 가서 이놈들을 단단히 혼내주고 와야 할 것 같네. 자네는 어떻게 하겠나? 나랑 같이 천쟈좡으로 가겠나 아니면 여기 남아서 기다리겠나?"

뉴아이궈는 그를 따라 천쟈좡으로 가고 싶었지만, 그의 집안싸움에 자기까지 번거로움을 더하고 싶지 않았다. 일단 그의 집이 이곳에 있고 일자리도 이곳에 있다는 걸 알았으니, 창즈 고속도로 공사장에서 둘이 함께 돼지 귀와 돼지 심장을 먹던 때와는 비교도 할 수 없었다.

"난 여기서 기다리도록 하겠네."

그러면서 천쿠이이를 걱정해주었다.

"듣자 하니 천쟈좡은 현성에서 백 리나 떨어져 있다던데 이 밤중에 어떻게 갈 생각인가?"

천쿠이이가 웃으면서 말했다.

"오토바이 타는 법을 배워뒀거든."

천쿠이이는 옷을 입고 떠났다. 뚱뚱한 노인 하나가 손에 대나무 팻말을 들고 다니며, 침대를 차지한 사람들에게서 목욕비와 숙박비를 걷고 있었다. 돈을 받으면 침대머리에 대나무 팻말을 걸어주었다. 자기 차례가 되자 뉴아이궈는 돈을 꺼내려 주머니를 뒤졌다. 천쿠이이가 뉴아이궈의 손을 밀어내며 뚱보 노인에게 말했다.

"제 친구예요. 산시에서 왔지요."

하지만 뜻밖에도 뚱보 노인은 천쿠이이의 말을 무시하면서 눈을 껌뻑거리며 말했다.

"누구의 친구고, 어디서 왔건 간에 목욕탕에서 자려면 돈을 내야 하네."

천쿠이이가 노인에게 달려들며 거칠게 말했다.

"니미 씹팔, 나랑 거래하지 않겠다는 거요? 이유가 뭐야?"

뉴아이궈가 황급히 천쿠이이를 뜯어말렸다.

"돈 십 위안 때문에 친구의 의리를 상하면 안 되지."

천쿠이이가 바닥에 '퉤' 하고 침을 뱉었다.

"저 분은 자네한테 말한 게 아니라 나한테 말한 걸세."

뚱보 노인이 뉴아이궈에게 말했으면 뉴아이궈가 돈을 내고 말았을 것이다. 하지만 천쿠이이가 노인이 자신에게 말했다고 하자 뉴아이궈는 돈을 내기가 쑥스러워졌다. 뚱보 노인은 천쿠이이를 힐끗 째려보고는 몸을 돌려 다른 사람에게 돈을 받으러 갔다. 뉴아이궈가 천쿠이이에게 물었다.

"자네 사장님 아닌가?"

천쿠이이가 말했다.

"저런 영감이 사장일 리가 있겠나? 사장 이모부야. 개 눈깔을 해가지고 사람을 업신여기는 못된 영감이지. 신경 쓸 것 없네."

천쿠이이는 말을 마치고 서둘러 자리를 떴다. 뉴아이궈는 고개를 가로저으며 빙긋이 웃었다. 화현에서 천쿠이이를 찾는 일이 아주 쉬울 줄 알았는데 이런 곡절을 겪게 되리라고는 꿈에도 생각지 못했다. 그래도 비교적 쉽게 그를 만난 셈이었다. 뉴아이궈는 다시 욕탕으로 들어가 목욕을 하면서 때를 밀었다. 사흘이 걸린 여정이다 보니 몸에 때가 아주 많았다. 몸을 깨끗이 닦은 그는 외실의 침대로 돌아와 잠시 숨을 고른 다음, 이불을 덮고 누워 휴식을 취했다. 쉬지 않고 먼 길을 오느라 피곤했는지 아주 빨리 잠이 들었다.

꿈속에서 뉴아이궈는 화현에 오지 않고 아직 산시 친위안현에 있었다. 친위안현 현성 서관의 폐허가 된 성벽을 기어오르고 있었다. 성벽에 올라보니 뜻밖에도 팡리나가 있었다. 팡리나는 라오샹과 함께 창즈와 타이위안, 윈청, 다퉁, 스자좡, 바오딩, 웨이난, 퉁촨, 뤄양, 싼먼샤, 광저우 등지를 돌아다녔을 거라고 생각했는데, 뜻밖에도 친위안의 폐허가 된 성벽 위에 있었던 것이다. 또 팡리나가 일을 저질렀다고 생각했는데 뜻밖에도 그녀는 일을 저지르지 않았다. 이번에 라오샹과 함께 야반도주하지 않았을 뿐만 아니라 몇 년 전에 샤오좡과도 야반도주를 하지 않았다.

팡리나는 여전히 원래의 팡리나였다. 뉴아이궈와 팡리나가 결혼한 지 팔구 년이 되는 동안 두 사람은 함께 있을 때 말을 하루에 열 마디도 하지 않았다. 그런데 꿈속에서는 팡리나가 그의 손을 잡고 지나간 팔구 년의 세월에 대해 새롭게 얘기하기 시작했다. 두 사람은 지난 팔구 년의 세월을 죽 한 솥으로 만들었다. 견해를 달리하자 중요한 일들과 사소한 일들을 전부 분명하게 얘기할 수 있었다. 얘기를 하다 보니 뉴아이궈도 짜증이 나지 않았다. 세월을 이렇게 보낼 수도 있었던 것이다. 두 사람은 말을 하지 않고 머리를 껴안고 통곡하기 시작했다.

이어서 이번에는 팡리나와 함께 있는 것이 아니라 폐허가 된 성벽 위에 샤오장과 라오샹이 앞에 서 있었다. 세 사람은 팡리나의 일 때문에 말다툼을 하기 시작했다. 말다툼으로 문제가 해결되지 않자 주먹질을 하기 시작했다. 언제 왔는지 팡리나가 돌아와 무릎을 꿇고 앉아 얼굴을 가리고서 울기 시작했다. 우는 모습이 꼭 맹강녀(孟姜女)[10] 같았다. 세 사람은 말과 주먹으로 다투고 싸우다가, 샤오장이 칼을 꺼내더니 뉴아이궈의 배를 찔렀다. 뉴아이궈가 '아악' 하고 비명을 질렀다.

꿈에서 깨어보니 온몸이 땀에 젖어 있었다. 순간 그는 자신이 허난 화현 현성의 어느 목욕탕에 와 있다는 것을 깨달았다. 팡리나는 현실에서 외간 남자와 눈이 맞아 도망쳐 놓고서 왜 꿈속에 나타났는지, 또 왜 그렇게 변한 모습으로 나타났는지 알다가도 모를 일이었다. 꿈속에서는 그녀와 새삼스럽게 지난 세월을 얘기하다가 서로 껴안고 통곡하기까지 했다. 집을 나와 거짓으로 팡리나와 라오샹을 찾는 척하는 동안, 뉴아이궈는 자신이 겉으로는 이 일을 마음에 두고 있지 않는 것 같으면서도 속으로는 여전히 신경을 쓰고 있다는 것을 알게 되었다. 그래서 감히 혼자서 근처 여관에 묵지 못하고 화현으로 천쿠이를 찾아온 것이었다. 방금 꿈속에서 본 광경은 그가 이 일을 마음에 두고 있다는 것을 의미했다. 하지만 마음에 둔다는 것이 다

10 중국 진나라 때 만리장성에 얽힌 전설의 주인공이다. 남편이 만리장성에 인부로 징용되어 가자 근심과 눈물로 세월을 보낸다. 3년이 지나도 남편이 돌아오지 않고 엄동설한이 닥쳐오자 두툼한 솜옷을 지어 보따리를 안고 몇 달에 걸쳐 만리장성에 도착한다. 하지만 남편은 어디에도 없었고, 죽었다는 소식을 접하게 된다. 너무나 원통한 맹강녀는 그 자리에 앉아 통곡을 했는데, 갑자기 하늘에서 천둥이 치고 폭우가 쏟아져 성벽이 무너지면서 수많은 시신이 나오게 된다. 시신들을 뒤졌으나 이미 백골만 남았는지라 남편의 시신을 찾는 것은 불가능했다. 백골더미에서 넋을 잃고 통곡하던 맹강녀는 그리운 이의 백골은 사람의 피를 빨아들인다는 마을 사람들의 말을 기억해내고, 손가락을 깨물어 일일이 백골 위에 핏방울을 떨어뜨려 남편의 시신을 찾게 된다. 남편의 시신을 가지고 고향으로 돌아온 맹강녀는 남편의 시신을 묻어준 후 그 무덤 앞에서 굶어죽는다.

똑같지는 않았다.

한창 감탄하고 있는데 누군가 배를 툭툭 치는 것이 느껴졌다. 그제야 방금 꿈에서 깬 이유가 칼에 찔렸기 때문이 아니라 누군가 툭툭 쳐서 깬 것임을 깨달았다. 눈을 떠보니 손에 대나무 팻말을 든 뚱보 노인이 바로 앞에 서 있었다. 돈을 받으러 온 것이었다. 뉴아이궈는 이 목욕탕에서 천쿠이이가 말발이 잘 먹히지 않는 인물이라는 것을 알게 되었다. 예전 창즈 고속도로 공사장에 있을 때만 못한 것 같았다. 그래도 그때는 돼지 귀와 돼지 심장 정도는 맘대로 할 수 있었다. 뉴아이궈는 단돈 십 위안 때문에 실랑이하기 싫어서 침대 밑의 옷장을 열고 호주머니를 더듬어 돈을 꺼내 뚱보 노인에게 건넸다. 돈을 받은 뚱보 노인은 침대 밑에 대나무 팻말을 걸면서 한 마디 던졌다.

"돈이 없으면 와서 묵지 않으면 돼요."

뉴아이궈가 돈을 내지 않았다면 뚱보 노인이 이렇게 군소리를 해도 괜찮았겠지만 돈을 냈는데도 이런 얘기를 하자 뉴아이궈는 화가 났다. 몸을 돌려 그에게 따지고 싶었지만 타향에 와 있는 처지라 말 한 마디 때문에 남들과 분란을 일으키는 것은 바람직하지 못하다는 생각이 들었다. 게다가 천쿠이이가 이곳에서 사람들의 등을 밀어주고 있는 걸 생각하면 소란을 일으켜서는 안 될 일이었다. 그냥 못들은 척하면서 몸을 돌려 눕는 게 상책이었다. 하지만 이리저리 몸을 뒤척여 봐도 잠이 오지 않았다. 단돈 십 위안 때문에 뚱보 노인이 잔소리를 했기 때문이 아니라 방금 꿈에서 본 광경 때문이었다. 수만 가닥의 생각과 감정의 실타래가 뭉쳐 가슴에 진한 아픔으로 밀려왔다. 꿈에서 본 광경 때문만이 아니었다. 지난 팔구 년 동안 팡리나와의 일

때문만도 아니었다. 차오칭어의 죽음과 장추훙과의 일도 있었다. 수많은 일
들이 가슴속으로 밀려왔다.

뉴아이궈는 아예 주저앉아 무릎을 감싸 쥐고 담배를 두 대나 피웠지만 그
래도 고뇌가 해소되지 않았다. 고개를 들자 목욕탕 벽에 거울이 보였다. 나
이 서른다섯이 되는 사이에 머리가 절반은 빠져버리고 없었다. 갑자기 배가
고파왔다. 화현에 온 뒤로 천쿠이이를 찾고 묵을 장소를 구하느라 식사를
잊었던 것이다. 얼른 옷을 입고 '야호츠 목욕성'을 나와 화현 거리에서 식사
를 할 만한 적당한 음식점을 찾아보았다. 한밤중이라 거리 양쪽의 점포들은
전부 문을 닫은 터였다. 거리는 텅 비어 있고 행인은 하나도 없었다. 어쩌다
가 트럭만 한두 대씩 지나갔다. 입추가 되어서인지 밤이 되면 그리 덥지 않
았다. 바람이 불어오자 몸이 떨리기까지 했다. 뉴아이궈는 발길이 닿는 대
로 거리를 따라 걷다가 마침내 사거리에서 아직 손님을 기다리고 있는 길거
리 노점을 발견했다. 노점은 가로등 아래에 자리를 잡고 있어 굳이 네온등
을 켤 필요가 없었다.

노점 주인은 중년의 사내로 마침 솥에 물을 더 붓고 있었다. 옆에서는 중
년의 아낙이 훈툰(餛飩)을 빚고 있었다. 보아하니 부부인 것 같았다. 그들
은 훈툰도 팔고 교자(餃子)도 팔고 양고기 볶음국수도 팔았다. 가격을 물었
더니 훈툰과 교자는 예전에 먹던 곳보다 비쌌지만 양고기 볶음국수는 다른
곳보다 쌌다. 다른 곳에서는 양고기 볶음국수 대짜가 삼 위안이고 소짜가
이 위안 오 마오였는데, 이곳에서는 대짜가 이 위안 오 마오이고 소짜가 이
위안이었다. 탁자 위에는 손님들에게 무료로 제공하는 함채(鹹菜)도 한 그
릇 놓여 있었다. 뉴아이궈는 노점의 끓는 솥 앞에 앉아 양고기 볶음국수 대

짜를 주문한 다음 담배를 꺼내 불을 붙이고 한 모금 들이켰다.

볶음국수가 나오기 전에 트레일러를 매단 대형 트럭 한 대가 성 밖으로부터 요란한 굉음을 내면서 달려오더니 '끼익'하는 소리와 함께 노점 앞에 멈춰 섰다. 트럭에는 아주 높이 화학비료가 쌓여 있고 트레일러에는 농약이 아주 높이 쌓여 있었다. 트럭과 트레일러의 타이어 모두 잔뜩 짜부라져 있었다. 한 눈에 과적임을 알 수 있었다.

트럭 조수석에서 세 사람이 뛰어내려 노점에 자리를 잡고 앉았다. 세 사람 가운데 한 명은 나이가 쉰이 넘었고 한 명은 서른 남짓, 나머지 한 명은 스물 남짓 되어 보였다. 그들이 입을 열자 세 사람 가운데 서른 남짓 된 사람이 주인임을 알 수 있었다. 음식 가격을 묻고 무엇을 먹을지 결정하는 것도 전부 이 사람이 했기 때문이다. 쉰이 넘은 사람과 스물 남짓 된 사람은 무조건 그의 결정에 따르고 있었다. 서른 남짓 된 사내는 상고머리를 하고 있었다. 그가 물었다.

"주인장, 교자 한 그릇에 얼마요?"

노점 주인 사내가 대답했다.

"삼 위안 오 마오입니다."

서른 남짓 된 사내가 말했다.

"한 그릇이 몇 개인가요?"

"서른 개입니다."

"두 그릇 주시오.."

노점 아낙이 멍한 표정으로 물었다.

"사람은 셋인데 두 그릇만 달라니 어느 분이 안 드실 건가요?"

서른 남짓 된 상고머리가 탁자를 내려치면서 말했다.

"셋 다 먹을 겁니다. 다 합쳐서 육십 개니까 그릇 세 개에 나눠줄 수 있지요?"

노점 사내가 웃으면서 말했다.

"나눠 담을 수는 있지만 그런 주문법은 없어요."

서른 남짓 된 상고머리가 말했다.

"오늘 처음 그렇게 해보시면 되잖아요."

뉴아이궈는 그들이 돈을 절약하려는 거라 생각하고 참견하지 않았다. 이때 양고기 볶음국수가 나왔다. 그는 마늘을 몇 개 까서 넣고 고개를 숙인 채 먹기 시작했다. 국수는 입에 맞았으나 국물은 조금 짰다. 뉴아이궈는 노점 아낙에게 육수를 좀 더 달라고 한 다음 식초를 조금 쳤다. 다시 먹어보니 간이 딱 맞았다. 국수를 먹다 보니 몸이 더워지면서 머리에서 땀이 났다. 식욕이 살아나자 그는 샤오빙 네 개를 더 주문했다. 볶음국수에 함채, 마늘, 그리고 샤오빙 두 개을 먹는 사이에 세 사람이 주문한 교자도 다 익었다. 세 사람은 교자를 먹기 시작했다. 서른 남짓 된 상고모리가 또 물었다.

"주인장, 볶음국수는 한 그릇에 얼마요?"

노점 사내가 대답했다.

"대짜는 이 위안 오 마오이고 소짜는 이 위안입니다."

상고모리가 말했다.

"소짜로 세 그릇 주시오. 하지만 소짜를 대짜 그릇에 담아주시오. 파와 육수를 좀 많이 담아주시고요."

뉴아이궈는 이 상고머리 사내가 아주 똑똑하다는 생각이 들었다. 돈을 많이 쓰지 않고도 모든 것을 다 먹고 있었다. 육수도 더 달라고 하여 따끈하게 잘 먹었다. 노점 주인 사내가 웃으면서 말했다.

"세 분 형님들은 옌진 분들이신가 보군요?"

상고머리가 말했다.

"어떻게 아시오?"

노점 아낙이 말했다.

"옌진 사람들은 하나같이 째째하거든요."

'째째하다(孨)'는 말은 허난 사투리로 트집을 잘 잡는다는 뜻이었다. 뉴아이궈는 무슨 말인지 금세 알아들었다. 옌진 사람들 셋이 웃었다. 뉴아이궈도 따라 웃었다. 순간 뉴아이궈는 문득 차오칭어가 옌진 사람이었던 게 생각났다. 뉴아이궈가 노점 아낙에게 물었다.

"형수님, 옌진이 여기서 얼마나 됩니까?"

노점 여자가 말했다.

"두 현이 만나는 곳이니 백 리쯤 될 거예요."

뉴아이궈는 원래 팡리나와 라오상을 찾는 척하기 위해 허난에 가려했는데, 우연히 천쿠이이가 생각나 화현으로 오게 되었다. 그런데 화현이 차오칭어가 어렸을 때 살았던 고향 옌진에서 그렇게 가까우리라고는 생각지 못했다. 팡리나를 찾는 과정에서 자신도 모르게 차오칭어의 고향을 찾게 된 것이다.

문득 차오칭어가 세상을 떠나기 직전에 말은 하지 않고 죽어라고 침대를 두드리며 편지 한 통을 찾았던 것이 생각났다. 당시에는 모두들 그녀가 침상을 두드리는 이유를 이해하지 못했고 편지도 생전에는 찾지 못했다. 그녀가 세상을 떠난 뒤에 뉴아이궈는 우연히 편지를 찾게 되었다. 편지 내용을 다 읽고 나서야 엄마가 이 편지를 찾으려 했던 목적이, 쟝쭤룽이라는 옌진 사람에게 전화를 하려는 것이었음을 알게 되었다. 임종 직전에 쟝쭤룽에게 친위안에 한 번 다녀가도록 하려는 것이었다. 할 말이 있거나 뭔가 물어보려는 했던 게 분명했다. 기억나지 않았더라면 좋았을 것을, 일단 기억이 나고 보니 '옌진'이라는 두 글자에 대한 뉴아이궈의 반응이 방금 우연히 들었을 때와는 달라졌다. 양고기 볶음국수를 내려놓고 몸을 일으킨 뉴아이궈는 탁자를 돌아 세 옌진 사람들 앞으로 다가갔다.

"형님들은 옌진 어디서 오셨나요?"

나이가 가장 많은 남자와 가장 적은 남자는 여전히 입을 다물고 있고, 서른 남짓 된 상고머리가 뉴아이궈를 힐끗 쳐다보더니 묻는 말에 악의가 없는 것을 확인하고는 입을 열었다.

"현성 북가에서 왔어요. 왜요?"

뉴아이궈가 의자를 앞으로 당기며 물었다.

"옌진 현성에서 오셨다면 혹시 쟝쭤룽이라는 분을 아시나요?"

서른 남짓 된 상고머리가 머리를 쳐들고 잠시 생각에 잠기더니 고개를 가로저으며 다른 두 사람을 쳐다보았다. 두 사람도 잠시 생각에 잠기더니 고개를 가로저었다. 쉰 살이 넘은 사내가 물었다.

"현성 어디라고 했소? 뭐하는 분이요?"

뉴아이궈가 말했다.

"어디 사는지는 잘 모르지만 솜 트는 분이라는 건 압니다."

사내가 웃으며 말했다.

"지금은 솜 트는 사람이 없어요."

스물 남짓 된 젊은이가 말했다.

"옌진 현성에만 수만 명이 사는데 우리가 그런 사람을 어떻게 알겠어요?"

얘기를 하다 보니 세 사람은 어느새 볶음국수를 다 먹었다. 식사를 마친 그들은 서둘러 다시 길에 올랐다. 상고머리가 음식 값을 계산하고 나머지 두 사람에게 손짓을 보내자 그들은 트럭에 올라탔다. 그리고는 요란한 소리를 내면서 달리기 시작했다.

한밤중에 밖에 나와 볶음국수를 먹지 않았더라면 뉴아이궈는 화현에서 보름 내지 이십 일을 계속 머물다가 산시 친위안으로 돌아갔겠지만, 그날 밤 밖에 나와 볶음국수를 먹으면서 옌진이 겨우 백 리 밖에 있다는 사실을 알게 되자 생각을 바꿔 다음 날 아침 일찍 시외버스를 타고 옌진으로 갔다. 옌진이 자신과 아무런 관계가 없다고 생각했지만, 차오칭어가 세상을 떠나기 직전에 찾으려 했던 그 편지를 생각해낸 뒤로는 자신과 옌진 사이에 아주 밀접한 관계가 있다는 생각이 들었다. 당시 쟝쑤룽이 보낸 편지를 찾은 때가 엄마가 이미 돌아가신 뒤였기 때문에, 쟝쑤룽에게 연락을 해보았자 아무 소용이 없을 거라고 생각했었다. 지금은 엄마가 돌아가시긴 했지만 쟝쑤룽을 찾으면 엄마가 그녀에게 하고 싶었던 말과 묻고 싶었던 말이 무엇인지 묻고 싶었다. 엄마가 이미 돌아가셨기 때문에 엄마에게 물을 수는 없고 쟝쑤룽에게 물어봐야 하기에, 자세한 내막을 알 수 있으리라는 보장은 없었다.

팔 년 전 쟝쑤룽과 우모세의 후손 사이에 연락이 있었다 해도 우모세에 관한 자세한 사정을 들을 수 있으리라는 보장은 없었다. 우모세도 세상을 떠난 지 이미 이십 년이 지났기 때문에 그가 임종 때 어떤 말들을 남겼는지

288

제대로 알기 어려웠다. 팔 년 전의 그 편지에서는 우모세의 자손이 셴양에서 옌진으로 와서 차오칭어를 만나려 했다고 말했다. 팔 년 전에 차오칭어는 이 일에 관해 신경도 쓰지 않다가 임종 직전에서야 걱정하기 시작했다. 옌진 사람을 만나지 않았다면 이런 일들을 기억하지 않았겠지만, 옌진 사람 셋을 만나고 보니 뉴아이궈는 이 일들을 처음부터 끝까지 분명하게 밝히고 정리하고 싶어졌다.

처음에는 이 일들을 분명히 하는 것이 차오칭어를 위해서였지만 이제는 뉴아이궈 자신을 위해서였다. 자신과 칠십 년 전의 우모세 사이에 뭔가 연관이 있을 것 같았다. 그가 자신의 또 다른 외할아버지라는 사실은 차치하고, 칠십 년의 세월을 두고 두 사람의 행보가 너무나도 비슷했다. 적어도 집을 나서 사람을 찾는 척하고 있는 모습이 너무나 똑같았다.

우모세는 차오칭어, 즉 차오링을 잃어버리고 어째서 평생 옌진에 돌아가지 않았던 것일까? 이런 문제를 분명히 하는 것이 우모세와 차오칭어에게는 중요한 일이 아니었다. 우모세와 차오칭어는 이미 세상을 떠났기 때문이다. 하지만 그들의 일을 분명하게 정리하다 보면 뉴아이궈의 가슴에 맺혀 있는 응어리를 풀 수 있을지도 모른다. 열쇠로 자물쇠를 열려고 하는데 뜻밖에도 이 열쇠가 칠십 년 전의 시간 속에 감춰져 있는 것이다.

문득 어젯밤에 화현에 들어온 뒤로 마음이 혼란스럽지 않을 뿐만 아니라 이곳에 대해 친밀감이 느껴진다는 것을 깨달았다. 원래는 화현이 친밀하게 느껴진 것인 줄 알았는데, 뜻밖에도 화현이 친밀한 게 아니라 화현이 옌진과 가깝다는 것이 친밀하게 느껴진 것이었다. 그는 평생 옌진에 가본 적이 없었고 자신이 옌진과 이처럼 밀접한 연관이 있으리라고는 생각지도 못했다.

화현의 '야오츠 목욕성'을 떠나면서 뉴아이귀는 천쿠이이에게 쪽지를 하나 남겼다. 옌진에 가는 일에 관해선 말하지 않았다. 의도적으로 천쿠이이를 등지려는 것이 아니라, 옌진에 관한 일이 너무나 복잡하기 때문에 한두 마디로 분명하게 설명하기가 어려웠기 때문이다. 뉴아이귀는 쪽지에 이렇게 썼다.

천쿠이이에게:
산시 집에 급한 일이 있어서 먼저 가네. 이번에 자네를 만날 수 있어서 정말 반가웠네. 나중에 다시 오겠네. 자세한 얘기는 만나서 다시 하기로 하세. 부디 몸조심하게.

뉴아이귀

뉴아이귀는 목욕탕에 천쿠이이와 사이가 좋지 않은 사람들이 있다는 사실을 알고는, 쪽지를 목욕탕 사람에게 맡기지 않고 '야오츠 목욕성' 입구에서 좌판을 펼치고 담배를 파는 중년 아낙에게 맡겼다. 중년 아낙이 약간 못마땅한 표정을 보이자 그는 얼른 담배를 한 갑 팔아주었다. 그런 다음 시외 버스 터미널로 가서 옌진행 버스를 탔다.

옌진 현성에 도착해서야 뉴아이귀는 옌진 현성이 대단히 크다는 것을 알게 되었다. 화현이나 친위안 현성보다도 컸다. 현성 한가운데에는 탑이 하나 세워져 있고 탑 공원 바깥으로는 진허(津河)가 호호탕탕 현성 한가운데를 관통하여 흘러갔다. 강 위에는 다리가 하나 있고 다리 위와 다리 아래는 온통 짐을 나르는 사람과 수레를 미는 사람, 야채장수와 고기장수, 과일장수와 잡화장수들이었다. 여기저기 대형 스피커가 설치되어 있고 스피커에서는 예극(豫劇)[11]과 곡극(曲劇)[12], 이협현(二夾弦)[13] 등이 울려 퍼지고 있었다. 허난 전통극 외에 석극(錫劇)과 진극(晋劇)[14]도 들리는 것을 보면, 옌진은 주변 다른 지역과의 인구 이동이 아주 많은 도시인 것 같았다. 이렇게 큰 현성에서 이름만 알뿐, 주소를 모르는 사람을 찾는다는 것은 결코 쉬운 일이 아니었다.

뉴아이궈는 오전 내내 동가에서 서가로, 북가에서 남가로 돌아다니며 수많은 사람들을 상대로 수소문을 해보았지만 그럴듯한 수확이 없었다. 그제야 그는 어젯밤 화현 거리에서 만났던 옌진 사람들 셋이 장쑤룽이 누군지 모른다고 했던 게 거짓말이 아님을 알 수 있었다. 팔 년 전 장쑤룽이 차오칭어에게 쓴 편지에는 장쑤룽의 주소와 전화번호가 남아 있었다. 그 편지를 뉴아이궈는 아직 간직하고 있었다. 처음에는 편지를 친위안현 뉴쟈좡에 두었었는데 나중에는 현성 남관에 세를 얻은 집에 보관했다.

그는 친위안에 있는 쑹제팡에게 전화를 걸어 남관에 있는 집에 가서 그 편지를 찾아, 거기에 적힌 주소와 전화번호를 알려달라고 부탁하고 싶었다. 하지만 거짓으로 팡리나와 라오샹을 찾고 있다는 사실이 드러날까 두려워 그냥 입을 다물고 계속 옌진 현성을 돌아다니며 장쑤룽의 행방을 물어야 했다. 지성이면 감천이라고 현성 북관의 기차역에서 토끼다리 조림을 파는 장

---

11 허난의 지방극.
12 허난 지역에 유행하는 한족 전통극의 일종.
13 한족 악곡의 일종으로 오대음(五大音)이라 불리기도 한다.
14 산시의 전통극.

사꾼에게 물었더니 마침 그의 성이 쟝씨인 데다 쟝쑤룽의 직계가족이었다. 그가 가르쳐준 대로 마침내 현성 남가의 극원(劇院) 입구에서 쟝쑤룽의 집을 찾아낼 수 있었다.

쟝쑤룽은 나이 서른여덟의 여자로 그녀의 할아버지가 바로 쟝룽이었다. 차오칭어는 살아 있을 때 뉴아이궈에게 옌진과 쟝씨 집안에 관해 얘기해준 적이 있었다. 덕분에 뉴아이궈의 머릿속에는 옌진과 쟝씨 집안에 대한 대체적인 인상이 남아 있었다. 옌진과 쟝쑤룽을 눈으로 직접 보니 머릿속에 있던 것과는 사뭇 달랐다. 사십 년 전 차오칭어가 옌진에 왔을 때는 쟝쑤룽이 없었고 쟝씨 집안은 아직 솜을 틀어 먹고살고 있었다. 쟝룽과 장거우 세대에 열 명 남짓 되던 쟝씨 집안의 식구는, 이제 오륙십 명으로 늘어나 다양한 직업에 종사하고 있었다.

쟝쑤룽은 잡화점을 열어 담배와 술, 간장, 식초, 함채흘탑(咸菜疙瘩)[15], 컵라면, 각종 음료와 생수 등을 팔았다. 가게 입구에는 냉장고가 하나 있어 막대빙과와 아이스크림도 팔았다. 잡화점의 이름은 '쑤룽 소매점'이었다. 쟝쑤룽 집이 어딘지 알기 전에 뉴아이궈는 이미 남가를 세 번이나 왔다 갔다 했지만 이 소매점에는 별로 관심을 기울이지 않았다. 쟝쑤룽은 뉴아이궈의 신분을 알아냈지만 뉴아이궈가 찾아온 의도는 알지 못했다. 처음에는 뉴아이궈가 허난에서 어려운 일이 있어 자신을 찾아온 거라고 생각했다. 돈을 빌리러 왔거나 물건을 얻으러 왔을 거라는 생각에 약간의 경계심을 보이기도 했다. 그러다가 뉴아이궈가 지난 일을 알아보기 위해 왔다고 말하자 그

---

15 소금 등에 절여 간을 한 개채(芥菜).

제야 마음을 놓았다. 이어서 차오칭어가 세상을 떠났다는 얘기를 듣고는 탄식하며 말했다.

"저는 그 고모님을 뵌 적이 없어요."

뉴아이궈는 팔 년 전 우모세의 손자가 옌진에 왔을 때 쟝쑤룽이 차오칭어에게 편지를 써서 옌진에 한번 다녀가라고 했던 일에 관해 물었다. 차오칭어가 옌진에 오면 무슨 말을 하려 했었나 하는 것이었다. 하지만 쟝쑤룽은 아무 것도 기억하지 못했다. 뉴아이궈가 물었다.

"큰 누님, 그 편지는 누님이 쓴 게 아니었나요?

쟝쑤룽이 말했다.

"그 편지는 내가 쓴 게 아니에요. 산시(陝西)에서 온 손님이 무슨 말을 하려 했는지 나는 아무 것도 몰라요. 게다가 나는 성질이 급해서 편지 쓰는 걸 좋아하지 않아요. 그 편지는 뤄안쟝이 내 대신 써준 거예요."

쟝쑤룽은 우모세가 칠십 년 전 산시 셴양으로 도망쳐 뤄창리로 개명했다고 말해주었다. 그의 손자 이름이 뤄안쟝(羅安江)이라는 것이었다. 팔 년 전에 그 편지를 쓸 때 뤄안쟝은 사정에 담긴 곡절을 잘 이해하지 못할까봐 그의 할아버지를 우모세라고 썼던 것이다. 뉴아이궈는 우모세가 산시로 간 뒤 왜 성과 이름을 바꿨는지, 그 과정에 어떤 연고가 담겨 있는지 전혀 알지 못했다. 하지만 칠십 년 전의 일을 자세히 따져볼 여유가 없었던 그는 먼저 팔 년 전의 일부터 물었다.

"뤄안쟝이 옌진에 있을 때 어떤 얘기를 하던가요?"

쟝쑤룽은 잠시 생각에 잠겼다가 입을 열었다.

"기억이 잘 안 나네요. 그가 고모를 만나고 싶다고 했던 것만 기억나는군요. 그는 원래 성이 양(楊)이어야 했대요. 산시에서 옌진으로 왔을 때 양쟈좡으로 갔어야 하지만, 우리 쟝씨 집으로 온 것도 고모를 찾을 수 있을까 해서 그랬던 거라고 하더군요."

뉴아이궈가 다시 물었다.

"그분은 옌진에 얼마나 머물렀었나요? 다른 사람들 하고는 얘기를 나누지 않았나요?"

쟝쑤룽이 말했다.

"보아하니 뭔가 걱정거리가 있는 것 같았어요. 하루 종일 밥도 안 먹고 사람들과 얘기도 하지 않더라고요. 보름쯤 머물다가 고모에게서 답장이 오지 않자 다시 산시(陝西)로 돌아갔어요."

"그가 우리 엄마를 만나려 했다면 누님에게서 산시(山西)의 주소도 알았을 텐데 왜 직접 산시로 가지 않았을까요?"

"나도 그렇게 권했어요. 사실 그가 온 다음 날 나는 그가 고모를 만날지 말지 약간 주저하고 있다는 걸 알아챘지요. 고모가 오셔서 만나 뵙기는 했지만 그에게 산시(山西)로 가자고 하니까 죽어도 안 간다고 하더군요. 무엇 때문에 그러는 건지는 알 수 없었어요."

뤄안쟝이 무엇 때문에 산시에 가지 않으려 했든지 간에, 뉴아이궈가 화현에서 옌진으로 온 것은 대나무 바구니에 물을 담는 거나 마찬가지였다. 쟝쑤룽에게는 쟝뤄마(姜羅馬)라는 동생이 하나 있었다. 나이는 스무 살 남짓으로 옌진 현성에서 삼륜차로 손님들을 태워다주는 일을 하고 있었다. 뉴아이궈와 쟝쑤룽이 얘기를 나누고 있을 때 마침 그가 삼륜차를 몰고 누나의 잡화점 앞을 지나가다 멈추고 물을 마시러 들어왔다. 뉴아이궈를 본 그가 쟝쒀룽에게 누구인지 물었다. 그러더니 뉴아이궈의 사연을 듣고는 그가 팔 년 전의 일 때문에 불원천리하고 옌진까지 왔다는 사실에 무척이나 호기심을 느꼈다. 그는 손님을 태우러 가지 않고 그대로 남아 두 사람의 얘기를 들었다. 팔 년 전의 일들뿐만 아니라 칠 년 전의 일도 있어 더욱 더 호기심을 느꼈다. 쟝쒀룽은 짜증이 났지만 쟝뭐마는 오히려 더 흥미를 느꼈다. 하지만 뉴아이궈는 쟝쒀룽이 아무 말도 하지 못하는 것을 보고는 더 이상 캐묻지 않았다.

오후에 쟝뭐마가 삼륜차에 뉴아이궈를 태워 옌진 현성 사방의 거리들을 구경시켜주었다. 말하는 걸 좋아하는 쟝뭐마는 오늘날의 옌진과 비교해 가면서 뉴아이궈에게 칠십 년 전의 일들을 설명해주었다. 서가의 어느 곳에 이르자 뉴아이궈에게 그 옛날 우모세와 우샹샹이 만터우를 찌던 곳이 지금은 장아찌 공장이 되었다고 알려주었다. 북가의 사거리에 이르러서는 서북쪽으로 가면 과거 이탈리아 신부 라오잔의 교회당이 있었는데 지금은 '금분 족욕센터'로 변했다고 알려주었다. 동가 다리 밑에 이르러서는 그곳에 과거에 우모세가 물을 긷던 우물이 있었는데 지금은 연초공장이 들어섰다고 알려주었다. 남가로 돌아와서는 쟝쒀룽의 잡화점 옆에 있는 극장을 가리키면서 그곳이 우모세가 남가를 떠들썩하게 했던 곳으로 당시의 돌태가 아직 극장 입구 한쪽에 그대로 남아 있다고 알려주었다.

쟝뭐마도 전부 남들이 하는 얘기를 들어서 알게 된 것이었다. 옌진에서 이런 일들을 알고 있는 사람은 쟝씨 집안 사람들뿐이었다. 지금의 옌진에 대해서도 잘 알지 못했고 칠십 년 전의 옌진에 대해서도 잘 알지 못했던 뉴아이궈는, 다 듣고 나서도 칠십 년 전에 있었던 일들의 긴 흐름을 제대로 이해하지 못했다. 쟝뤼마가 물었다.

"형님, 산시에서 옌진까지 오신 게 단지 칠십 년 전의 일을 알아보기 위한
것만은 아니겠지요?"

뉴아이궈가 어리둥절한 표정으로 되물었다.

"그럼 내가 왜 왔을 것 같은가?"

쟝뤼마가 말했다.

"저도 오후 내내 그게 궁금했습니다. 현재를 위해서라면 뭔가를 찾아야
하겠지요. 혹시 칠십 년 전에 만터우를 팔던 사람들이 무슨 보물이라도 남
긴 것은 아닐까요?"

뉴아이궈는 웃지도 못하고 울지도 못할 심정으로 한숨을 내쉬며 말을 받
았다.

"동생, 한 가지 물건을 찾는 걸로 충분할 것 같네."

차오칭어가 세상을 떠난 일로부터 시작해 팡리나가 두 번째로 야반도주
를 했고 자신은 팡리나와 라오샹을 찾아 나서는 척 하게 된 것인지를 어떻
게 말할 수 있겠는가. 또 화현에서 천쿠이이를 찾았고 옌진 사람 셋을 만났
으며 옌진에 와서 칠십 년 전의 일을 찾게 되었는지, 이 모든 일의 자초지종
을 어떻게 설명할 수 있겠는가? 설명을 안 하면 그만일 것을, 설명을 하고
보니 사건의 흐름이 더 모호해졌다. 결국 그는 대충 얼버무리는 수밖에 없
었다.

"물건을 찾는 거라면 아직 못 찾았겠나?"

이 말에 쟝뤼마는 오히려 더 물고 늘어졌다.

"양쟈좡에는 가보셨나요?"

양쟈좡은 우모세 혹은 뤄창리가 어린 시절을 보낸 마을인 만큼 마땅히 가 봐야 하는 곳이었다. 하지만 우모세는 셴양으로 도망쳐 이름을 뤄창리로 바꾼 뒤로 양쟈좡으로 돌아간 적도 없었고 옌진으로 돌아간 적도 없었다. 지난번에 뤄안쟝도 옌진에는 왔었지만 양쟈좡에는 가지 않았다. 뉴아이궈는 이제는 가 봤자 헛수고라는 생각이 들었다.

"양쟈좡에는 가지 않을 생각이네. 셴양으로 가서 뤄안쟝을 찾아봐야겠네."

쟝뤄마는 멍한 표정으로 몸이 굳어버리고 말았다.

"형님, 형님은 저보다 고집이 더 세시군요. 형님 같은 사람은 처음 봤습니다."

다음 날 뉴아이궈는 쟝쑤룽에게 뤄안쟝의 셴양 주소를 달라고 하여 셴양으로 갔다. 예전에 뤄안쟝은 산시로 가는 일에 대해 약간 주저했었지만, 뉴아이궈는 조금도 주저하지 않았다. 뤄안쟝이 주저했다는 사실 때문에 뉴아이궈는 더더욱 뤄안쟝을 찾고 싶었다. 뤄안쟝을 찾는 건 세상을 떠난 뤄창리, 즉 우모세를 찾아 그가 세상을 떠나기 직전에 어떤 말을 남겼는지 알아보기 위함이었다.

칠십 년 전 우모세는 허난을 떠나 산시(陝西)로 갔는데, 칠십 년이 지난 지금 뉴아이궈도 허난을 떠나 산시로 가고 있었다. 뉴아이궈는 계산을 해보았다. 우모세가 산시로 갈 때의 나이는 스물하나였는데, 지금 산시로 가는 자신의 나이는 서른다섯이다. 뉴아이궈가 산시 친위안에서 온 것은 원래 거짓으로 팡리나와 라오샹을 찾는 척하기 위해서였는데, 뜻밖에도 한 바퀴 빙돌아 우모세를 찾으러 산시로 가고 있었다. 칠십 년 전에 우모세가 사람을 찾겠다며 옌진을 떠날 때도 거짓으로 찾는 척만 하기 위해서였는데, 뜻밖에도 지금 또 다른 '찾는 척'이 정말로 찾는 것으로 바뀌었다.

뉴아이궈는 이러지도 못하고 저러지도 못할 심정이었다. 쟝쑤룽은 그가 산시(陝西)로 가려 한다는 말에 다소 놀라긴 했지만 만류하진 않았다. 뉴아이궈는 시외버스를 타고 신샹으로 간 다음, 신샹에서 다시 란저우(蘭州)로 가는 기차를 탔다. 열차에는 사람이 아주 많았다. 뉴아이궈는 객차 통로에 하루 밤낮을 꼬박 서 있었는데도 자리를 잡지 못했다. 오래 서 있다 보니 몹시 피곤했다. 밤이 되어서도 그렇게 선 채로 잠을 자다가 바지 주머니 안에 있는 지갑을 도난당하고 말았다. 그나마 차표가 지갑 안에 있지 않고 주머니 안에 있었던 것이 다행이었다.

다음 날 오전, 열차는 셴양에 도착했다. 뉴아이궈는 차표를 손에 들고 가방을 등에 매고서 셴양 기차역을 빠져나왔다. 처음 뤼안쟝을 만나는데 수중에 돈 한 푼 없어 온갖 불편을 다 겪어야 할 것이고, 남들의 오해를 살 수도 있을 것이었다. 속으로 도둑놈에게 호되게 욕도 해보았다. 돈을 훔쳐간 건 둘째 치고 남의 중요한 일을 그르친 걸 생각하면 괘씸하기 짝이 없었다. 뉴아이궈는 하는 수 없이 가차역의 화물창고에서 닷새 동안 짐을 날라주고 팔백 위안을 벌었다. 원래는 닷새를 일하면 사백 위안밖에 벌 수 없지만, 뉴아이궈는 주간에도 짐을 나르고 야간에도 짐을 날랐다. 얼마나 지어 날랐는지 모르지만 팔백 위안을 벌었다. 돈을 받아 화물창고에서 나오니 엿새째 되는 날 이른 아침이었다.

뉴아이궈는 기차역 광장의 물을 파는 노점으로 가서 물을 사마셨다. 물을 마시고 나니 닷새 동안 쌓인 노곤함이 한꺼번에 몰려왔다. 바로 옆에 이리저리 돌아다니는 여행객들을 위해 마련된 의자에 앉아 지친 발을 쉬게 했다. 이른 아침이라 손님들은 많지 않았다. 뉴아이궈는 가방을 배게 삼아 하나로 붙어 있는 의자에 누워 잠시 눈을 붙였다. 몸이 편해서인지 금세 잠이 들었다. 자고 일어나 보니 또 아침이었다. 해는 아직 뜨지 않았다. 뉴아이궈는 잠시 눈을 붙인 줄 알았는데, 옆에서 물을 파는 아낙의 말에 의하면 하루 밤낮을 꼬박 잤다고 했다. 아낙은 그가 어제 와서 잘 때는 별로 관심을 갖지 않았는데, 이날 아침에도 광장에 좌판을 펼치려 왔다가 그가 여전히 자고 있는 것을 보고는 병이 난 게 아닌가 하는 걱정에 깨우려 했다. 바로 그 순간 그가 스스로 깨어 일어난 것이었다.

뉴아이궈는 아랫배가 아플 정도로 소변이 급했다. 그제야 자신이 잠을 푹 자서 깬 것이 아니라 소변이 마려워서 깼다는 걸 깨달았다. 팔에 땀자국이 있는 걸 보니 자면서 땀을 많이 흘린 모양이었다. 뉴아이궈는 창피했는지 물을 파는 아낙을 향해 어색한 웃음을 보이면서 자신에게 감각이 둔해지는 병이 있다고 둘러댔다. 그러고는 변소로 가서 아랫배를 비운 다음 기차역 수돗가로 가서 팔을 씻었다. 가슴도 문질러 닦고 세면도 했다. 정신이 확 드는 것 같았다.

거리의 노점에서 아침식사를 해결한 그는 옌진에서 적어온 주소를 따라 셴양 광더리가(光德里街) 수이웨스(水月寺) 후퉁 백이십팔 호에 있는 뤄안장의 집을 찾아갔다. 정확한 주소가 있었기 때문에 찾는 것이 그다지 어렵지 않았다. 하지만 뤄안장의 집에 도착해서야 그가 팔 년 전에 마누라와 두 아이를 남기고 이미 세상을 떠났다는 사실을 알게 되었다.

뤄안장의 마누라는 이름이 허위펀(何玉芬)이었다. 나이는 마흔이 좀 넘었고 가냘픈 체구에 희고 깨끗한 얼굴을 하고 있었다. 뤄안장의 큰아이는 열

여덟아홉쯤 된 사내아이로 외지에 나가 일을 하느라 셴양에 있지 않았다. 둘째인 딸은 이제 갓 열 살로 초등학교에 다니고 있었다. 뉴아이궈가 찾아온 의도를 확인한 허위펀은 처음에는 놀라는 표정을 지었지만 대단한 인내심을 보이면서 장장 두 시간에 걸쳐 우모세, 즉 뤄창리로부터 시작하여 자신의 남편 뤄안쟝에 이르기까지 지난 칠십 년의 이야기를 자세히 들려주었다. 아마도 남편이 죽은 뒤로 그녀와 얘기를 나누려는 사람이 없었는지, 긴 시간 동안 지나간 얘기를 하면서도 전혀 피곤한 기색을 보이지 않았다. 허난 옌진의 쟝쑤룽과는 전혀 다른 모습이었다. 그녀는 얘기를 하면서 다소 조급해 했다. 허위펀은 말이 빠르지도 않고 느리지도 않았다. 한 대목을 다 얘기하면 뉴아이궈를 한 번 힐끗 쳐다보면서 빙긋이 웃는 것으로 마무리하곤 했다.

그녀는 우모세, 즉 뤄창리가 칠십 년 전에 셴양으로 도망온 뒤로 줄곧 거리에서 따빙(大餅)을 팔았다고 했다. 따빙 외에 참깨 샤오빙과 허난 샤오빙도 팔고, 소머리고기와 양머리고기도 팔았다고 했다. 하루 종일 흰 모자를 쓰고 있는 모습이 마치 회족(回族) 사람 같았다고 했다. 그는 셴양으로 오기 전에 바오지에도 갔었다. 누군가를 찾기 위해서였다. 결국 그 사람을 찾지 못하자 다시 머리를 돌려 셴양으로 왔다. 셴양에서 아내를 맞은 그는 삼남일녀를 낳았고, 손자 대에 이르러서는 열 명이 넘는 손자와 손녀가 있었다. 허위펀은 뤄안쟝에게 시집오고 나서야 뤄창리가 아무하고도 말을 하지 않는다는 것을 알았다. 그는 아들들에게도 말을 하지 않고 며느리들에게도 말을 하지 않았다. 손자손녀들 가운데 오로지 뤄안쟝하고만 말을 했다. 이에 가족들 모두 뤄창리가 사람을 편애한다고 말했다.

허위펀이 할머니에게서 들은 바에 의하면, 뤄안쟝이 태어나자 뤄창리는 그가 어떤 사람을 닮았다고 말했다고 한다. 뤄안쟝이 다섯 살이 되었을 때부터 두 사람은 얘기를 주고받기 시작했다. 밤에는 같은 침대에서 자면서 못하는 말이 없었고, 얘기를 했다 하면 한밤중까지 이어졌다. 뤄안쟝은 아내를 맞이한 뒤에도 일이 생기면 허위펀과 상의하지 않고 할아버지인 뤄창리와 상의했다.

뤄창리는 이십 년 전에 세상을 떠났다. 팔 년 전에 뤄안쟝은 갑자기 위암에 걸렸다. 그는 몹시 조바심을 내면서 허난 옌진으로 갔다. 뤄창리가 생전에 남긴 마지막 한 마디 때문에 마음이 놓이지 않는다는 이유에서였다. 병이 나지 않았을 때는 대수롭지 않게 여겼는데, 자신이 이 세상에 있을 시간이 그리 길지 않다는 생각에 죽기 전에 옌진에 가서 그 옛날 할아버지가 잃어버린 딸 차오링을 찾아봐야겠다고 마음먹은 것이었다. 찾지 못해도 그만이겠지만 혹시 찾는다면 그 한 마디 말을 그녀에게 직접 전해주고 싶었다. 그래야만 마음이 편할 것 같았다. 식구들은 전부 나서서 못 가게 막았다. 하지만 팔월 십오일이 되기 사흘 전에 그는 방비가 소홀한 틈을 타 혼자 몰래 기차역으로 가서 허난행 차표를 샀다. 그는 옌진에서 보름을 지냈지만 차오링을 찾을 수 없어 다시 돌아왔고, 돌아온 지 석 달 만에 세상을 떠났다. 그런데 뜻밖에도 팔 년이 지나 차오링의 아들 뉴아이궈가 찾아온 것이다.

이야기를 마친 그녀는 뉴아이궈를 쳐다보았지만, 이번에는 웃음을 보이는 대신 얼굴을 가리고 한참을 탄식했다. 뉴아이궈는 쟝쑤룽의 말이 생각났다. 그녀는 뤄안쟝이 옌진에 보름 동안 머물 때 마음이 너무 무거워 식사도 제대로 하지 못했다고 말했다. 그런데 알고 보니 마음만 무거운 것이 아니라 몸도 중병이 들어 있었던 것이다. 생각해 보니 뤄안쟝도 밖으로 드러낼 수 없는 고민이 있었던 것 같았다. 아마도 차오칭어가 팔 년 전에 미처 생각지 못한 일이었을 것이다. 뤄안쟝이 중병이 들었다는 것을 알았다면, 차오칭어는 틀림없이 옌진으로 달려갔을 것이다.

뉴아이궈는 비로소 차오칭어가 왜 뤄안쟝과 만나지 않았는지 알게 되었다. 뤄안쟝은 차오칭어를 만나고 싶었으면서 왜 산시 친위안에는 가지 않았던 것일까? 여기에도 틀림없이 그럴 만한 이유가 있었을 것이다. 만날 수 있을 때 만나지 않다가, 차오칭어는 죽기 직전에 뤄안쟝을 만나고 싶었던 것이다. 그런데 뤄안쟝이 이미 죽은 지 팔 년이 되었을 줄 누가 알았겠는가. 만나지 않은 것은 그 일들을 되돌아보고 싶지 않았기 때문이었을 텐데, 어째서 죽기 직전에는 모두들 되돌아보려 했던 것일까? 여기에도 심오한 이유가 감춰져 있었지만 뉴아이궈로서는 알 수가 없었다. 뉴아이궈가 말했다.

"형수님, 어르신께서 형님에게 어떤 말을 남기셨는지 아세요?"

뉴아이궈가 말하는 '어르신'은 우모세 즉 뤄창리를, '형님'은 뤄안쟝을 의미했다. 허위펀이 고개를 가로 저으며 말했다.

"동생의 형님은 나랑 말이 잘 안 통했어요. 할 말이 있어도 내겐 하지 않았지요."

뉴아이궈가 물었다.

"그럼 형님이 누구랑 얘기를 했나요?"

"형님은 아들하고도 말을 안 하고 딸하고도 말을 안 했어요. 오로지 뤄샤오펑(羅曉鵬)이라고 하는 본가의 형제하고만 얘길 했지요. 두 사람은 자주 얘기를 나눴어요."

"뤄샤오펑이란 분은 댁에 계신가요?"

"우리 아들을 데리고 함께 광둥으로 일을 하러 갔어요."

"두 사람이 전화번호는 남기지 않았나요?"

"두 사람이 일하는 게 쉽지 않은 모양이에요. 주하이(珠海)에서 잠시 일하다가 다시 산터우(汕頭)로 갔다가 또 둥관(東莞)으로 갔다가 하기 때문에 고정된 일자리가 없어 고정된 전화번호도 없어요."

보아하니 뤄창리가 남긴 말을 찾으려면 광둥으로 가서 뤄샤오펑을 만나야 할 것 같았다. 이제야 그는 칠십 년 전의 말 한 마디를 찾는 게 그리 쉬운 일이 아니라는 것을 깨달았다. 뉴아이궈는 광저우로 갈 것인가 말 것인가 하는 문제를 놓고 주저하고 있었다. 뤄샤오펑을 찾기가 어려울 것 같아 주저하거나 자신의 시간과 여비 때문에 주저하는 것이 아니라, 뤄창리와 뤄안장이 한 가지 일을 얘기하고 있고 뤄안장과 뤄샤오펑도 또 다른 일을 얘기하고 있기 때문에 주저하는 것이었다. 두 사람이 얘기를 나누기 시작하면 말할 수 있는 화제가 아주 많지만, 그가 듣고 싶어 하는 뤄창리와 뤄안장에 관한 말이 들어 있는지는 알 수 없었다. 설사 두 사람의 대화에 그 말이 들어 있다 하더라도, 그 말이 뤄샤오펑과는 연관이 없었기 때문에 뤄샤오펑이 아직 기억하고 있을지가 미지수였다.

허위펀은 뉴아이궈와 얘기를 끝내고 함께 본채로 가서 우모세, 즉 뤄창리의 사진과 뤄안장의 사진을 보여주었다. 벽에 걸린 거울 틀에 가족사진 한 장이 끼워져 있었다. 뤄창리, 즉 우모세가 제일 웃어른이었다. 마르고 호리호리한 몸집에 정수리가 뾰족하고 얼굴에는 산양 같은 수염을 기른 모습이었다. 한가운데 앉은 그는 눈을 똑바로 뜨고서 앞을 바라보고 있었다. 이 사람이 바로 뉴아이궈의 '외할아버지'였지만 두 사람은 평생 한 번 만난 적도 없고 얘기를 나눠본 적도 없었다. 뉴아이궈는 사진 속 인물이 낯설기만 했다. 뤄안장은 바로 그 옆에 서 있었다. 얼굴이 넓적하긴 하지만 뤄창리와 마찬가지로 눈을 똑바로 뜨고 앞을 바라보고 있었다. 뉴아이궈는 그가 눈이 아주 클 거라고 생각했는데, 뜻밖에도 아주 가늘고 작은 눈을 갖고 있었다.

방금 허위펀이 뤄안장이 막 태어났을 때 뤄창리가 그가 어떤 사람을 닮은 것 같다고 말하는 것을 들으면서, 뉴아이궈는 그가 차오칭어, 즉 차오링을 닮았기 때문에 뤄창리가 그를 특별히 예뻐했던 거라고 생각했다. 하지만 이제 와서 보니 그는 차오칭어와 조금도 닮지 않았다. 보아하니 뤄창리가 말한 것이 차오칭어, 즉 차오링이 아니라 다른 사람이었던 것 같았다. 그렇다면 그 사람은 누구일까? 뉴아이궈는 또다시 아연해졌다.

허위펀은 뉴아이궈를 안채로 데리고 가서는 벽에 붙어 있는 궤짝에서 낡은 종이를 한 뭉치 꺼내 뤄창리가 생전에 이 종이를 보물처럼 소중히 간직하다가 죽기 직전에 뤄안장에게 넘겨줬다고 말했다. 뤄안장도 이 종이를 보물처럼 궤짝에 넣어 간직하면서 남들에게 보여주지 않았다고 했다. 뉴아이궈가 종이를 받아 들었다. 종이는 누렇게 바래 있고 여러 군데 좀이 슬어 있었다. 펼쳐보니 종이에 그림이 그려져 있었다. 거대한 집이었다. 자세히 보니 교회당 같았다. 교회당 꼭대기에는 십자가가 달려 있고 큰 종도 하나 달려 있었다. 그림은 아주 멋졌지만 그 안에 담긴 사연은 알 수 없었다. 소리쳐 부르면 그림 속에서 당장이라도 사람이 튀어 나올 것 같았지만, 아무리 봐도 그림에 담긴 사연은 알 수 없었다. 뒷면에는 두 줄로 글이 쓰여 있다. 첫째 줄에는 깨알같이 작은 글씨로 '악마의 속삭임'이라고 쓰여 있고,

둘째 줄에는 만년필 글씨로 '사람을 죽이지 않으면 불을 지르겠다'라고 쓰여 있었다. 두 줄의 글씨는 서체가 서로 다른 것으로 보아 한 사람이 쓴 것이 아님이 분명했다. 여러 해가 지나서인지 글씨의 흔적도 희미해져 있었다.

글을 본 뉴아이궈는 놀라움을 금치 못했다. 하지만 사람은 가고 없고 물건만 남은 터라, 누가 쓴 글인지 알 수 없을 뿐만 아니라 글을 쓴 상황과 함의는 더더욱 알 수 없었다. 반나절을 고민해 봐도 역시 의미를 알 수 없었다. 단지 이 두 마디가 아주 모진 말이라는 것만 짐작할 뿐이었다. 이처럼 모진 심정은 자신도 가졌던 적이 있었다. 한숨을 내쉬면서 그는 종이를 잘 접어 다시 허위펀에게 건네주었다. 허위펀은 종이를 다시 궤짝에 넣었다.

저녁식사가 끝나자 허위펀은 뉴아이궈와 마주앉아 얘기를 시작했다. 한 사람은 동쪽을 향해 앉고 한 사람은 서쪽을 향해 앉았다. 허위펀이 말했다.

"동생이 산시에서 옌진으로 갔다가 다시 옌진에서 셴양으로 온 것이 단지 이런 얘기를 듣기 위해서만은 아니겠지요?"

뉴아이궈는 형수의 태도가 따스하고 자신과 말이 통하는 데다 서로 잘 알지는 못하지만 그다지 낯설다는 느낌도 없어, 마음속에 담아둔 말을 털어놓는 것도 나쁘지 않겠다는 생각이 들었다. 오는 길 내내 얘기를 나눌 상대가 없어 죽도록 답답했던 터라 그는 차오칭어가 병이 들어 입원했던 일부터 시작해 세상을 떠난 일까지, 이어서 팡리나가 두 번째로 외간 남자와 눈이 맞아 야반도주한 일부터 처음 야반도주한 일까지 다 얘기했다. 처음에는 창저우에 갔지만 이번에는 거짓으로 팡리나와 라오샹을 찾는 척하고 있다는 사실도 얘기했다. 허난 화현에는 어떻게 갔고 옌진은 또 어떻게 갔는지, 옌진에서 산시 셴양까지는 어떻게 오게 되었는지 긴 흐름을 자세하고 속시원하게 다 얘기했다. 얘기를 마친 뉴아이궈는 긴 한숨을 내쉬었다.

"저도 잘 압니다. 말은 엄마를 위해 지나간 일을 찾는다고 하지만 이를 이용해 자신의 고민을 풀려고 한다는 걸 말입니다."

허위펀이 다 듣고 나서 한숨을 내쉬었다.

"동생, 동생의 얘기를 듣고 나니 더 이상 찾지 말라고 권하고 싶군요."

"왜요?"

"그 일들을 찾는다 해도 고민이 해결되진 않을 테니까 말이에요."

"어떻게 그런 말을 하실 수 있죠?"

"보면 다 알아요. 동생의 고민이 찾는 일보다 더 큰 것 같군요."

뉴아이궈는 가슴이 '덜컥' 내려앉았다. 허위펀이 자신의 마음을 빤히 들여다보고 있는 것 같았다. 자신의 고민을 스스로 가늠해내지 못한 것 같았다. 두 사람은 한밤중까지 얘기를 계속하다가 각자 방으로 돌아가 쉬었다. 뉴아이궈는 발을 씻고 침대에 누워 이리저리 몸을 뒤척였다. 본채에서 들려오는 북소리와 종소리 때문에 잠을 이룰 수 없었다. 본채에서 하위펀과 그녀의 딸이 코를 고는 소리가 너무 요란하기도 했다. 뉴아이궈는 일어나 옷을 주워 입고 마당으로 나왔다. 마당 한가운데 커다란 홰나무가 한 그루 있었다. 뉴아이궈는 의자를 하나 옮겨다놓고 홰나무 아래 앉았다. 고개를 숙이고 한참을 생각에 잠겨 있던 그는 갑자기 거칠게 고개를 치켜들었다. 커다란 달이 반쪽이 없어진 채 하늘에 걸려 있었다. 반쪽밖에 남지 않은 달이지만 위압감을 줄 정도로 밝았다. 바람이 불어오자 홰나무 잎새들이 '사사삭' 소리를 냈다. 발밑의 나무 그림자도 '사사삭' 소리에 덩달아 흔들렸다.

뉴아이궈는 갑자기 여덟 달 전에 허베이 보터우 '라오리 미식성'에서의 일이 생각났다. 오늘과 비슷한 날이었지만 머리 위의 달은 오늘보다 더 컸었다. 그날 뉴아이궈는 창저우에서 더저우로 두부를 날라주고 돌아오던 길에 자동차의 라디에이터가 고장나는 바람에 차를 '라오리 미식성'에 세워두어야 했다. '라오리 미식성'의 마당에도 커다란 홰나무가 한 그루 있었다.

그날 밤 그는 장추훙과 좋은 시간을 가졌다. 나중에 두 사람의 관계는 갈수록 더 좋아졌고 말도 갈수록 더 잘 통했다. 밤중이라 시간에 구애되지 않고 밤새 얘기할 수 있었고 피곤하거나 배가 고프지도 않았다. 꽤 시간이 지난 어느 날 장추훙이 침대 위에서 뉴아이궈를 껴안았다. 그러면서 자신을 데리고 보터우를 떠나 달라고 말했다. 당시의 뉴아이궈는 다른 뉴아이궈였다. 그가 흔쾌히 대답했다. 장추훙은 뉴아이궈가 흔쾌히 약속하자 뉴아이궈를 꼭 껴안으며 말했다.

"자기가 그렇게 말하니까 할 얘기가 한 가지 더 있어요."

"무슨 얘긴데?"

"조금 있다가 말할게요."

하지만 얼마 후에 뉴아이궈는 추이리판과 얘기를 나눈 뒤로 목숨이 날아갈까 두려워 감히 장추훙을 데리고 가지 못하고 차오칭어가 병이 났다는 핑계로 산시 친위안의 집으로 도망쳐버렸다. 그날 저녁부터 지금까지 일곱 달이 지났다. 일곱 달 동안 감히 그 일에 대해 진지하게 생각해보지도 못했다. 그러다가 이제 유사한 상황에 처하고 보니, 갑자기 장추훙이 뭔가 말을 하기로 했다가 하지 않았던 일이 생각났다. 그 말이 우모세가 죽기 직전에 차오링에게 하려 했던 말만큼이나 중요하게 여겨졌다. 우모세가 차오링에게 하려 했던 말을 광둥에 가서 찾는다 해도 뉴아이궈의 고민을 해결해주리라는 보장이 없었지만, 장추훙이 하려고 했던 말은 뉴아이궈의 마음속 자물쇠를 풀어줄 수 있을 것 같았다.

이 일이 생각나기 전까지만 해도 뉴아이궈는 광둥으로 가서 우모세가 차오링에게 했던 말을 찾을 생각이었지만, 이 일을 생각해낸 뒤로는 목표가 바뀌어 장추훙을 찾아가고 싶어졌다. 일곱 달 전에는 담이 작아 장추훙을 버렸지만 이제는 친위안에서 화현으로, 화현에서 옌진으로, 옌진에서 셴양으로 줄곧 돌아다니다 보니 몸은 몹시 수척해졌지만 담은 커져 있었다. 장추훙과의 일에는 담이 작았지만 일곱 달이 지나 다른 일 때문에 담이 커진 것이었다. 담이 커진 뉴아이궈는 감히 팡리나를 데리고 떠났던 라오샹이 되었다.

다음 날 아침 일찍 뉴아이궈는 뤄안장의 집이 있는 후퉁 입구의 잡화점으로 가서 허베이 보터우의 '라오리 미식성'으로 전화를 걸었다. 전화가 연결되었다. 전화를 받은 사람의 닭 잡는 듯한 목소리가 들려왔다. 뉴아이궈는 금세 목소리의 주인공이 '라오리 미식성'의 주인 리쿤이 아니라는 것을 알아챘다. 그는 주방에서 일하는 팡산(胖三)일 거라고 생각하고는 대담하게 물었다.

"장추훙 있어요?"

상대방은 아주 단호하게 대답했다.

"없어요."

"야채를 사러 나갔나요 아니면 며칠 외지에 나간 건가요?"

"떠난 지 반년이 넘었습니다."

뉴아이궈는 깜짝 놀라 더욱 담대하게 물었다.

"리쿤은요?"

"없어요."

"어디 갔나요?"

"몰라요."

뉴아이궈는 의아한 생각이 들었다.

"거기 '라오리 미식성' 맞나요?"

"옛날엔 미식성이었지만 지금은 아니에요."

"지금은 무엇으로 변했나요?"

"라오마 카센터예요."

뉴아이궈는 전화기를 내려놓았다. 큰 변고가 생겼다는 것을 알 수 있었다. 전화를 받은 사람도 조리사 팡산이 아니었다. 뉴아이궈는 한참을 생각에 잠겼다가 결연한 심정으로 장추훙의 핸드폰으로 전화를 걸었다. 그녀의 전화번호는 줄곧 기억하고 있었다. 하지만 일곱 달 동안 줄곧 이 번호를 피해왔고 이 번호가 자신을 찾는 것을 두려워했다. 그러나 지금은 마음이 다급한 데다 담이 커진 터라 곧장 전화를 걸 수 있었다.

신호가 가는 동안 뉴아이궈는 가슴이 '쿵쿵' 뛰었다. 하지만 전화를 받은 것은 기계였고 이 번호는 이미 사용이 중지되었다는 소리만 반복되어 나올 뿐이었다. 주변에 연락할 만한 사람을 찾을 수 없다 보니, 뉴아이궈로서는 상황이 어떻게 변한 건지 도무지 알 수가 없었다. 마음만 조급했다. 뉴아이궈는 뤄안쟝의 집으로 돌아가 곧장 허위펀에게 작별인사를 하고 보터우로 떠나려 했다. 허위펀은 그가 일찍 떠나려 하는 것을 보고는 놀라움을 금치 못하며 어디로 가는지 물었다. 뉴아이궈는 보터우로 간다고 얘기하지 않고 산시 친위안의 집으로 돌아간다고 말했다. 허위펀은 안도의 한숨을 내쉬며 말했다.

"밤에 잠을 한숨도 못잔 거 다 알아요. 아이들이 보고 싶은 거로군요?"

뉴아이궈는 고개를 끄덕이고는 물건을 정리했다. 허위펀이 말했다.

"동생, 집에 별로 줄 것이 없으니 떠나는 길에 한 마디만 해주고 싶네요."

"무슨 말인데요?

"세월이란 지나간 뒤를 말하는 거예요. 지나가지 않은 건 세월이 아니지요. 이 점을 확실하게 인식하지 않았다면 오늘 이순간까지 살지도 못했을 거예요."

이 말은 차오칭어가 생전에 하던 말과 같았다. 뉴아이궈는 고개를 끄덕이는 걸로 작별인사를 대신하고는 곧장 셴양 기차역으로 떠났다. 셴양에서 기차를 타고 스쟈좡으로 간 그는 스쟈좡에서 시외버스를 타고 보터우로 갔다. '라오리 미식성'에 도착한 것은 사흘이 지난 저녁 무렵이었다. '라오리 미식성'은 철저하게 다른 모습으로 변해 있었다. 예전에는 아주 깨끗하고 아담한 정원이 있었는데, 지금은 카센터로 변해 땅 위에 온통 기름때와 자동차 부품 천지였다. 예전에는 향긋하고 먹음직스런 냄새가 풍겼는데 지금은 코를 찌르는 휘발유 냄새와 기계유 냄새뿐이었다.

'라오마 카센터'의 주인 라오마는 마흔 남짓 되어 보였고 몸집이 뚱뚱하고 얼굴이 각진 사내였다. 가을인데도 여전히 팔과 어깨를 드러내고 있었다. 가슴팍에는 털이 없고 판다 문신이 새겨져 있었다. 남들은 문신을 하면 청룡 아니면 입을 크게 벌리고 있는 호랑이나 표범을 새겼는데 그의 가슴에는 대나무를 먹고 있는 판다가 한 마리 새겨져 있었다. 뉴아이궈는 웃음을 참지 못했다. 라오마는 작은 원숭이를 한 마리 키우고 있었다. 뉴아이궈가 도착했을 때 직원들은 마당에서 자동차를 수리하고 있었고 라오마는 손에 채찍을 들고 '파박' 소리가 나도록 휘두르면서 원숭이에게 홰나무 아래서 공중제비를 돌라고 윽박지르고 있었다. 원숭이의 비쩍 마른 체구와 라오마의 뚱뚱한 몸집이 선명한 대비를 이루었다. 뉴아이궈는 라오마와 '라오리 미식성' 리쿤과의 관계를 알지 못한 터라, 감히 찾아온 진짜 의도를 밝히지 못하고 그저 자신이 일곱 달 전에 '라오리 미식성'에서 일했었는데 리쿤이 임금을 다 주지 않아 잔금을 결산하러 왔다고만 말했다. 라오마가 뉴아이궈를 힐끗 쳐다보고는 원숭이를 향해 말했다.

"이 사람은 진실하지 못한 것 같구나. 듣자마자 거짓말이라는 걸 알겠네. 그치."

라오마가 입을 열자 뉴아이궈는 금세 그가 동북 지방 사람임을 알 수 있었다. 목소리가 닭 잡는 소리인 걸 보니 셴양에서 전화를 걸었을 때 전화를 받은 사람이 분명했다. 뉴아이궈가 말했다.

"어째서 거짓말이라는 겁니까?"

라오마가 말했다.

"라오리에 대해 다른 험담을 하는 건 괜찮지만 그가 임금을 떼어먹었다고 지어내는 건 전혀 그럴듯하지 못하지."

뉴아이궈는 말을 잘못했다는 걸 깨달았다. 뉴아이궈는 리쿤이 손이 크다는 걸 잘 알고 있었다. 처음 리쿤과 만난 날 큰 눈이 내려 차를 '라오리 미식성'에 세워두어야 했다. 당시 두 사람은 서로 갓 알게 된 사이였지만 리쿤이 그에게 술을 샀었다. 뉴아이궈가 황급히 둘러댔다.

"당시엔 제가 급히 떠나느라 리쿤도 갑자기 돈을 마련해주지 못했던 겁니다. 오늘 마침 이곳을 지나는 길에 한 번 들려보려 한 것이지요."

라오마는 여전히 뉴아이궈를 거들떠보지도 않고 원숭이에게 채찍을 휘둘렀다. 이번에는 원숭이에게 쇠사슬을 의자 위로 가져간 다음 뛰어올라 굴렁쇠 사이를 통과하게 했다. 이 원숭이는 공중제비를 넘는 것은 잘했지만 뛰어 올라 굴렁쇠를 통과하는 것은 못했다. 한 장 정도의 거리에서 의자를 향해 달려들 때는 속도가 아주 빨랐지만 의자 앞에서 도약할 때는 겁을 먹었고, 결국 굴렁쇠를 통과하지 못해 의자 앞으로 되돌아왔다. 게다가 걸음이 너무 급하다 보니 앞으로 고꾸라지고 말았다. 라오마는 몹시 화가 났다. 멀리서 자동차 수리공 하나가 전기용접을 하고 있었다. 용접용 쇠막대를 자동차 차체에 갖다 대자 '치직' 하면서 바깥쪽으로 파란 불꽃이 일었다. 라오마가 멀리 보이는 불꽃을 가리키며 말했다.

"이런 걸 겁내서 뭐에 쓰나? 이건 그냥 굴렁쇠지만 앞으로는 불이 붙은 굴렁쇠를 통과해야 한단 말이다."

원숭이는 말을 알아듣고는 더 겁이 났는지 몸을 굴려 홰나무 아래로 가서는 '쌕쌕' 몸을 떨었다. 라오마의 장난은 쉽게 끝나지 않을 것 같았다. 뉴아이궈가 한 걸음 앞으로 다가서며 말했다.

"형님, 한 가지만 더 여쭤 봐도 되겠습니까?"

라오마가 또 뉴아이궈를 힐끗 쳐다보았다. 그는 뉴아이궈가 카센터에서 일하고 싶어 하는 줄 알고는 원숭이에게서 눈길을 돌려 뉴아이궈를 위아래로 훑어보았다.

"나는 공짜로 사람을 키우진 않네. 자동차 수리할 줄 아나?"

뉴아이궈는 라오마가 자신의 말뜻을 잘못 이해했음을 알았지만 곧장 다른 얘기를 꺼내기도 쉽지 않았다. 라오마가 자신을 거들떠도 보지 않자, 뉴아이궈는 얘기가 잘못 흘러가는 줄 알면서도 내친 김에 라오마에게 말했다.

"몇 년 차를 몬 경험이 있습니다."

라오마가 뉴아이궈를 쳐다보면서 말했다.

"또 거짓말을 하고 있군. 차를 운전할 줄 안다면 애당초 음식점에서 파나 다듬고 있었겠나?"

뉴아이궈는 진퇴양난이었다. 하는 수 없이 멀리 세워져 있는 차들을 가리키면서 말했다.

"형님, 아무 거나 하나 골라주세요. 차를 모는 걸 직접 보여드리지요."

라오마는 뉴아이궈가 자신있게 나오자 원숭이를 홰나무 아래 내려놓고는 처마 밑에 세워진 문짝 네 개가 다 찌그러진 지프차를 가리키며 말했다.

"가지. 타이어를 사러 진에 나가는 길이니 어디 같이 가보자고."

알고 보니 이 다 망가진 지프차가 바로 라오마의 애마였다. 뉴아이궈는 라오마가 일을 비교적 진지하게 처리하는 편이라는 것을 알아챘다. 이왕 이렇게 된 바에야 뉴아이궈로서는 차를 운전해 라오마와 함께 진으로 타이어를 사러 가는 수밖에 없었다. 진에서 열 몇 개의 타이어를 사오는 사이에 뉴아이궈와 라오마는 서로 서먹한 느낌이 없어졌다. '라오리 미식성'이 '라오마 카센터'로 변했지만, 대신 '라오마 카센터' 옆에는 도로변 음식점인 '지우쉬안허(九弦河) 대주점'이 생겨났다. 말이 대주점이지 예전에 리쿤이 운영하던 미식성과 마찬가지로 방 세 칸짜리 건물에 테이블이 일고여덟 개밖에 되지 않았다. 궁바오지딩이나 위샹러우스 같은 가정식 요리를 주로 만들어 팔았다. 근처에는 강이 없기 때문에 어디서 '허(河)'라는 이름을 따온 것인지 알 수 없었다.

저녁 무렵이 되자 뉴아이궈는 라오마를 '지우쉬안허 대주점'으로 초대하여 저녁식사를 대접했다. 라오마는 몸집이 크고 뚱뚱한 편이었지만 술은 잘 마시지 못했다. 몇 잔 마시지 않아 곧 취해버렸다. 라오마는 술을 많이 마셨다 하면 전혀 다른 사람이 되었다. 펑원슈와 비슷했다. 라오마는 벌 눈에 승냥이 목소리라 영락없는 악인의 얼굴이었지만, 뜻밖에도 친해지고 나자 친구의 의리를 무척 중시했다. 뉴아이궈가 뭐라고 말하기도 전에 라오마가 테이블을 사이에 두고 뉴아이궈에게 자신의 마음속에 있는 얘기들을 잔뜩 털어놓았다.

라오마는 원래 랴오닝(遼寧) 후루도(葫蘆島) 사람으로 일찍이 양곡장사를 하다가 목욕탕도 운영한 바 있으며 그 뒤에는 카센터를 운영했다. 후루도가 고향이긴 하지만 몇 가지 사건 때문에 마음에 상처를 입었다. 이 몇 가지 일에 대해서 라오마는 자세히 말하지 않았다. 게다가 혀가 꼬이기 시작했다. 대략 다섯 가지 일인데 그 가운데 네 가지 일은 남들이 그에게 잘못한 것이고 한 가지는 그가 남들에게 잘못한 일인 것 같았다. 결국 그는 후루도에서 마음에 상처를 입고 허베이 보터우로 오게 되었다. 라오마가 테이블을 내려치며 말했다.

"후루도에서는 못 살겠어. 내가 허베이로 가도 되겠나?"

그러고는 또 뉴아이궈에게 가까이 다가앉으며 말했다.

"나는 이제 사람들을 건드리고 싶지 않아. 원숭이랑 놀고 싶다고. 그래도

314

되겠지?"

뉴아이궈는 연신 고개를 끄덕였다. 라오마가 얘기를 하다가 지쳤는지 담배를 피워 무는 사이에 뉴아이궈가 얼른 화제를 바꿨다.

"형님은 동북 지방 사람인데 여기 와서 카센터를 하시는 걸 보니 리쿤과는 친구 사이인 모양이군요?"

라오마가 말했다.

"만난 적이 있지. 집값을 얘기하면서 그가 친구할 만한 사람이라는 걸 알았어. 그 전에는 그를 몰랐지. 친구를 통해 알게 되었지."

라오마가 순순히 모든 걸 얘기하기 시작하자 뉴아이궈는 마음 놓고 질문을 계속했다.

"리쿤의 음식점은 장사가 아주 잘 됐는데 갑자기 문을 닫은 이유가 뭔가요?"

라오마의 눈이 휘둥그레졌다.

"집에 일이 생겼기 때문이지."

"무슨 일이었는데요?"

"반년 전에 리쿤이 아내랑 이혼을 했네."

"왜 이혼을 하게 되었나요?"

"밖에 남자가 있었던 모양이야. 내가 듣기로는 리쿤은 그걸 몰랐는데 두 사람이 서로 다른 일로 다투다가 홧김에 여자가 사실을 털어놓은 모양이더군."

뉴아이궈의 가슴이 '덜컥' 내려앉았다. 아무래도 이 사람이 말하는 장본인이 바로 자신인 것 같았다. 생각해보니 장추홍은 이 일을 입 밖에 내고 나서 하는 수 없이 리쿤과 헤어지기로 결심한 모양이었다. 라오마가 말했다.

"그 여자는 리쿤을 안중에 두지 않았지만 리쿤은 그녀를 소중하게 여기고 있었지. 문제는 바로 여기에 있었던 거야. 듣자 하니 이혼할 때 하마터면 둘 중 하나가 죽을 뻔했다더군."

뉴아이궈는 놀라서 식은땀이 났다. 담배를 한 대 피우면서 마음을 가라앉힌 그가 다시 물었다.

"이혼을 했다고 해도 여자가 떠나면 되지, 리쿤이 음식점 문을 닫을 필요는 없지 않나요?"

라오마가 손을 내저으며 말했다.

"그건 자네가 몰라서 하는 소릴세. 리쿤도 이 일로 인해 마음에 상처를 입은 모양이야. 내가 후루도에서 마음의 상처를 입고 허베이로 온 것과 마찬가지라고 할 수 있지."

뉴아이궈가 말했다.

"그럼 리쿤은 어디로 갔나요?"

"확실하지 않아. 어떤 이는 그가 네이멍구로 갔다고 하고 어떤 이는 산둥으로 갔다고 하더군."

"그의 마누라는요?"

"들리는 소문에 의하면 베이징으로 간 것 같더군. 몸을 판다는 얘기도 들리더라고. 몸을 파는 한이 있어도 남의 마누라로 살지 않으려는 걸 보면 두 사람 사이가 어느 정도로 틀어졌는지 알 수 있지."

뉴아이궈는 멍한 표정으로 몸이 굳어져버렸다. 장추홍과 리쿤이 이혼한 것이 자기 때문일 수도 있고 다른 일 때문일 수도 있지만, 진짜 원인이 무엇이든 간에 결국 자신과 무관할 수 없다는 생각이 들었다. 일곱 달 전에 뉴아이궈는 장추훙을 버리고 친위안으로 도망쳐오면서 또 다른 일이 이어서 벌어지지나 않을까 걱정했었다. 장추훙이 그의 산시 고향집 주소를 알고 있기 때문이었다. 장추훙이 궁지에 몰려 산시 고향으로 가서 자신을 찾지 않을까 걱정했던 것이다. 하지만 장추훙은 그를 찾지 않았다. 반년 전에 장추훙은 궁지에 몰려 리쿤과 이혼을 했지만 산시로 뉴아이궈를 찾아가진 않았다. 일곱 달 동안 뉴아이궈에게 전화 한 통조차 하지 않았다. 생각해 보면 뉴아이궈에게 마음이 상했던 것이 분명했다. 하지만 그럴수록 뉴아이궈는 장추훙이 더 보고 싶어졌다. 그녀가 지금 무슨 일을 하고 있든 상관없었다. 그녀를 찾으려는 것은 그녀의 입에서 일곱 달 전에 하려고 했지만 하지 못했던 말이 무엇인지 듣기 위해서가 아니었다. 보터우로 오기 전에는 그 말이 알고 싶었을지 모르지만 이제 시간도 지나고 상황도 바뀐 터라 그 말을 찾는다고 해도 이미 제 맛을 잃어버렸을 것이 분명했다. 그가 지금 장추훙을 찾고 있는 것은 일곱 달 전의 그 말 한 마디 때문이 아니라 장추훙에게 해줄 새로운 말 한 마디가 생겼기 때문이다. 일곱 달 전에 뉴아이궈가 장추훙을 버리고 산시로 도망쳐 온 것은 누군가 목숨을 잃게 될 것이 두려웠기 때문이지만, 지금은 그 한 마디 때문에 목숨을 잃더라도 그만한 가치가 있을 것 같았다. 문제는 지금 목숨을 버릴 생각을 해도 소용이 없다는 것이었다. 리쿤과 장추훙 모두 각자 갈 곳으로 가버려, 지나간 일의 핵심이 더 이상 존재하지 않게 되었기 때문이다. 또한 장추훙을 찾는 것도 쉽지 않게 되어버렸다. 그녀의 핸드폰은 통화정지 상태였다. 아마도 번호를 바꾼 모양이었다. 전화번호를 바꿨다는 것은 과거와의 철저한 결별을 의미했다. 라오마는 그녀가 반년 전에 베이징으로 갔다고 하지만 정말로 베이징에 갔는지는 알 수 없었다. 베이징으로 갔다고 해도 반년이 지났는데 지금도 베이징에 있는지 아니면 다른 곳으로 갔는지도 알 수 없었다. 아직 베이징에 있다고 해도 베이징은 너무나 크기 때문에 그녀가 베이징 어느 구석에 있는지도 알 수 없었다.

뉴아이궈는 문득 장추훙과 함께 있었을 때 그녀가 과거의 친한 친구 몇 명을 거론했던 것이 생각났다. 장추훙은 장쟈커우(張家口) 출신이었다. 그녀에게는 쉬만위(徐曼玉)라는 친한 친구가 하나 있었다. 원래는 장쟈커우에서 미용실을 운영하던 친구였는데 나중에 베이징으로 갔다. 장추훙이 반년 전에 베이징으로 가서 그녀에게 몸을 기탁했을지도 모를 일이었다. 당시 장추훙은 그녀와 연락이 끊긴지 이삼 년이 지났다고 말했다. 또 쟈오수칭(焦淑青)이라는 친구도 있었다. 장쟈커우 기차역 매표소에서 일하는 친구였다. 기차는 사방으로 돌아다니지만 기차역은 고정된 장소라는 사실이 떠올랐다. 그는 재빨리 장쟈커우 기차역으로 가서 쟈오수칭을 찾아보기로 했다. 쟈오수칭이 기차역을 떠났다 해도 역 사람들은 그녀의 행방을 알 수 있을 것이었다. 쟈오수칭을 찾으면 쟈오수칭과 장추훙이 아직 연락을 취하고 있는지의 여부를 알 수 있을 것이고, 쟈오수칭과 장추훙 간의 연락이 끊어졌다 해도 쟈오수칭을 통해 장쟈커우에 있는 장추훙의 집을 찾을 수 있을 것이었다. 그녀의 집을 찾으면 오래된 뿌리도 찾을 수 있을 것 같았다. 그녀의 가족들을 통해 지금 장추훙이 있는 곳과 전화번호를 알 수 있을 것이었다.

그는 다음 날 아침 일찍 장쟈커우를 향해 떠나기로 마음먹었다. 생각이 정해지자 그는 집을 떠나 온 날들을 헤아려 보았다. 산시 친위안을 출발하여 서에서 동으로, 북에서 남으로, 남에서 서로, 서에서 동으로, 남에서 북으로 줄곧 이십 일을 돌아다닌 셈이었다.

다른 건 중요하지 않았지만 고향 집에 남겨두고 온 딸 바이후이가 눈에 밟혔다. 이틀만 더 지나면 바이후이는 개학을 맞을 것이었다. 뉴아이궈는 다음 날 아침 일찍 장쟈커우로 떠나기 전에 먼저 매형 쑨제팡에게 전화를 걸어 친위안으로 돌아가려면 며칠 더 있어야 할 것 같다고 하면서 자기 대신 학교에 가는 바이후이를 잘 좀 돌봐달라고 부탁했다. 전화에서 쑨제팡이 큰 소리로 물었다.

"지금 어디 있는 건가?"

뉴아이궈가 말했다.

"아주 멀리 있어요. 광저우예요."

쑨제팡이 말했다.

"아직 팡리나와 라오샹을 찾지 못했나? 아직 못 찾았으면 그만 찾고 돌아오도록 하게."

"아니에요, 꼭 찾아야 해요."

옮긴이의 말

# 중국인들의 백년고독

중국 당대문학의 중요한 에너지 가운데 하나는 '스토리텔링(講故事)'의 전통이다. 지대물박(地大物博)한 나라 중국은 그 자체가 엄청난 이야기 덩어리라고 해도 과언이 아니다. 땅이 크고 사람이 많으면 이야기도 많아질 수밖에 없기 때문이다. 마오쩌둥의 '옌안(延安)문예강화' 이후 개혁개방 이전까지 무려 사십 년 동안이나 사회 전체를 혁명사유가 완전히 지배하면서 문학이 독립적 가치를 상실한 결과, 진정한 의미의 문학이 존재할 수 없었던 중국의 당대문학이 이제는 전 세계의 주목을 받으면서 급기야 노벨문학상 수상자를 배출할 수 있는 수준까지 발전할 수 있었던 데는, 스토리텔링 전통의 역할이 작지 않았을 것이다. 실제로 같은 중화권인 타이완의 소설과 비교할 때 중국 소설은 스토리텔링의 성격이 강한 반면 사유의 깊이는 상대적으로 약한 것을 실감할 수 있다. 중국 스토리텔링의 전통은 상고시대의 신화와 전설, 원, 명, 청 시대의 희곡이나 설창(說唱), 장회소설 등 이른바 '속문학(俗文學)'에서 발원한다고 할 수 있다.

이러한 중국적 스토리텔링의 미학은 서양의 소설미학과 사뭇 다르다. 현대 서구인들은 『삼국연의』(삼국지)나 『수호전』 같은 이른바 '사대기서(四大奇書)'를 소설로 여기지 않았다. 미국 하버드대 교수 존 비숍(John L. Bishop)은 「중국소설의 몇 가지 한계」라는 글에서 다분히 자의적인 이유들을 들어 중국 고대소설을 가혹하게 폄하한 바 있다. 그 이유들 가운데 하나가 등장인물이 너무 많고 상대적으로 심리묘사가 부족하다는 것이었다. 하지만 비숍의 이러한 지적은 세계가 서구인, 특히 미국인의 사유로만 규정되는 것으로 착각한 문화적 식민주의의 발로가 아닐 수 없다. 겨우 이백 년 남짓한 역사를 지닌 애송이 나라 미국의 학자가 중국과 서양의 문화적 차이를 제대로 이해하지도 못하면서 미국 소설미학의 기준만으로 중국 고전소설을 비하한 것이다. 사실 비숍이 거론한 중국 장회소설의 부정적 요소들은 오히려 중국 당대문학의 경쟁력을 강화시키는 주요한 에너지로 작용하고 있다. 반면에 서구 소설에서는 『삼국연의』에서 경험할 수 있는 소박하면서도 감칠 맛 나는 서사의 묘미를 찾아볼 수 없다. 비숍에게 중국의 『삼국연의』보다 더 많이 팔린 미국의 소설작품이 있는지 묻고 싶다. 문학작품의 가치는 결국 독자에 의해 결정된다. 아무리 미학적 가치가 뛰어난 문학작품이라 하더라도 독자들의 영혼을 울리지 못한다면 가치 있는 문학이라고 하기 어렵다. 게다가 소설미학은 작품을 해석하기 위한 하나의 가설적 장치일 뿐, 작품을 평가하는 척도가 되지는 못한다.

　이 소설의 서두 부분을 읽다 보면 금세 『삼국연의』나 『수호전』같은 중국 고전소설의 문체를 연상하게 된다. 작품 전체를 통해 단순하게 반복되는 습관적 표현들이 가져다주는 수사적 소박함과 사건 전개의 담담한 리듬, 무수히 등장하는 '라오(老) 아무개'들, 그리고 한 장(章)으로 마무리되는 작은 이야기들이 큰 이야기를 구성하면서 거대한 삶의 파노라마를 이루는 특이한 구조는 중국의 장회소설에서만 볼 수 있는 독특한 서사 양식이다. 작가 류전윈은 오늘날 아무도 사용하지 않는 중국 고전문학의 서사전통을 치밀한 구조를 갖춘 현대판 장회소설로 재현함으로서 중국 고대문학의 전통과 에너지를 성공적으로 계승하고 차용했다고 할 수 있다. 바로 이 점이 이 작품이 마오둔문학상 수상작으로 선정되는 데에도 주요하게 작용했을 거라 생각된다.

남미의 마술적 리얼리즘 소설미학에 경도되고, 특히 가르시아 마르케스를 절대적으로 추종하는 중국의 작가와 비평가들은 이 작품을 중국인 '백년고독의 기록'이라고 평하기도 한다. 그들이 그렇게 표현하는 것은 시간적으로 백 년에 달하는 중국 농민 군상의 고독한 이야기들이 다양한 양상으로 전개되고 있기 때문일 것이다. 하지만 그들은 백 년이라는 시간에만 착안했을 뿐, 고독의 근거에 대해서는 설명하지 않는다. 이 소설에 나오는 무수한 '라오 아무개'들이 고독한 것은 사실이다. 이 소설을 '고독의 백과전서'라고 해도 지나치지 않을 것이다. 그렇다면 이 작품에 등장하는 무수한 '라오 아무개'들은 왜 고독한 것일까? 그들의 삶이 재현하는 고독의 근원은 무엇일까? 해답은 간단하다. 이 작품에 등장하는 무수한 '라오 아무개'들은 전부 타자화된 개인이기 때문이다. 모래알처럼 극단적으로 타자화된 개체들의 삶을 진실하고 가치 있게 해주는 인간적 유대와 도덕적 기초, 인생의 목표 등이 사소한 사건과 역학논리, 그리고 이에 의해 발생하는 감정의 파편에 너무나 쉽게 망가지고 사라져버리는 것이 이들의 인간조건이다. 어떤 이 넘이나 유대, 목표가 그들의 삶을 주도하는 것이 아니라 삶이 그들의 막연한 존재를 주도하고 있는 것이다. 그 원인을 어디서 찾을 수 있을까? 어쩌면 사회가 급속하게 변화함에 따라 삶의 방식이 총체적으로 수동적 전환을 경험해야 했던 것이 무수한 '라오 아무개'들의 곤경이었는지도 모른다. 중국 역사에서 지난 백 년은 다양한 격변의 소용돌이들이 이루는 격랑의 구간이었다고 할 수 있다. 특히 지난 삼십 년 동안에는 불과 이억에 불가하던 도시 인구가 전체 인구의 절반이 넘는 칠억으로 증가하면서 전통적인 농경사회가 급속도로 해체되고 불균형과 부조화를 그대로 노정한 채 기형적인 산업화, 도시화의 현대사회로 전환되었다. 이러한 격변이 중국인들의 삶을 모래알로 만들어버린 것은 아닐까?

류전윈 소설의 가장 두드러진 특성 가운데 하나는 입이 중심이 되고 있다는 것이다. 머리에 몰려 있는 인간의 대표적인 감각기관인 이목구비 가운데 입은 사물과 현상을 인지하는 능력이 가장 떨어진다. 그저 맛을 느낄 수 있을 뿐이다. 그럼에도 불구하고 입은 우리 삶에 가장 지대한 영향을 미치고 있고, 심지어 존재를 대변하기도 한다. 말 때문이다. 작가는 또 다른 작품 『핸드폰』에서 한 언어학자의 말을 인용하여 "사람에게 하루에 꼭 필요한 말은 열 마디에 불과하지만 실제로 내뱉는 말은 삼천 마디나 된다."라고 지적한 바 있다. 요컨대 우리는 하루 종일 쓸데없는 말을 하고 사는 셈이다. 그리고 이 쓸데없는 말들이 우리가 삶을 주도하는 것이 아니라 삶이 우리를 주도하게끔 만드는 주요 기제가 된다. 이 작품은 무수한 '말 한 마디'들이 삶의 마디마디를 장악하면서 전개되는 무력하고 부조리한 우리 삶의 풍경에 다름 아니다. 또한 이 작품에서는 입에서 나오는 무수한 말들 사이사이를 입으로 들어가는 음식들이 장식해주고 있다. 중국 농촌의 다양한 음식들과 더욱 더 다양한 먹는 행위의 방식과 유형이 이 소설을 이끄는 또 하나의 줄거리인 것이다.

이 긴 이야기의 말미는 미완의 상태로 마무리된다. 이야기가 미완이라는 사실은 중국인들의 타자화된 삶 또한 미완의 지속태임을 상징한다고 할 수 있지 않을까?

2015년 봄 언저리에
김태성

## 〈아시아 문학선〉을 펴내며

우리는 무엇보다 언어에 주목한다.

지난 오 백 년 동안, 우리에게 알려진 세계의 언어들 중 거의 절반이 사라졌다고 한다. 에트루리아어, 수메르어, 컴브리아어, 메로에어, 콘월어, 음바바람어……지금 이 순간에도 지구 곳곳에서 수많은 언어들이 사라지고 있다. 소멸의 속도도 점점 빨라진다. 대신 그 자리를 영어와 또 하나의 언어, 그러나 기왕에 존재했던 어떤 언어와도 전혀 다른 종류의 기계어 '비트'가 메워 나가는 중이다.

한 가지 언어가 사라진다는 것은 무슨 뜻일까. 그것은 한 집단의 기억이 최후를 맞이한다는 뜻이다. 물론 성실한 언어학자들의 노력으로 운 좋게 몇몇 단어가 살아남을 수도 있다. 그렇지만 엄밀한 의미에서 그것은 살아 있는 언어가 아니다. 언어는 언어학자의 노트에 적히는 것만으로 생명을 보장받을 수 없다.

이제 우리는 이와 같은 일방통행의 역사에 작으나마 흠집을 내고자 한다. 그 출발이 바로 〈아시아 문학선〉이다.

우리는 서구가 주도했던 지난 시기의 근대화 과정에서 수많은 문명의 유전자가 흔적도 없이 사라졌고, 지금도 아시아 어딘가에서 어떤 기억의 보살핌도 받지 못한 채 속절없이 사라져가는 것들이 많다는 사실을 잘 알고 있다. 그러나 우리는 겸손해야 한다. 소멸은 대개 슬프지만, 때로는 자연스럽게 권장되어야 할 어떤 것이기도 하다. '불멸의 신화'가 지닌 폭력성을 흔히 목격하지 않았던가. 우리는 서구 근대의 가치를 대체하는 아시아 담론을 창출하겠다는 다부진 야심을 갖고 있지 않다. 우리는 다만 아시아의 수많은 언어가 제각기 품어 온 기억의 서사들을 존중하려 할 뿐이다.

특히 문학에 관한 한, 아시아는 이른바 세계화가 가장 덜 진척된 영토로 존재한다. 아시아 문학은 대다수 서구인들에게 여전히 낯설고 어색하면서도 이따금 신기하고 흥미로운 존재다. 가상공간과 더불어, 빈약한 서사를 보충해 줄 최후의 영토로 간주되기도 한다. 그런 시선 속에서, 지난 몇 세기 동안, 아시아는 수없이 발명되고 발견되었다. 그 결과 논과 밭, 구릉과 숲으로 이루어진 아시아의 주름진 대지는 이차원의 매끈한 평면으로 아주 쉽게 왜곡되었다. 거기에서 소수와 은유는 묵살되고, 틈과 사이는 간단히 메워졌다.

이제 우리는 다시 주름들을 기억하려 한다. 고속도로와 지름길이 길의 다가 아니듯, 표준어와 다수만 아시아의 입체를 구성하지는 않는다. 그러나 놀랍게도, 서구인에게 낯설고 어색한 것 이상으로, 우리 스스로 아시아를 얼마나 낯설고 어색하게 생각하고 있는지! 불행히도 우리 주변에는 읽고 싶어도 읽을 아시아조차 많지 않다. 우리의 기획은 이런 경이로운 무관심과 태만을 반성하는 데서 출발한다. 동시에 우리는 혹 '미지의 세계' 아시아를 또 하나의 개척영역, 흔히 말하듯 '미래의 먹거리' 쯤으로 상정하는 것은 아닌가, 우리 안의 유혹을 끊임없이 경계한다.

이렇게 경계선을 넘으려 한다.


바라건대, 저 너머에는 새로운 세계문학이!


〈아시아 문학선〉 기획위원회

옮긴이 **김태성**
1959년 서울에서 출생하여 한국외국어대학교 중국어과를 졸업하고 동대학원에서 타이완문학 연구로 박사 학위를 받았다. 중국학 연구공동체인 한성문화연구소(漢聲文化研究所)를 운영하면서 한국외국어대학교 중국어대학에 출강하고 있으며 중국 문학 번역과 문학 교류 활동에 주력하고 있다. 『노신의 마지막 10년』『굶주린 여자』『인민을 위해 복무하라』『목욕하는 여인들』『딩씨 마을의 꿈』『핸드폰』『눈에 보이는 귀신』『나와 아버지』『사람의 목소리는 빛보다 멀리 간다』『황인수기』『풍아송』『한자의 탄생』『말 한 마디 때문에』등 100여 권의 중국 저작물을 한국어로 번역했다.


# 만 마디를 대신하는 말 한 마디

옌진으로 돌아오는 이야기

2015년 5월 29일 초판 1쇄 펴냄

**지은이** 류전윈 | **옮긴이** 김태성 | **펴낸이** 김재범
**편집** 정수인, 김형욱, 윤단비 | **관리** 박신영
**인쇄** 한영문화사 | **종이** 한솔PNS | **디자인** 박종민
**펴낸곳** (주)아시아 | **출판등록** 2006년 1월 27일 | **등록번호** 제406-2006-000004호
**전화** 02-821-5055 | **팩스** 02-821-5057
**주소** 서울시 동작구 서달로 161-1 3층(흑석동 100-16)
**이메일** bookasia@hanmail.net | **홈페이지** www.bookasia.org
**페이스북** www.facebook.com/asiapublishers

ISBN 979-11-5662-122-5 04820
     978-89-94006-46-8(세트)
*값은 뒤표지에 표시되어 있습니다.

이 도서의 국립중앙도서관 출판시도서목록(CIP)은 서지정보유통지원시스템 홈페이지(http://seoji.nl.go.kr)와 국가자료공동목록시스템(http://www.nl.go.kr/kolisnet)에서 이용하실 수 있습니다.(CIP제어번호: CIP2015013719)